爱在长生不老时

Super Sad True Love Story

[美]加里·施特恩加特 著
Gary Shteyngart
李雪 译

人民文学出版社

著作权合同登记：图字 01-2012-0474 号

Gary Shteyngart
SUPER SAD TRUE LOVE STORY

Copyright © 2010 by Gary Shteyngart
This translation published by arrangement with Random House,
an imprint of The Random House Publishing Group,
a division of Random House, Inc.
All rights reserved.

图书在版编目(CIP)数据

爱在长生不老时/(美)施特恩加特著；李雪译.
—北京：人民文学出版社，2012
ISBN 978-7-02-009486-8

Ⅰ.①爱… Ⅱ.①施… ②李… Ⅲ.①长篇小说-美国-现代 Ⅳ.①I712.45

中国版本图书馆 CIP 数据核字(2012)第 217585 号

特约策划：潘丽萍
责任编辑：马爱农
封面设计：董红红
封面用图：René Magritte

出版发行	人民文学出版社
社　　址	北京市朝内大街 166 号
邮政编码	100705
网　　址	http://www.rw-cn.com
印　　制	山东德州新华印务有限责任公司
经　　销	全国新华书店等
字　　数	210 千字
开　　本	890×1240 毫米　1/32
印　　张	10.75
版　　次	2012 年 12 月北京第 1 版
印　　次	2012 年 12 月第 1 次印刷
书　　号	978-7-02-009486-8
定　　价	35.00 元

目　录

拒绝温柔
摘自列尼·艾布拉莫夫的日记　1

有时生活就是一混蛋
摘自尤尼斯·朴在全球青少年网上的邮件　25

水獭反击
摘自列尼·艾布拉莫夫的日记　33

我唯一的男人
摘自尤尼斯·朴在全球青少年网上的邮件　43

生存的谬论
摘自列尼·艾布拉莫夫的日记　50

下一程——回家
摘自尤尼斯·朴在全球青少年网上的邮件　72

分级功能
摘自列尼·艾布拉莫夫的日记　77

快炒上那盘茄子
摘自尤尼斯·朴在全球青少年网上的邮件　99

乖乖投降
摘自列尼·艾布拉莫夫的日记　101

我的心里开出一朵花
摘自尤尼斯·朴在全球青少年网上的邮件　114

核战危机
摘自列尼·艾布拉莫夫的日记　121

自律,仁慈,信念,希望
摘自尤尼斯·朴在全球青少年网上的邮件　144

艾米·格林伯格的"救生圈时间"
摘自列尼·艾布拉莫夫的日记　152

安静的美国人
摘自尤尼斯·朴在全球青少年网上的邮件　170

原罪者的远征
摘自列尼·艾布拉莫夫的日记　180

我会更爱他
摘自尤尼斯·朴在全球青少年网上的邮件　198

抗击炎症
摘自列尼·艾布拉莫夫的日记　205

老牛吃嫩草
摘自尤尼斯·朴在全球青少年网上的邮件　227

决裂
摘自列尼·艾布拉莫夫的日记　236

安全局势正在好转
摘自列尼·艾布拉莫夫的日记　252

约会贴士

摘自尤尼斯·朴在全球青少年网上的邮件　265

五角党

摘自列尼·艾布拉莫夫的日记　274

噢,上帝,我真是个坏女友

摘自尤尼斯·朴在全球青少年网上的邮件　283

聋孩区域

摘自列尼·艾布拉莫夫的日记　287

我们该如何告诉列尼

摘自尤尼斯·朴在全球青少年网上的邮件　298

永远年轻

摘自列尼·艾布拉莫夫的日记　307

欢迎回来,伙计

《列尼·艾布拉莫夫日记》之人民文学出版社(北京)二〇一二年版后记　327

致谢　335

关于作者　337

关于字体　338

拒 绝 温 柔

摘自列尼·艾布拉莫夫的日记

六月一日

罗马—纽约

亲爱的日记：

　　今天我做了一个重要决定：我将永远不死。

　　我周围的其他人都会死，都会变得毫无意义。他们的个性也会随之烟消云散，就像电灯一样关灭。他们的生命，他们的一切，最后只能浓缩成光滑的墓碑一块，上头的墓志铭还言过其实："她犹如星星般闪亮"，"永远铭记于我们心头"，"他热爱爵士乐"。就算是这些，也有可能被潮水卷走，被将来基因突变的海龟踢毁。

　　不要让他们告诉你，生活就像一场旅行。所谓旅行，应该有一个目的地。当我登上六号列车去看望我的小社工，那才叫旅行。当我乘坐的"美联航达美航空"①的飞机颠簸在大西洋上空，我乞求机长掉头飞回罗马，

---

① 联合航空、大陆航空、达美航空为美国三大航空公司，前两者现已合并，通称为"美联航"，此处为三家合并后的名称。下文还会出现几家公司合并后的名称，均属虚构。

飞向尤尼斯·朴善变的臂膀,那才叫旅行。

但是,等等,还不止这些吧?我们还有下一代,我们不会死,因为我们还有子孙。DNA像宗教一样传承,妈妈的卷发,外公的下嘴唇,"我相信,孩子就是我们的未来",此处引用上世纪八十年代超级巨星惠特尼·休斯顿的流行单曲《最伟大的爱》,选自她那闻名遐迩的第一张唱片的第九首。

扯淡!孩子是未来,这只是从最狭隘的繁衍意义上来说的。等他们也消失的时候,他们才是未来。刚才说的那首歌的下一句就是,"好好教他们,让他们做主"。言下之意是鼓励我们为了下一代,放弃自我。比如,"我为孩子而活"的说法,相当于承认我们将不久于人世,我们生命的现实意义其实已经终止。"我将为孩子慢慢死去"可能更确切一点。

但我们的孩子又如何呢?可爱,新鲜,青春无敌,对死亡一无所知,像尤尼斯·朴一般,在草地上打滚,光滑白皙的腿,一头褐色的秀发富有弹性,闪耀着健康的光泽,展露他们少不更事的简单与天真。

然后呢,弹指一挥间,近一世纪过去了。那些在亚利桑那养老院里流着口水、生活需要墨西哥保姆料理的,可还是他们?

归零。你知道吗?如果没有比较,安安静静地在八十一岁高龄寿终正寝,就像一个悲剧。而每天,人们——美国人,如果这样说能让你更觉紧迫的话——倒在战场上,再也没法起来。他们再也不会存在。他们有复杂的个性,临死前的瞬间,大脑皮层浮现这个动荡的世界,与我们相似的祖先本可以在上面牧羊,吃人参果。这些死去的家伙是为数不多的神灵,爱的容器,生命的施主,无言的天才,更像铁匠铺的神灵,早上六点一刻起床,煮好了咖啡,默默地祷告着他们能活到明天,后天,苏珊的毕业礼,然后……

归零。

但我不是。亲爱的日记,幸运的日记,可怜的日记,从今天起,你将经历一场空前绝后的历险,那个带你历险的人就是我——容易紧张,长相普通,身高六十九英寸,体重一百六十磅,身体质量指数(简称 BMI)二十三点九,稍稍超标。为什么"从今天起"?因为就在昨天,我遇见了尤尼斯·朴,她将让我痴缠一生。好好看看我,日记,告诉我你看到了什么?一个平凡无奇的男子,长着一张灰蒙蒙、凹陷的脸,两只好奇、濡湿的眼睛,高高的额头闪着光亮,山顶洞人兴许可以在上面作画。镰刀一般的鼻梁下面是两瓣长满褶子、薄薄的嘴唇。从后面看,你可以发现秃顶的形状像极了俄亥俄州,其首都哥伦比亚正好用一颗深褐色的痣标注。该区域还有明显扩大的迹象。微不足道。微不足道就像我的诅咒。这样一个躯干,却生活在如此不平凡的世间。三十九岁,正当壮年,却有太多胆固醇,太多荷尔蒙,太多这个,太多那个,心脏不好,肝脏受损,生活的希望就这样被活活撕碎。一星期之前,当尤尼斯还没有给我活下去的理由时,日记,你是不会注意到我的。一星期之前,我基本不存在。一星期之前,在都灵的一家餐厅,我正走向一个潜在客户,就是那种"高端客户"。他正准备享用他的意式大杂烩,抬头看我一眼,眼神却倏忽飘过了我,再低头看他的意式大杂烩,七种肉类和七种蔬菜酱,像做爱一般水乳交融在一起。等他再抬头,眼神同样忽略了我。很显然,想让这样的上流人士稍稍注意到我,我得朝舞蹈的驼鹿射上一支燃烧的箭,或者被某个国家元首朝着裆部狠狠地踢上一脚。

然而,列尼·艾布拉莫夫,日记本的主人,微不足道的小人物,将永生不死。技术基本已经发展到了这一步。作为斯塔林—渥帕常公司后人类服务部的"热爱生命者"外联协调员(等级 G),我将是第一个践行者。我只要好好的,并且相信自己就可以了。我只要远离反式脂肪和烈酒就可以了。我只要多喝点绿茶和碱化水,并把我的基因报告给合适的人就可以了。我只要再生受损的肝脏,给全身的循环系统输入"好"的血液,并且找个安全又温暖(但不要太温暖)的地方,躲过那么几场动乱和大屠杀就可以了。当我们的地球毁灭的那一天,那一天是铁定会来的,我会去一个新的地球,更多绿色,更少过敏原。按照我的推测,这个时间应该是在距今 10^{32} 年以后。我们的宇宙决定自我了断,我的肉身将越过黑洞,直接进入一个无与伦比的奇迹之地,在那里,所有在地球 1.0 版本中让我欲罢不能的东西——比如肉酱面,开心果冰淇淋,地下丝绒乐队早期的摇滚作品,以及二十来岁的年轻人富于巴洛克建筑风格的臀部上那丝滑、黝黑的肌肤——所有这些看起来都会像高楼广厦、婴儿奶粉、"西蒙说这样做"的游戏一般幼稚可笑。

就是这样:我将永生不死,亲爱的日记。决不,决不,决不,决不。你要是不信就见鬼去吧。

昨天是我在罗马逗留的最后一天。十一点左右起床,在一个小酒吧点了一杯玛奇朵,吃到了我吃过的最好的蜂蜜奶油卷。只是隔壁的十一岁小男孩显然有点反美,透过窗户对着我喊:"反对全球化!没门!"温热的毛巾挂在脖子上,心里稍有愧疚,临走前还没有打点好行装。手机一直响个不停:合同、数据、图片、投影、地图,还有收入、声音和狂躁。不过还有这样初夏的一天在等着我,这样的街道主宰着我的命运,用它那如烤箱般温热的温度拥抱着我。

还是在我经常驻足的地方停了下来。欧洲最美丽的建筑(没有"之一")。古罗马万神殿。圆顶弧度恰到好处;穹顶就在你的头顶,却被数学的精确冷冰冰地悬在了半空;上面的圆孔正好可以透过雨水和骄阳,但置身其中还是让人觉得荫凉舒适。万神殿的美无与伦比!花里胡哨的修缮只是画蛇添足(它从官方意义上来讲是一座教堂),势利、俗气的美国游客旨在追寻那廊柱间一点荫凉。当代意大利人在外头软硬兼施。男孩毛茸茸的大腿跨在嗡嗡作响的摩托车上,心里却想着怎么把下面那家伙伸进女孩身体里。几代同堂的生活犹如脓包般不忍卒睹。哦,不,这是人类迄今为止造得最好的坟墓。当地球灭亡、我挥挥手离开的时候,我将带着对它的记忆,我将用零和一来为它编码,并昭告整个宇宙:看看原始人造的这个!看看他们对永恒的追求,他们的纪律,他们的无私。

我在罗马逗留的最后一天。我点了一杯玛奇朵。还买了一支挺贵的除臭剂,或许,我是在期待爱情。日头正盛的午后,在我的小公寓里,我酣睡了三个小时。接着,在一个叫法布里齐亚的朋友的聚会上,我遇见了尤尼斯——

不过等等。事实不是这样。时间顺序其实不是这样,我对你撒了谎,日记。才写到第五页,可我已经谎话连篇。聚会之前发生了一件糟糕的事。太糟糕了,我都不想记录,因为我想让你看起来正面一些。

我去了美国大使馆。

去那儿不是我的主意。我的一个朋友桑迪告诉我:如果你在外滞留超过两百五十天,又不去一个叫"欢迎回家,伙计"的机构报到的话,他们会在你回国时直接在肯尼迪机场把你抓起来,送进某个地处穷乡僻壤的"安全审查机构",关上十天半个月。

你瞧,桑迪是个灵世面的人,他可是在时尚界混的。既然他说得这么有鼻子有眼,我就真当了回事,去威尼托走了一趟。在一条新开挖的护城河后面,坐落着我们国家乳色外墙、富丽堂皇的大使馆。不过这地方后来不久就又转手卖给了挪威国家石油海德鲁公司——当然,告诉我这个的,又是桑迪。我去的时候,那儿的树啊、灌木丛啊,都被打理得怪模怪样的,高耸在那里,大概是为了讨新主人喜欢。护城河里有装甲船只往来巡逻,而里头的文山会海从外头就能窥知一二。

签证处几乎空无一人。只有那么可怜巴巴的几个阿尔巴尼亚人还想着移民美国,这些人中有好几个看到这么一幅海报后,也打消了移民念头:一只英勇的小水獭,头戴墨西哥宽边帽,想奋力跳上一艘拥挤的橡皮艇,上面的标题赫然写着:"满员,伙计。"

我来到一个像临时鸟笼一样的地方,一个戴眼镜、上了岁数的男人冲我喊了几句,我听不清,只能挥挥手中的护照。好在后来终于来了一位菲律宾大妈,这种地方可是少不了她们的。她挥手示意我穿过一条逼仄的走廊,来到一间公立高中教室一般的屋子,屋子里醒目地挂着"欢迎回家,伙计"的横幅。还记得那只墨西哥水獭吗?在这儿,它被美国化了(宽边帽也换成了系在脖子里的红白蓝丝巾)。驮着水獭的是一匹抛着媚眼的马,两个家伙正飞奔向一轮冉冉初升的红日。

大概有五六个像我这样的人坐在破烂的桌子后面,戴着耳机,嘟哝着什么。我看到有把空椅子上放着一个耳机,上面写着这样一些字:"请戴上耳机,放下通讯设备,放下一切戒备。"我照做了。一首电子乐版的约翰·库格·梅伦坎普①的《粉色屋子》("那不是美国吗?值得一看,宝贝儿!")充斥着我的耳朵,一只高清版本的水獭出现在屏幕上,背上有字母ARA,闪烁着化作这三个字母所代表的传奇——美国重建署。

小水獭挺起上身,扑掸扑掸身上的灰尘,跟我打招呼:"你好,伙计!"声音听起来分外欢快。"我叫杰弗里·奥特,我打赌我们一定能成为朋友!"

我忽然怅然若失。"你好,"我说,"杰弗里。"

"你好,"水獭说,"接下来我会礼貌性地问你几个问题,为的是做数据统计。如果你不愿回答,就直接说'我不愿回答'。记住,我是来帮助你

---

① 美国摇滚歌手、词典作者、画家,他的《粉色屋子》表达了美国中产阶级一成不变地居住在"粉色小屋"中的单调与乏味。英语中的粉色有"典范"之意。

的！好吧,我们先从简单的开始。你的名字和社保号码？"

我四下张望,其他人都忙不迭地跟他们的水獭汇报着什么。"列纳德,你也可以叫我列尼,列尼·艾布拉莫夫,"我又报上了一串社保号码。

"你好,列纳德或者列尼·艾布拉莫夫,205-32-8714。我谨代表美国重建署,欢迎你回到新的美利坚合众国。当心了,世界,我们现在不可阻挡！"麦克·法丹和怀特海德的迪斯科单曲《无可阻挡》立刻灌满了我的耳朵。"现在告诉我,列尼,你为什么离开美国？工作还是旅游？"

"工作。"我回答。

"你的职业,列纳德或者列尼·艾布拉莫夫？"

"呃,无限延寿公司。"

"无限人寿公司,对吗？"

"是'无限延寿公司'。"我强调。

"你的信用等级呢,列纳德或者列尼,从满分一千六百分计算？"

"一千五百二十。"

"还不赖,你一定很会精打细算。银行里有你的存款,你还为'无限人寿公司'工作,这样一来我不得不问你一句,你是两党制的吗？如果是,你愿意接收我们每星期发来的《无可阻挡》的手机问讯吗？这样可以帮你更好地重新适应在美国的生活,并且效率很高。"

"我不是两党制的,但我愿意接受你们的手机问讯。"我试着表达得友好一点。

"好吧,伙计,你已经上了我们的名单。说吧,列纳德或者列尼,你在国外期间有没有遇到看起来不错的外国人？"

"有。"我说。

"什么样的？"

"意大利人。"

"是'太大意的人'?"

"意大利人。"我重复了一遍。

"是'太大意的人',"水獭还蛮固执,"身处异乡,人难免就会孤独,你懂的。事情就是这样,所以我从不离开我出生的那条小溪。啥意思?告诉我,在这期间你跟非美国裔女子有没有发生过性接触?"

我吃惊地盯着水獭,手忍不住在桌子底下发抖。其他人也会被问到这个问题吗?我可不想被关进某个穷乡僻壤的"安全审查机构",就因为我曾经趴在法布里齐亚身上,为了驱散心中的孤独和失落。"有,"我说了,"就跟一个女的,我们做了好几回。"

"请告诉我这个非美国裔女子的全名,先说姓。"

我看见在我前面几张桌子那儿的一个小伙子,方方正正的盎格鲁脸,络腮胡占去了大半,冲着话机说了几个意大利名字。

"我等你说名字呢,列纳德或者列尼。"水獭不依不饶。

"德萨尔瓦·法布里齐亚。"声音轻得我自己都听不见。

"是'德萨尔瓦——'"就在这时,水獭说不下去了,我的耳机里发出嗡嗡的声音,好像塑料壳子里有个轮子在拼命旋转,老旧的线路显然经不起水獭又唱又跳的折腾。屏幕上出现一行字"错误代码IT/FC-GS/FLAG"。我只好起身走到门口。"对不起,"我凑近对讲机,"我的耳机坏了。水獭讲不了话,你能叫刚才那位菲律宾大婶过来吗?"

上了年纪的家伙噼里啪啦说了一堆,我听不太明白,只看到他夹克的翻领上晃动的星条旗。隐约地,我好像听到他说"等等,叫服务代表"之类的话。

一个小时就这样在官僚做派中耗去。几个人忙碌地走来走去,最后搬来象征美国的金色老鹰雕像,还有一张少了三条腿的餐桌。最后,一位白人老妇终于踩着一双白皮鞋,穿过走廊,走了进来。她的鼻梁异常挺拔,比任何一个喝台伯河水长大的罗马人还要罗马,一副巨大的粉框眼镜,看起来精神矍铄且让人倍感亲切。只有嘴唇暴露了岁月的风霜,耳垂上挂着大大的一副银耳环。

她的外貌风度,让我想起了内蒂·法恩,我们最后一次见面是在我的高中毕业典礼上。四十年前,我父母为了美金,也为了信仰,不远千里从莫斯科飞来美国,到机场接他们的就是内蒂。她就是他们年轻的美国妈妈,经常给他们带犹太薯饼解解馋,替他们安排英文课,还施舍给他们些旧家具。事实上,内蒂的丈夫曾供职于华盛顿的国家部门,而且,就在我动身来罗马之前,母亲还告诉我他就被委派在某个欧洲国家的首都……

"法恩夫人?"我试探着叫了一声,"您叫内蒂·法恩吗,夫人?"

夫人?我从小就崇拜她,甚至有点儿怕她。她目睹了我们家最穷困潦倒的时刻(想当年我爸妈来美国的时候,穷得两个人合穿一条裤子)。但是她让我感觉到的自始至终都是毫无保留的爱,她的爱像汹涌的潮水一样把我包围,让我觉得自己很弱小,需要被保护,这股爱的潮水同时又在跟一股不知名的暗流搏斗。我才说完,她的手臂已经把我抱住,嗔怪我为什么不早点来看她,还提醒我现在看起来忽然很苍老。("不过夫人,我也快四十了啊。""喔,时间这浑小子跑哪儿去啦,列纳德?")诸如此类犹太式的欢呼雀跃。

她原来是为国家部门工作的,现在正供职于"欢迎回家,伙计"。

"别想歪了,"她说,"我只是做客服的。回答问题,而不是向人提问。提问那是重建署干的事儿。"忽然她前倾身子,凑近了我。她凑得那么近,我甚至可以闻到她洋蓟味儿的口气。她压低了嗓音说:"哦,列尼,你说都发生了什么?我桌上的报告都让我哭了。中国人和欧洲人打算和我们分道扬镳了,我不太明白这到底是什么意思,但能好到哪里去呢?还有,我们打算把信用不好的移民统统遣送回国,我们可怜的孩子们在委内瑞拉被屠杀。这次我觉得我们是走到头了！"

"不，法恩夫人，一切都会好起来的，"我安慰道，"至少还只有一个美国。"

"那个不靠谱的鲁本斯坦。你相信他是我们的一员？"

"我们的一员？"

"犹太人。"轻得几乎听不见。

"我爸妈倒是挺喜欢这个人的，"言指我们的国防部长，对外盛气凌人，其实是个倒霉蛋。"他们坐在家里，看看福克斯自由电视台的基本频道和额外频道就行了。"

法恩夫人做了个鄙夷的表情。她把我爸妈接到了美国，教他们要漱口、要换身干净衣服，但有些东西是怎么也抹不去的，比如我爸妈身上那种苏联犹太人的保守，为着这个，他们最后与夫人分道扬镳。

她是看着我长大的，彼时，艾布拉莫夫一家还住在皇后大街一个拥挤的公寓里，现在看来可能挺怀旧的，但其实只是个破烂地方，仅此而已。父亲曾经在长岛的一个政府实验室里做过很长一段时间的门卫，这份工作好歹让我生命的最初十年吃上了"斯帕姆"火腿。母亲是这样庆祝我的出生的：她从存款部的书记员（或者叫打字员）一下晋升成了秘书，而当时她的英文水平其实很糟糕。忽然之间，我们一家似乎就迈进了中下层阶级。那时候，父母会开着生锈的雪佛兰，载着我，去家附近更穷的地方兜风，这样我们可以嘲笑一下作为下等人的棕色人种，看他们穿着拖鞋邋遢地走来走去，顺便也学会了在美国生存重要的一课：失败意味着什么。我记得父母跟内蒂夫人之间的裂痕是从这儿开始的，爸妈把去科伦纳和贝德斯泰这些相对安全的区域兜风的事告诉了她。接下来他们在英俄词典里得知了 cruel 原来是"冷血"的意思，他们万万没有想到他们的美国妈妈居然会用这样的词形容他们。

"快点把你的近况告诉我!"内蒂·法恩问道,"你在罗马做些什么?"

"我从事创意经济,"说实话我还是蛮骄傲的,"公司的名称叫'无限延寿公司'。我们的宗旨是让人长生不老。我在欧洲寻找我们的 VIP 客户——就是高端客户——他们是我们的潜在客户群。我们管他们叫'热爱生命者'。"

"哦,天哪!"法恩夫人叫了起来。显然她搞不清楚我在说什么,但你要知道她的三个儿子个个彬彬有礼,都是宾夕法尼亚大学的高材生,所以她还是笑着鼓励我:"一定很了不起!"

"没错,"我说道,"但眼下我遇到了点儿麻烦。"我把刚才的事跟她说了一遍。"或许水獭先生以为我跟一些来路不明的人混在一起,其实只是一些普通的'意大利人'。"

"把你的耳机给我看看。"她命令道。她把眼镜抬高了些,露出了六十出头的人才有的皱纹,这使得她的脸看上去愈发柔和。我敢说,打她出生,她的脸就是这般让人喜欢。"错误代码 IT/FC-GS/FLAG,"她叹了口气,"孩子,有点儿麻烦了,你上了他们的黑名单。"

"为什么?"我忍不住叫起来,"我又没做什么!"

"嘘——让我帮你重启一次,我们重新来一遍。"

试了好几遍,但每次进行到一半,水獭就说不了话,显示的也是同样的错误信息。"什么时候这样的?"她问我,"那小东西问了你什么?"

我迟疑了,面对我们一家的恩人,我就像被扒光了一样羞愧难当。"他问我跟我发生关系的意大利女人的名字。"最后我还是老实说了出来。

"让我们再倒回去,"内蒂果断地说,再次充当了维修员。"水獭问你是否愿意接收'我们不可阻挡'的时候,你照做了吗?"

"是的。"

"好的。你的信用等级呢?"我如实相告。"行,我不担心了。如果你回国在肯尼迪机场被人拦下的话,把我的联系方式告诉他们,让他们马上跟我联系。"她把自己的号码存进了我的手机。她再次拥抱我的时候肯定感觉得到我的膝盖都在发抖。"喔,宝贝儿,"她很动情,一滴滚烫的泪珠从她脸颊滑落到我脸上。"别担心,没事的。你是好样的,创意经济。我希望你父母亲的信用等级也很高,他们可是千里迢迢来到美国,为了什么?为了什么啊?"

但我还是担心。怎么能不担心呢?居然被一只该死的水獭弄上了黑名单,上帝啊!我试着让自己放松下来,享受逗留欧洲一年时光里的最后二十个小时,最好能用意大利产的蒙蒂普尔查诺红葡萄酒把自己灌醉,这样就一了百了了。

罗马最后一夜,一切还是照常,日记。与法布里齐亚共赴云雨,却又漫不经心。法布里齐亚,就是前面提到的跟我发生关系的女子。对这种关系,我还没完全厌倦。跟其他纽约人一样,我就是一房产婊子,十九世纪晚期杜林人造的这些公寓尤其是我的心水:棕榈树点缀的维托里奥广场,抬眼就是远处的奥尔本山,还有灿烂的阳光。跟法布里齐亚相处的最后一晚,四十岁中年人的冲动终于爆发。她曾经是电影导演的宠儿,现在只偶尔为意大利广播公司(曾经的龙头老大)写写剧本,大多数时候,心安理得地挥霍着老爸老妈的财富,这一点是我最欣赏的,叫"玩物丧志"。他们承认最辉煌的时候已经过去(惠特尼·休斯顿要是生活在意大利,或许会唱"我相信,父母是我们的未来")。我们美国人可以向他们学学什么叫"优雅地堕落"。

跟法布里齐亚在一起,我总是比较害羞。我也知道她喜欢我只是因为我"可供消遣"并且"有点意思"(言下之意:我是犹太人),而且意大利男人有段时间没有光顾她的床笫了。但如今,我已经把她出卖给了美国重建署的水獭,我担心她会有所察觉。意大利政府是西欧各国最后一个还惟我国马首是瞻的国家。

不管怎么说,法布里齐亚整个晚会心思都在我这儿。最开始,她和一些肥佬英国制片人挨个儿亲我的眼皮。接下来,她到一旁的沙发接电话,情绪激动,像在吵架。与此同时,她冲我分开两腿,露出霓虹内裤,茂密的地中海式耻毛也清晰可辨。跟电话那头声嘶力竭、捶胸顿足的间隙,她居然还能用英语跟我调情:"你比我刚见着那会儿坏多了,列尼。"

"为您效劳,我当然全力以赴。"我有点结结巴巴。

"那就再坏点儿。"她说着忽然合拢了双腿,差点把我魂儿勾了去,然后继续怒气冲冲地打电话。我想再感受一下四十岁乳房的温度,于是一边慢慢揉搓着,一边不停扑打着眼睫毛(就是不停眨巴眼睛),完全效仿刚才她的做法,再加上自己来自美国东海岸的调侃。法布里齐亚也眨眼回应,甚至把我的一只手伸进她的霓虹内裤。过了几分钟,我们正想去卧室继续缠绵,却发现她三岁的儿子藏在一个枕头下面,一阵浓烟从主屋里飘来,把他呛着了。"该死。"法布里齐亚骂道,眼瞅着小东西一边咳嗽一边向她爬来。

"妈妈,"孩子轻轻叫唤着,"救命。"

"凯蒂娅!"她厉声叫起来,"臭婊子!不好好看孩子,跑哪儿去了。乖乖待在这儿,列尼。"她跑出去找那个乌克兰保姆,儿子从只有在好莱坞电影中才会出现的浓烟里踉跄着走出来找妈妈。

我踱步来到了走廊,这里热闹得像费米齐诺机场的到站大厅,一对对的人儿见面、聊天,消失在一个个屋子里,再从屋子里出来,忙着整理衣衫,系紧皮带,最后分开。我拿出手机,虽然它速度缓慢,屏幕也不太灵光,我还是试图在这间屋子里找出那么一个高端客户——这也是为我的老板乔西寻找新客户的最后一次机会。在欧洲的这一年时间里,我总共发展了一个客户。可惜的是,这里没有一个人看起来像大款。一个小有名气的多媒体人,来自意大利北部波伦亚的视觉艺术家,看起来十分腼腆又闷闷不乐,因为他亲眼看到女友正跟一个远不如他的男子放肆地调情。"我工作一阵子,休息一阵子。"带异国口音的英语,接着是一阵放荡的女人笑声。一个刚来的美国妞,是个瑜伽教练,却被一个当地的老妇说哭了。老妇不停地用长长的涂了指甲油的手指戳着她的胸口,把美国侵略委内瑞拉的账生生算在她头上。佣人端来了一大盘腌凤尾鱼。一个秃头男子,大家都叫他"癌症佬",喜欢一个阿富汗女子但总被拒绝,只好心灰意冷地跟在这个姑娘后头。一个小有名气的意大利广播公司的男演员向我炫耀他如何在智利把一个名门闺秀的肚子搞大了,然后赶在事情闹大之前偷偷溜回罗马。这时另外一个那不勒斯人过来了,男演员匆匆打发我:"抱歉,列尼,我们接下去要讲意大利语。"

我继续等着我的法布里齐亚,一边心不在焉地嚼着凤尾鱼干,我觉得整个罗马都找不出第二个像我一样欲火焚身的中年男子,非常明显。或许此刻,我的露水情人已经躺在另一个男人的怀里撒娇偷欢了。而在纽约,也没有一个姑娘在那儿等着我回去,甚至我的工作还保不保得住都是个问题,毕竟在欧洲的这段时间实在乏善可陈,所以我更想找法布里齐亚大干一场。她的皮肤,柔软无比;她的肌肉,活跃跳动;她的呼吸,急促困难(跟她儿子刚才一样),所以当我们"做着爱"(她的原话)的时候,仿佛她随时都会死去。

我看到一个高大的罗马人,一个矮个儿美国雕塑家。那美国人老喜欢把头发扎成一个拖把,还老吹嘘自己跟纽约曼哈顿巨星"博比·D"是铁哥们。有好几次,都是我在他喝得不省人事之后,把他肥得像猪一样的身子塞进出租车,告诉司机那个著名的雅尼库伦山的住址,还要倒贴我自己宝贵的二十欧元。

我几乎错过了一个站在他前面的韩国姑娘（我之前谈过两个韩国人，都傻乎乎的，倒也可爱）。她把头发扎成一个圆髻盘在头顶，看起来有点像亚洲的奥黛丽·赫本。她的嘴唇丰润饱满，鼻子上的雀斑有点扎眼却也不失可爱，体重最多不过八十磅。这么玲珑精致的一个人儿，看了不禁让人浮想联翩。我头脑里开始冒出一些不着边的想法，比如，她的母亲，一个整洁娇小的老妇人，有信仰，想移民，却不得不接受女儿已经不是处女这个现实。

"哦，列尼，"我上前招呼，雕塑家跟我寒暄了几句。如果放宽条件的话，他也算个"高端客户"，我也试着接触过他几回。那韩国女子抬头，漫不经心地看了我一眼（我觉得她跟雕塑家之间有什么不愉快），手臂交叉护在胸前。我猜我一定冒失地打搅了他们，正准备道歉，雕塑家却开始介绍我们认识。"美丽的尤尼斯·金小姐，来自新泽西的福特·李，现就读于马萨诸塞州的爱德博德学院，"他说话喜欢带布鲁克林口音，还颇为自得，"尤尼主修艺术史。"

"尤尼斯·朴，"她更正，"其实我学的并非艺术史，我也不是学生了。"

她的坦率让我欢喜，不觉下面的家伙也一跃而起。

"这位是列尼·阿布拉罕。他做证券交易。"

"我叫艾布拉莫夫。"我同样彬彬有礼，端起手上的西西里葡萄酒，一饮而尽。忽然我感觉新换上的衬衫都汗湿了，脚底都冒汗。没办法，我只好掏出手机，自以为潇洒地弹开手机盖，举了会儿，又匆匆放回衬衫口袋。拿过最近的一个酒瓶，给自己的酒杯倒上酒。我打算隆重地自我推荐一番："我是做纳米技术的。"

"你是个科学家？"尤尼斯·朴问。

"销售员还差不多。"雕塑家毫不客气地揭穿我。他对女人，向来很有手段。上次聚会，他打败一个来自米兰的动漫家，赢得美人为他口交，那姑娘就是法布里齐亚十九岁的表妹。在罗马,这样的消息够刺激,所以传得也快。

雕塑家稍稍往尤尼斯的方向转了下身,正好用他肥厚的肩膀把我挡住。我本想这大概是叫我离开的暗号,但每次想走的时候,尤尼斯就会朝我看一眼,不经意间向我抛来了橄榄枝。或许,她是被雕塑家吓到了,怕自己最后也会沦落到某个灯火幽暗的房间,跟那个十九岁的表妹一样的下场。

我只好在一旁一杯接一杯地喝,眼睁睁看着雕塑家肆无忌惮地调情,尤尼斯却丝毫不为所动。"所以我就对她说:'伯爵夫人,你可以住在我在普利亚的海边别墅,直到你振作精神为止。'我暂时不能在海边度假。他们委派我到上海去做一个项目,两个单子六百万人民币。这是多少来着——五千万美金?我对她说:'别哭,伯爵夫人,你个老狐狸。我自己什么好处也没得,一个子儿也没有。我是在布鲁克林海军大院里长大的,我记事的第一件东西就是扔在脸上的一只臭袜子,邦——"

我忽然觉得雕塑家很可怜,不光因为他喜欢尤尼斯根本就是癞蛤蟆想吃天鹅肉,还有我意识到他快死了。从他以前的一个相好那里我得知,他已患糖尿病晚期,那差点要了他两个脚趾头,而过量的可卡因又让日渐老化的循环系统雪上加霜。在我们这行,管他这样的人叫 ITP——无法保存的人。奈何他已病入膏肓,现代医学也回天乏力。从心理学角度讲,身体已经呈现一种"极端想要灭亡的渴望"。更糟糕的是他的财务状况。我直接引用我老板乔西的话:"年收入二百二十四万美元,与人民币持平;支出,包括赡养费和孩子的生活费三百十二万美元;可投资资产(不含房产)二千二百万北欧元;房产五百四十万美金,与人民币持平;总负债达到了一千二百九十万美元,资不抵债。"换言之,财务一团糟。

他为什么这么糟蹋自己呢?为什么不早点远离毒品和女人,在美国的科孚或者泰国清迈住上个十年,用碱或者其他技术清理一下身体,改去冒失激进的毛病,专注于工作,加深资历,顺便甩去肚腩上的救生圈,让我们负责剩下的事务?他为什么要留在这个行将落寞的城市?它榨干年轻人身上的血汗,充斥着毛发浓密的阴户和巨大的碳排放量,像潮水一样把他一步步推向不归路。除去他那丑陋的身体,满口的烂牙和难闻的口气,他其实还是个幻想家和创意者,他笨手笨脚干下的那点活有时还是蛮叫人嫉妒的。

  我开始处理雕塑家的后事。我走在抬棺人的后面,一边安慰着他美丽的前妻和两个天使般可爱的双胞胎儿子,一边偷偷观察着尤尼斯·朴,她看起来那么年轻,那么肃穆,对言过其实的悼词不时点头。我忍不住想要伸手去抚摸她扁平的乳房,娇小而坚硬的乳头诉说着她的爱意。我注意到她挺拔的鼻梁和瘦削的手臂上冒出了细密的汗珠,她喝酒的架势甚至跟我有得一拼。从侍者那里一杯接着一杯地要酒,小嘴都变紫了。她穿着修身牛仔裤,上面套一件开司米线衫,脖子里挂的一条珍珠项链让她看起来至少成熟了十岁。唯一看得出她年轻的是一个白色坠子,好像是一颗鹅卵石,看起来又像迷你版的手机。在大西洋那头的国家里,一些富裕的地方,年轻和年老的界限已经日益模糊,在其他一些地方,年轻人越穿越少,但尤尼斯的故事又是什么样的呢?她是不是想让自己成熟、富有,更像个白人呢?为什么明明已经是美人,却要画蛇添足?

  等我再次抬起头来,正好看见雕塑家把他的胖手放在尤尼斯瘦弱的肩膀上,还用力掐了一把。"中国女人真是娇弱啊。"他感叹。

  "我一点也不娇弱。"

  "没错,你娇弱无比!"

  "我不是中国人。"

  "不管这些,博比·D和迪克·盖尔在一个派对上打了起来。迪克跑来问我'为什么博比那么恨我?'等等。我说什么了?要再来一杯吗?哦,宝贝儿,你来罗马可真的来对了。纽约已经完蛋了。美国已成历史。看看这些操蛋的掌权者,我可不打算回去,去他妈的鲁本斯坦,去他妈的两党轮流坐庄!那是一九八四年的事儿,宝贝儿。你可能还搞不明白。就让我们的书呆子列尼来向你解释一下。你真幸运,尤尼,能跟我在一起。想亲我一口吗?"

"不,"尤尼斯·朴很坚决,"不,谢谢。"

不,谢谢你。多可爱的韩国姑娘,爱德博德的高材生。我多希望能亲一亲这丰润饱满的嘴唇,抱一抱这轻盈柔弱的身体啊。

"为什么不肯?"雕塑家恼羞成怒。显然,他已经丧失了预知下一步的能力,抓住她的肩膀拼命摇,他肯定是喝多了。但尤尼弱小的身躯显然受不了这个。她抬起头,我看到了熟悉的愤怒,跟孩提时代受了欺负之后的愤怒一样。她一只手搭在腹部,好像被捶了一记,又低下了头。红酒洒在她昂贵的线衫上。她转向了我,满是尴尬,不为雕塑家的粗鲁,为的是自己的失态。

"别这样,"我的手放在了雕塑家硬邦邦、汗津津的脖子上,"我们去沙发上坐会儿,喝点水。"尤尼斯一下挣脱了,后退了几步,揉搓着肩膀,泪水在眼眶里打转。

"去你妈的,列尼,"雕塑家还在骂人,一把推开了我。他的手劲挺大的。"兜售你的长生不老药去吧,这儿没你什么事!"

"沙发上凉快去吧,"我让他识点好歹。我径直走向尤尼斯,手臂挡在了她身体周围,但没有直接碰到她。"不好意思,"我嘟哝着,"他醉了。"

"没错,我是醉了,"雕塑家还在那里嚷嚷,"别看我现在连路也不会走了,可到了明天,我就又能搞艺术了。你能干什么呢,列纳德?为两党制的老头端茶倒水,还是奉上克隆肝脏?写日记?让我猜猜。'以前我叔虐待我，我曾经海洛因上瘾三秒钟。'忘了什么长生不老药吧，我的朋友，你能长命百岁，这没问题，像你这样的庸才才配长命百岁！尤尼斯，不要相信这个人，他跟我们不一样，他是一个真正的美国人，一个比狐狸还精的家伙！因为他，我们才不得不去委内瑞拉。因为他，我们在美国才不敢发出嘘声。他比鲁本斯坦也好不到哪里去！看看这深色瞳仁、善于撒谎的德系犹太人的眼睛，真是基辛格第二。"

一堆人已经围了过来。看着这个著名的雕塑家"表演"是罗马人的一大乐事，而带着强烈控诉感情说出的"委内瑞拉"和"鲁本斯坦"，则能让一个快昏迷的欧洲人立马精神抖擞。我可以听到客厅传来法布里齐亚的声音。我小心翼翼地领着韩国人走向厨房，厨房再往后就是佣人的房间，那儿有另外一扇门。

在一个灯泡的照明下，我看到乌克兰奶妈正轻轻拍着一头乌发的小家伙，就是法布里齐亚的儿子。小家伙很安静，因为含着奶嘴，对我们的闯入也没什么大反应。奶妈问我们："干什么？"我们并不理会，直接绕过她，和一叠洗烫干净的衣服，还有几样廉价纪念品（其中有一条围裙，图案是米开朗基罗的大卫塑像屹立在竞技场前），这就是她全部的家当。当我和尤尼斯走下大理石台阶时，我听到身后法布里齐亚本想在电梯前截住我们，听我们说说雕塑家这次的熊熊怒火是怎么烧起来的。"列尼，回来，"她在身后叫，"我们还要做爱呢，最后一次！"

法布里齐亚，我碰到的最柔软的女人，但或许我已经不需要柔软了。法布里齐亚，多处地方毛发兴盛，碳水化合物雕塑出玲珑曲线，这一切不过是旧世界，和它非电子的肉体存在罢了。而眼下，站在我面前的，是尤尼斯·朴，单薄的纳米身材，或许对男女之事还未开窍，身上既没有丰乳也不洒香水，可以说在大街上站在我面前跟出现在手机屏幕上毫无二致。

屋外，南半球的月亮挺着个大肚子一脸满足，维托利奥广场上棕榈树迎风摇曳。外来移民结束了一天的劳作，护着跟情妇生下的孩子，睡得正酣。路上偶尔有一两个穿着时尚的意大利人，应酬完了正回家。唯一的声响就是他们低声谈话的声音，和行驶在广场东北角的电车发出的咔嗒声。

尤尼斯和我阔步向前，她在前，我在后，我的内心充满了与她从派对私奔出来的欢喜。我猜这个小妮子应该会感激我的救命之恩吧，毕竟雕塑家浑身散发着死亡的腐臭。我更想让她了解我，更正雕塑家口中的我的坏形象，比如说我贪婪，有野心，一无是处，还是两党派成员，以及我在加拉加斯的图谋。我想告诉她我身处险境，美国重建署已经以叛国罪把我列入了黑名单，仅仅因为我跟一个中年意大利女人上了床。

我的眼睛不曾离开过尤尼斯弄脏的线衫，和线衫下鲜活的身体。她的身体好像在出汗，看得我心旌摇荡。"我知道有一家干洗店，他们对付红酒渍很有一套，"我说道，"尼日利亚人开的，就在这个街区。"我强调了"尼日利亚"，为了证明我不搞种族歧视。列尼·艾布拉莫夫，与谁都能友好相处。

"我在火车站附近的一个难民营当过志愿者。"尤尼斯告诉我。

"是吗？真了不起！"

"你真是个蠢货。"她的嘴角浮现一丝冷笑。

"什么？"我有点摸不着头脑，"抱歉。"我也挤出一丝笑容，还在想这是不是个笑话，但我的心觉得很痛。

"LPT，"她不理会我，继续说，"TIMATOV。POFLAARP。PRGV。完全是 PRGV。"

年轻人就爱用缩写。我假装明白她的意思："没错，IMF。PLO。ESL。"

她不可思议地看着我，好像我是个疯子。"JBF。"她说。

"什么意思？"我脑海里出现一个新教徒的画面。

"意思是'说着玩儿'。开玩笑,你懂的。"

"呵,"我说,"我知道,真的。依你看来,我为什么是个蠢货呢?"

"'依你看来',"她模仿我的语气,"谁会像你这样说话?谁会穿这样的鞋子?看你的样子,真像个簿记员。"

"我感觉有火药味儿。"我说。三分钟之前什么事冒犯了这个温柔受伤的小妮子呢?我好歹松了口气,站直了身子,尽管魂儿有一半在她那里了。

她撩起了我的袖子,仔细看了看。"你的扣子扣错了。"我还来不及说什么,她已经帮我重新扣好,又往下拉了拉直,这样肩膀和上臂那里就不显得那么臃肿了。"看,"她有点得意,"这样好多了。"

我完全不知所措。在和同龄人打交道的时候,我还是蛮自信的,虽然外貌普通,但受过良好教育,收入不菲,工作的性质也是目前最高新的技术领域(我手机玩得非常溜,跟我的移民父母一样)。但到了尤尼斯·朴那里,这一切都行不通了。我就是个上了年岁的蠢货。"谢谢,"我说道,"没你真不知道怎么办。"

她冲我笑了,我注意到她有两个小酒窝。这两个酒窝不光是脸颊的点缀,还让整张脸充满了暖意和个性(而眼下,正好驱散了她的一些怒火)。"我饿了。"她说。

我懵了,就像当记者在记者招待会上告诉鲁本斯坦我们的军队已经开到了玻利瓦时他的表现一样。"什么?"我问,"饿了?太晚了吧?"

"呃,一点也不饿,爷爷。"尤尼斯嘲弄道。

我将计就计。"我知道有个地方,叫托尼诺,通心粉做得很地道。"

"《Time Out》①杂志上也这么评价。"小妮子好像很懂行的样子。她

---

① 一份创立于英国伦敦的休闲消费类杂志,二〇一〇年获"最佳国际消费杂志",主编托尼·艾略特。

摸了摸像手机一样的项链坠子,又用非常流利的意大利语叫了一辆出租车。从高中开始,我还没这么紧张过,跟无所不能的尤尼斯相比,纤细的、不依不饶的死神也立马星光黯淡了。

在出租车里,我缩在一角,跟她保持距离,随意地东拉西扯(比如"我听说美元又要贬值了……")。罗马城在我们四周铺陈开来,不经意间透露着华丽,但总是一副气宇轩昂的样貌。她心安理得地收下我们的金钱,也乐于被收入镜头,但最终归于无欲无求的淡定。我忽然明白过来,司机在给我们绕路,但我什么也没说,尤其是当我们经过夜幕下的斗兽场,一派紫光萦绕。我告诉自己:记住,列尼,要培养一种怀旧情怀,否则你永远不明白什么才是重要的。

但那晚到了后来,我几乎什么都不记得了。或者让我这么说,我喝酒了,一半为了壮胆(她是如此冷酷),一半出于高兴(她是如此美丽)。喝啊喝,一直喝到我的嘴唇牙齿红得发黑,酒气熏天,浑身流汗,岁月不饶人啊。她也喝了。当地的一种酒,先要了半升,接着一升,然后两升,最后又要了一瓶大概是撒丁岛酒,味道不记得了,反正比公牛血要够味儿。

有了美酒,当然也少不了佳肴。一盘红辣香艳的通心粉,猪下颚让我们若有所思啃了半天,跟辣味茄子拌在一起的意大利面条让我们吃得啧啧赞叹,还有一盘菜是把兔肉浸在橄榄油里。我知道等我回了纽约,我会想念这一切的,包括那可恶的灯光,把我的年龄生生暴露在美女面前——眼睛周围布满细纹,额头上有一条高速路,还有两条乡间小道。这些都是无数个不眠之夜留下的后遗症,算计着未尽的享乐,精打细算着那一点收入,但想得最多的还是死亡。这家饭店特别受演员的青睐,当我把叉子伸向厚厚的肉酱面和闪着油光的茄子时,我尽力记住他们那中气十足、引人注意的嗓音,还有夸张的意大利手势,如此充满活力,仿佛就是活物或者说生命的代名词。

我的注意力集中在我面前的这个活物上,并努力让她爱上我。我的话可能比较夸张,但我的心意十分真诚。以下就是我所记得的。

我告诉她,我不想离开罗马,因为我认识了她。

她再次叫我蠢货,但这次是让她开心的蠢货。

我说我除了让她开心还想干点别的。

她说我应该对眼下知足。

我说她应该跟我一起搬去纽约。

她告诉我她有可能是个同性恋。

我说工作就是我的生命,但我的生命里依然容得下爱情。

她说爱情免谈。

我说我爸妈是俄罗斯来的移民,现居住在纽约。

她说她爸妈是来自韩国的移民,现居住在新泽西的福特·李。

我告诉她我爸爸是个退休的门卫,喜欢钓鱼。

她告诉我她爸爸是个足科医生,专打老婆和两个女儿的脸。

我"哦"了一声。尤尼斯·朴耸耸肩,表示不在乎。在我的盘子里,兔子的心脏还安静地躺在肋廓里。我的头埋进了手里,想着自己是不是应该扔下钱,头也不回地走掉。

但没过多久,我们就散步在青藤缠绕的朱利亚河,我的手臂搂着尤尼斯·朴散发着芳香又带点男孩子气的身躯。她看起来心情不错,对我若即若离:一会儿送我一个香吻,一会儿又嘲弄我蹩脚的意大利语。她有时会咯咯地娇笑不止,雀斑在月光下若隐若现,因为喝多了,还会止不住地尖叫"闭嘴,列尼!""你这个白痴!"我注意到她把发髻拆散了,黑瀑布一般的长发披散下来。她才二十四岁。

我狭小的公寓只容得下一个双人床垫和一个打开的行李箱,边上还横七竖八地散落着几本书("我在爱德伯德的同学管这些书叫'台阶'。"她告诉我)。我们非常慵懒地接吻,好像两个人都无所谓,然后又深情地吻在一起,好像我们都很认真。但有个问题,尤尼斯·朴迟迟不肯摘下她的文胸("我真的没胸"),我大概醉得脑子也坏了,所以迟迟也没有勃起。但我并不想跟她性交。她在我的要求下脱去了内裤,我的手掌托住了她两个娇小的屁股肉弹,嘴唇迫不及待地凑向她柔软无比的阴部。"噢,列尼。"她听起来有点痛苦,大概她体会到自己的青春对一个像我这样的老家伙意味着什么。死神就住在我家客厅,它的光和热让我实在难以招架。我用力地吮啊吮,贪婪地呼吸着她私密处的味道,如此原汁原味,到后来居然就脸埋在她的两腿间睡着了。第二天早上,她还帮我打点行装,我的行李箱居然没她帮忙就不肯自行扣上。"你这么刷牙不对,"她又开始对我刷牙的姿势评头论足,还让我伸出舌头,用牙刷用力地刷宿醉留下的紫色舌苔。"看,这下好多了。"

坐在去机场的出租车上,我的心中五味杂陈,又开心,又孤独,又无助。她让我仔细洗了嘴唇和脸颊,不想自己的体味留在我身上,可她哪里知道她那咸咸的味道永远停留在了我的鼻尖。我用力地嗅,捕捉着空气中她的味道,想着我如何才能把她骗到纽约,让她成为我的妻子,让她主宰我的生活,我永远的生活。我摸了摸早上精心刷过的牙齿,捋了捋从领口探出的灰色的体毛,借着微弱的晨光,她一直在打量我。"真可爱,"不一会儿,又带着孩子气惊呼,"你老了,莱恩。"

哦,亲爱的日记,我的青葱年华已逝,但岁月情怀未长。做个成年人怎么就这么难呢?

有时生活就是一混蛋

摘自尤尼斯·朴在全球青少年网上的邮件

六月一日

格式:中篇标准英语文本

全球青少年超级暗示:今天转进了图像专业!越少文字=越多乐趣!!!

尤尼丝袜在国外致格里尔婊子

亲爱的小马驹:

　　最近怎么样?想我吗?想对我说些久别后的甜言蜜语吗?说着玩儿的。我真是受够了成天跟娘儿们混在一起。顺便说一句,我在爱德伯德校友版上看到你把舌头伸进布丽安娜的,呃,耳朵里。我希望你这么做不是为了叫格佛嫉妒,他老喜欢搞三人性爱。自爱一点,别被他当成鸡!你猜怎么着,我在罗马遇见了我的白马王子,我喜欢的那一型,高大,有点儿像德国人,十分害羞,但一点也不白痴。乔凡娜介绍我们认识的,他在罗马为福特信贷公司工作!我们的第一次见面是在诺瓦那广场(还记得影像课吗?提到过那个广场上有许多人身鱼尾雕像)。他坐在那里,喝着卡布奇诺,翻看着《纳尼亚传奇》!还记得我们是在天主教堂里看的吗?真是不可思议。他看起来有点像格佛,但要瘦得多(哈哈哈)。他叫本,听起来有点像同性恋,但他实在太帅了。他带我看了几幅卡拉维戈的作品,顺便轻轻摸了我的屁股。接着,我们去了乔瓦娜的派对,然后做爱了。派对上的意大利妞们穿着洋葱皮紧身牛仔裤,目不转睛地盯着我看,仿佛我偷走了他们的头号大帅哥,真让人火大!她们要再敢说一遍我"黄褐色的眼睛",我就让她们好看,我发誓。不管怎样,我急需你的建议,因为他昨天给我打电话约我下星期去洛卡,我故意没答应他,但明天我打算打电话告诉他我去!我该怎么办?救救我啊!

又及:昨天我在派对上遇到一个又老又丑的男人,我们喝得一塌糊涂,我让他吻了我的下身。因为另外还有一个更老的老家伙,一个雕塑家,想跟我上床,所以我寻思着,挑了个稍微好点儿的。啊,你得帮帮我啊!!!他长得不赖,人有点傻,自我感觉不错,好像是做生物技术的。他的脚真是奇丑无比,大趾内侧肿胀,还长着长长的足刺,看起来好像脚上又粘了个趾头。我知道,我是受了老爸的影响。还有,他刷牙的方法也不对,所以我得教一个成年人怎么刷牙!!!我的生活是怎么了,亲爱的小马驹?

格里尔婊子致尤尼丝袜在国外

亲爱的大熊猫:

好吧,让我这么说吧:傻瓜,你是不是脑子进水啦?这个男人几岁啦?你干吗去碰他的脚?你是个专啃脚趾头的怪物吗?我得把我的干洗账单寄给你,因为在给你写这封信的时候我还在吐。好吧,让我们忘了这个轮椅老爷爷吧。这个本听起来倒是还不错,而且在信贷公司工作,应该他妈的很有钱吧,要是格佛也能在这样的地方工作就好了。格里尔婊子的独家建议来了:跟他去洛卡,不过洛卡在哪儿?第一天对他爱理不理,晚上让他狠狠地干你,接下来几天让他完全摸不着头脑,他会立马爱上你,尤其是你让他尝到了你具有魔力的阴部之后！！！然后在回罗马的路上表现得温柔得体，给他留下一个好印象，同时让他觉得对你没把握。

接下来聊聊我这边的情况吧。格佛在雷东杜办了个派对。帕特·阿尔瓦雷茨，你还记得那个跟我们一起上天主教堂的男孩吗？温迪·斯奈切下身穿着洋葱皮紧身牛仔裤，上身戴了个"萨米"无痕抹胸，就一屁股坐在了格佛的大腿上。他似乎在极力推开她，但那娘儿们居然说你不想看我和你女友单挑吗，她这么说的时候几乎是想把自己的奶头塞进他的眼眶里，那奶头又肥又大，典型的白人妞的奶头，真恶心。于是格佛这么看着我，那表情似乎在说，好啊，你要是愿意就跟她单挑吧，那也挺酷的，只要不是太过火。这帮轻佻的女孩从加州大学尔湾校区毕业，却在客厅里大打出手，为的就是引起一些白人小伙的注意(不包括格佛)，所以我的表情告诉她"我不想跟你单挑，温迪·斯奈切"。我的态度还算温和，那语气更像是在说"不，谢了，你坐的可是我男朋友的裆部啊！"但她居然跑到我跟前，口没遮拦地说："哦，你念爱德伯德，我还以为你是个同性恋呢，倒没看出来你还是个女权主义者。"我这样回她："对，即使我是全美国第一号女同志，也不愿跟你混在一块儿。"猜猜后来她怎么着？帕特·阿尔瓦雷茨和他的三个哥们在浴缸里把她菊爆颜射了一通，全程拍摄，第二天上传到了全球青少年网。你知道她得分有多高？个性七百六十四分，性吸引力高达八百多分。这些人是不是出毛病了？

六月二日

朴正苑致尤尼丝袜在国外

尤尼：

昨天你的 LSAT 成绩寄到家里了，萨莉还想把信封藏起来。你只得了一百五十八分，太低了，离做律师的目标太远了。我很失望你的分数跟上次一样糟糕，这说明你学习不努力。我现在感觉生活真是糟透了，但你已经二十四岁啦，是个大姑娘了。我的话你也不想听，但你得好好读书，读书的时候其他什么也不要想，当然帅小伙除外。但你得小心着点儿，因为我们是女孩子，还是要留一手。罗马有韩国男孩吗？原谅我，我的英语太烂了。

我爱你。

妈妈

又及：你爸常说我不该说"我爱你"，他怪我把你宠坏了，而且我们韩国的爸妈从不对小孩说这句话。但我真的是打心眼里爱你，所以我就这么说了！

尤尼丝袜在国外致朴正苑

妈妈，快汇一万跟人民币挂钩的美金到我在联合废料CVS花旗信贷（AlliedWasteCVSCitigroupCredit①）的账户上，等我回国我就再考一次LSAT。埃塞尔·金只考了一百五十四分，她都报了三个补习班，所以我没问题的。我在这儿还不错，就是找工作麻烦了点儿，你得有一个类似绿卡一样的东西才能打工，叫"逗留许可"，但这里的人都讨厌美国人。要不然，我就只好做个互惠生之类的了。我现在在一个难民营做志愿者，一星期三个小时，你告诉爸爸了吗？不，这儿没有韩国男孩，罗马在意大利。查一下地图吧。

---

① Allied Waste是美国最大的固废企业联合废料实业，CVS是美国最大的药品零售商，Citigroup是世界最大的金融服务公司花旗集团，此处指三家公司合并。

六月三日

朴正苑致尤尼丝袜在国外

尤尼：

　　妈妈能为你做什么？当你有困难的时候，你可以写邮件给我，不光光是你需要钱的时候才想到我。等你有一天做了律师，妈妈会为你骄傲的，到时你也不用问我要钱了。你自己也会感到很骄傲，因为你能帮助妈妈补贴家用。家庭总是最重要的，否则，上帝让我们活在地球上做什么呢？我真替你跟萨莉担心。你爸最近心情不太好，可能又是我的错。我在教堂特意为你祈祷了，周牧师对我说每个年轻人都有自己的路，你知道自己的路该怎么走吗？如果你已经有了计划就快告诉我，否则我们一起想办法。记住，把耶稣装进心里，这很重要！还有，走到哪儿都有韩国男孩，比如你去韩国人做礼拜的教堂，就能碰到一两个喜欢的。我的英语太差，你大概看不太明白。

　　我爱你。

妈妈

尤尼丝袜在国外致朴正苑

　　你说爸爸心情不好是什么意思？如果他又打人了，你和萨莉就去银赫家躲躲。妈妈！不要老想着耶稣了。这很重要！听你这么说我真的很害怕，他这次又对你和萨莉做了什么？我昨天往家里打了八次电话，每次都只有语音信箱。看到我这封邮件后马上在全球青少年网上给我打个网络电话！

朴正苑致尤尼丝袜在国外

尤尼：

　　别替我们瞎操心了。那天你爸多喝了几杯，我做韩式辣豆腐煲的时候用了坏掉的豆腐，就惹他生气了。我让萨莉出去透透气，但她不肯，就睡在了客房里，我睡在地下室。所以，家里还好！你收到我打到你信用卡上的那笔款子了吗？去查一下。数目不小啊，不要再叫我失望了。在罗马过得开心一点，在爱德伯德好好用功，这些都是你应得的。你的生活才刚刚起步，不要再走错了！跟首尔来的臭小子走远点，他们都没安好心，基督教徒也好不到哪里去。我每天都向耶稣祷告，让他保佑你过得比我幸福，因为我可能违背上帝犯下了罪孽。我很羞愧。多跟萨莉聊聊，她很想你。你有这样的责任，因为你是姐姐。LSAT 没考好，我替你难过。你难过，妈妈也难过。你受伤，妈妈伤得更重。

尤尼丝袜在国外：萨莉！爸妈又怎么了？

萨莉星：没怎么，不就那辣豆腐煲嘛，你会关心这个？

尤尼丝袜在国外：你干吗冲我发火？

萨莉星：我没发火，让我一个人静静。罗马有"萨米"比基尼卖吗？

尤尼丝袜在国外：有，不过要八十欧。

萨莉星：那是多少？

尤尼丝袜在国外：很贵。你在伊丽莎白大街的萨米专卖店买要便宜得多，或者干脆去阳光香橙网上买。你干吗要穿那种别人都能看到你乳头的比基尼？我记得你是不赶时髦的。

萨莉星：大家都在穿啊，在福特·李的大街小巷都是。

尤尼丝袜在国外：福特·李的谁？

萨莉星：格蕾丝·李的姐姐。

尤尼丝袜在国外:波娜？她是个白痴。

尤尼丝袜在国外:萨莉,爸爸打你了吗？

萨莉星:他说他想念加利福尼亚。诊所没什么生意,新泽西的韩国人都已经有足科医生了。妈妈也没什么事可干。

尤尼丝袜在国外:好吧,你故意不回答我的问题。谢谢你帮我藏 LSAT 成绩。

萨莉星:妈妈还是发现了啊。你怎么样？

尤尼丝袜在国外:我在这儿遇见一个白人帅哥,在福特工作。

萨莉星:还是跟韩国男孩约会容易些,因为家庭等等的原因。

尤尼丝袜在国外:谢谢啊,跟老妈一样。

萨莉星:我说得不对吗。

尤尼丝袜在国外:对,或许我应该找一个爸爸那样的,那一"型"的。

萨莉星:随便你。从帅哥那儿多捞点钱,我一点还有个会。

尤尼丝袜在国外:什么会？

萨莉星:哥伦比亚一清华学生抗议 ARA。我们下个星期打算游行到华盛顿。

尤尼丝袜在国外:什么 ARA？

萨莉星:美国重建署的简称。两党派搞的鬼东西。拜托,你不看新闻的啊？

尤尼丝袜在国外:你确实在生我的气。

尤尼丝袜在国外:萨莉,你不必跟爸妈住在一起,你可以搬到寝室去住,做个实习生或者打份工,自己挣钱。我不希望你卷入政治,我们享受生活就好。

尤尼丝袜在国外:萨莉？在吗？你希望我回家吗？如果你需要,我可以明天就飞回来,照顾妈妈。

尤尼丝袜在国外：萨莉，不要生我的气。我很抱歉当你和妈妈需要我的时候我不在，我真是混蛋。

尤尼丝袜在国外：萨莉？在吗？或许你已经离线了，你们那儿应该是一点了。

尤尼丝袜在国外：萨莉，我爱你。

六月四日

列纳德·德波拉莫芬奇致尤尼丝袜在国外

噢，你好，我是列尼·艾布拉莫夫，还记得我们在罗马的短暂邂逅吗？谢谢你帮我刷牙，嘿嘿！我刚回到 US 和 A。最近我在练习缩写，我记得你在罗马的时候说过 ROFLAARP。它的意思是不是"在地板上打滚，看着让人上瘾的色情小说"？看，我其实没那么老吧！唉，我一直在想你。最近会来纽约吗？你可以住我这儿。我收拾出了一间不错的屋子，七四〇平方英尺，带阳台，可以俯瞰市中心。我做了一个烤茄子，当然不能跟托尼诺吃的大餐相比。如果你坚持，我也可以睡沙发。有空就给我写信或者打电话，什么时候都可以。能遇见你真的真的真的是太美妙了。写下这些的时候，我努力回忆着你鼻子上的雀斑（我这么说你不要生气）。

爱你。

列纳德

水獭反击
摘自列尼·艾布拉莫夫的日记

六月四日

纽约

最亲爱的日记:

　　我在菲乌米奇诺机场的头等舱候机厅见到了这个胖子。飞往美国和秘密国度以色列的乘客有一个专门的航站楼,是罗马机场最破的一个,里头出入的人不是乘客就是持枪的特工,拿着扫描仪对着你。靠近门的经济舱候机厅甚至都没有椅子,因为站着更便于他们扫描,把你的皮肉看个一清二楚,把你照得像只五百瓦的灯泡。不管怎么说,头等舱的待遇要好得多,所以我也不放过这最后的机会去碰碰运气,看能不能物色到个把"高端客户",他们宝贝自己的生命,或许会对我们的产品感兴趣。我仿佛看到自己胸有成竹地走进乔西的办公室,告诉他:"你看!列尼在旅行中还不忘工作。我就像个医生,随时待命!"

　　头等舱如今也跟从前不一样了。很多亚洲大佬喜欢开私人飞机,所以我的手机只能在有限的范围内挑选一些还能看的面孔,比如一个曾经的色情片明星,还有一个来自孟买、刚在国际零售业崭露头角的精明商人。他们身上都有点钱,或许没有我设定的可投资收入两千万北欧元那么多。但这个胖子什么也不是,我的意思是我的手机搜不到他的一点儿信息。他要么没手机,要么手机故意没有设置在"社交"模式,又或者他请一些俄罗斯小子屏蔽了手机的外辐射波。他看起来就像不存在一样,人们不会注意到他,不光是难看,甚至是可怕。身材肥胖,双眼深凹,下巴塌陷,头发满是灰尘,耷拉在一起。T 恤衫正好暴露了他凸起的胸部,裆部的鼓起让人很自然地联想到生殖器。没有人会注意他,除了我(我也只看了一分钟),因为他生活在社会的边缘,没有头衔,只能称之为 ITP,与头等舱候机厅的氛围格格不入。事后想想,我想给他增添一些英雄主义色彩,往他手里塞一本厚厚的书,鼻子上架一副更厚的眼镜,我想让他看起来像本杰明·富兰克林。当时,亲爱的日记,我保证告诉你真相,而真相就是,打我看到他的第一眼,我就害怕了。

双手紧扣在裆部,这个"无法保存"的胖子盯着窗外,脑袋满意地前后摇晃,就像短吻鳄半浮出水面晒太阳一样。窗外,崭新的中国南方航空公司的飞机,长着海豚一般的鼻子,从我们剥落了油漆的 737 和同样老掉牙的 E1 A1 身旁滑行而过。他目不转睛地看着,眼神狂热,仿佛周围一切都不存在。

好容易熬过三个小时的技术延误之后,我们终于可以登机了。一个穿着商务便装的男子沿着通道跟拍视频,胖子是他重点关注的对象。胖子好几次都红了脸想躲开。摄像机从肩部扫过了我,摄像师操着南方口音一字一顿地叫我看镜头。"干吗?"我问,显然我的这点挑衅对他来说已经足够。不久他就追踪别人去了。

等飞机起飞了,我想尽量从记忆中删除摄像师、水獭、胖子这些形象。我从厕所回来,目光扫到胖子,缩在一个角落,在高海拔阳光的映照下,只剩下一个柔和的光晕。坐定后,我从随身携带的行李中拿出一本已经有点磨破的契诃夫小说集(我多么希望自己也能像父母那样读俄语原版啊),翻到了短篇《三年》。故事主人公拉普托夫是一个富有的莫斯科商人之子,其貌不扬,工作体面,爱上了美丽动人、还要年轻许多的茱莉亚。我想从书里借鉴些追求尤尼斯的法子,或者说怎么跨过我们外貌相差悬殊这道坎。小说里说有一次拉普托夫向茱莉亚求婚,开始姑娘拒绝了,后来终于回心转意。我发现这个段落很有启发:

(迷人的茱莉亚)又懊恼又沮丧,不停地告诉自己,她拒绝了这么尊贵、这么优秀、这么爱她的男人,就因为<u>他不帅</u>(下划线为摘录者所加)。而嫁给他可以改变自己的生活,死气沉沉、单调乏味、无所事事的生活,韶华逝去,<u>未来毫无希望可言</u>(下划线为摘录者所加)。这样的拒绝就是毫无理智、年少任性、愚蠢至极的表现,上帝都不会放过她的。

从这个段落,我得到了以下三点心得:

第一,尤尼斯不信上帝这一套,非常不满于自己接受的天主教教育,所以想通过唤起她的虔诚或以上帝的惩罚等恐吓来使她爱上我是行不通的,尽管如此,跟拉普托夫差不多,我也是"这么尊贵、这么优秀、这么爱她的男人"。

第二,尤尼斯在罗马的生活,虽然不乏声色犬马和城市美景,但在我看来也是"死气沉沉、单调乏味",还有"无所事事"(我知道她每星期在阿尔及利亚难民营做几个小时的志愿者,这很好,但也算不上什么正经工作)。好吧,我虽然不像契诃夫笔下的拉普托夫那样来自富裕家庭,但我每年二十万人民币的消费力还是能使尤尼斯在商场小有满足感的,或许,也能"改变她的生活"。

第三，无论如何，想叫尤尼斯爱上我，光靠金钱是远不够的。她的"韶华逝去，未来毫无希望可言"，正如契诃夫形容他的茱莉亚那样。我该如何来处理这一点呢，尤尼斯？我这老头一个该如何赢得你的芳心呢？在十九世纪的俄国，这个问题应该简单得多。

我注意到头等舱里很多人看我翻看一本书，都投来异样的目光。"朋友，那东西一股子霉味儿。"做在我身边的一个年轻人说，他在大众福特工作。我只好赶紧合上契诃夫，放回头顶的行李舱里。等其他乘客的注意力又回到他们各自闪烁的屏幕上，我也掏出了手机，用拇指使劲按起了键盘，装出一副我也很热爱数码产品的样子，还心虚地偷瞟一眼四周的大黑洞，这黑洞就是在酒精刺激下让人迷失的数码生活。这时那个穿着商务休闲装的年轻摄像师又拿着摄像机站在过道尽头，镜头对准那个胖子，嘴角挂着满不在乎又鄙夷的笑容（胖子把自己的头埋在枕头里，看起来睡得很香，或者假装睡得很香）。

我呢，还在想着如何追求我的尤尼斯·朴。我的姑娘跟其他同时代的年轻人比起来是相对内敛的，所以她在数字世界留下的足印并不深。对她，我只能采取迂回策略，通过她的妹妹萨莉，她的父亲萨姆·朴——脾气暴躁的足科医生，来慢慢争取她的好感。我拿出我强大、微微发烫的手机开始搜寻起来，先定位了一颗在南加州上空的印度卫星，她本来就在那儿。我把镜头推近，看到了洛杉矶南部的庄园，深红色的屋顶，像三千平方英尺的长方形，整整齐齐地列成一排排，从高空俯瞰只能望见房顶细细的银色曲线，那应该是中央空调所在。这些房屋都朝向一汪半圆形的池水，泳池周围栽着的两棵棕榈树无精打采，这两棵树也是这一带唯一的绿化。在这些房子中的某一间里，尤尼斯·朴咿呀学语，蹒跚走路，慢慢学会了嬉笑怒骂，学会了展露风情；就是在这里，她的手臂长粗了，头发长厚了;就是在这里,乡音韩语已经听不见了,取而代之的是假模假样的加州英语;就是在这里,她谋划着一次次出逃,先逃到东海岸的爱德伯德学院,然后是罗马的广场,接着遇上维托利奥广场上中年男人的一片痴心,最后,我希望,终点是我的臂弯。

接着,我留意了一下朴医生和朴夫人的新家,一间四方的荷兰式建筑,有根突兀的烟囱,以奇怪的四十五度角斜插进大西洋中部的层层白云中。他们之前在加州的庄园价值两百四十万美元,不与人民币挂钩。这在新泽西的第二间,要小许多,价值一百四十一万美元。这让我觉察出朴医生的收入递减,我想再深入了解一些。

我强大的手机慢慢地给出一个个数据,更让我确信这位父亲的生意越来越不景气。一个表格生成了,显示的是最近八个月来的收入情况。自从他们错误地从加州搬来新泽西,人民币收入日渐减少,七月份的收入除去开支以后只剩下八千元,大概是我的一半,但我没有一个四口之家等着抚养。

没有关于母亲的任何信息,她是完全属于家庭的。但萨莉,朴家最小的女儿,慢慢浮出水面。从她的侧面像我看出她应该比尤尼斯胖,饱满的脸颊,圆润的手臂,结实的胸部就是明证。她的 LDL 胆固醇还在正常范围内,但高密度脂蛋白却高得闻所未闻。虽然有点儿胖,但她还是能活到一百二十岁,只要她坚持目前的饮食和早锻炼习惯。看完她的健康状况我又看了一下她的消费能力,顺便也感受了一下尤尼斯的。朴家姐妹喜欢超小号的商务衬衫,朴素的灰色毛衣,只有从产地和价格才能看出毛衣的品质。喜欢戴珍珠耳环,穿一百美元一双的儿童袜(她们的脚就是这么小),礼盒包装缎带一样的内裤,偶尔光顾熟食店买上一块瑞士巧克力,接着就是鞋子,鞋子,还是鞋子。联合废料 CVS 花旗信贷寄给她们的账单像动物的胸脯一样起伏不止。一边是一家叫"翘臀"的商店和几家洛杉矶、纽约的精品店，一边是她们父母在联合废料 CVS 信货公司的账户。我看到这个移民之家的收入在递减，这一家的收入总数已然在胸，我想帮他们一把，把他们从那些白痴的消费文化中解救出来。这种消费文化让他们在不知不觉中耗去了金钱。我想安慰他们，并向他们证明，同样是来自移民家庭，我是值得信任的。

接下去，我又搜索了一下社交网站，搜出许多照片，大多是萨莉和她的朋友。一群亚洲小孩，喝墨西哥啤酒喝得醉醺醺的。青春靓丽的男孩女孩，穿着考究的纯棉运动衫，冲着手机镜头摆出胜利的姿势。他们的背景要么是合上的钢琴，要么是镶了边框的水彩画，图案是极乐的耶稣做着自由落体。男孩们在他们爸妈宽大的床上叠起了罗汉，牛仔裤叠着牛仔裤又叠着牛仔裤。女孩们挤做一堆，眼睛看着手机镜头，尽量让笑容统一，尽量显出那么点儿女人味。萨莉妹妹，一副受了伤也无所谓的样子，手臂搭在另一个跟她一样胖乎乎的女孩身上，穿一件天主教学校统一的校服。那女孩又背过手去，在萨莉头上做了个长角的手势。就在那儿，在那一排十个咧嘴傻笑、刚从大学毕业的姑娘的最后头，是我的尤尼斯，她的眼睛冷冷地打量着铺了沥青的加州后院，不结实的门板，脸上努力挤出那标准的四分之三的笑容。

我闭上眼睛，让这个形象继续丰富着我头脑里关于尤尼斯的资料库，然后睁开，再打量了一番。不是因为尤尼斯那丝努力挤出的灿烂笑容，而是别的什么。她好像在有意避开镜头，手举在半空中，要戴上太阳镜。我把图像放大八百倍，聚焦在离镜头较远的那只眼睛上。在眼睛下方一侧，我看到一块黑色的印记，好像是毛细血管破裂之后留下的疤痕。我一会儿放大，一会儿缩小，为的就是搞清楚这洁白无瑕的脸蛋上哪儿来的这一块瑕疵。最后，我确信，这是两个手指印，不，三个——食指，中指和拇指——抽过她的脸时留下的。

好吧，停下来。够了，这样的侦探工作。够了，这样的走火入魔。够了，把自己定位成解救遭遇家庭暴力的女孩的英雄。让我来试试，看能不能写超过三页，而不提到尤尼斯·朴。让我来试试，写点不关乎我的真心、不着边际的话。

因为，当飞机最终降落在纽约机场的跑道上时，我差点忽略了散落在被太阳烤蔫的草坪上的坦克，和荷枪实弹的特警，差点忽略了穿着沾满泥巴的靴子、把我们的飞机包围起来的士兵。机长想通过广播说明什么，但还是湮没在一片嘶嘶的线路嘈杂声中。

包围我们的飞机的是美国国家军队。但闻有人用力拍打机舱的门，空姐早就六神无主，赶紧去开。"该死的出什么事儿了？"我问邻座的年轻人，就是抱怨我的书散发霉味儿的那个，没想到他只把一个手指放在嘴上示意我不要出声，然后就把头扭向一边，仿佛我全身也散发着小说一般的霉味儿。

他们闯进了头等舱。大概九个士兵，穿着风尘仆仆的迷彩服，三十来岁（我猜他们太老而去不了委内瑞拉了）。腋窝里渗出汗湿，防弹背心上随意挂着一把水壶，身上还配着M16，没有笑容，也不说话。他们拿过时、笨重的褐色手机对着我们扫描了足足有三分钟，在这期间，机上的美国人敢怒却不敢言，而意大利人已经开始骂娘了。接着，事情发生了变化。

士兵双臂挟持了他，想把他拖起来，但他肥硕的身体还在负隅反抗。美国人看到这里，赶紧扭头躲开，意大利人却打抱不平："流氓！""正义何在？"

胖男人的恐惧在整个机舱蔓延，每个人都感觉得到。他的声音，就像他的其他方面一样，跟这个时代格格不入：微弱，无助，可鄙。"我做了什么？"他结结巴巴地说，"看我的钱包，我是两党派成员。再看看里头，我有头等舱的机票。我把一切都告诉了水獭。"

我心虚地偷瞟了一眼施暴者,他们整齐地包围了他,手指扣在扳机上。他们的迷彩服上草草别着一个肩章,一柄剑悬于自由女神皇冠之上,象征着纽约国民护卫军。但我觉得这些乡里乡气的家伙怎么看都不像是纽约土生土长的。你看他们反应迟缓,笨手笨脚,还满面倦容,好像是被人掐住了眼珠强行转动过。"你的手机,"其中一个大兵问胖男人。

"我落家里了,"胖男人嘟哝着,大家都知道他在撒谎。当士兵终于把他拖起来的时候,这个男人居然抽泣起来,整个机舱都听得真切。我回头只看到他肥大、不修身的裤子,腿显得愈发瘦削。打那之后,这个023航班上的罪犯便没了声音,也不见了踪影,大概是士兵让他哭不出来,然后把他带走了。他们的靴子"咔咔"作响,他的拖鞋踢踏跟随。

但还没完。意大利人以为到此结束了,开始揶揄起美国的内忧外患,更是嘲弄起"屠夫"鲁本斯坦。"屠夫"的形象见诸于罗马的大街小巷,挥舞着大刀,身上沾满鲜血。这时候第二小分队折回机舱,冲着我们大喊:"美国公民,请举手。"

我头上秃着的那块俄亥俄州忽然觉得丝丝凉意。我到底做了啥?水獭问我的时候我是不是应该隐瞒法布里齐亚的名字呢?我是不是应该回道"我不愿回答"呢?因为我有权这么做。我是不是太合作了?我要是从手机里调出内蒂·法恩的信息给大兵看,是不是会好点呢?他们会把我也带走吗?我父母出生在一个叫苏联的地方,我祖母可是从斯大林的铁蹄下熬过来的,但我就是没得到他们的真传,不善于跟专制权威打交道。人家还没下狠招,我已经乖乖招了。所以,当我的手颤巍巍伸向行李架,仿佛那里也充满了恐怖气息,我真希望爸妈在我身边。我希望妈妈还是像小时候那样,摸着我的脖子后面,这能让我马上平静下来。我多么希望能听到他们铿锵有力的俄语啊,这在我听来就是一种默许。我希望我们一家人能共同面对这生死存亡的一刻,因为如果他们以叛国罪枪毙了我,他们就要从邻居那儿得知这个噩耗,从警方报告、从他们最爱的福克斯自由电视台里那个长着一张土豆脸的主播那里得知了。"我爱你们,"我朝着长岛的方向默念,我父母住在那里。我的思维像卫星一样工作起来,我看到了他们在科德角的绿顶小屋,后面还有一个同样迷你的院子。

其次,我还希望尤尼斯在我身边,共度这生命中最后的时光。我想感受她的无助,把手搭在她的膝上,或许膝头还在微微发抖。我要让她相信,我是这世上唯一能让她有安全感的港湾。

总共有九个人举起了手。美国人。"拿出你们的手机。"我们照做了。再没人提问。我交出手机的时候尤其难为情,就像手足无措的年轻人被人看到了自己乱糟糟的窝一样。一个戴着大盖帽的年轻人,几乎被长长的绿色帽檐挡住了大半张脸,把我手机里的数据备份到另一台军用通讯设备上,我能感觉到的只有他的手臂,像割草机一样强壮有力。他抬头看了我一眼,叹了口气,又看了一眼表。"好吧,各位,我们走吧!"他高声说道。

头等舱一下子就解散了。我们跑下台阶,终于踏上了肯尼迪机场的跑道。上面的运输车啊,行李车啊,压得跑道有点喘不过气来。夏日骄阳烘烤着我湿漉漉的背,让我觉得身上好像大火刚被熄灭一般。我掏出美国护照,攥在手里,摸着凸起的金色老鹰,希望它在关键时刻能救我一命。我还记得父母常常庆幸离开苏联投奔到了美国。哦,上帝啊,但愿这新世界里依然有这样的幸运,我暗想。

"请在'安全棚'那儿等一下。"一位空姐哭哭啼啼地通知我们。我们只好朝着地平线上一座奇怪的建筑物走去,周围叠着几栋陈旧、荒凉的航站楼,线条有点像尼日利亚拉各斯的贫民窟。我打量着这个未老先衰的国家;远处,在已经看不到坦克和运输车的地方,脚手架搭建在一座未完工的建筑上,那就是中国南方航空货运航站楼。一辆坦克驶向我们,九名头等舱的美国人本能地举起了手。坦克在我们面前戛然停下,一名穿着

T恤短裤的士兵跳了下来，贴了一张公告在坦克上，橘红色的底，黑色的字：

在肯尼迪国际机场设防区半英里范围以内，不得泄露该坦克（"该物体"）的存在。见此告示将视你已否认该物体的存在，并同意遵守上述要求。

美国重建署

安全条例 IX-2.11

"团结一致，震惊世界！"

意大利人以为危险已经过去，讨论起刚才的十分钟眉飞色舞，好像经历了一场地缘政治的历险一般。女人们已经谈论起凭借着美元近期的疲软，她们可以在诺丽塔商场的手袋店里好好血拼一把。但是于我，那个胖男人临走时的恐惧表情总也挥之不去，就像渗入我獠牙一般的鼻毛里。那里，本来残留着尤尼斯在罗马的床上留下的味道，她一边半推半就，一边轻轻呻吟："呃，好棒。"忽然，还没等我反应过来，我已经一屁股坐在地上，两条腿瘫在那里，使不上一点劲，手臂在空中乱划，好像在梦游，又像运动员在做伸展运动。护照也掉在了地上。意大利人同情地朝着我的方向窃窃私语，他们对疾病总是很警惕，像温和的古代人一样。我的嘴巴用尤尼斯的话来说还在"话语"着什么，但就算你把耳朵贴在上面，也根本听不清我在说什么。

我唯一的男人

摘自尤尼斯·朴在全球青少年网上的邮件

六月五日

格式:中篇标准英语文本

全球青少年超级链接:哈佛时尚学院研究表明,打字过度将导致手腕肥大难看。永远支持全球青少年网——从今天起只看图!

尤尼丝袜在国外致格里尔婊子

亲爱的宝贝儿马驹:

意外吗,小妞?我真希望你在身边。我需要有人聊聊这件事情,但小孩儿都不懂这些。我好迷茫啊。我跟本(就是在信贷公司工作的那个)一起去了洛卡,他人可真好,所有的食宿都是他买单,带着我沿城墙散步,最后我们来到了这家超级漂亮的小客栈,那儿的每个人都认识他,我们还开了瓶两百欧的葡萄酒来享用。我不停地告诉自己他会成为完美男友,我们一起大汗淋漓,他的身体很瘦、很烫。但突然之间,不知道为什么,我好像闻到了他的脚臭,好像还有点儿斗鸡眼,甚至还有秃顶的趋势(其实完全不是那么回事)。他掌握我的一切,却把自己手机的社交功能关闭,所以我就永远搞不懂他到底在想什么,只好两眼一抹黑。倒不是说我们没做爱。我们做了。还可以。但刚一做完,我的脑子里就冒出这些奇怪的念头,他想安慰我,告诉我,我看起来很性感,我的性吸引力有八百多分(完全不是这样,因为罗马的发型师根本不会打理亚洲人的头发),他也不行。我觉得很羞愧,我觉得自己根本配不上本。我们一起逛街或者做其他什么的时候,我老觉得站在他身旁的应该是一位美艳的超模,或者别的性感明星,一些真正配得上他的人,而不是我这样的小丫头。

我跟妈妈通了几封邮件,知道我爸老毛病又犯了。萨莉睡楼上的客房,妈妈睡地下室,因为爸爸喝得很醉的时候是爬不了楼梯,即使爬得了,妈妈和妹妹还有足够的时间逃跑。

我想让萨莉告诉我实情,但她总回避我,挑些顶不要紧的诸如妈妈做坏了豆腐,或者爸爸的生意清淡之类的事,所以要么是妈妈不好,要么就是病人不好,反正都是别人的错。不管怎样,我正在关心打折机票的信息。虽然我在这里花那个混蛋的钱花得爽,但我还得为萨莉和妈妈负责。

我觉得我有一半爱上了本,但我知道这是不可能的,因为另一半的我,变态的我觉得爸爸才是我唯一的男人。每当跟本一起很开心的时候,我会忽然想起爸爸的好,我就忽然很想他。你知道的,他在加州行医的时候,经常帮助很穷的墨西哥人,如果他们没有医保(十有八九是没有),他就免费为他们看脚。我的意思是,我真是个不孝的女儿啊,离开他,还大老远跑到欧洲来。天哪,真不好意思,把你当成垃圾桶了。哈,还记得我们在长滩吗?你经常睡过头,然后我妈妈会在早上七点把我们叫醒:"醒醒!醒醒!早起的鸟儿有虫吃!"我真想你啊,亲爱的马驹。

格里尔婊子致尤尼丝袜在国外

亲爱的熊猫：

意外吗，小妞？我收到你来信的时候正好下车去托潘加的"性感小猫"，读完之后很不是滋味。一个销售员甚至问我"还好吗"，我告诉她我在"思考"，她好像问了为什么。

我不知道该怎么说。我想爸妈有时确实让人非常失望，但他们毕竟是我们唯一的父母。我的意思是我们得尊重他们，即使他们做了什么伤害我们的事情，我们最多只能躲开，然后十倍地爱他们。要是你跟我一样也有一个哥哥就好了，在我家，大小事都是哥哥在扛。如果没有人可以写信说说心事的话，在家里做大姐的滋味肯定不好受。

好了，至于本，我想你干得太漂亮了！他并不知道你反常的表现是因为内心的焦虑，他只会觉得你是一个特难搞定的妞，他得多费些心思才能把你搞到手。他的鸡鸡是不是有点下垂并歪向一边？格佛的就是这样（我想他那巨大完美的鸡鸡都可以拿到博士学位啦！）所以我就想，是不是所有白人男孩都这样，有点儿弯。看我多纯洁啊，哈哈。

你随时都可以给我打电话，不管白天黑夜。我有一半的时间都不知道自己在做什么，但我们能这样说说心里话，分享小秘密真好。这个世界有时让我觉得，怎么说呢，我都不知道该怎么形容。好比我每天都在游荡，别人接近我，或者我接近别人的时候，静电就产生了。有时别人跟我讲话，我看着他们的嘴巴一张一阖，却不知道他们在说什么。你在说什么？怎么能指望我的应答，我应答了又怎样呢？我是说，至少你还反抗了，从家里逃了出来，去了罗马！有几个人能这么做？顺便问一下，意大利有卖一种叫"乖乖投降"的垫高臀部的内裤吗？我猜它们来自米兰，这儿我找遍了阳光香橙商场和"翘臀"专卖店也没找到。如果你那边有海军蓝色的话就帮我买下，我到时一定把钱还你，我发誓。

你知道我的号码，小妞，我也非常想你，宝贝儿熊猫。快点回到卡利吧，这儿阳光灿烂！我每次吃避孕药的时候，那儿总觉得痒。这是为什么？

六月七日

朴正苑致尤尼丝袜在国外

尤尼：

　　最近好吗？我希望你不要担心什么。你跟萨莉聊天了，这很好，妹妹总是喜欢找姐姐说说心事的。你父亲和我一同去了教堂，跟周牧师好好聊了聊。我向你爸道了歉，一直以来我都忽略了他工作是多么辛苦，他要求一切都做到完美，尤其是他最爱的辣豆腐煲☺。你爸答应以后他要是生气了，我们先一起向上帝祷告，然后他再打人。接着周牧师为我们念了一段经文，说的是女人应当服从男人。他说男人是头，女人是臂或者腿。再接着我们一起祷告，我特别为你和萨莉做了祷告，因为你们俩是我们的唯一。要不是为了给你们一个更好的环境，我们当初也就不用离开韩国。现在韩国比美国富有，而且没那么多政治问题，但我们离开的时候哪会想到这些呢？现在在福特·李的中央大街上你也能看到坦克。真吓人啊，就像回到了二十世纪八十年代的韩国，很久以前了，光州那边出事了，死了很多人。但愿萨莉去曼哈顿的时候一切平安。

　　爸妈当初为了你们抛下了一切，所以你如今可要好好待爸妈还有萨莉噢☺。

　　我最近学会了画笑脸，喜欢吗？哈哈。让我跟以前一样，为你感到自豪吧。

我永远爱你。

妈咪

尤尼丝袜在国外致朴正苑

妈妈,你和萨莉不能来罗马吗?萨莉可以明年夏季入学。我们可以一起租间大点的公寓,我可以带你们四处去玩一玩,你也好摆脱爸爸一会儿。这儿有一个基督(不是天主)教堂,有韩语的礼拜,我们还能享用美食,多好啊。知道你跟妹妹都好,我也就更能全力以赴地学习了,LSAT会考得更好些。

爱你们。

尤尼斯

尤尼丝袜在国外:萨莉,你想要"乖乖投降"内裤吗?就是波兰艳星在《性感医生》里穿的那种臀部垫高的透明内裤。

萨莉星:就是有假臀的那种?

尤尼丝袜在国外:大概是吧。我这儿不知为什么,手机播不了《性感医生》。在意大利就是不行。

萨莉星:它们是透明的,穿在洋葱皮牛仔裤里头倒是正好。

尤尼丝袜在国外:为什么不穿正常的牛仔裤呢?这样你就能像妈妈说的那样,"守护秘密"了。

萨莉星:哈哈哈。关告诉我,有些韩国女孩到了洛杉矶甚至不用避孕套,她们希望男友觉得她们是处女。其实她们都有二十八了,都已经是圣诞蛋糕了!

尤尼丝袜在国外:恶心。但我不太明白,听起来你比她们高明些,家里都好吗?

萨莉星:爸爸心情好些了,我觉得,有一次他甚至跑进来跟我一起淋浴、一起唱歌。

尤尼丝袜在国外:一起淋浴?

萨莉星:不,当然是隔着帘子的,咳!

尤尼丝袜在国外:帘子是透明的呀。

萨莉星:在意大利买"乖乖投降"便宜些吗?你知道我的尺寸,不过我又长了一号,烦!

尤尼丝袜在国外:别吃那么多了!也别让老爸进你的浴室。

萨莉星:他没跟我一起淋浴。跟他一起唱歌还是蛮有意思的。我们一起高歌《基督姐妹》,还有《李东海口腔医生》的主题歌。还记得爸爸看这片看得很生气啊。我们一起去的那家卡拉OK叫什么来着?

尤尼丝袜在国外:反正是在奥林匹克大街上,今年夏天来罗马吧。

萨莉星:不来,我有课。下个星期我们就要去华盛顿了,整个夏天都会有一系列的游行活动。

尤尼丝袜在国外:妈妈说她在福特·李看到坦克了。真的,萨莉,别卷进政治。来罗马吧!离这儿不远就有个超大的折扣店,有"萨米"的秋季新品,"性感小猫"的夏季全线,而且至少便宜八折!

萨莉星:美元如今一点也不值钱。

尤尼丝袜在国外:那你还是合算的。拜托,只打两折哦,做做数学,傻妞!

萨莉星:我还是不能来,我得照顾妈妈。

尤尼丝袜在国外:把她一起接来。

萨莉星:尤尼斯,你觉得你有这个能力把全家聚在一起,改变这一切,并能让每个人都快乐吗?才没那么简单呢。

尤尼丝袜在国外:那我应该怎么办呢?难道叫我向耶稣祷告,让他"改变爸爸的心"吗?

萨莉星:你是知道的,我不喜欢周牧师,但我在教堂里学到了一样东西,叫谦卑。事情就是如此,我们的爸妈也是如此。我得接受现实,承认不足,然后在上帝给我的这一切的前提下做到最好。如果你不认识这一点,只会自寻烦恼。

尤尼丝袜在国外:换言之,放弃一切,让上帝指条明路。顺便说一句,我已经痛苦不堪了。

萨莉星:我没有放弃,我依然想成为一名心脏科专家,我想挣很多钱,这样爸爸就可以退休了,也就不用再闻那些白人的臭脚了。这样我们家也会好过一些。

尤尼丝袜在国外:对,这样一切都好了。

萨莉星:多谢你支持我的理想,你不知道你跟爸爸有多像。待在罗马吧,这儿不需要你。

尤尼丝袜在国外:我前面那句不是真心的。

萨莉星:随便。

尤尼丝袜在国外:我为你骄傲。

尤尼丝袜在国外:我是混蛋,好吗?

尤尼丝袜在国外:还在吗?我给你买"乖乖投降"内裤,那个无痕文胸你就自己搞定啦。

尤尼丝袜在国外:萨莉!你知道吗?你突然不理我就下线了,真的让我很伤心。

尤尼丝袜在国外:为了你和妈妈开心,我会全力以赴。或许我真的会上法律学校,然后在高端零售业工作,这样我们就能给妈妈买套公寓,她就安全了。

尤尼丝袜在国外:我会回来一趟,萨莉。喂?一买到打折机票,我就回家。

生存的谬论
摘自列尼·艾布拉莫夫的日记

六月六日

亲爱的日记：

　　以下是我在刚刚经历了肯尼迪国际机场的磨难之后，手机里跳出来的来自老板乔西的短信：

　　　　亲爱的恒河猴，回来了吗？公司里最近发生了许多正面的变化和裁员。如果你想在罗马逗留，请自便。未来薪水 & 岗位＝待定。

　　这他妈的到底是什么意思？乔西·古德曼，我的老板和代理爸爸，打算解雇我？他把我派去欧洲难道只是故意把我支开？

　　我至今还保存着童年时代的一本米德五星笔记本，并打算一定要好好使用它。所以我就从那上面撕下一页，铺在咖啡桌上，写了以下内容。

欧洲惨败回到纽约后的短期生存和长期作战计划

列尼·艾布拉莫夫,文学学士、工商管理学硕士

1) 为乔西努力工作——在工作中展示你的才华;展示你不光是老师的好学生,更是一个有创造力的思考者和实干家;为欧洲的失败找点儿借口;要求加薪;减少支出;为治疗慢性病攒钱;二十年内使自己的寿命翻倍,然后继续以指数的速度递增,直到达到无限寿命的趋势。

2) 让乔西保护你——为应对政治局势,与他结成父子般的情谊。告诉他飞机上发生的一切;让他感受到犹太人的恐惧和受到的不公正待遇。

3) 好好爱尤尼斯——即使天各一方,也要时时想念她,认她作今后的伴侣;幻想她的雀斑,让自己感觉被爱,借以舒缓压力和孤独感。让她的甜美增加你的幸福感!!!乞求她来纽约,让她在短时间内成为你忸怩的情人,审慎的伴侣,可爱的娇妻。

4) 关心朋友——见过乔西之后安排跟朋友的见面,与诺亚和毗瑟弩这两个最好的朋友重新结成联盟。

5) 善待父母(在能力范围内)——他们有时可能对你不好,但他们始终代表你的过去,代表你是谁。5a)与父母找相同点——他们是在独裁统治下长大,有朝一日你可能也会这样!!!

6) 庆幸所拥有的——你比有些人要富足得多。想想飞机上的那个胖男人(他今安在?他们怎么处置他呢?)在对比中找到平衡。

我把纸叠好,放进钱夹,方便随时对照。"现在,"我对自己说,"就去执行它吧!"

首先,我庆幸了我所拥有的(第六条)。头一样就是我那占地七百六

十平方英尺的公寓,这是我在曼哈顿岛上的一席之地。我的公寓高踞这座城市最后一处中产阶级的要塞,往下可以看到东河上曾经的犹太制衣工人工会,那时候在纽约的犹太人主要从事服装行业。想说就说吧,这些丑陋的建筑里有许多亲历历史的老人,一肚子故事(尽管这些故事大多隐晦曲折,比如:那个叫"迪林杰"的家伙究竟是谁?)。

接下来,我庆幸了我的藏书。我仔细数了数摆放在二十英尺长的现代派书架上的书,确保它们没有被我的房客拿去生炉子。"你们对我而言神圣不可侵犯,"我对着书喃喃自语,"现在除了我不会有第二个人这么宝贝你们了。我会让你们跟我一辈子,而且有朝一日重见天日。"脑海里浮现的是飞机邻座的那个年轻人,诋毁我的书说它们有股霉味儿。不过,为了最终迎接尤尼斯·朴的到来,为了保险起见,我决定在大部头书上撒上那么点儿空气清新剂,把清新剂的分子尽量往书脊的方向扇一扇。我还庆幸了其他物品,比如设计师家具,漂亮的数码产品,还有二十世纪五十年代柯布西耶风格的衣橱,里面储满了过往的恋情回忆,有些物件仿佛还带着私处鲜活挑逗的气味,有些却让人那么哀伤,难以自拔。我还庆幸了组装起来十分麻烦的阳台小桌(至今一条腿还短一截)。当然还忙里偷闲喝了杯味道糟糕的非罗马意式咖啡,眺望大约二十个街区以外的天际线,军方、非军方的直升机航拍着过度曝光的自由女神像,还有大都市特有的喧嚣烦扰。我还庆幸了就在我眼皮底下的底层建筑物,所谓的"流浪者之家",也是红色砖头,稳健牢固,跟我的住所差不多,不卑不亢。里头的住户显然对即将到来的夏天有了准备,或者说他们对即将到来的爱情也有了些期许。即使一百英尺之外,我有时还能听到波多黎各式的惆怅,有时是激烈的尖叫。

因为心中有爱,我还打算庆幸一下这个季节。对我而言,五月到六月的转换,主要标志便是从长袜换到了短袜。我换上了白色亚麻短裤,带斑点企鹅图案的T恤,舒适的马来西亚产球鞋,跟这栋楼里很多九十多岁的老头看上去差不多。我的公寓就是一个NORC,名曰"天然的退休者之家",即专门面向那些又老又穷住不起养老院的老头老太。每天乘电梯上上下下,经常可以遇见这些老人,坐着电动轮椅,由牙买加保姆看护着,我几乎可以数出每天过世的老人的人数。就刚刚过去的两天时间,两位老人走了。住在我楼上的纳奥米·马戈利斯是其中之一,八十多岁,门牌号E-707。她的儿子梅迪把左邻右舍各色人等都请到他在新泽西州提内克的家里来"分享她的记忆"。邻居中不乏多媒体和信贷的专业人士,也有寡居、信仰社会主义的老裁缝,还有走到哪里都生生不息的东正教犹太人。我很欣赏马戈利斯夫人,因为她一直不放弃生的希望。但是一旦你产生了这样一种想法,认为回忆也是生的延续,你可能也就打消无限延寿的念头了。不过在欣赏她的同时,我也讨厌她,讨厌她最后还是放弃了生,任凭潮水来了又走,把她干瘪的身躯也带走。或许我讨厌这里的每位老人,希望他们都主动消失,这样我就能继续沉溺在长生不老的幻想里了。

穿着这身潮人老头打扮,我饶有兴致地沿着格兰德大街一直散步到东河公园。在那里,你得跟每一个认识的、不认识的人打招呼,弄得我不厌其烦,但也无可奈何,谁叫这里的风俗就是如此呢。我坐在了最心仪的长凳上,旁边就是威廉斯堡大桥的碇泊处,它的一部分看着真像一堆叠在一起的牛奶箱。我还恭喜了来自"流浪者之家"的未成年妈妈,她的孩子刚拉了便便("一只蜜蜂叮了我一口,妈咪!"),听小孩子说话真是一种享受。漏风的动词、爆破的名词,还有随便乱放的介词。语言,不是数据。过不了多久,他们也会像被手机勾去了魂儿的妈妈和下落不明的爸爸一样,沉沦在数字世界里。

接着,我看到一位身子骨硬朗的中国老太,穿戴齐整,以零点一公里每小时的速度漫步在格兰德大街,然后拐到东百老汇。她浑身散发着异国风情,脚上的鞋子远望像一条银鱼。大都市丰富的资源纵容着她的消费欲望,凡是看得上的统统买下。买完一件,就走到街边的木桩上刷一下。像这样的木桩,如今遍布大街小巷。

我的潮人朋友桑迪在罗马的时候就跟我说过这类"信用杆",说"信用杆"的标志是一个制动火箭很酷啦,杆子打在什么地方很有讲究啦,现在不用电线了,几束彩光就搞定一切。这种木桩造型古朴,让人回想起我们国力强盛的时候,当然与你眼睛齐平的液晶屏除外,你从它跟前走过,它就能把你的信用等级搞个一清二楚。杆子底端,美国重建署的大屏幕滚动着好几种语言的指示牌。在东百老汇的中国城,指示牌是英文和中文,"美国歌颂消费!"还有一只卡通蚂蚁欢快地奔向一大堆圣诞礼物。在曼迪逊大街的拉丁人聚居地,指示牌是英文和西班牙文:"省着点花,以备不时之需,蠢货!"旁边是一只愁容满面的蚱蜢,掏出它空空如也的口袋。间或三种语言齐上阵:

> 船已满员
> 小心被驱逐出境
> 拉丁人省着点花
> 中国人随便花
> 让你的信用等级保持在力所能及的范围内
>
> 　　　　　　　　　　　　美国重建署
> 　　　　　　　　　　"团结一致,震惊世界!"

看到人们就这样简单粗暴地被分类并打上标签,我不觉后脊背发凉,但又忍不住像窥阴癖者一样对别人的信用等级好奇。刚才那个中国老妇人有非常不错的一千四百分,但其他人呢?那个拉丁母亲,还有甚至是出手阔绰、抽着烟的哈西德①教徒，闪烁的红色数字告诉我们，他们只有不到九百分，真替他们担心。我特意走上去，让液晶屏扫过我的手机，看到屏幕上赫然闪烁我的信用等级高达一千五百二十分。但不知为什么，数字旁边还加了一个星号。

是那只水獭的缘故吗？

我通过全球青少年网给法恩·内蒂发了条信息，却被无情地告知"收件人已被删除"。这是什么意思？怎么会有人从青少年网被删除了？我不死心，试着"全球追踪"了她一下，得到的却是更恐怖的"收件人无法追踪，或未被激活"。这地球上怎么会有人找不着？

想当初，在罗马的时候，我跟桑迪午饭经常就在达·托尼诺解决，我们会讨论最怀念曼哈顿的东西。在我，无疑就是埃尔德里奇大街上卖的煎饺，猪肉青葱馅的；在他，则是煤气公司霸道的老黑妞，或者是失业办公室里管他叫"甜心"、"宝贝儿"的娘们。他说，跟是不是同性恋没什么关系，而是这些老黑妞让他觉得很自在，好像自己顷刻之间获得了来自一个陌生人的恋人般的爱情，还有母亲般的亲情。

我猜这也是我现在想要的。内蒂·法恩夫人"未被激活"，尤尼斯远在六个时区之外，信用杆把各色人等都简化成一个数字，一个无辜的胖男人在飞机上平白无故被拖走，乔西还告诉我"未来薪水＆职位＝待定"：爱情和亲情，现在我两样都缺。

我徘徊在格兰德大街的东片，努力搞清方位，想重新融入这个地方。但让我陌生的远不止那些信用杆。这一带在我离开的一年间发生了许多变化。那些小本生意还在，斑驳的油地毯，开着一家名叫 A-OK 披萨屋的小店，常去光顾的是没几个钱的穷人，一边啃着手里的披萨，一边猫在一

---

① 哈西德，一种犹太人的神秘运动。

台老式的电脑前揩油上会儿免费的网。一本发霉的十卷装一九八八年版《科普新编》静静躺在角落,等着某个识字的顾客拿出来翻一翻。跟过去不同的是,现在大家似乎更加漫无目的。失业的男子蹒跚走在大街上,街道上到处是乱扔的鸡骨头。男子醉得不轻,不像是只喝了几瓶科罗娜黑啤,倒像是喝了一品脱葡萄酒,郁闷的表情跟我父亲的一模一样。一个扎着小辫、天使一般的七岁小女孩,冲着手机咆哮:"下次再让我看到那臭娘们,我一定打得那黑鬼直不起腰来。"我公司里一个犹太老妇,忽然倒在被太阳烤得滚烫的马路上,她的朋友在她身边围了一圈,看她像乌龟一样满地打滚,就是没有一个人上前帮忙。一个在建高档公寓的楼盘边,铁丝网围起来的栅栏跟前,一个穿着褶边衫的醉汉当街脱下了裤子。我以前也见过这个男的公开大小便,但如今他脸上表情痛苦,手不住地揉搓大腿,好像六月的骄阳还不足以使它们暖和,一边还对着我们乌云密布的城市上空哭爹骂娘。这一切都让我觉得这城市正在慢慢后退,最后掉进了东河,掉进了一个新的时光漩涡,在那里每个人都会随时脱去裤子,在我们自己的土地上大小便。

一辆贴着"纽约国民护卫军"标志的装甲车满载着士兵,停在交通繁忙的艾塞克斯街和德兰赛街交叉口,还装着车顶灯。点五〇口径布朗宁机动手枪一百八十度扫视,前前后后,就像一个慢一拍的节拍器,旁边就是拥堵却寂静无声的下东城街景。往德兰赛这边的交通完全瘫痪了。每个人都大气不敢出,谁也没那个胆对打仗的车按喇叭。街角四周渐渐一个人也没有了,只剩下我一个人,像个傻瓜一样盯着机动手枪。惊恐之下,我举起了双手,想拔腿就跑。

我的庆幸方式只能草草收场。我掏出手写的单子,打算马上执行其中的第二条(让乔西保护你)。在一个新装了百叶窗的亭子间,其实是一家叫"宝温迪"的面包房外加酒吧,在那门口拦了一辆出租车,直奔上东城,我第二个父亲的地盘。

斯塔林—渥帕常公司的后人类服务部坐落在第五大街一个摩尔族犹太教堂里。整个建筑无精打采,阿拉伯花饰点缀,奇怪的扶壁,还有别的一些让人联想到西班牙建筑师安东尼奥·高迪某个蹩脚的作品。乔西只花了区区八万美金就在一个拍卖会上买下了它,那时候犹太教徒被忽悠了一把,说要建一个犹太金字塔啥的。

回到久别的工作地,头一个感觉就是又闻到了那股熟悉的味道。一种特别的低变应原的有机空气清新剂,是后人类服务部独一无二的味道,因为长生不老的味道理应复杂。补充剂,饮食,为了物理实验经常采集血样和皮肤样本,许多除臭剂里都添加的金属成分,共同创造了后人类的特别气味。在这气味里头,沙丁鱼味儿还算是最温柔的。

除了偶尔一两次例外,我在三十岁以后,基本没在后人类服务部跟同事交过朋友。要跟一些二十二岁的毛头小伙做朋友真不是一件容易的事,他们要么为自己迅速上升的血糖痛哭流涕,要么群发一张笑脸外加他本人的肾上腺压力指数。曾经有那么一次,卫生间里出现了一幅涂鸦,写着"列尼·艾布拉莫夫胰岛素水平异常",在我看来竟也带着那么一丝不容置疑的优越感。当然,这也顺带提高了氢化可的松水平,这跟压力是分不开的,值得进行细胞分解。

然而,当我走进门的时候,还是希望能认出其中一二。这个镶金的犹太教堂里,到处都是年轻的男男女女,穿着打扮有着大学毕业后的不管不顾,但是让你感受到的,还是像惠特尼·休斯顿的那首歌里唱的那样,我以前也提到过,《孩子是我们的未来》。后人类服务部果然是人丁兴旺啊,我们甚至可以重组原先的以色列十二部落,每个部落都由花玻璃窗代表。在海蓝色的窗玻璃映衬下,我们是多么索然无味啊。

原本放犹太教律的诺亚方舟被搬出来了,取而代之的是乔西从各个意大利火车站搜罗来的五块巨大的时刻表。上面写的不是火车抵达或者驶离佛罗伦萨、米兰的时间,而是后人类服务部门员工的名字,以及我们最近的身体状况,比如:甲基和高半胱氨酸水平、睾丸激素和雌激素,胰岛素和甘油三酸酯,还有最重要的"心情+压力指数"。这个指数本应该是"正面/愉悦/随时待命",但由于同事间的竞争,可能变成"今天很郁闷"或者"本月都无法融入团队"。像今天,这黑底白字真是疯了,字母和数字一起"噌噌"变异,变成了新的单词和数字,比如那个不走运的艾登·M,被一路降级,从"走出失去亲人的痛苦"到"私生活影响工作"到"不合群"。让人揪心的是,我几个以前的同事,包括一个俄罗斯老乡,那个叫瓦西里·戈林鲍姆的抑郁狂躁症患者,旁边的标注竟是"此列车停开"。

至于我,甚至都不在名单之列。

我站在避难所中央,布告栏的下方,试图融入周围的嘈杂。"你好,"我向人打招呼,张开手臂,"我是列尼·艾布拉莫夫!"但我的声音仿佛被木板消声了一般,往来的年轻人,有些互相挽着手,好像在约会,穿过大厅,直接奔向"大豆厨房"或者"永恒休闲吧"。我只听得他们说着"软政策"、"减害"、"ROFLAARP"、"PRGV"、"TIMATOV",还有"用屁股堵漏的鲁本斯坦",夹杂着女生的娇笑,"恒河猴"。我的绰号!终于有人记起我跟乔西的特殊关系了,曾经一度我也是这里的红人。

那个想起我的人就是凯莉·纳德,我亲爱的凯莉·纳德!一个矮个、灵巧的姑娘,跟我差不多年纪,如果我能忍受三米以内她动物般的体味的话,必将为她深深吸引。她欢迎我的到来,在我的两侧脸颊各亲了一口,好像她也刚从欧洲回来。她一把拉着我的手,带我去她干净、明亮的办公桌,那里本应是指挥的办公室。"宝贝儿,我给你弄盘十字花蔬菜色拉来。"她说道。单单这句话,打消了我一半的恐惧。在后人类服务部,他们要是想辞退你，就不会给你吃卷心花菜。蔬菜是尊敬的象征。而且凯莉跟这边硬心肠的人不同，路易斯安那人天生友善、温柔，她就是不那么歇斯底里、年轻版的内蒂·法恩（无论夫人她现在身在哪里，都祝愿她一切都好）。

她往我的盘子里装了许多甘蓝，还点缀了几棵水芹，我站在她身后观看，忍不住把手搭在她坚实的肩膀上，嗅着她充满活力的体味。她把滚烫的脸颊贴向我的手腕，这个动作如此熟悉，我甚至开始怀疑上辈子我们就相知相识。她那黄卡其布短裤下面露着两条雪白粗壮的大腿，此情此景，凯莉的一切不完美都显得那么生动完美。"嘿，"我忽然问道，"瓦西里·戈林鲍姆火车停开了？他会弹吉他，会讲点儿阿拉伯语，他心情不错的时候还是'蛮有主意'的。"

"他上个月满四十了，"凯莉叹了口气，"所以就不算配额了。"

"我也是快四十的人，"我说，"为什么我的名字没上布告栏呢？"

凯莉没说什么，只是一个劲地用塑料刀子切着花椰菜，雪白的额头渗出汗珠。我们俩曾经喝干过一瓶葡萄酒，或者叫"白藜芦醇"，后人类服务部里头的人喜欢这么叫。那次是在布鲁克林一家西班牙风味酒吧，她租住的布什威克治安很差，我护送她回家。在回来的路上我在想，有一天我会不会爱上这个算不上美貌、但绝对好心肠的女人呢（答案是否定的）。

"那老家伙们还有谁在呢？"我问道，声音却有点儿发抖，"我没瞧见杰米·比尔森的名字，艾琳·波尔也没有。他们是不是打算把我们都炒鱿鱼了？"

"霍华德·舒干得不错，"她告诉我，"升职了。"

"干得漂亮，"我说。这么多在职的人当中，一定少不了那体重一百二十四磅、狡猾的混蛋舒。舒是我在纽约大学的同班同学，在过去的十几年中，在人生大大小小的考试面前都比我强。如果你问我，在后人类服务部这么多人当中,我对谁心有不甘的话,此人定是傲慢无礼、实用至上的霍华德·舒。事实上,我们可能把自己当成未来,其实我们不是。我们只是佣人、学徒,不是长生不老的客户。我们囤积人民币,服用营养素。我们割破皮肤,采集血样,然后用一千种不同的方式测量那深紫色液体,我们什么都干,除了祷告,但最终还是难逃一死。我能把自己的基因和蛋白质组烂熟于心,我可以跟自己有缺陷的载脂蛋白 E4 等位基因作战,直到把自己变得像棵十字花蔬菜一样,但有一样基因缺陷是无论如何也修复不了的:

我父亲是一个来自穷国的看门人。

霍华德·舒的父亲的微型画遍布唐人街街头,凯莉·纳德家也有钱,但算不上富有。我们小时候那点财富跟现在不能比。

凯莉的手机屏幕亮了起来,她开始应付成群的客户。跟罗马的腐朽堕落相比,我们此处的办公室显得简约大方。一切都沐浴在柔和的光照下,天然木材散发着健康光晕,办公设备不用时,仿佛统统笼罩在切尔诺贝利式的石棺中,阿尔法波发射器藏在日产显示屏后面,正好给我们过于活跃的大脑一些镇静光束。幽默笑料随处可见。"对淀粉说不。""开心一点,悲观致命!""染色体着丝点细胞更胜一筹。""大自然还得管我们叫老师。"在凯莉·纳德的桌子上空,飘浮着一个通缉广告:一个卡通嬉皮士形象,头像是一棵花椰菜。

通 缉

电子偷窃,DNA 杀人,恶性细胞损伤

"自由基"阿比·霍夫曼

警告：此人危险，可能配枪，不要试图抓捕
遇此人马上报警，同时辅酶 Q10 摄入量

"或许我该去自己的办公桌。"我对凯莉说。

"宝贝儿。"她纤长的手指握住我的，一汪碧蓝的眼睛能淹死一只小猫咪。

"哦，上帝，"我叫道，"别告诉我。"

"你没有办公桌，我的意思是，有人已经占了你的。一个新来的年轻人，布朗大学和延世大学毕业，好像叫达里尔。"

"乔西呢？"我脱口而出。

"正从华盛顿特区飞回来呢，"她在手机上查了一下，"他的私人飞机坏了，只好坐民航。他大概午饭时候能到。"

"我做什么呢？"我不禁喃喃自语。

"这样吧，"她回答，"你如果能把自己弄得年轻一点。把自己收拾一下，去'永恒休息吧'坐会儿吧，眼袋那里涂一些眼部去皱菁华霜。"

休闲吧里到处都是年轻人，散发着一股味道，他们要么摆弄着手机，要么仰躺在沙发上，调匀呼吸，排解压力。空气里弥漫着一股冲泡绿茶的香味，我恐惧的神经里忽然涌起那么一丝怀旧来。这个休闲吧刚建立的时候我就在，五年前，这里原来是犹太教堂的宴会厅。光是去除那股子胸脯肉的味道，就花了我和舒三年的时间。

"你好。"我随便冲个人打招呼，谁爱听谁听。沙发上挤满了人，我是绝无可能再挤进去了。我掏出手机，却发现这里的孩子脖子里都挂着一颗珠子一样的东西，就跟尤尼斯戴的差不多。屋子里至少有三个非常迷人的女孩，看不出人种，光洁的皮肤，忧郁的褐色眼睛，超越了她们的外表，把人一下子拉回到美索不达米亚。

我走向迷你吧,在那里可以沏杯绿茶,还可以领到碱性水和两百三十一种日常营养素。我快拿到能消炎的鱼油的时候,听到有人在笑我,女人的笑声,所以更该死。同事三三两两地坐在豪华沙发上,他们的样子很像我青年时代看过的一部关于曼哈顿年轻人的喜剧片里的角色。"刚从罗马回来,"我尽量虚张声势,"那里到处都是汽化器,得囤积必需品。伙计们,很高兴回来!"

沉默。当我转身去拿营养素,听到后面有人说,"谁在那儿神气活现,恒河猴吗?"

一个小孩,嘴上一撮小胡子,穿一件灰色外套,胸口一排字母"SUK DIK",脖子里围了一条红色丝质围巾。可能就是布朗毕业的达里尔,占了我位子的那个,他应该不到二十五岁。我冲他笑笑,低头看了一眼手机,叹了口气,好像手头有许多工作要做,打算起身离开。

"去哪儿啊,恒河猴?"他扣得严严实实的身体拦住了我的去路,朝我甩了甩手机,身上那股子有机味道立刻充斥了我的鼻孔。"你难道不想为我们做点什么吗,伙计?我的甘油三脂酸达到了一百三十五,那可是在你像个婊子一样逃到欧洲之前。"后面有个女人在冷笑,很显然那娘们喜欢这样恶毒的搞笑。

我后退了一步,嘟哝着:"一百三十五还在正常范围内。"尤尼斯用的那个缩写怎么说来着?"JBF,"我说,"我去那儿搞了几个女人。"笑声更大了。隐约看到一个锡铅合金的下巴,不长毛的手抚弄着记录数据的吊坠。就在那时,我的眼前出现了契诃夫的文字,他笔下的莫斯科商人的儿子拉普托夫,"知道自己不好看,但此刻忽然觉得他已经意识到自己浑身上下都很丑陋。"

但我身体里的困兽还在负隅顽抗。"兔子,"我记起飞机上那个鲁莽的年轻人嫌我的书有味道时就是这么叫我的,"你个兔子,我能感觉到你的愤怒。我会做一个血液测试,没问题,但话说回来,我们还得测一下你的氢化可的松和肾上腺素。我打算把你的压力水平公布于众,你'不合群'。"

但没人听我说话。我山顶洞人一样的额头汗涔涔的,就像一张敞开的请柬,欢迎他们这帮新人来吃掉我这个老家伙。代号 SUK DIK 的男孩把我一步步逼向墙角,我毛发稀疏的后脑勺碰到了墙壁,才意识到已无路可退。他恨不得把自己的手机戳到我的眼睛里,手机显示的正是我一年前的工作业绩。

"就你这身体指标,你居然还敢跳着华尔兹回来?"他叫骂着,"你想回来占一张桌子?在意大利搞了一年女人?你的那点破事我们都知道,猴子!我打算拿块蛋白杏仁饼干封住你的屁眼,如果你还不打算马上滚开的话。"

"哗……"全场欢呼。观众欢欣鼓舞,十分解气,整个部门上下齐心,共同教训了最弱的成员。

两拍半心跳之后,讪笑声忽然戛然而止。

我听到有人在叫他的名字,还有他步履渐近的声音。刚才还热闹非凡的人群自动让开一条道,SUK DIK 战士也自觉退下,这些达里尔和希斯男孩。

就是他,比一年前更年轻,做了初步抗衰老治疗——我们管它叫贝塔治疗,疗效已经初步显现。他的脸颊没有一丝皱纹,整体和谐,除了那个阔鼻子,有时会不受控制地抽动,可能是部分肌肉群瘫痪了。他的耳朵,像两个哨兵,分立两侧。

乔西·古德曼从来不透露年龄,但我猜测应该是六十好几了:一个六十多岁的老头,胡子却非常黑。在饭店用餐,他曾经被误认为是比我长得帅的哥哥,因为我们都有两瓣肥厚的嘴唇,浓黑的眉毛,还有小猎狗一般前突的胸脯。但也仅限于此。因为当乔西看着你,目光注视着你,你的脸颊便会发烫,你就会不由自主地意识到自己的存在。

"哦,列纳德,"他摇摇头叹了口气,"这些小孩让你受苦了,可怜的恒河猴。来吧,我们谈谈。"他走着上了楼梯,直奔办公室(他从来不使用电梯),我羞答答跟在后头。但是,他的步履有点蹒跚,我不得不说。虽然乔西从不谈起,但他的骨骼有点问题,导致他从一个脚换到另一个脚的时候不太平衡,动作滞顿,仿佛背后正在演奏菲利普·格拉斯的作品。

他的办公室里人头攒动,一群我从没见过的年轻人在那里聊天。"孩子们,"他跟他们商量,"能给我一分钟时间吗?我马上就好,就一会儿。"集体叹息。他们从我跟前走过,吃惊,焦虑,困惑。他们的手机已经把我的信息一览无余地呈现在他们眼前,他们已经知道我工作上实在乏善可陈,三十九岁了还一事无成。

他摩挲着我后颈部的头发,又把我的脸掰过来,"你多了许多白发。"

我差点想挣脱他的抚摸。尤尼斯在临别时跟我说了什么?你老了,列尼。但事实是我不得不让他继续近距离观察我,我也可以更清楚地看到他老鹰一般凸起的胸脯,内蒂·法恩夫人一样高耸、饱满的鼻梁,还有他略微有点踉跄的步态。他的手指掐进我的头皮,手指头冷得不同寻常。"你多了许多白发。"他又重复道。

"被意大利面催白的,"我有点结巴,"还有在那儿生活的压力。说出来您或许不信,拿着美国的薪水在那儿生活真的不容易,美元——"

"你的酸碱值是多少?"乔西打断了我。

"哦,伙计。"对面街道上一棵高大橡树的阴影投射到窗玻璃上,看上去乔西的脑袋上好像长了一对鹿角。在这个曾经的犹太教堂,这里的窗户就是为了让人看清"十诫"。乔西的办公室在顶层,"在我面前,不可有他神"的句子还清晰可见,英语和希伯来语。"八点九。"我不得不回答。

"你必须解毒,列尼。"

我听到门外一阵骚动,急切的声音想要引起他的注意,一天的工作就像环绕曼哈顿的数据长龙一样。在乔西的办公桌上,一块平板镜片,一个数据框架,向我们展示的正是他生活的幻灯片:年轻时候的乔西穿得像个印度王公,表演着他离开百老汇舞台的独角戏;老挝寺庙里笑得很开心的僧人,他的资金帮他们重修庙宇,他的镜头乞求他们露出开心笑容;乔西还做过一段时间的农民,种过大豆,他头戴圆锥草帽的照片看上去确实很开心。

"我打算每天喝十五杯碱化水。"我说。

"你这样的雄性秃顶真叫我担心。"

我笑了,还"哈哈"了一下。"我也担心啊,灰熊。"

"我可不是在评价你帅不帅。你那俄罗斯犹太人的睾丸激素正在迅速变成二氢睾酮,致命的家伙,前列腺癌一触即发。你每天至少需要补充八毫克的美洲蒲葵的锯屑。怎么了,恒河猴?你看起来快要哭了。"

我只想静静地听他如何关心照顾我,我想让他关注我的二氢睾酮,让他把我从永恒休闲吧里英雄救美一样解救出来。乔西让后人类服务部的人每天写日记,记住我们曾经是谁,因为每时每刻我们的大脑和神经都在被重造,完全偏离我们本来的个性。所以每年,每月,每天,我们都在变成一个不同的自己,一个完全背离最初自我的人,再回不到那个在高尔夫砂筒边淌口水的小家伙了。但我不是。我还是那个跟从前一样的孩子,期待老爸把我一把抱起,拍拍屁股上的沙子,平静温柔的英语从他唇齿间滑落。我父母是内蒂·法恩抚养大的,那我为什么不能叫乔西抚养大呢?"我想我爱上了一个姑娘。"我如实禀报。

"跟我说说。"

"她非常年轻,非常健康,亚洲人,预计寿命——非常之高。"

"你知道我对爱情的看法。"乔西说。门外面从开始的不耐烦立马变成了孩子般的吃醋。

"你不希望我开始一段恋情?"我问他,"我可以放弃的。"

"开玩笑的,列尼,"他捶了捶我的肩膀,很痛,他低估了自己焕发的年轻活力。"嗨,放松,爱情对酸碱值、促肾上腺皮质激素和低密度脂蛋白都有好处,只要是好的、正面的爱情,没有猜疑,也没有恶意。听着,你现在要做的,是让这个健康的亚洲女孩儿离不开你,就像你离不开我一样。"

"别让我死,乔西,"我求他,"我需要抗老化治疗。我的名字为什么不在布告栏呢?"

"很多事将要改变,猴子,"乔西说,"如果你在罗马的时候时刻查看危机网,你本该这么做,你就会明白我的意思。"

"你是说美元?"我不太确定。

"忘了美元吧,那只不过是一个表象。这个国家已无任何产出,我们的资产一文不值。欧洲北部的国家已经着手跟我们的经济脱钩,一旦亚洲人关上现金阀门,我们就会彻底完蛋。还有,你知道吗,这一切对我们后人类服务部来说是千载难逢啊!对黑暗世纪的恐惧,正好哄抬了我们的价值,或许中国人或者新加坡人会把我们全买过去。霍华德·舒会讲些中文,或许你也该去学点儿。'你好'之类的。"

"我很抱歉,我在罗马逗留了那么久,"我低声说道,"我当时想如果在欧洲多待会儿,我对父母会更了解一些。在一个真正古老的地方好好想想长生不老这回事,读点书,做点思考。"

乔西转过身去。从这个角度,我可以看到他的另一面,胡荏有点花白,粘在圆润的下巴上——正好说明了并非他的一切都能返老还童。至少现在还不行。

"这些想法,这些书本,正是问题的根源,恒河猴,"他说,"别再思考了,开始你的销售吧,难怪休闲吧里的那些个小年轻要往你的屁股里塞杏仁饼干了。是的,我都听到了,我新装了贝塔耳膜。谁能怪他们呢,列尼?你的存在让他们想到了死亡,想到了我们这个种群早先的版本。先别生气,记住,我开始跟你一样,表演,人类,生存的谬论,简称FME。等以后,有的是时间思考、写作和表演。现在我们要做的,是去销售,然后活下去。"

潮水越涨越高,账单终要来到,我没有价值,总是没有价值。"我太自私了,灰熊。我真希望在欧洲帮你多挖掘几个优质客户,上帝啊。我还有得做吗?"

"我们今天就把你重新调整一下吧,"乔西一边说着,一边揽着我的肩膀往门边走去,"眼下我不能给你一张桌子,但我可以把你安排到迎宾部。"降了一级,但也不赖,至少薪水不减。"我们得给你配个新手机,你得学习如何更好地查询数据,更快地把人分成三六九等。"

我想起了给自己制定的第二点:为应对政治局势,与他结成父子般的情谊。告诉他飞机上发生的一切;让他感受到犹太人的恐惧和不公正待遇。"乔西,"我说道,"你应该一直把手机带在身上,那天飞机上一个可怜的肥佬——"

但他已经出了门,朝我瞟了一眼示意我跟上。守在门外那群"布朗—延世"和"瑞德—复旦"毕业生们马上涌了上去,对乔西的称呼一个比一个亲昵("乔!布达尼克!""猪头老爸!")仿佛每个人手里都攥着解救这个世界的办法。但他并不去理会他们,只顾自己捋了捋头发,"关,你过来!"他对着一个貌似牙买加人的小伙子叫道。但你仔细看就会发现他并非牙买加人。我们下楼,穿过嘈杂的人力资源部,直接走向霍华德·舒的办公桌。

舒,跟我看门房的父亲一样是个锲而不舍的移民,但不同的是他的英语流利,在寄宿学校里成绩优秀。他一次在用三个手机,指头起了老茧,唐人街的语调里一股子火药味儿,满嘴的数据,满脑子的掌控一切。看着他,我想起了有次我去中国的一个城市参加关于长寿主题的会议。飞机降落在一个新建的飞机场上,它的样子像珊瑚礁,美观气派,构造也似珊瑚礁一般复杂。你只要看一眼周围行色匆匆的人群,就会发现他们眼神炯炯,好似神经错乱。在等出租车的地方,至少有三个小贩向我兜售一种新型、精巧的鼻毛剪子(纽约城在二十世纪初是不是也是这个样子呢?),心里不禁想着:"先生们,这个世界是你们的了。"

更要命的是,舒长得不赖,当乔西跟他击掌打招呼的时候,我分明感觉到了嫉妒,这种感觉让我脚底发麻,呼吸急促。"照顾一下列尼,"乔西轻描淡写地一说,"记住,他可是 OG。"我希望 OG 是指"元老",而不是"老家伙"。我还没来得及嘲笑一下他的言谈举止,乔西已经走了,回到只要他愿意,随时随地等待拥抱他的人群中去。

我在舒对面坐下来,尽量装出满不在乎的表情。富有光泽的黑发挡住了他半张脸,他也尽量故作轻松,"列尼,我把你的档案调出来了。"硕大的鼻子闪着油光。

"随便。"

"你的薪水要扣去二十三万九千与人民币持平的美元。"他告诉我。

"什么?"

"你在欧洲的开销,到哪儿都坐头等舱,价值一万三千北欧元的葡萄酒。"

"一天两杯而已,只喝了红酒。"

"一杯就要二十欧元。还有坐浴盆到底他妈是什么玩意儿?"

"我这是在工作,霍华德,你不能——"

"得了吧,"他打断我,"你什么也没做成,就知道到处风流。客户呢?

那个'装在袋子里的'雕塑家又怎么解释呢?"

"我不喜欢你说话的语调。"

"我还不喜欢你工作上的无能哩。"

"我努力推销我们的产品了,但欧洲佬不感兴趣。他们对我们的技术表示怀疑,他们中有些人的确想死。"

那个死偷渡客的眼睛死盯住我。"没有免费的午餐,列尼,你也休想利用乔西的一片好心。你要么现在开始就给我好好听话,否则马上给我走人。你可以拥有现在的薪资水平,我们会把你安排到迎宾部,但你得为自己在罗马吃的每一个肉圆买单。"

我不自觉地回头望。"别看了,"舒幸灾乐祸道,"你老爸已经走了。这他妈的又是什么?"手机的数据旁一个红色代码在闪烁。"美国重建署说你在罗马的大使馆里上了黑名单,你居然还惹了重建署的麻烦?你他妈的到底做了什么?"

我只觉得先是一阵晕眩,然后好像天塌下来了。"我什么也没做啊!"我忍不住失声恸哭。"什么也没做啊!我没有帮那个胖子,也不认识索马里人,我只跟法布里齐亚睡过几次,海獭完全搞错了。这是一场骗局。飞机上有个人对着我拍,我问他'干吗?'接着我就联系不上内蒂·法恩了。你知道他们把她怎么了?她在全球青少年网上的地址被删除了,也没法全球追踪她了。"

"水獭?内蒂?这里说的是'恶意隐瞒数据'。见鬼,又要叫我帮你擦屁股。让我看看你的手机,见鬼,这是什么,iPhone?"他对着袖口说,"凯莉,给艾布拉莫夫拿个新手机过来,把账记在迎宾部。"

"我就知道,"我说,"都是手机的问题。我刚告诉乔西他最好随时随地都带着手机。该死的重建署。"

"乔西不需要手机,"舒立马反驳,"乔西啥也不需要。"他死盯着我,眼里说不清是同情还是憎恶,就这么死死地盯着。凯莉·纳德"噔噔"跑上楼梯,手里拿着一只崭新的手机盒,霓虹闪烁的数据,还伴着铃声,一个低沉的大西洋中部嗓音嵌在盒子上,保证这是"最新的拥有分级技术的手机"。

"谢了,"舒挥手打发了凯莉。七年前,在斯塔林—渥帕常还没以天价挖来乔西之前,凯莉、霍华德和我曾在"平行组织"处于同等的地位,没有头衔,也没有等级。我想把凯莉拉到我这边来,这样我们就能共同对付那个连"坐浴盆"都吐字不清的恶魔,没想到我还没费什么力,她就毅然决然地抛弃了霍华德。"尽快学会使用它,"舒命令我,"特别是分级功能,学会把你身边的人分成三六九等,保存好数据。同时开启危机网,随时了解信息。销售员信息不灵,在如今这个时代必死无疑。你最好把心思放在对的地方,然后我们再考虑把你的名字重新放回布告栏里。就这样,列纳德。"

我估计还是午餐时间,就腋窝夹着手机盒去了东河,结果那盒子一路上都在叫。从三区大桥到威廉斯堡大桥水域,停满了荷枪实弹却没有标记的船只。据多媒体介绍,中国中央银行行长预计将于两个星期之后造访我们这个欠了他们一屁股债的国家,所以对曼哈顿周边地区戒严是势在必行。我挑了张牢固的铁丝长椅坐下,眺望着皇后街区全玻璃的贝塔天际线,这些建筑是远在我们的美元贬值前建造的。我打开盒子,拿出光滑如珠子一般的新手机,放在掌心仿佛已经有了手心的温度。一个跟尤尼斯身材相仿的亚洲女人出现在眼前,"你好,欢迎使用带分级功能的7.5代手机。可以开始了吗?可以开始了吗?可以开始了吗?你说一声'好'我们就开始。"

我欠霍华德·舒二十三万九千与人民币持平的美元,所以我第一次的抗衰老剂就这么——泡汤了。我的头发会越来越灰白,有一天会完全秃顶，然后呢，有一天可能就在不久之后，或者就在今天，我会从地球上消失。然后我全部的感情，全部的渴望，所有这些数据，如果这些数据有用的话，也将烟消云散。这就是长生不老对我的意义所在，乔西，它意味着自私。我们这代人都相信自己比其他任何人都要重要。

水面上一阵骚动，打断了我的思路。随着一阵水花飞溅，一艘水上飞机优雅地往北驶去，好像没有借助任何机械力，也没有一丝绝望，有那么一刻，我又觉得我们的生活会一直这样下去。

下一程——回家

摘自尤尼斯·朴在全球青少年网上的邮件

六月九日

朴正苑致尤尼丝袜在国外

尤尼:

　　今天早上我醒来后很悲伤,不过没问题!肯定会没问题的!只是你爸爸生你的气,他叫你"波西米亚"。这是什么意思?他说你去了罗马,没有保护好"神秘"。他用韩语中不好听的话骂你,他说你可能跟黑人在一起,太不可思议了!他说只有波希米亚人才去欧洲,波希米亚人是坏人。他说他可能不做足科医生,该行当画家去了。这是他一直以来的梦想,但他是长子,他得为父母、为弟弟们负责。你是姐姐,所以你也得负责,我早就说过。我们不像美国人,别忘了!所以韩国现在成了富国,美国却处处欠中国人钱。爸爸说你应该回家来,重考 LSAT,但眼下谈什么学习,你爸可能错了,因为街道上有军队,局势很危险。周牧师告诫爸爸,他是罪人,他必须抛弃自我,先把自己掏空了,才能在心里只装下耶稣。他还说,他可能得去看专门医生,吃点儿药,才会不打人。但爸爸说吃药是可耻的,尤尼!重新备考 LSAT 吧,让爸爸开心,我们又是开心的一家子。原谅我吧,我不是个好妈妈,也不是个好妻子。

爱你。

妈妈

尤尼丝袜在国外:萨莉,我搭下一班飞机回家。

萨莉星:没那么糟,别信妈妈那一套,她就想让你有负疚感。我这个星期都住在银赫家,我现在满脑子都是化学,根本没心思理他们。

尤尼丝袜在国外:如果你没心思理他们,那谁来照顾妈妈呢?如果我们俩都不在家,他一点鸡毛蒜皮的事都会算到妈妈头上。他会说,是她把我们俩赶走,跟他作对的。妈妈就任由他宰割了。你是知道的,爸爸要是揍她,她不会报警,甚至连哈罗德表哥也不叫。

萨莉星:别用那样的字眼,好吗?

尤尼丝袜在国外:我用什么字眼了?他"揍"她吗?

萨莉星:行了。无论如何,我还在家里吃晚饭,所以家里的情况我清楚。爸爸没做什么太出格的事。

尤尼丝袜在国外:你的意思是,没对妈妈做。那你呢?

萨莉星:我还行,就是化学太让我伤脑筋了。

尤尼丝袜在国外:我知道你在撒谎,萨莉。我搭下一班飞机回来,我要亲眼看看他做了什么。

萨莉星:待在罗马,尤尼斯!你大学毕业了,就该开心一点。至少我们俩中的一个应该开心一点。还有,我下星期为了那事就要去华盛顿特区了,所以根本见不到他。别为妈妈担心,我离开的时候安吉拉表姐会过来。她在城里求职面试。

尤尼丝袜在国外:在华盛顿特区的啥事?反对 ARA 的游行吗?

萨莉星:没错,但快别这么叫了。学校里几个教授要我们别在全球青少年网上说这个事儿,网管有监控的。

尤尼丝袜在国外:爸爸管我叫婊子,是吗?

萨莉星:有那么几晚,他疯狂地以为你跟黑人睡觉,他说他梦见的。似乎他不太分得清梦境与现实的差别。

尤尼丝袜在国外:你告诉他我在罗马的难民营做义工吗?别说那里都是些偷渡来的阿尔巴尼亚女人,就说移民好了,行吗?

萨莉星:为什么?

尤尼丝袜在国外:我想让他知道,我正在做一些有意义的事。

萨莉星:我还以为你完全不在乎他的想法呢。听着,我得为《欧洲经典》扫描课文去了。别担心,尤尼斯,生命只有一次,所以趁着年轻,尽情享受吧!我会保证妈妈安全的,我为我们全家祈祷。

萨莉星:顺便说一句,那件锡铅合金的"骷髅"泳衣在帕玛网站上有售,就是你想要的有胸托的那种。

尤尼丝袜在国外:我已经在"翘臀"上竞拍了,我会告诉你它会不会超过与美元持平的一百元人民币,那样如果帕玛还在打折的话你就可以买下它。

六月十一日

尤尼丝袜在国外致格里尔婊子

亲爱的小马驹:

  我知道你在太浩湖度假,本不想打扰你,但我爸那儿的情况变得越发糟糕,所以我想回家一趟。我离家越远,他就越有恃无恐,我当初来罗马真是大错特错。我不知道能不能搞定福特·李,但我想先在纽约落个脚,周末再回家去。还记得你以前的那个朋友吗,烫着个老式的卷发,叫乔·李什么的。她那儿有地方给我住几晚吗?纽约我真的人生地不熟,朋友都在洛杉矶,或者别的地方。我在想或者可以去找那个叫列尼的老男人。他一直不停地给我发邮件,说他如何爱我脸上的雀斑啦,他会怎么给我做茄子啦。

我跟本分手了。够了。他外表英俊,事业蒸蒸日上,在他面前我简直抬不起头。我永远无法在他面前展露真实的自我,因为他肯定会吐。我知道他已经有点厌倦我那肥得……肥到不行的身体。有时我向他发脾气,他仰头望天,像在说:"我已经受够了这臭婊子。"太悲惨了。我已经哭了好几天,为我的家庭,也为了本。上帝啊,太抱歉了,亲爱的小马驹,我就是这么烂泥扶不上墙。

奇怪的是,我一直想着列尼这个老男人。他长得不好看,但他身上有种特别的东西,老实讲,我很需要有人疼爱。跟他在一起,我觉得很安全,因为他不是我喜欢的那一型,我不爱他,所以可以大胆做自己。可能本跟我在一起的时候就是这种感觉。我会有这样一种性幻想,我在跟列尼做爱,脑子里尽量不去想他难看的外表,而只享受他那炽热的爱。你有过这样的幻想吗,马驹?我是不是在作践自己?有次我跟他走在罗马大街上,注意到他衬衫的纽扣完全扣错了,我想也没想就帮他重新扣好,我想让他看起来不要那么傻里傻气。这也算是一种爱吗?我们一起吃饭,他跟我说很多话,一般我会认真听男孩跟我说的每句话,心里默默准备一个答案,或者想着该如何应答。但跟他在一起的时候,我常常会听会儿,走会儿神,看着他嘴唇嚅动的样子,他嘴唇上的沫子,他的胡须楂子。他是那么真诚,他是真的想告诉我什么。忽而在想,列尼,你长得其实不赖啊。你就是玛戈尔教授在"自信"那一课上讲的,是一个"真正的人"。我也不知道,思绪就这样反复纠结着。有时我会想,不可能,绝对不可能,我对他一点兴趣也没有。转念,我又想起他那晚上亲吻着我的身体,嘴唇一直往下滑,直到呼吸急促得不行,可怜的家伙。我不得不闭上眼睛,幻想着他不是他,我也不是我。噢,上帝啊,听着,我非常想你,马驹,真的。来纽约吧!这段时间我太需要有人来爱了。

分级功能

摘自列尼·艾布拉莫夫的日记

六月十二日

亲爱的日记：

　　上帝啊，我想她。还是没有尤尼的消息。我请她搬来，让我照顾她，给她做蒜香茄子，我会用成熟男人的爱来保护她，霍华德·舒只肯给我二十三万九千美元做薪水，但我会把银行账户如数交到她手里。她还是没有回复我，但我会坚持下去。我每天都会拿出手写的清单，对照上面的第三条，要爱尤尼斯，直到全球青少年网上跳出"亲爱的列尼"打头的回信。终有一天，她会跟那些信贷或者多媒体帅哥一刀两断，这些没心没肺的家伙只是觊觎她的美貌，根本不会在意她娇小的身躯里那颗需要安抚的心。同时，在天平的另一端，艾布拉莫夫家的两个老人在全球青少年网上留下了这样一些可怜兮兮的信息，标题是令人费解的"我和妈妈伤心"，"我担心"，或者干脆是"没有儿子孤独"。这些让我想起了清单上的第五条，善待父母，几乎快作废了。我还需要再自信一点，对自己、对我的生活，特别是对金钱——金钱始终是节俭一辈子的艾布拉莫夫家族永远的痛。等我自我感觉好了,我一定飞去长岛,去他们色彩鲜亮的右翼定居点看望他们。

说到钱,我马上动身去了趟东百老汇的汇丰,接待我的是个漂亮的多米尼加小姐,她一板一眼地告诉我,我的财务状况如何每况愈下。一句话,狗屎。

我的"美国清晨"理财产品,虽然已经与人民币绑定,还是亏了百分之十。在我完全不知情的情况下,我的资产经理把已经每况愈下的"高露洁—棕榄—百胜—维康集团"股票也加入组合里。而本来低风险的"金砖四国"(巴西、俄罗斯、印度、中国,简称 BRIC)高收益国家基金也只收成了百分之三,主要是受四月份普京格勒的骚乱,以及美国入侵委内瑞拉对巴西经济造成的影响。"我觉得我都能屎出一块金砖来了。"我这样对我的账户代表玛丽亚·艾布瑞拉说。

艾布瑞拉小姐让我看陈旧的电脑屏幕。我故意略过不看闪烁的屏幕上变幻莫测的美元值,转而盯着分别与人民币和欧元绑定的数目。我名下大概有一百八十六万五千美元,在我动身去欧洲之前,这个数目应该是二百五十五。"你有最高的信用,列尼先生,"她用嘶哑的声音告诉我,"如果你爱国,就应该再申请一笔贷款,另买一套公寓作为投资。"

另买一套公寓?我的基金可在大出血。我扭头不去看艾布瑞拉小姐美丽的海鸥形状的嘴唇,人好像被掴了一掌,死神的味道浸淫了我。汗津津的脖子的牛肉味道,被一股老头子的怪味取代。怪味从我的大腿、腋窝升腾,像蒸汽。最后是亚利桑那养老院的恶臭,我就像是一匹老得快死的大象,他们用除臭剂拼命将我搓洗。

金钱意味着生命。据我推测,最初级的贝塔抗衰老治疗,比如说把新鲜血液注入我衰老的心血管系统里,每年大概需要花费三百万。回想我在罗马度过的每一秒钟,贪婪地欣赏建筑,尽兴地与法布里齐亚做爱,每天吃吃喝喝摄入的葡萄糖，足以杀死一个古巴种甘蔗的老农，我最终得以清除万难，一往无前地赴死。

眼下，只有一个人可以为我力挽狂澜。

这让我回到清单的第一条：为乔西卖命工作。我觉得我干得不赖。回到后人类服务部的第一周已经过去，没出什么大岔子。霍华德·舒还没叫我干什么招徕客户的活儿，但我一整个星期都泡在永恒休闲吧，鼓捣我新的带分级功能的7.5代触屏手机。我如今也把它像挂坠一样骄傲地挂在胸前，接收来自危机网源源不断的关于我们国家如何偿还债务的信息，当着这些毛头小伙、姑娘的面，下载我的恐惧和希望。我会跟他们谈论我的第一个客户是一个聋哑女孩，我们在老的时报广场邂逅，(在一月的隆冬，她倚在垃圾箱旁边，嘴里发出外星人一样唧唧咕咕的声音，又带着十来岁年轻人的手舞足蹈)；谈论父母对我的爱有时热情过头，有时又冷若冰霜；还有我是多么想得到又必须得到尤尼斯·朴，尽管她的美貌让我看起来像癞蛤蟆想吃天鹅肉。我这么做的目的，主要是想让这些思维开放的年轻人知道，像我这样的老头子，也非常乐意与他们分享。迄今为止，我得到的评价有"恶心"，"有病"和"TIMATOV"(意思已经搞清楚，"我快要当众呕吐")。但是我也发现达里尔，就是那个穿紧身衣、系一块红色丝巾的男孩，开始在全球青少年网上对我做出正面评价，他将我列入了"一〇一个值得同情的人"。与此同时，我听到公告栏似乎发生了微妙的变化，达里尔的情绪提示仪从"正面/乐观/随时待命"一路下滑到"一星期都让乔西生气"。他的考的素①水平也一团糟。只要再稍稍施加一点压力，我就能抢回我的办公桌了。无论如何，一切都在向着好的方向发展，不久，我将重新招徕客户，证明我的价值，做大市场让乔西开心，到劳动节

---

① 考的素，与精神压力相关的荷尔蒙。

炸印尼豆豉的时候,我又会恢复到"校园里的大人物"的地位。当然,这一个星期里,我的手没有碰过书本,也没有跟人大声地讨论过读书。我试着让自己喜欢上新手机屏幕,五颜六色的脉冲马赛克,接受这样的现实——它知道这世界上一切肮脏的细节,而我的书本只知道作者的心思。

与此同时,周末不期而至,哈利路亚!我决定在周六晚用来践行第四条:关心你的朋友。有件事情上,乔西是对的:良好的人际关系使人健康。当然不仅仅是接受关心,还要学会关心他人。就我而言,首先要克服独生子女的缺点,尽量融入到他人的圈子里。自从我回来,还没跟朋友聚过,因为,在纽约这样的城市里就业,你就得干得不分白昼黑夜。好在我们最后还是约定在"塞维克斯"碰面,斯塔藤岛的一个潮人酒吧。

离开我那占地七百四十平方英尺的公寓之前,我把最年长的多媒体哥们的名字——诺亚·温伯格——输入手机,发现这家伙打算把我们的这次聚会在全球青少年网上现场直播,还取名叫"诺亚·温伯格秀"!这让我一阵紧张,但转念一想,如果我想在这地方混下去,就必须习惯这一套。所以硬着头皮套上一条紧身牛仔裤,上身配一件鲜红T恤,胸口一堆白玫瑰。真希望尤尼斯在身边,她能告诉我这算不算适龄的打扮。她对生活的极限颇有见地。

走到门厅,我看见门口停着一辆救护车,静静闪着车灯,就知道楼里又走了一个老人,意味着又会收到一封请柬,让你去提尼克或者新罗谢尔坐头七,社区的公告牌上又多了一屋出租。一辆轮椅孤零零地停在那里,跟门厅上世纪五十年代流行的乳白色基调格格不入。在这个"自然退休社区",每个人都如一潭死水般鲜有动静,所以今晚我期待着一次跨越代沟的聚会,想着是时候把这个老东西推出去晒晒夕阳,说说祖母传下来的意第绪语。

我后退了几步。身体被草草裹进一个不透明塑料袋里,坐在轮椅上,头上还顶着一个长角的氧气袋。支撑上半身的是一对瘦削的男人的臀部。死者微微前倾,好像还在做着苍白无力的基督祷告。

太不像话了!他的保姆呢?急诊医生呢?我想要就势跪下去,虽然本能告诉我不合适,但我还是想给一分钟前可能还有呼吸、如今却在塑料袋里慢慢变冷的人带去一些安慰。我小心捧起压在他头上的氧气袋,仿佛那就是他最后残喘的一丝气息。胃里一阵翻腾。

头晕。我走上街,六月的暑气中,救护车上下来的两个家伙,站在闪烁的车灯旁,陶醉地抽着烟。车上一排大字"美国医疗救援"。"门厅里有个死去的老人,"我对他们说,"就他妈坐在轮椅上,你们却不管不顾。尊重一下死者吧,伙计?"

他们的脸模糊不清,看起来还算合作,似乎是两个西班牙人。"你是家属?"一个冲我问道。

"这有关系吗?"

"反正他不赶时间啊,先生。"

"很恶心。"我说。

"死人而已。"

"每个人都有这么一天,帕克。"另一个补充道。

我希望脸上呈现出愤怒的表情,但每次我这么做的时候,据说看起来特像一个疯婆子。"我是在说你们抽烟。"我的反驳很快就消散在四周闷热的空气里。

格兰德大街上没有一样东西能给我安慰。没有东西能让我"庆幸已经拥有的"(第六条)。几乎光着身子的拉丁小孩,新鲜出炉的番红花鸡肉饭,也无法引起我的兴趣。我又登录了"诺亚·温伯格秀",听到朋友正在调侃我们的军队在委内瑞拉最近吃的败仗,但有些话让我费解。奥利诺科河,穿洞的盔甲,黑鹰下沉——这些对我来说有啥意义,因为我已经想好了生命的结尾:孤伶伶一个人,套在塑料袋里,在自己的公寓里,驼着背缩在轮椅上,向着我从来不信的上帝祈祷?就在这时,在圣母马利亚赭色袍子的旁边,我看到一个美丽少妇,宽阔厚实的臀部,在胸前画十字,吻着拳头。她的信用等级在附近的一根杆子上显现出来,只有可怜的六百七十分。我想过去叫住她,让她看到宗教的愚蠢,想改变她的饮食,想让她少在化妆品和其他不重要的东西上浪费金钱,让她崇拜自己活在世间的每一个瞬间,而不是去崇拜那被刺得伤痕累累的女神。出于某种目的,我还想亲吻她,感受那硕大的天主教徒嘴唇的悸动,让自己感觉到生命的迹象,顺道追忆在罗马的时光。

等我快见到朋友的时候,我得不停地降低自己的压力,走向渡船的路上,嘴里一直默念着第四条,关心你的朋友,关心你的朋友,因为你需要他们,特别是当"美国医疗救援"急救车停在格兰德大街五百七十五号的时候。虽然违背我的信条,即人死了就一了百了,但我还是希望我的朋友能拉开塑料袋,最后看上我一眼。还是应该有人要记得我,哪怕只是在停尸间的那短短几分钟内。

我的手机响起。

危机网:美元在伦敦证交所贬值3%,收盘报1欧元=8.64美元,创历史新低,赶在中国中央银行行长访问美国前夕;伦敦银行同业拆进利率下跌57个基本点;美元对人民币再跌2.3%,收报于1元人民币=4.90美元。

我真该搞搞清楚"伦敦银行同业拆进利率"是什么意思,它为什么会下跌五十七个基本点。但老实说,对这些经济学术语我真的一点也不感兴趣！真想抛开这些乱七八糟的数字，转而去翻开一本散着霉味儿的书本，或者顺着一个漂亮姑娘的身体往下滑。为什么我不生在一个像样点儿的世界呢？

国民护卫军驻守在斯塔藤岛航运大厦。一群可怜的白领妇女穿着白色球鞋，她们疼痛的脚踝藏在长筒丝袜里，耐心地等待通过垒着沙袋的检查站，去坐渡船。美国重建署的通知警告我们"不得泄露此处检查站（物体）的情况。阅读本通知后，你将被视为已经否则该物体的存在，并答应保守秘密"。

时不时地我们中的一个会被拉到一边，我忽然担心起在罗马把我拖入黑名单的水獭，飞机上对我乱拍一气的兔崽子，信用杆闪现我超高的信用等级时旁边出现的星号，还有至今下落不明的内蒂·法恩（她至今没有回复我发给她的消息，而且如果他们抓到我的美国妈妈，他们又会怎么对付我的亲生父母？）。身穿便衣的军人用一根像老式吸尘器一样的管子，逐一检查我们的身体和手机，还要求我们同意他们的所作所为并保证不泄密。准备搭船的乘客对这一切似乎已经驾轻就熟，其中尤属斯塔藤岛上的酷小孩们最安静、最配合，虽然身体稍稍发抖。我听到有几个有色人种的年轻人交头接耳，说着"否认和暗示"。但年长的妇女马上制止了他们，说着"重建署的权责"和"小子，再不闭嘴就打烂你的嘴"。

或许这是霍华德·舒的缘故，但今天不知怎的，我居然安全通过了检查站，没有被盘问。

一登上斯塔藤岛，我决定散个步。这里的主道叫维多利亚大街，一路的上坡，有点像旧金山。萨塔藤岛的这部分叫圣·乔治，一度完全不设防，所以从波兰、泰国、斯里兰卡，特别是墨西哥偷渡来的移民一路游过来，从这里上岸。他们临街开起了异国风味的饭馆，还有小杂货店、当铺和二十美分打一分钟的电话亭。店铺外面，黑人裹着宽松的夹克，靠在牛奶箱上懒散地打个盹。这一切都令我记忆犹新,因为那时我们刚大学毕业,我跟朋友会坐着渡船来"洗劫"这里的一家斯里兰卡人开的馆子,只要九美元你就能吃上一个好吃得不像话的虾肉烙饼,还有炸鱼。当你在大快朵颐的时候,一窝小蟑螂会顺着你的裤腿往上爬,想要尝一口你的啤酒。现如今,斯里兰卡小饭馆当然已经不复存在了,小蟑螂、打盹的黑人也早不见了踪影,取而代之的是半人半无线的波希米亚人,推着婴儿车沿着维多利亚大街的斜坡上上下下,附近从新泽西来的孩子坐在现代轿车里,看着价格奇高的维多利亚人的房子,心里想着最好以后能从事多媒体或者信贷行业。

塞维克斯本是斯塔藤岛上一间老年酒吧,如今重新装修,变身为一间多媒体、信贷潮人的聚居地,装饰了许多地下室里搬出来的假油画,二十出头的靓妞出来寻找电子生活以外的乐子,平庸的男人已经爬上三十五的岁数,却还打扮时髦,试图抓住青春的尾巴。我的朋友就是这种男人。他们就在那儿,挤在一张桌子旁,手机拿在手里,对着衬衫领子滔滔不绝,一面还不停地动动拇指往手机里输入信息,两个长着卷发的黝黑的脑袋对周围的事物充耳不闻。他们就是诺亚·温伯格和毗瑟弩·哥亨—克拉克,从前一所叫"纽约大学"的学校的校友,这学校也是方圆几百里最优秀的男男女女接受教育的地方。他们是浪漫主义的受害者,也是重口味语言和无止境难题的爱好者,最后也是风尘仆仆的旅行者。

"我的黑人兄弟们!"我冲他们大叫,他们没听见。"我的黑人兄弟们!"

诺亚率先跳了起来,跟在学校时跳的方式不一样,而是像短跑选手一样一跃而起,几乎要将桌子掀翻。他那傻乎乎、让人难以抗拒的笑容,一口亮白的牙齿,那张添油加醋、谎话连篇的嘴,还有那亮闪闪、满是兴奋的眼睛。他打开手机的镜头盖,记录下我风尘仆仆赶到的傻样。"抬头看啊,伙计,他来了!"他嚷嚷着,"快把你的屁股抬起来,准备出镜了。这里是独家'诺亚·温伯格秀'!我们接下来看到的是头号黑人,他刚结束为期一年、在意大利罗马的狗屎自我发现之旅。伙计们,我们在这里为你们现场报道。他正向我们的桌子走来!他带有那种'嗨,我就是你们中的一员!'的傻笑,体重一百六十磅,德系犹太人二代,'我的父母是穷得叮当响的移民,所以你们会爱上我':'傻蛋加闷蛋'列尼·艾布拉莫夫!"

我冲诺亚挥手,然后迟疑了一下,也向他的镜头挥手。毗瑟弩张开双臂向我走来,脸上满是兴奋,这个跟我一样有着"低于平均"的身高(五英尺九),跟我相近的价值观,他对女人的品位——他老婆是一个有脾气、有头脑的韩国女人,叫格蕾丝,碰巧也是我很谈得来的朋友——在他面前我只能屈居第二。"列尼,"他叫我,回味着我名字的两个发音,仿佛它们各自也有涵义。"我们想你,伙计。"这么简单几句,竟让我热泪盈眶,嘟哝着不知说了些啥。他也穿了一件 SUK DIK 的紧身衣,就像我在后人类服务部的同事一样,他的鼻口部没刮干净,眼里充满倦意和血丝,正好暴露了他的年纪。我们三个挨个深情拥抱,动作幅度有点大,还互相摸摸屁股,碰碰生殖器。我们小时候,社会对同性之间的友谊有着严格的界定,所以到了现在这个放任的年代,我们试图变本加厉地弥补。我就经常一厢情愿地认为我们互相诋毁的话、互相攻击的动作,实际上是关爱和理解的表现。在有些男人圈子里,粗口和礼节性的拥抱,偶尔一起去猎艳,就是它全部的文化内涵。

当我们互相拥抱、互相拍着肩头的时候,我忽然发现我们还在偷偷摸摸地打量着彼此衰老的痕迹,毗瑟弩和诺亚都用了某种特别味道的除臭剂,借以掩盖自己的体味。我们都已经站在三十好几的尾巴上,年轻时的踌躇满志和天不怕地不怕曾经让我们不分彼此,现如今已经开始慢慢退去,我们的身体也开始颤抖、松弛、打皱。当然我们还是如同拥有其他男人间的友谊一样彼此友好,彼此关心,但就算是奔向消亡的道路也是充满竞争的,因为有些人要奔得快一些。

"减害时刻,"毗瑟弩说道。我还是不明白,减害到底是个啥意思,尽管在永恒休闲吧里的年轻人反复叨念着这个词。"这个犹豫的犹太黑人想要喝点什么?棕发妞还是金发妞?"

"金发妞吧。"我说着抛出一张二十美元的钞票,上面有银线防伪,还有一排手写体的字"中国人民银行担保",心里希望的是酒水不要跟人民币元挂钩,这样我好歹可以多找回点零钱。钱又被扔回给我,毗瑟弩冲我友好地笑笑。

"黑人,别跟我争了。"他说。

诺亚像要发表长篇演说一样,深深地吸了一口气。"好吧,妓女和傻瓜①,我还在跟拍你们。现在是晚上八点,美国鲁本斯坦时间。这是他妈的两党制的夜晚,在斯塔藤岛人民共和国。列尼·艾布拉莫夫刚点了一罐比利时啤酒,售价为七块与人民币持平的美元。"

诺亚把镜头对准我,把我当作今晚新闻单元的主播。"黑人,你必须一五一十地告诉大家,"诺亚说,"刚从罗马回来的你必须向观众坦白,就从那个你睡过的女人谈起吧。"接着他模仿女人的声音,"'操~我,列纳德!操~我!就现在,快来,快来!'接着说说意大利肉酱面,说吧,列尼,给我描述一下这个场面,孤伶伶的艾布拉莫夫坐在家附近的一家小店里津津有味地吃着面条。再接着讲浪子回国的桥段,作为一个温顺、可靠的列尼·艾布拉莫夫,回到鲁本斯坦统治下的一党制美国,有什么感想?"

---

① "妓女"和"傻瓜"两个词原文为西班牙文。

诺亚不是一直都这么愤世嫉俗、冷嘲热讽的,但他最近确实事业不顺,付出和得到不成比例,似乎他个人的失衡状态比我们整个文化和国家的还要严重。在出版业差不多萧条了一半之前,他还出版了一本小说,这是最后一批你能够去多媒体商店买到的书之一。最近他只能做做"诺亚·温伯格秀!",这个节目拥有六个赞助商,他言必称之。其中包括一家位于皇后大街、中等规模的陪护公司,几家位于布朗斯通布鲁克林的泰国小吃连锁商店,一个为渥帕常保险公司做安全咨询业务的前两党制政客。这家保险公司是我供职的总公司下面一个业绩不错的子公司。其他的我记不清了。这个节目每天的点击量是一万五千次,这在多媒体行业属于中下水平。他的女朋友艾米·格林伯格是个小有名气的多媒体妓女,每天花大约七个小时的时间在网上喋喋不休地讲她的体重。至于毗瑟弩,在"高露洁—棕榄—百胜—维康集团"做债务投放,出没在大街小巷,冲人们手机里塞进会让他们债台高筑的各种图片。

债务投放员请客,三瓶大麦啤酒,高甘油三酯,啪啪摆在桌上。我开始绘声绘色地讲起故事,满足他们的猎奇心,特别是我那段跟法布里齐亚的滑稽、色情的跨国恋情,甚至还用手指勾画出她耻毛的形状。我向他们极力推荐带着大蒜浓香的肉酱面,想叫他们也爱上罗马风情,但事实上他们根本不感兴趣。他们所感兴趣的世界就在眼前,屏幕闪烁,嗡嗡作响,攫取着他们所有的力气和注意力。诺亚,曾经的小说家,或许还能想起塞内卡和弗吉尔,《玉石雕像》和《黛西·米勒》。但即便是他,看起来也兴趣不大,转而不耐烦地看手机,屏幕上显示至少有七级信息,数字、字幕、图像充斥着屏幕,像曾经的台伯河一样水流湍急,争先恐后。"我们的点击量上不去啊",他跟我窃窃私语,"在罗马的奇遇,好吗?"接着又用更低的声音提醒我,"幽默和政治,明白了吗?"

我正描绘空旷的万神殿沐浴在清晨的阳光里,听诺亚这么说,赶紧打住。诺亚指着头顶仅剩的一簇头发说:"好吧,黑人,情况是这样,你要么跟特蕾莎修女上床,要么跟玛格丽特·撒切尔做爱……"

我跟毗瑟弩都被逗得前仰后合,然后一齐看着我们的领导。我举起双手表示投降,这也是男人聊天的唯一方式,这是我们的方式,告诉彼此我们还是朋友,我们的生活还没完。"麦琪·撒切尔,如果是传教士体位的话,"我调侃,"特蕾莎修女,就只能从后面进入了。"

"你真是太多媒体了。"诺亚说道,我们互相击掌。

从那时开始,我们的讨论话题可就五花八门了,主要有:《线》,一部BBC拍摄的讲核能大屠杀的电影;接着是鲍勃·迪伦早期的音乐;然后是一种有效的泡沫,可以治疗生殖器的尖疣湿疹;国务卿鲁本斯坦最近在委内瑞拉新吃的败仗("没有比'犹太铁腕'更矛盾的说法了,对吗?"诺亚说);联合废料CVS花旗信贷的几近破产,以及美联储的出手相救但依然难以起死回生;我们那不断缩水的理财产品;第六节车厢门关上的"呜哇"声,和听到L(鲁本斯坦)后的嘘声;那个叫"皮一韦·赫尔曼"的喜剧演员的生活和诡异的死亡;最后是永远也讨论不完的话题,像我们大多数美国人,很有可能马上就会加入失业大军,会被遗弃在大街上等死。

"我现在大概能吃一打'泰国小吃'的鸡肉沙拉。"诺亚说道,意指他的赞助商之一。

当酒吧里闹哄哄的声音被怀旧的"拱廊火焰"乐队的抒情调子所取代,我又给自己灌了一杯泡沫丰富的浓啤酒,全身都暖烘烘的,舒适异常。我开始不经意地打量起周围的两个男孩。诺亚衰老得最厉害,高耸厚实的额头,肥嘟嘟的脸颊,不经意地会抖动起来,让他看起来更加愤世嫉俗。曾经,他是我们几个人里最帅、最成功的一位,我们一半的女朋友都是在他的帮忙下泡到手的(当然这数目也不多)。他经常嘲笑我跟毗瑟弩的少数民族背景,常常一小时就要发一打短信过来,教我们该怎么做怎么想。但一年年过去,我跟毗瑟弩都越来越不听管。都是快四十不惑的人了,生在这样一个剥削当道的世界,每个男孩都有自己的活法。

毗瑟弩渐渐沉沦为一个聪明绝顶的失败者,SUK DIK 的紧身衣,"安逸猿"球鞋,价格应该不低于五百元人民币。对别人讲的笑话,他总是报以过分的热情,在我们不曾相见的这几年里,他的笑声到最后会有个喇叭一样的尾音——"哈哼,哈哼"。这样的笑声来源于递减的收入,但据我所知,他即将奇迹般的迈入婚姻殿堂,迎娶一个爱他、体谅他的姑娘格蕾丝。

至于我自己,我已经是个异类。朋友们需要一段时间接受我的归来。他们奇怪地打量着我,仿佛我不通英语,或者说背叛了一条正常的生活道路。我真的是个异类,离开曼哈顿在外流浪了一年,浪费了一整年的时间,在欧洲花掉了一半的积蓄。作为朋友,作为受人尊敬的技术精英的一分子,还有——没错——"黑人"中的一员,我必须作为诺亚的替代品重塑地位,我得重新植根于这片生长的土壤。

我随身带着三样东西:作为俄罗斯后裔,我喜欢微醺的感觉,对人分外友好;作为犹太后裔,我会适时地嘲笑自己;还有一样最引人注目,我的新手机。"妈的,"诺亚冲着我的手机骂骂咧咧,"什么玩意儿,带分级功能的 7.5 代?我打算给这个狗屎一个特写。"

他用手机给我的手机拍了一段视频,我又喝下一杯甘油三酯。几个斯塔藤岛的姑娘进来了,穿着我年轻时流行的薄衫,蹬一双 Ugg 牌的靴子,看起来非常多媒体,手上带着人造钻石闪烁的手链。她们中有几个上身穿的还是读书时候的旧衫,下身是"洋葱皮"紧身牛仔裤,细长的大腿,浑圆的臀部,甚至修剪整齐的私密部位也一览无余。她们也在看我们,把玩着手机,其中一个姑娘一头黑发,蒙眬的睡眼分外迷人。

"我们去操。"毗瑟弩冲着姑娘的方向说。

"天啊,冷静点,黑人,"我惊得语无伦次了,"你家里已经有一位娇妻了啊。"我对着诺亚的镜头说道,"惊喜吧,格蕾丝,好久不见,好姑娘,你在看我们的直播吗?"

男孩们哄堂大笑。"看这个傻瓜!"诺亚先叫起来,"你听到了吗,亲爱的小妞观众?列尼·艾布拉莫夫认为毗瑟弩·哥亨—克拉克刚说的是,'我们去操!'"

"是'晒'啦,"毗瑟弩解释道,"我说的是'我们去晒!'"

"这是什么意思?"

"他怎么像我七老八十的奶奶一样!"诺亚继续咆哮,"'晒?什么意思?我是谁?我的纸尿裤呢?'"

"'晒'就是放在日头底下,"毗瑟弩继续解释,"有点像,你去评价别人,同时也让别人评价你。"他拿过我的手机,做了一些设置,然后我的屏幕上也出现了'晒'的图标。"当你看到'晒'这个图标的时候,你按下'情绪面板'对准你的心脏,或者其他能测出脉搏的地方。"他又把手机翻过来,拨起一个棍子一样的东西,我原本以为是连接到仪表盘或者冰箱上的。我又错了。

"然后,"他接下去说,"你看着一个姑娘,'情绪面板'能测出你血压的任何细微变化,这样她就知道你有多想跟她上床了。"

"好吧,多媒体傻瓜和多媒体妓女们,"诺亚吆喝着,"我们在这里为您现场直播列尼·艾布拉莫夫第一次体验'晒'。伙计们,这是一个将会流芳百世的时刻,所以把你的带宽调宽吧。这好比是莱特兄弟第一次试飞,只是他们俩不像我们的列尼一样有点蠢。JBF,黑人,如果你觉得我太过头了,就告诉我好了。噢,等等,在鲁本斯坦统治下的美国是没有过头这回事的。一旦过头,你就会被抓到北部某州,脑袋挨枪子,枪子还会直接从后脑勺穿过。接着国民护卫军负责把你火化,在特洛伊的安全审查机构里,在一个寒冷的冬日,把你的骨灰一下子冲进厕所。列尼看着我的表情像在说你在胡说八道什么呢?这就是你离乡背井的这一年落下的功课,列尼好孩子:两党派控制美国重建署,妈的管他叫什么呢,重建署控制国家机器和国民护卫军,国民护卫军控制你。哎哟,在全球青少年网上是不能提这个的。或许我真的已经过头了。"

我注意到当诺亚提到"重建署"和"两党派"的时候,毗瑟弩偷偷将头别出了镜头范围。"好吧,黑人,"他招呼我,"设定你的社区参数,就写'目前位置的三百六十度空间——这样整个酒吧都包括进去了。接下来,看着你的姑娘,然后对准你的心脏按住面板。"我看向让我心动的黑发姑娘,看着她半透明紧身裤里若隐若现的大腿根部,看着她柔软的身体下两条光滑的长腿,看着她略带忧伤的笑容。我用手机背触碰了一下心脏,想把我心底的暖流、我对爱的自然渴求都装进去。

吧台那边的女孩看都没朝我看一眼,立刻笑了起来。一连串的数字显示在屏幕上:"性吸引力:780/800,个性:800/800,肛交/口交/性交偏好:1/3/2。"

"性吸引力七百八十分!"诺亚又嚷嚷起来,"个性八百分!列尼·艾布拉莫夫已经迷上那小妞了。"

"但我根本不知道她的个性啊,"我表示怀疑,"还有,怎么知道我的肛交偏好是多少呢?"

"个性取决于她有多'外向',"毗瑟弩向我解释,"自己看吧。这姑娘有三千多张照片,八百个视频,还有许多多媒体资料是关于她父亲如何对她实施家暴的。你的手机会运行你下载的关于自己的东西,然后就会形成一个分数。比如,你曾经交过好几个遭遇家暴的姑娘,所以它自动默认你喜欢这一型的。接下来,让我看看你的形象。"毗瑟弩又下载了其他一些功能,于是我的形象便跃然于屏幕上了。

  列尼·艾布拉莫夫,纽约郡纽约城,邮编10002。五年来平均收入水平为289420美元,与人民币持平,位居全美收入水平的前19%。目前血压120/70。O型血。现年39岁,预计寿命83(47%寿命已耗尽,还剩53%)。疾病史:高胆固醇,抑郁症。出生地:11367邮编,法拉盛,纽约。父亲:鲍里斯·艾布拉莫夫,生于俄罗斯莫斯科;母亲:高雅·艾布拉莫夫,生于白俄罗斯明斯克。遗传病史:高胆固醇,抑郁症。财富总计:9353000不与人民币持平的美元,房产,格兰德大街575号E单元607,价值1150000与人民币持平的美元。债务:抵押560330美元。消费能力:年均1200000,不与人民币持平。消费习惯:异性恋,不爱好运动,不爱好汽车,没有信仰,不支持两党制。性偏好:低调的亚洲/韩国女性,以及白人/爱尔兰裔美国女性,家境较清贫;恋童癖指示灯:开;自卑指示灯:开。最近购物:线装、印刷、非视频类多媒体制品,35北欧元;线装、印刷、非视频类多媒体制品,126美元,与人民币持平;线装、印刷、非视频类多媒体制品,37北欧元。

  "你别再买书了,黑人,"毗瑟弩说,"这些绊脚石会拉低你的个性得分。你小子到底哪里找来这些书的?"
  "列尼·艾布拉莫夫,地球上最后的读者!"诺亚又开始叫喊。然后,他盯着镜头喃喃自语:"我们晒得很辛苦啊,观众朋友,我们把列尼的分级也打开了。"
  源源不断的数据向我们席卷而来。那个我刚晒完的姑娘把我的男性魅力值定为一百二十分,满分是八百分;个性四百五十分,还有一个叫耐力¥的指数为六百三十分。其他姑娘对我的评价也是大同小异。"该死,"诺亚说,"我们的黑人浪子艾布拉莫夫今天可是遭遇了滑铁卢。姑娘们不喜欢他与生俱来的希伯来潜水管,还有这松弛的手臂。好吧,给他加点分,毗。"

毗瑟弩在我的手机上操作着,直到排名出来。他帮我梳理了一下数据,"目前的七位男士中,"他用手指了一下整间酒吧,"诺亚的评价排在第三,我排第四,列尼第七。"

"你的意思是,我是这里最丑的?"我的手指用力扯着仅剩的几根头发。

"但你的个性还不错,"毗瑟弩安慰道,"而且从耐力¥的角度看,你位居第二。"

"至少我们的列尼还是一个挣钱好手,"诺亚也这么说。我却忽然想起了欠霍华德·舒的二十三万九千与人民币持平的美元,这让我愈加泄气。金钱和信用是我目前所有的全部,当然,还有熠熠生辉的个性。

毗瑟弩用食指指着姑娘们,解释着接收到的数据:"左边那个,脚踝上有个疤,袖筒上有一道花纹,叫莱娜·彼姿,芝加哥大学法学院毕业,现在'萨米'文胸店做实习销售员,月收入为八万与人民币持平的美元。那个阴唇上穿洞的,叫安妮·舒沃茨一海克,也在零售部工作,用有效的泡沫治疗尖疣湿疹,吃避孕药,而且去年她向两党制旗下的'美国未来的年轻领袖团结起来我们将让世界震惊'基金会捐了三千元。"

安妮是我晒的第一人,她曾被父亲侵犯过,给我的男性魅力值打了区区八百分里的一百二十分。

"干得好,安妮,"诺亚对着他的手机讲道,"选两党制吧,你的尖疣会比我们国家的债务等级消退得更快,会比我们派往玻利瓦的军队消失得更快。鲁本斯坦时代,伙计们,鲁本斯坦时代。"

我想去再拿几罐啤酒,途中经过姑娘们身边,但她们正低头看排名。

这个屋里到处都是资深信贷男,穿着斜纹衣牛津裤。我自我感觉比他们出色,但男性魅力却一路下滑到三十七位、三十八位、三十九位,直至垫底。经过安妮的时候,我点开了她的童年被侵犯视频,她的尖叫声让我的耳朵鼓膜震颤,她裸体的照片被打上了马赛克,她的尖叫好像一百个和尚在诵经,"他摸了我这里,他摸了我这里,他摸了我这里,他摸了我这里。"

我朝安妮的方向看去,她左边的嘴唇往下撇,眉头满是同情,但手机屏幕上却出现了"看什么看,蠢驴"。"RAG 需要植发。"另外一个姑娘这么评价。(RAG 就是"快速衰老的男人",根据我的手机显示。)"我甚至能闻到 DO 的味道。"(DO 就是"阴茎的味道",我的手机又帮我解释道。)还有一条多少让人宽慰:"老爹,¥¥¥不错。"

现在整间酒吧都充斥着乌烟瘴气的数据,来自五十九部手机,百分之六十八属于男性用户。阳刚的数据也出现在我的屏幕:我们的平均收入还算不赖,但也不见得好,十九万与人民币持平的美元;我们要找的女孩喜欢我们本来的样子;我们的生活中老爸经常缺席,或者有时缺席。一个被评价为比我还丑的男人走了进来,环顾四周确认自己没什么机会之后,毅然掉头走了出去。我也想跟着他秃顶的头发、满是褶子的额头,走出去呼吸那兼容并包的夏日清新空气,但实际情况是,我为自己点了两份威士忌,两份拉斐葡萄酒。

"分级功能把他的屁股弹了回来,列尼·艾布拉莫夫转而喝酒了,"诺亚取笑着,但他一回头大概看到了我受惊小老鼠般的表情,马上改口说,"没问题的,列尼。我们会帮你搞定那帮妞的,你会在数据流里找到安慰的。"

毗瑟弩把手放在我的肩膀,轻声说:"我们真的关心你,老伙计,有几个资深信贷白痴能说出这样的话来?我们会把排名提升上去的,但我们能把你的鼻头刮去一英寸。"

诺亚接茬道:"然后加到你的小弟弟上①。"

"哈哈。"毗瑟弩苦涩地笑笑。

他们的好意我心领了,但成为他们同情的对象让我非常难受。应该由我来照顾他们才对。这样我的压力就会降低,我的 ACTH 水平也会得到奇迹般的改善。与此同时,两杯威士忌和甘油三酸酯引发的慢性死亡已经侵入我的胃里,整个世界在我看来都是那么糟糕。"尤尼斯·朴,"我忘情地冲着诺亚的手机大叫,"尤尼斯,亲爱的,你能听见吗?我真想你呵。"

"我们在实况转播这段情史,伙计们,"诺亚来劲了,"我们同步直播列尼对这个名叫尤尼斯·朴的姑娘的爱恋。他内心的痛楚让我们感同身受。"

接下去我开始滔滔不绝于她对我来说意味着什么。"我们坐在维亚·朱利亚的餐馆,或者别的什么地方……"

"点击量下去了,点击量下去了,"诺亚冲我耳语;"不要说外语地名,讲重点。"

"……她就是,她真的会倾听我,她关心我,在我们谈话的时候她从不看手机。我是说,我们在一起的时候基本都在用餐,卜拉提尼……"

"点击量又下滑了,又下滑了。"

"肉酱面。当我们在一起不吃饭的时候,我们简直无话不谈,各自的过去,各自的家乡。她是个有脾气的姑娘,如果你是她,你也会变得爱发脾气。她所经历过的狗屎遭遇。但她更想深入地了解我,她想帮我,我也想照顾她。我估计她的体重大概是七十磅。她应该多吃点儿。我会给她做茄子,她教我如何正确刷牙。"

---

① 英语中有一句俗语 cut off your nose to spite your face,意指"花大力气以达到目的,最后反而对自己更不利"。此处是对该句的调侃。

"现场直播情史,"诺亚重复着,"你是第一个听到这段情史的,由艾布拉莫夫本人亲口讲述,他正在讲述,非常动情。我收到一条发自安大略湖温莎的消息,说他想知道,你跟她上床了吗,列尼?你有把你的家伙插入她紧实的阴户吗?有一万五千名用户现在就想知道答案,否则他们就到别处猎奇去了。"

"我们太不相配了啊,实在不相配啊,"我带着哭腔,"她非常美丽,而我却是这间酒吧里最难看的男人。但这又如何!这又如何!如果有一天,她让我重新亲吻她脸上的每颗雀斑。她脸上好像长了一百万颗,但每颗对我来说都意义非凡。曾经,我们不就是这么坠入爱河的吗?我知道,我们生活在鲁本斯坦统治下的美国,就像你们反复提到的,但这难道不是意味着我们更应'与子偕老'吗?我的意思是,如果尤尼斯和我对这一切都勇敢地说'不',对这间酒吧说'不',对晒说'不'。就我们俩。我们就这样回家,为对方朗读,那又怎样?"

"噢,上帝啊,"诺亚不停抱怨着,"你把我的点击量搞丢了一半,你杀了我吧,艾布拉莫夫……好吧,伙计们,我们在鲁本斯坦统治下的美国为你们现场直播,不谈经济,不谈军事,不谈一切曾经让我们引以为傲的一切。列尼·艾布拉莫夫不肯告诉我们他是不是跟这个亚洲小妞上床了。"

洗手间四周的墙上挂着一幅涂鸦,上面的标语是"选双性恋吧,别选两党派",还有一句戏谑的"减害减小了我的鸡鸡",我则在下面排泄了好几盎司的比利时浓啤和五杯碱化水,那水是我出门前喝的。

毗瑟弩悄悄地跟了过来,"把手机关掉。"他冲我说。

"嗯?"

他的手直接伸过来,关了我的手机。他的目光牢牢盯住我,虽然我当时已经是醉意醺醺,可我还是辨得出我的朋友很清醒。"我猜诺亚是'重建署'的人。"他的嗓音压得很低。

"什么?"

"我猜他是为两党派卖命的。"

"你疯了吗?"我根本不信,"那你怎么解释他说的'现在是鲁本斯坦统治下的美国'?如何解释零小时?"

"我只是提醒你一句,他在场的时候,说话当心一点,特别是他在现场直播的时候。"

我的尿马上收住了,前列腺一阵阵生疼。"关心你的朋友,关心你的朋友",这句话咒语一般在耳畔回响。

"我不明白,"我咕哝着,"他还是我们的朋友,对吗?"

"人往往被逼着干出各种事来,"毗瑟弩说。他继续压低了声音:"谁知道他们给了他什么好处。自从他跟艾米·格林伯格搞在一起之后,他的信用等级越来越糟。如今斯塔藤岛上一半的人都在干着这种勾当,大家都在寻求背景,寻找保护。你等着看吧,如果中国人到时一接管,诺亚也会甘心为他们舔屁股的。列尼,你应该就在罗马待着,继续卖你的'长生不老药',虽然这药对你没用。看看我们吧,我们都不是什么'高端客户'。"

"我们也不低端!"我反驳。

"这无关紧要。我们就是'减害'的实体海报,这个城市对我们来说毫无用处。上个月,他们把MTA私有化了。他们打算取消计划,包括你心心念念的'犹太计划'。等到这十年过完,我们会生活在宾夕法尼亚州的伊利。"

他肯定是注意到了我难看的脸色、变形的五官,就不再说下去了,拍拍我的肩膀,"刚才尤尼斯那段你表现得不错,"他说,"这会让你的个性排名上升。至于诺亚,谁知道呢?也许我猜错了。以前也猜错过,错过很多次,我的朋友。"

正当我悲从心中来,毗瑟弩的女友格蕾丝·金出现了,准备把他领回家去,领回那个有空调、清凉舒适的公寓,这更增加了我对尤尼斯的相思之情。我盯着格蕾丝,失落得近乎悲痛。她是如此智慧,有创意,穿着保守(没有"洋葱皮紧身牛仔裤"暴露隐私)。她目的明确,好主意源源不断,对婚姻坚定忠贞,期待着怀上漂亮的欧亚混血宝宝,他们或许会是这座城市最后的宝贝。

毗瑟弩和格蕾丝邀请我和诺亚一起去他们家再喝一杯,我推脱说自己还在倒时差,婉言谢绝了。他们只送我到渡船码头,至于国民护卫军的检查站就留我一个人去对付了。我被仔细搜了个遍,士兵也很困、很累。该否认的否认,该承认的承认,我如实回答一个形而上的问题,"我只想回家。"这不是标准答案,但一个胸毛处挂着金色十字架的黑人士兵可怜我,放我上了船。

乘客的等级显示在船头,丑陋、颓废的人们,把欲望和绝望一起抛出,越过栏杆,堕入茫茫大海中。曾经的"金融中心"、如今的居住区,其上空笼罩着一层粉色薄雾,令一切都弥漫着怀旧气息。一位父亲不停地亲吻着尚在襁褓的儿子的额头,那么伤感。此情此景,让我们这些要么没有父母、要么父母不管我们的可怜人,更觉得身世悲惨。

我们看着一艘油船的侧影,猜想着它的温度。渐渐地,城市近了。三座桥墩连接布鲁克林和曼哈顿,一条玉带贯穿其中。帝国大厦熄灭了皇冠,低调隐退。在布鲁克林这一边,伫立着金尖的威廉姆斯伯格储备银行,四周是未完工即被废弃的玻璃幕墙,悄悄地向我们竖起了中指。只有破产的"自由"大厦,里面空荡荡的,像个发怒的人随时准备挥舞拳头,却是整晚都灯火通明。

每个夜归人都在问这样一个问题:这还是我的城市吗?

我有个现成的答案,绝望地在耳畔响起:是的。

如果它不是,我反而会更爱它。我会爱它,直到它属于我。

快炒上那盘茄子

摘自尤尼斯·朴在全球青少年网上的邮件

六月十三日

列纳德·德布拉莫芬奇致尤尼丝袜在国外

噢,你好,我是列尼·艾布拉莫夫。很抱歉又来打搅你。我早先给你写过信,但你没有回复,我猜你大概很忙,肯定有些浑小子整天缠着你,我当然不想像头钝驴一样每隔一分钟就给你发张笑脸。无论如何,我只想告诉你我上了我朋友的网络直播视频"诺亚·温伯格秀!"。我真的是昏了头,我在里头胡说八道,说你的雀斑,我们在罗马餐馆吃肉酱面,还构想我们互相为对方读书的场面。

尤尼斯,我真的抱歉把你拖进这趟浑水。当时我实在太忘情、太想念你了,真希望我们能多点联系。我头脑里老是回想起我们在罗马的那一晚,回味当时的每一分钟,我快走火入魔了。所以我努力忘却,逼自己想点别的,例如我的工作、财务状况,你知道它们现在变得非常复杂,一言难尽。还有我的父母,他们可能不像你的父母那么难搞,但有一点是肯定的:我们都出生在不幸福的家庭。再次抱歉,那段荒唐的视频让你难堪了,还有跟你一起读书的事。

(希望还是)你的朋友列尼

六月十四日

尤尼丝袜致列纳德·德布拉莫芬奇

好吧,列纳德,快炒上那盘茄子,因为我就要来纽约了。我是"初到此地"。很抱歉这么久都没有联络你,我也有点儿想你,很期待跟你待上那么一段时间。你人很好,又有趣,列尼。但我要告诉你的是,最近我的生活起了大变化,我刚和我非常中意的男朋友分了手,跟父母也有些误会,等等等等。所以我有时会不近人情,有时会对你很糟。换言之,你要是受不了我了,就把我扔大街上好了。现在人们就是这么干的,哈哈!

我晚点会把我的航班信息发给你,你不用来接机,只要告诉我接下来上哪儿就行。

我希望这不会给你带来许多不便,列尼·艾布拉莫夫,但我的雀斑真的很想你。

尤尼斯

又及:你有没有按照我教你的刷牙?这样对你有好处,能除口臭。

再及:我觉得你在朋友诺亚的视频里表现得很棒,但最好脱离"一〇一个我们值得同情的人"。这个穿着 SUK DIK 的家伙实在太过分了,你才不是什么"又肥又老的蠢货",不管是啥意思。你应该对他们狠一点。

乖乖投降

摘自列尼·艾布拉莫夫的日记

六月十八日

噢,上帝啊,上帝啊,上帝啊!她来了。尤尼斯·朴在纽约,在我公寓。她正坐在我身边的沙发上,我就在她旁边记日记。尤尼斯·朴姑娘:小人儿一个,紫色打底裤,正在生我的气,大概我做错了什么事,害得她眉头紧锁;大部分注意力在她的手机上面,正在"翘臀"看着昂贵的东西。我挨着她,偷偷闻着她大蒜味儿的口气,日记呵。我闻到了中餐的马来西亚凤尾鱼,我觉得我快要心脏病发作了。哦,你问我哪里出问题了?哪儿都出问题啦,亲爱的日记,哪儿都不对,我却是这世界上最幸福的男人!

当她告诉我她要来纽约了,我马上冲到街角的杂货店去买茄子。他们告诉我茄子得在手机上预订,所以我就在他们门外等了十二个小时。所以当我手里捧着茄子的时候,我的手抖得不行,一点也止不住。我把茄子塞进冷冻层(这是个意外),然后走到阳台上放声大哭。当然,那是喜悦的泪水。

在我迎接新生活的第一天,我把已经冻得硬邦邦的茄子拿出来,放在一条我最干净、平时都舍不得用的T恤上,后来这条T恤变得汗渍渍的,因为我在出门去接她之前,紧张得直冒汗。为了止住汗,同时也让自己冷静下来,我坐下来,仔细回味了第三条:爱尤尼斯,就像我父母还在俄罗斯的时候,每次出远门之前都会坐下来,祈祷旅途平安,用他们朴素的俄罗斯方式。列尼我大声说,这次你不会搞砸的。现在你眼前有个机会,可以帮助世界上最美丽的女人。你必须努力,列尼。你得奋不顾身,你得心心念念只想着眼前这个可人儿。这样,你会得到回报的。如果你搞砸了,不管你以何种方式伤害了这个姑娘,你将不配长生不老。如果你把她娇小的身躯揽入怀里,让她微笑,如果你能说服她,成人之爱远胜初恋之痛,那么你们两个必能到达一个新境界。乔西可能会朝你毫不客气地关上门,可能会眼睁睁看你在公立医院的病床上心跳停止,但谁敢小觑尤尼斯·朴的作用呢?哪位神明不答应许她永恒的青春呢?

我想去肯尼迪机场接尤尼斯,但如果你手上没有机票,甚至很难接近机场。出租车把我放在范·怀克的美国归化局检查站,在那里国民护卫军设了一块接机区域,一块二十英尺的迷彩油布做顶,下面挨挨挤挤地站着许多可怜的中产阶级等待亲人的归来。我差点错过了她的航班。由于威廉姆斯伯格大桥部分已经损毁,我们花了一个小时在迪兰西大街调头。在那条大街上,挂着一个匆忙贴上去的条幅,上书"团结一致,我们将修复此桥"。

我们快开到检查站的时候,我的手机上跳出一条令人振奋的消息:内蒂·法恩还活着,而且好好的!她回复了我,用的是一个新的安全地址。"列尼,如果我们在罗马的见面让你不安了,我感到很抱歉。我的孩子经常说我有时真的是个'神经质内蒂'。我想告诉你事情没那么糟!在我桌上经常可以看到好消息。国内倒是发生了巨变。可怜的人们无家可归之后,毅然团结起来,就像'大萧条'年代一样。退伍的国民护卫军在公园里建起了木屋,抗议他们被剥夺了在委内瑞拉参战的奖金。我能感觉到那种破釜沉舟的力量！多媒体集体噤声,但你可以亲自去中央公园看一看,回来告诉我你的所见所闻。或许杰弗瑞·奥托的统治终于结束了。×××,内蒂·法恩。"我马上给他写了回信,告诉她我会去公园看那些低端客户。而且,我正热恋着一位姑娘,她叫尤尼斯·朴,她不是犹太人(针对内蒂可能会问的第一个问题),但是其他方面无可挑剔。

心里还洋溢着对美国妈妈的无限温情,我在等待"美联航达美航空"公交车,紧张地来回踱步,直到一个持枪的士兵大概觉得我滑稽,盯上了我,我才不得不躲进一家靠近垃圾箱的临时商店,买了几株快凋谢的玫瑰,和一瓶价值三百美元的香槟。可怜的尤尼斯从公交车上下来的时候,看起来疲惫不堪,她背着大包小包,我拥抱她的时候她竟然差点摔倒。我很小心,尽量低调,向士兵挥挥手里的玫瑰和香槟,以此证明我有足够的信用可以支付给那家零售店。接下来我忘情地亲着她一边的脸颊(她带着旅途和润肤水的味道),接着亲她笔挺、薄削、非亚洲的鼻子,然后换到另一边脸颊,又回到鼻子,再一次换到第一遍亲过的脸颊,沿着她的雀斑来来回回,鼻子这座桥梁一口气翻越了两遍。香槟不听话地从我手中滑落,但用的不知道是什么新新式材质,居然没破。

面对突如其来的爱如潮水,尤尼斯没有后退,却也没有迎合。她用饱满的紫色双唇给我一个微笑,疲惫的眼神有点不知所措,向我做了个手势,意思是说包太重。真的很重,它们是我拎过的最重的包了。女式高跟鞋的后跟戳着我的腹部,一个不知哪里来的金属罐,又圆又硬,弄得我的屁股伤痕累累。

在出租车上几乎一路无话,我们俩都有点小尴尬,我们俩内心大概都有点负疚感(我好像占了她的便宜,而她又是如此年轻),而且我们都清楚之前两个人相处的时间加起来不到一天,我们合不合得来还有待考验。"这些个重建署是不是他妈疯了?"我轻声嘀咕,因为靠近一个检查站我们的车几乎在龟爬。

"我对政治没什么想法。"她说。

她对我的公寓有点失望,离 F 线那么远,外观又难看。"看起来我得费力走向火车了,"她说着,"哈哈。"她们那代人喜欢在每句话后面加这个后缀,像肌肉紧张的痉挛。"哈哈。"

"我真高兴你到底还是来了,尤尼斯,"我说道,尽量让自己听起来意思清楚、语气诚恳,"我真的非常想你,我是说,这听起来有点奇怪……"

"我也想你,呆瓜。"她调侃道。

就这一句徘徊在空气中,看似侮辱,实则亲密。她自己也吓了一跳,不知道接下去说什么,是再加一个"哈!"呢还是"哈哈"或者只是耸耸肩膀。我打算就此为契机,与她并排坐在铬做骨架的真皮长沙发上,这种沙发在二十世纪二三十年代的豪华邮轮上是非常吃香的,让我不免把自己幻想成真正的富豪。她平静地打量着我的书城,尽管我的藏书有一股子松脂夹杂着野花的味道,而不是通常的印刷品的气味。"我很遗憾,你跟意大利男友分手了,"我说,"你在全球青少年网上说他是你喜欢的那一型。"

"我现在不想谈他。"尤尼斯说。

好极了,我也不想。此刻我只想抱着她。她穿着一件燕麦色的长袖 T 恤,我可以清楚地看出 T 恤下面的两根文胸带子,其实她根本不需要它们。下身是一条毛边迷你裙,还穿着一条亮紫色的打底裤,这在我看来也是多余,因为六月天气已十分暖和。她是在提防我的"咸猪手"吗?或者她是打心里觉得冷?"坐了这么久的飞机,你一定累坏了。"我说着,把手放在她的紫色膝头。

"你在狂飙汗啊。"她说着笑了起来。

我擦了擦额头,露出额头的抬头纹,"真抱歉。"我说道。

"我真让你这么激动吗,呆瓜?"她问我。

我什么也没说,只是笑了笑。

"你肯收留我真好。"

"恨不得你别走了!"我差点叫起来。

"走着瞧吧。"她说道。我捏了一把她的膝盖,手微微往上伸了那么一点儿,马上被她抓住了。"别心急嘛,"她说,"我刚失恋了,记得吗?"她想了想,又加了声"哈哈"。

"好吧。对了,我知道我们现在能做什么,"我说,"那可是夏天里我最爱干的了。"

我带她去了中央公园的雪松山。她看到那些老年居民或走或坐着轮椅,出没在格兰德大街,似乎有点儿不太自在。那个多米尼加老头不怀好意地瞟了她一眼,嚷嚷着:"中国人!""你得多花点儿钱,中国甜心!"语气我忖度着还不算太坏。我尽量避开了垃圾车的作业路线。

"你干吗要住在这里?"尤尼斯·朴说道,似乎她没有搞明白曼哈顿周围的其他房产价格高得让人咋舌,尽管美元已经贬值了(或许正是因为美元贬值了;我总也搞不清货币是怎么操作的)。所以,为了补偿住所周边的大煞风景,我决定在F地铁站每人花十美元,买了商务车厢的票。毗瑟弩那天晚上喝得醉醺醺地告诉我,我们国家如今的公共交通系统完全是盈利性质的,由跟"重建署"勾结的公司操控,其标语号称"团结一致,我们终将有所斩获"。在商务车厢,微微泛黄的沙发很舒适,一面巨大的电脑屏幕摆在咖啡桌上,当然上面满是指纹和咖啡渍。全副武装的国民护卫军帮我们赶走了无处不在的卖唱乞丐、霹雳舞者,一贫如洗的家庭为了医疗保险苦苦哀求,还有那一群"低净值"的老百姓,正是这些人把好端端一个清净的车厢变成了农贸市场一般人声鼎沸。在商务车厢,我们还是能享受这地下的片刻宁静。尤尼斯浏览了一下《纽约生活时报》,这让我很高兴,因为尽管《时报》早已不似往昔,但相比其他网站,还是有较大的文字量,半屏幕的有关某种商品的介绍有时能揭示对更大世界的微妙分析。比如,一篇关于眼影刷的文章,里头有一段是关于印度喀拉拉邦的头脑经济。毫无疑问,我爱的这个女人是聪明而有思想的。我的眼睛不曾离开尤尼斯·朴,她那被太阳晒黑的手臂在不断跳跃的数据上忙碌着,只要她心仪的商品一打开,她就做好准备,点击绿色的"现在购买"按钮。我看得她入神,外面灯火辉煌的站牌已经失去了意义,直到我们坐过了头,不得不重新折回。

　　雪松山。这是我在中央公园散步的起点。许多年前,我跟前女友分手之后(她是个忧郁的俄罗斯姑娘,我跟她约会可能是出于某种固执的种群情结),我会去找一个刚获得官方认可的年轻社工,她就住在离这里一个街区的麦迪逊广场上。每个星期用不到一百美元的钱,就能让她听我发牢骚,尽管到了最后,贾妮丝·范戈尔德,一个来自俄罗斯的姑娘,也治不好我对自己有一天会消失的恐惧。她最喜欢问的问题:"为什么你觉得长生不老就会快乐呢?"

　　每次做完治疗,我会在雪松山的满目绿意间悠悠地翻上几页书,或者读上几页报纸,借此舒缓心情。我试着接受范戈尔德女士的观点,我有权利分享这世间的千姿百态,而雪松山的风景恰如其分地阐释了她的观点。你的观察角度不同,这山坡看起来既似新英格兰的学院派草坪,也像一片栽满松树的林子,间或点缀着灰色岩石,杉树和松树连成一片。这山坡向东延伸进一个小山谷,可以看到许多来散步的人。长毛的腊肠犬,头上绑着个波点头巾;身手矫捷的盎格鲁—撒克逊孩子,荡着秋千,旁边是深色皮肤的保姆,还有一些少数民族裔的游客在享受这美好的天气。

　　这是怎样的一天啊!六月中旬,树木焕发生机,枝桠错综茂盛。到处都是勃勃生机。如何才能抑制自然的冲动,用后肢支撑身体,再辛酸地吸上一口太阳的暖意？如何才能让我的嘴不去寻找尤尼斯的香唇，改为自个儿吞个口水？

我指着公园的一处指示牌"鼓励消极活动"说："滑稽吧？"

"你才滑稽。"她说。她从下飞机以后第一次看着我的眼睛，左下嘴唇一撇，有她一贯的嘲弄表情，但这一撇的方向，无疑是消极的。她伸出双手，阳光在她指间跳动，最后她拉住了我的手。我们轻轻拉了一下手，她转过头去。小剂量，我心想，眼下对我已经足够。但我管不住自己的嘴，"小子，"只听得她说，"我真的可以学习如何去爱——"

"我不想伤害你，列尼。"她打断了我。

放松，放轻松。"我知道你不想，"我说，"或许你还忘不了那个意大利男孩。"

她叹了口气。"什么东西我一碰就变成了狗屎，"她摇着头，一副不可饶恕的样子，年华似乎瞬间老去。"我就是一扫把星。那是什么？"

把目光从她脸上移开，我有一百个不情愿，但我还是朝她指的方向看去。有人在山顶搭了个小木屋，看起来颇有乡村意味。我们拖着腿走上去看个仔细，但无意间我发现，这正好给我一个机会从后面观察她。她的上半身很温顺，腿部很结实。我心里胡思乱想着她没有臀部怎么能在这世间生存？每个人都需要一个垫子缓冲啊！或许我能做她的垫子。

那屋子其实不是木制的，因为金属的材料被剥蚀了油漆，看上去皱巴巴的，才把它漆成一种原生态的感觉。墙上还刷着一朵向日葵和一行字："我叫阿齐兹·杰米·汤普金斯我是一公交司机两天前被赶出家门这是我的地儿不要朝我开枪。"小屋门外的砖头上坐着一个黑人，灰色鬓角，跟我一样。头上戴着一顶帽子，仔细辨认，依稀可见"纽约交通局"，此外就平凡无奇了：一件白T恤，金色的链子上有一个硕大的人民币标志，但他脸上的表情却如惊弓之鸟。他坐在那里，眼睛看向一边，嘴巴张着，像一条精疲力竭的鱼儿一样轻轻呼吸着怡人的空气。几米开外,一群纽约人刻意保持着距离,观望他的凄惨,再几米开外的地方,是一群外地游客,一边摆弄着手机,一边争相一睹这场面。时不时地,我们可以听到屋子里锅子掉落的声音,一台老掉牙的电脑开机的轰鸣声,间或女人低沉的抱怨声。但男人对这一切置若罔闻,他的眼神空洞,一只手举在半空,似乎在打太极,另一只手搔着腿肚子那儿一处死皮,表情狰狞。

"他很穷吗?"尤尼斯问。

"我想是的,"我回答,"中产阶级。"

"他是个巴士司机。"一个妇女说。

"曾经是。"另一个纠正。

"还不是为了中央银行行长的访问,他们才把他扫地出门的。"第三个补充道。

"中国中央银行行长,"又是第一个,一位年长的妇女,穿着一件散发味道的 T 恤。毫无疑问,她属于边缘阶层(她到曼哈顿的这块地方来到底干吗?)。她那伙人中有几个看向了尤尼斯,眼神并不友好,我寻思着我是不是该澄清一下,我的这位新朋友并非中国人。但尤尼斯好像被手机里的什么东西吸引,或者装作吸引。"别害怕,亲爱的。"我柔声安慰她。

"他本来是住在范·怀克的,"又是那个边缘化的无所不知的老女人。"他们不想让中国银行行长一路上看见一个穷人,这样对美国形象不好。"

"减害。"一个年轻黑人说。

"他在这公园里到底干吗?"

"重建署的估计不愿看见这个,哼哼。"

"嗨,阿齐兹,"黑人叫道。没有回应。"嗨,兄弟,你最好在国民护卫军赶到之前自己卷铺盖走人。""纽约交通局"的老兄还是纹丝不动,挠着痒痒,一面沉思。"你不会想去特洛伊吧,"年轻人继续说,"他们会把你女人也抓起来的,你知道那帮人会做什么。"

这个叫阿齐兹的男人一定会成为内蒂·法恩口中的"起底式"大萧条运动中的一员。虽然我们在一起才区区几个小时,但尤尼斯和我已经在见证历史!我掏出手机,开始拍那个男人,却听见年轻黑人在叫:"你他妈的在干吗,孙子?"

"我一个朋友叫我拍些照片,"我答道,"她在国家部门工作。"

"国家部门?你他妈在骗我吗?你最好给我把手机收好,一千五百二十分的信用等级、搞上年轻二十岁的小妞、两党派的操蛋先生!"

"我不是两党派的。"我辩说,但别人都说我是。这下我彻底糊涂了,还有点儿害怕。周围的这帮家伙到底是谁?美国人,我猜,但这还意味着什么呢?

我身后的对话逐渐演变成敏感的中国和全球化。"该死的中国银行行长,"有人在叫,"他来的时候,我打算把所有的信用卡都切碎,然后像结婚时的五彩纸屑一样撒到他头上。我还打算冲他屁股开枪。"

外围的中国游客开始慢慢地解散,我觉得是时候让尤尼斯也离开这里了。我搂住她的双肩,轻柔地带她走过山坡,带她远离一切可能给她造成的伤害,走向船模池塘。"我还好,我还好。"她说着挣脱了我的怀抱。

"这些人中有几个不太友好。"我说。

"所以我们呆瓜打算给他们点颜色看看?"尤尼斯说完,爽朗地笑了起来。

一些残留的少年记忆在我脑海里泛起沉渣,让我觉得胃有点难受。或许我是初中最不受人欢迎的孩子,我也从来不知道该如何打架,如何做个有尊严的男人。"请别这么叫我。"我哀求道,一边摩挲着我的胃部。

"哈!我的呆瓜反抗了,这让我更爱你了。"

我面露愠色,但也注意到了她的所有格,我的呆瓜。她真的把我当成自己人了吗?

我们走得很慢,都有心事,都不说话,有点儿生气,也有点儿窃喜。初夏的傍晚降临到这座城市,天空显露诡异的颜色。和风煦煦,空气中带着授粉和烤面包的香味。池塘边上许多欧洲情侣,像孩子一样贪玩,带着年轻人特有的青春气息,用不值钱的美元向小贩买回 T 恤和小饰品。薄暮下的美国让他们兴奋不已。亚洲孩子,努力学习着变得外向开朗,追逐着彼此的遥控船模。

头顶,三架军用直升机等距排列。第四架尾随而来,看样子好像驮了一根长矛,尖端还闪着黄光。只有游客抬头看天。我想到了内蒂·法恩,我必须相信她的乐观。在此之前,她的乐观想法每次都被证明是正确的,而我父母则错得一败涂地。一切都会好起来的,在将来的某一天。对我而言,在世界末日来临之际爱上尤尼斯,就是比任何希腊悲剧都要悲戚的悲剧。

我们手挽着手,漫步在莺飞草长的绵羊草坪,脚踩的感觉舒适又温馨,像踩在自己客厅的地毯上,或者家里的大破床上。远处,三个方向各立着一幢曾经高耸入云的大楼,旧的那幢复折屋顶,静穆庄严,新的那两幢则花里胡哨。我们经过一对白人和亚洲人情侣,他们正在草坪上享用意大利熏火腿和西瓜的野餐,看到他们亲昵的样子,我忍不住用力捏了一下尤尼斯的手。她转过头来,用她那湿润的手指轻抚着我灰白的头发。我等着她对我年龄和样貌的评价,我等着把自己和契诃夫笔下的拉普托夫再次相提并论。我知道这么做我会很受伤,甚至我的嘴里已经尝到了这种受伤的滋味,杏仁裹着盐。

没想到她一开口是这样的:"我亲爱的帝企鹅,你人真好,聪明,又慷慨,跟我以前碰到的人都不一样。所以就是你啦。我打赌你能让我开心,只要我允许自己开心。"她很快地凑过来吻我的唇,好像我们已经吻过无数次,然后她又奔向草地,在那儿做了三个漂亮的翻筋斗———一个接着一个。我站在哪儿,受宠若惊。时间仿佛在那一刻停了下来。她轻巧地腾空,脊椎划出一个漂亮的抛物线,朱唇轻启,微微娇喘,面朝着我。雀斑,脸上的红晕。我挺起了胸膛,把她揽入怀里。我不会哭。

乌云挟着工业残渣飘过头顶,一种黄色的物质落在地平线上,变成了地平线,变成了黑夜。随着天色转暗,我们被目之所及的三个方向上过度的工业化包围,但我们脚踩的草坪毅然翠绿、柔软,我们身后的山坡上栽种着树木,像小马驹一样可爱。我们默不作声,缓步走着,我用力嗅着尤尼斯那浓郁、带果香味儿的洗面奶味道,还有她的体香。宇宙间万事万物都在提醒着我它们的存在,像上帝的永恒和心灵的救赎一样,我知道它们不过是海市蜃楼,但我毅然伸手去抓住信仰。因为她就是我的信仰。

是时候离开这儿了。我们往南走,当树荫不再的时候,公园又把我们交还给了城市。首先映入眼帘的是一幢摩天大楼,绿顶,耸立着两根烟囱。整个纽约城把我们包围,人们吆喝着,购买着,需求着,传输着数据。整座城市的密度让我毫无准备,它的重压,它的酒精气味,它的骄傲自大,它振聋发聩、奄奄一息的财富,都让我心生退意。尤尼斯盯着第五大街上的某个橱窗,手机里充斥着信息。"尤尼,"我试图用简称唤她,"你现在觉得如何?还在倒时差吗?"

她的目光不曾离开过一件短吻鳄鱼皮做成的物件,没有回答我。

"你想回我们家了吗?"

我们家?

她却一门心思全在手机上查询这只两栖动物,仿佛那里有回答我问题的答案。她鼻子以下带着一丝笑意,但那只是名义上的笑而已。但当她的目光离开橱窗,回过头来看着我的时候,她脸上竟然没有任何表情。她盯住了我雪白光洁的脖颈。

"不要这样揉你的眼睛,"她对着脖颈说,用力地吐出每一个字,每一个音节。"你揉这么狠,会把眼睛周围的细胞都弄死的,这就是现在你有这么大黑眼圈的原因。这样看上去显老。"我希望她会再加一句"呆瓜",这样我就可以放心地认为一切都好,但她没有。我不明白了。那几个筋斗之后发生了什么?"我亲爱的帝企鹅"?还有那么绝妙、完全出乎意料的"你真好"?

我们走回地铁站,一路上一句话也没有,她的目光停留在身体前面一点的地上,仿佛一束光。沉默继续。我呼吸沉重,快要晕厥。我不知该如何把我们拉回到那融洽的刚才。我不知该如何回到中央公园,回到雪松山,回到绵羊草坪,回到那个吻。

回到公寓,拉上窗帘,可外面的"自由"塔还是那么璀璨,一辆空荡荡的 M22 路公交车停下来载上一位年长的失眠症患者。窗帘里头,我跟尤尼斯第一次吵架了,她甚至威胁要搬回父母家去住。

我都朝她跪下了,哭着哀求:"不要啊,你不能回到福特·李,在这儿跟我多待一会儿吧。"

"你太可怜了,"尤尼斯说,她坐在沙发上,双手放在膝盖下面,"你太软弱了。"

"我不过是说了'我希望改天能见见你的父母'。要是你下星期愿意见见我的父母,我会求之不得。事实上,我非常想让你见见他们。"

"你知道那样做意味着什么吗,见我的父母?你根本不了解我。"

"我在努力啊。我以前也交过韩国女朋友,我明白你们的家风比较保守,我知道像我这样的白人在你们那儿不是很受待见。"

"你根本一点儿也不了解我的家庭,"尤尼斯说,"你怎么能想……"

我躺在床上,听着尤尼斯在客厅奋力敲打键盘的声音,可能在跟南加利福尼亚的朋友,或者福特·李的家人聊天。最后,三小时之后,窗外的鸟儿开始吟唱晨曲,她终于走进了卧室。我假装睡着。她褪去了外衣,在我旁边躺下来,后背朝我,钻入我的怀里,整个身体贴着我的胸膛,和我的生殖器,所以我就像个勺子一样从外面包裹了她的身体。她在啜泣。我还是装睡。我亲吻着她,好像在睡梦中一样。那一晚,我不想让她再伤害我。她穿的内衣是只要你一按扣上的按钮,整件就会脱落的那种。"乖乖投降",我记得是这个牌子。我向她挨得更近一些,她则埋入我的身体更深一些。我想告诉她这样很好,告诉她我会竭尽所能让她幸福,告诉她我不急着见她的父母。

但这不是真的。这是我从韩国女人身上学到的另一样东西。父母是尤尼斯生活中的关键人物。

我的心里开出一朵花
摘自尤尼斯·朴在全球青少年网上的邮件

六月十八日

尤尼丝袜致格里尔婊子

亲爱的马驹：

　　吃惊吗，忙碌的小蜜蜂？我回来啦～～美国就是美啊。哇，我还是难以置信身边的每个人居然都讲英语，而不是意大利语。在列尼家附近的贫民窟，我猜这儿住的主要是西班牙人和犹太人。但管他呢，我回家了。在福特·李的家里，一切都还算平静，至少眼下如此。我马上就要见到他们了，但我希望爸爸在知道我回来之后，能尽快平静下来。我有这么一种预感，我再不能在离家近的地方栖身了，这种感觉很悲哀。而且，我觉得我爸好像装了雷达一样，每次有什么好事发生，就像在意大利遇见了本，他就要搞点事情出来，我不得不放下手里的一切，回家救火。我真反感听到妈妈唠叨什么"你是姐姐，你要负起责任来"。有时我试着不去想他们，我行我素，就像我在意大利一样。但其实很难办到。

眼下,萨莉那傻妞好像染上了政治,我觉得我又多了一重任务,那就是确保她不干傻事。老实说,我有点儿觉得,这一切都是狗屁。她以前从来不关心政治。我去了爱德伯德之后,家里的大小事情都是周牧师说这个,周牧师说那个,周牧师说如果爸爸把妈妈扯着头发拽下床,也没什么大不了的,因为上帝都听着呢。这种狗屁政治不过是一种表演罢了。她也好,爸妈也罢,不过是一群想惹人注意的坏小孩而已。

我很想念本,我们俩之间总是那么合拍。就像我们彼此不需要太多语言,可以躺在床上一连好几小时,熄灭灯光,摆弄手机。跟列尼在一起就是另外一码事了,我的意思是他哪儿都不对劲,我得一个一个纠正过来。而且问题是他已不再年轻,所以他觉得他不必听我的。自从我教他怎么正确刷牙之后,他的牙齿白了好多,口气也清新得像朵雏菊,要是他能整整他那双恶心的臭脚就更好了!我打算让他去看足科大夫,或者就找我爸吧。JBK!如果我告诉我爸,我有个非常老的白人"朋友",估计他会疯掉。哈哈。还有,他的穿着也很糟糕。他的前女友,一个韩国妞,名叫格蕾丝(我没见过,但已经恨死这个婊子了),经常跟他一起逛街,但专给他挑些旧式校园风格的长外套,宽领,七十年代的丙烯酸纤维T恤。但愿公寓里有个烟雾警报器,要不然他真的有天会把自己给烧焦的。无论如何,我从一开始就警告过他:瞧瞧,你已经三十九了,我跟你在一起,所以从现在开始你要穿得像样一点。那呆瓜还不乐意呢,但下星期我们要去买一些动物商品,像棉花、羊毛、山羊绒之类的。

回来后的第一天,我们去了公园(列尼买了地铁的商务车厢!原来他也可以这么体贴),中央公园里有许多无家可归的人住着的棚户,真的很可怜。这些人被赶出了家门,因为中国中央银行行长要来视察,列尼说两党派的人不想那些穷人在我们的亚洲债权人面前丢人现眼。有个黑人坐在棚户门口,他看起来为自己的处境羞愧难当,就像没有了医保,我爸的诊所开不下去时也是这样的心情。男人要是没办法养家糊口,就会丧失做人的尊严。我可以向上帝发誓,我快要咆哮了,但我不想让列尼知道我其实也有担心的事情。黑人屋里有那种老式的电脑,甚至不是一台真正的电脑,开机的声音像拖拉机。我不想跟你谈论政治,马驹儿,但我觉得我们国家这样对待穷人是不仁道的。在我们家,即使局势再艰难,爸妈还是会竭尽所能照顾我跟妹妹,因为他们在韩国受过的苦比这里多得多。有件好玩的事,列尼把所有值得"庆幸"的事情记在一个小本上。这种做法很傻,但我有时也会想哪些是我值得庆幸的,或许就是我不用住在中央公园的铁罐里,你爱我,妈妈和妹妹也爱我,还有就是我现在有一个真正的男朋友,想要跟我建立一种健康、正常、贴心的关系。

接着,我跟列尼在公园里接吻了。到目前为止,就进行到了这一步,但这种感觉真的很妙,就像我的心里开出了一朵花。我打算慢慢来,我要多了解他。眼下,我觉得我们还有许多不搭调的地方。老实说,我很怕看到我们在镜子里的合影,但我觉得我跟他在一起的时间越久,这种感觉就越对劲。他已经说过他爱我,我就是他要找的那个人,那个他愿用一生等待的人。他愿意花时间跟我厮守在一起,他愿意听我谈起父亲对我、萨莉和妈妈所做的一切,他明白了我的苦衷,听到伤心处他还会哭(他老哭鼻子)。不久,我就开始信任他,向他敞开心扉,就像跟你们一样。他接吻的时候也像女孩子一样,安静,闭着眼睛。他会告诉我许多在爱德伯德没有学到的东西,像纽约曾经被荷兰人占领(他们跑这儿来干吗?)。我俩有时看到好玩的东西,比如一只很可爱的小狗,会忍不住大笑起来。他呢,则会拉着我的手,不停地冒汗、冒汗,因为跟我在一起,他还有点儿紧张,有点儿惊喜。

我们经常吵架,主要是我不好,我还是在意他的外貌,不去欣赏他的性格。还有他很想见我的父母,但要做到这一点有多么不容易。哦,他还说要带我去长岛看望他的父母,或许就下个星期。他这是怎么了?老是在父母问题上给我施压、施压。我告诉他,我要走了,回福特·李,然后我可怜的呆瓜就跪了下来,哭诉着我对他有多重要。他那小可怜样儿太可爱了。我觉得自己对不住他,就脱光了衣服,只剩下"乖乖投降",然后躺在他身旁。他大概有点儿醒过来,但很快我们就睡着了。妈的,亲爱的小马驹,这几天我就是个话痨。我打算下了,这儿有张我们在中央公园的照片,熊左边那个就是他。别笑啊!!!

格里尔婊子致尤尼丝袜

亲爱的宝贝熊猫:

欢迎回来,小甜心!OK,我打算再去一次 Pussy 打折商场看看,但保证很快。呃,我看到照片了,但真没见过这个列尼。他其实算不上我见过的最丑的男人,但我就是很难把你们俩想到一块儿去。我知道你已经说过除去外貌,他其他方面都很不错,但问题是,你能想象有天带他去见你的父母,或者上教堂吗?你爸肯定一整个晚上都在"咳咳"地清喉咙,等他一走,他肯定骂你是婊子,或者更难听。我不是说非此即彼,我的意思是你很漂亮,又苗条,没必要这么快就定下来。慢慢挑嘛!

哦,上帝,我前几天去参加了南俊表哥的婚礼,还得为他和他的肥老婆致辞。她看起来比表哥还要大上五岁,脚踝就跟加州红杉一样粗。戴个绿色帽子,烫个俗气的卷发,她就是一活脱欧巴桑!但看得出来,他们真的彼此深爱对方,不住地搂着对方流泪,她拿口水喂他。恶心,我知道,但我在想,我要怎么才能像他们那样爱一个人呢。有时我走在街上,感觉像在梦里,好比我在外头冷眼旁观,格佛、爸妈,还有弟弟们像幽灵一样盘旋在我四周。噢,在婚礼上有许多可爱的小姑娘,打扮得像小猫咪一样,穿着礼服,不停地追着一个小男孩跑,逮着机会就把他扑倒。我想起了你的小表妹明熙。她该有三岁了吧？我真想她啊，我要去她家，捏她的小胖脸蛋！不管怎么说，欢迎回来，我的小妞，送上一个大大的加州之吻。

六月十九日

尤尼丝袜：萨莉，那天在帕玛穿着灰色短靴大声叫唤的人是你吗？

萨莉星：你怎么知道的？

尤尼丝袜：喂，我是你姐。鞋的尺码是三十。得了，不要再游行了，我们互相依存。

尤尼丝袜：噢，是互相竞争。

萨莉星：妈妈本来想买双橄榄色的，但店里没她的号了。

尤尼丝袜：我去联合广场的零售市场看看。千万别买橄榄色的，你那苹果型的身材腰围以下只适合深色，千万千万不要穿收腰上衣，那会让你看起来臃肿无比。

萨莉星：你回到美国了？

尤尼丝袜：别那么激动嘛，你在华盛顿？

萨莉星：是的，我们刚下巴士，这儿快疯了。刚从委内瑞拉战场回来的国民护卫军，没拿到本来承诺给他们的补贴，所以都举着枪在商业街游行。

尤尼丝袜：举着枪？？？萨莉，或许你该撤了。

萨莉：不行，没问题的。他们其实人蛮好的，两党派那帮人对他们太不公平了。你知道他们中有多少人死在了玻利瓦尔城？有多少人身体或精神上留下残疾？所以万一政府垮台他们怎么办？我们的军队会被如何处置呢？政府有责任的啊。要是只有一个政党执政，政府就会负责到底,而我们偏生活在一个警察当道的社会。没错,我知道,在全球青少年网上我不应该说这些。

尤尼丝袜:萨莉,这太荒谬了。你就不能在纽约游行吗?如果你需要,我会跟你一起游行的,但我真不希望你一个人做这么疯狂的事。

萨莉星:你回过家了吗?我没听妈妈说起啊。

尤尼丝袜:没,不过快了。我眼下还不想见爸爸。他说起我了?

萨莉星:没,但最近他老生闷气,我们都搞不清为什么。

尤尼丝袜:管他呢。

萨莉星:郑叔叔说要过来。

尤尼丝袜:好极了,爸爸得给点钱打发他,他呢,一拿到钱就会去大西洋城一口气花光。既然爸爸的诊所生意还不错,他应该能搞定。

萨莉星:你住哪儿?

尤尼丝袜:还记得那个乔伊·李吗?

萨莉星:长滩的?养犰狳的那个?

尤尼丝袜:她现在住在市区。

萨莉星:太棒了。

尤尼丝袜:也不全是,说来话长。别担心,这儿很安全。

萨莉星:苏牧师的布道会在下个月,你一定要来。

尤尼丝袜:你在开玩笑吧。

萨莉星:如果你不想回家,至少可以见见我们。或许你还能见到些别的人,那儿有许多韩国小伙。

尤尼丝袜:你怎么知道我不跟本在一起了?

萨莉星:你是说罗马那个白人帅哥?

尤尼丝袜:是的,白人。哇,巴纳德真的让你长见识了。

萨莉星:别这么讽刺人,行吗?我讨厌这样。

尤尼丝袜:我能不能单独见你、跟你谈谈,我对什么布道会不感兴趣。你什么时候回家?

萨莉星:明天。在 Madangsui① 一起吃饭?

尤尼丝袜:瞒过爸爸。

萨莉星:好。

尤尼丝袜:爱你,萨莉!你一离开华盛顿就打电话给我,让我知道你安全了。

萨莉星:我也爱你。

尤尼丝袜致艾布拉莫夫

列尼:

  我去逛街。如果你在家的时候快递到了,帮我看看送来的牛奶是不是脱脂,且不含抗生素?再看看意大利拉瓦萨金牌浓缩咖啡有没有送到。然后把牛肉和鱼从冰箱里拿出来放在厨房台板上,晚点我会处置它们。别忘了把鱼和牛肉放进冰箱,列尼!如果你打算下厨做饭,别忘了把厨房台板收拾干净,你老是弄得水花四溅。你受不了蟑螂和虫子,你觉得它们是被谁吸引过来的呢?过得开心,呆瓜。

尤尼斯

---

① 位于纽约第三十五大街上的一家韩式烧烤店。

核 战 危 机
摘自列尼·艾布拉莫夫的日记

六月二十五日

亲爱的日记：

这个星期我学会了用韩语说"大象"。

我们一起去了布朗克斯动物园，因为诺亚·温伯格在他的视频里说，重建署打算关停动物园，把所有动物运往沙特阿拉伯，让它们在那儿"死于心脏病"。我从来搞不清楚诺亚的视频里哪一部分该信，但是，从我们目前的生存状况来看，一切皆有可能。我们跟猴子玩得很开心，还有"乔司水獭"，还有其他小型动物，但是真正的亮点还是这头叫"萨米"的美丽草原象。当我们路过它简陋的地盘时，尤尼斯忽然捏住我的鼻子说："Kokiri。"

"Ko，"她解释道，"就是'鼻子'。kiri，就是'长'。所以 Kokiri，长鼻子，就是韩语里的'大象'。"

"我的尾音比较长，因为我是犹太人，"我说着，想挪开她的双手，"我自己也控制不了。"

"你好敏感啊,列尼,"她笑起来,"你的鼻音好重,我希望我也能这样说话。"说完,她就自顾自亲吻起我的鼻子来,当着大象的面。她娇嫩的唇不容分说地在我鼻梁上下轻移。我只好闭上了双眼,任由自己这样在大象的注视下被亲吻,它深褐色的眼眸,四周淡淡的雀斑,杂乱的灰眉毛,芳龄二十五,萨米正当壮年,跟我一样。但它很孤独,动物园里唯一一头大象,脱离了种群,也失去了收获爱情的希望。它甩了一下一边的耳朵,像一个世纪前的加利西亚老板似的摊开双臂,又像在说:"好了,就这样了。"忽然,我脑子里闪过这样一个念头,我何其幸运能入得大象法眼,列尼何其幸运能俘获尤尼斯的芳唇:大象是有灵性的。大象知道今生苦短,遑论来世?大象知道最后难逃灭绝的命运,所以很受伤,有点落寞,因此才有如今隐士一般的气质。终有一天,它将披荆斩棘,回到当初妈妈阵痛分娩的地方,躺下来,默默死去。母亲,孤单,诱捕,灭亡。大象跟中欧犹太人有得一比,但理性得多——它也希望长生不老。

"我们走吧,"我跟尤尼斯说,"我不想让 Kokiri 看你这样亲我的鼻子,这样会让它更伤心。"

"噢,"她说,"你对动物真好,列。这是个好兆头,我爸以前养过一条狗,他也很照顾那条狗。"

是的,日记,这么多好兆头!如此正面的一周。每个方面都有小进步,包括许多重要领域。挚爱尤尼斯(第三条),善待父母(力所能及范围内)(第五条),为乔西努力工作(第一条)。我马上就要安排我们(是的,我们!)去探访艾布拉莫夫夫妇,但先允许我跟你谈谈工作的事吧。

好吧,我去后人类服务部的第一件事就是大摇大摆地走进永恒休闲吧,跟那个包红头巾、穿 SUK DIK 外套、在网上称我为"一〇一个值得同情的人"之一的布朗大学毕业生达里尔打声招呼。就是他趁我在罗马的时候,抢占了我的办公桌。"嗨,伙计,"我说,"瞧,承蒙你看得起,但我现在有女朋友了,她的性吸引力达到了七百八十分。"我把在动物园门口和里面拍的尤尼斯头像作为手机屏幕。"而且,我这次,可以这么说,打算跟她认真恋爱。所以,你是不是可以把我从'一○一'里删除了呢?"

"去你妈的猴子,"年轻人说道,"我想干吗就干吗,你又不是我爸。就算你是,我还是会叫你去吃屎。"

一如从前,周围的年轻人听到我们的对话后,都哈哈大笑,他们的笑声缓慢又醇厚,不怀好意又彬彬有礼。老实说,我当时惊得一句话也说不出来(我本来还以为自己跟 SUK DIK 的关系正在好转)。更让我吃惊的是从后面走来的凯莉·纳德,一只手搭在颈后,一只手挡在前胸,下巴还滴着碱化水。"你怎么敢这么跟列尼说话,达里尔,"她说,"你以为你是谁?什么,难道就因为他比你老?我真想看看你三十岁的样子。我已经看过你的资料了,当你对海洛因和碳水化合物上瘾的时候,你的机体已经受到了结构性的毁坏,你们整个在波士顿的家族都难逃酗酒的厄运。你以为你的新陈代谢会让你一直这么苗条下去,而不用依靠运动?我最后一次看到你在健身房是什么时候?朋友,你很快就会老去的。"她一把拉上我的胳膊,"来吧,列尼。"

"就因为他曾是乔西的玩偶,"达里尔在我们身后大叫,"你就要为他辩护吗?我会把你们俩都告到霍华德·舒那里去的。"

"他才不是乔西的什么玩偶呢,"凯莉吼道,生气的样子看起来兴奋异常,犀利的美式眼睛,宽大的下巴棱角分明。"他们还是朋友。要不是有了列尼这样的元老,就不会有后人类服务部,你也别指望拿现在这么诱人的薪水和福利,你现在或许还在纽约州立大学帕切斯学院所谓的'艺术与设计专业'攻读艺术硕士学位,小青头。所以感谢前辈吧,否则有你好果子吃。"

我们离开了永恒休闲吧,又骄傲又困惑,仿佛刚对付了一个猖狂又难缠的小家伙。我对凯莉致谢足足半个小时,直到她实在不耐烦,叫我闭嘴。我担心达里尔会报告霍华德,霍华德又会报告乔西,乔西会因为凯莉排挤达里尔而不高兴,公司内部是绝对不允许排挤同事的。"我不在乎,"凯莉不以为然,"我早就想辞职了。或许我会回旧金山。"离开后人类服务部,放弃"无限延寿",在海边聊度余生,这样的想法在我看来好比从帝国大厦楼顶纵身一跃,重量和速度如此之大,救生海绵根本不起作用,直到你脑袋撞地。我揉着凯莉的肩膀柔声说:"别,别这么想,凯。我们要永远跟乔西一条心。"

奇怪的是凯莉没有因此获责。有个潮湿的早晨,我走进后人类服务部,整个公司里年纪最小的小鲍比·科恩(我觉得他最大不过十九),穿着一件和尚袈裟一般藏红色的衣裳。"跟我来,里奥纳多。"他戒律森严的声音里透着确信。

"到底什么事情?"我的心脏搏动得如此厉害,我的脚趾头都微微发痛。

他把我领到最末一间狭小的办公室,根据这里美妙的海腥味儿,这里应该是之前放海鲜的地方。小鲍比吟唱道:"祝你长生不老,祝你永不见死神,祝你跟乔西一起,呼吸着新生儿的氧气。"

上帝啊,这是入座仪式。

就这样,被一群同事和领导包围(领导还拥抱并亲吻了我)——我的新办公桌!作为仪式的一部分,凯莉喂我吃了一个蒜茎,一片无糖烟酸薄荷。我扫了一眼周围的年轻人,他们满腹狐疑,他们是达里尔和达里尔的同伙。我忽然觉得老天真是公平得让人恶心啊,列尼我又回来了!我在罗马的败绩基本被清零。这下我又可以重新开始了。我走到公告栏那里,许多人闹哄哄地正在讨论我的复出,"列尼·A"的声音不绝于耳。我的名字在最后一栏,跟名字一起出现的还有我的血压——不是很高,情绪指数——温顺合作。

我的办公桌。一尺见方,光亮如新,文字、数据、图像不断冒出。这桌子可能价值二十三万九千与人民币持平的美元,跟我欠霍华德·舒的持平。我现在对永恒休闲吧这样低档的去处已经不感兴趣,整个星期基本与桌子为伍,新建了几个数据流,这样就更像一个忙于工作、无心应酬的人了。

在精神鼓励下,我那尤尼斯吻过的长鼻朝着天花板,双手爱抚着数据流,仿佛上帝捏土造人一般。我扫描着一张张潜在的"热爱生命者"的脸,白皙、安详,大多是男人(据我们的研究表明,女性更看重抚养子女,而不是长生不老)。他们的慈善行为,追求长寿的计划,对已经病入膏肓的星球的担忧,他们与志同道合的人民币亿万富翁共同超越永恒的梦想,在这里也一览无余。我猜他们上一次这么痛苦的撒谎经历,可以追溯到四十年前为斯沃斯莫尔公司写简历的时候。

我挑出了最感兴趣的简历,有些因为其不同寻常的经济、智力或者"持久"(健康)因素,有些因为他们眼里难以掩藏的恐惧,恐惧的是他们虽然富可敌国,虽然养尊处优,虽然子孙绕膝,终止的命运却无法避免,最终还是归零。这样的悲剧下场,让全世界所有的悲剧都黯然失色,他们的子孙沦为笑柄,他们的成就沧海一粟。我扫描着好的、差的胆固醇水平,雌激素构成,财务状况,但我主要关注的是类似乔西的跛脚一样的"异样":这既是衰老和平庸的象征,也是我们所居住的宇宙之不公和失误的隐喻。当然还有强烈的想要纠正的欲望。

我的一个客户,让我们姑且叫他巴里,在南方几个州开零售连锁店。在转手交给我之前,霍华德·舒肯定对他危言耸听了一把。平均来说,我们只接受百分之十八的高端客户申请人,我们的拒绝信由正规的邮戳寄出。客户会持续治疗一段时间。巴里努力摆脱阿拉巴马的痕迹,比如长长的尾音,努力让自己听起来对我们的工作很内行。他不断提出关于细胞筛查、修复和重建的问题,我给他画了一幅三维细胞图。他的身体保养得不错,都是拜打壁球所赐。去除了营养物质,以砖头取代之,复制、操纵、重构、取代血液,杀灭有害细菌和病毒,识别并监测病原体,逆转软组织损伤,预防细菌传染,修复 DNA。我试图找回刚从纽约大学毕业、加盟乔西的公司时的干劲。我的手不停地比划着,就像托尼诺餐厅里高谈阔论的演员那样,就是在那家餐厅我约会了尤尼斯,并喂她吃辣味茄子。"最快什么时候?"巴里明显被我的干劲所感染,"这一切会成为可能?"

"我们基本已经能够实现这一切。"我的语气中透露着绝望。我欠霍华德·舒的二十三万九千与人民币持平的美元将会在下月一日扣除。而那钱本来是用来给我自己做贝塔抗衰老治疗的。忘了我在布告栏的名字吧。火车即将出站,而我却在后面苦苦追逐,行李箱半开着,白色的内衣裤滑稽地撒了一地。

我把巴里带到了我们坐落于约克大街的研究中心,一幢十层高的钢筋混凝土建筑,曾经是一家大医院的裙楼。是时候让他见见我们的印第安人了。在后人类服务部我们互相称为"牛仔"或者"印第安人"。比如在热爱生命者外联科我们称自己为"牛仔",而"印第安人"则是真正的研究人员,大多有贷款,来自次大陆和西亚,宿舍在约克大街的一幢八万平方英尺的楼房里,三个卫星定位点分别是得克萨斯州的奥斯丁、马萨诸塞州的康科德,以及俄勒冈州的波特兰。

印第安人做事很简单。访客被允许的区域没啥好看的,基本上是些你在寻常实验室也能看到的东西:年轻人拿着手机,对外界事物仿佛绝缘,偶尔能见到玻璃笼里的白鼠或者别的什么东西。这里最能说会道的两个员工都叫布拉伯,他们从"癌症和病毒实验室"走出来,向他灌输了更多的专业术语,并适时做起了营销:"我们已经通过了阿尔法测试,巴里先生,我们正处于贝塔阶段。"

回到本部,我给巴里做了"生存意愿"测试。H扫描探测测试者的生物学年龄,"克服困难的毅力"测试,"无限克服悲伤"测试,"痛失孩子的反应"测试。他一定明白这些测试有多重要,所以当图像投射到他的瞳仁上时,鼻尖竟也微微颤抖起来。数据源源不断地传到我的手机上。为了长寿,他什么都能做。他已经饱尝生活的悲苦,痛苦的起源从一样换到另一样,但远未达到顶峰。他有三个孩子,他愿意与他们相伴到永久,可他的银行账户只能负担其中的两个至长生不老。我在手机上输入了"苏菲的抉择",这也是乔西关心的主要问题。

巴里已经筋疲力尽。"帕特森—克莱—舒沃茨语言认知"测试,也是最后一项测试,只能等到下次了。可我心里已经有数,这位理智、友善的五十二岁老人是没法过关的。他没得救,跟我一样。我向他报以微笑,感谢他的坦率和耐心,他的成熟和理性。我的手指在数码办公桌上轻轻一弹,把他送进了历史的焚化场。

我为巴里不平,更为自己不平。乔西的办公室里一直有人进进出出,但有那么一刻,我瞥见他倚在窗边,若有所思地望着无垠的蓝天,只有一架军用直升机朝东河方向驶去,机首朝下,好似一只猎食的猛禽。我偷偷溜进他的办公室,他向我点了点头,不是不欢迎,但是透露着倦意。我跟他说了巴里的事,强调他的确是个好人,问题出在他有三个孩子,虽然他深爱着每一个,奈何存款有限。乔西耸了下肩,说道:"想要长生不老的人必须学会应付这些。"后人类服务部哲学理论的基石。

"我说,灰熊,"我说,"你能给我一些抗衰老治疗的折扣吗?我只做一些基本的软组织保养,也许再去掉几年生物年龄?"

乔西打量着办公室里唯一的装饰品，一尊玻璃纤维的菩萨像，眼里泛着极乐阿尔法光。"这样的优惠只有客户才能享有，"他正色道，"你很清楚这一点，猴子，为什么还要逼我再说一遍？照着食谱饮食，再加上运动，用甜叶菊不要吃糖，你还有些年头好活呢。"

我悲从心中来，悲伤迅速占据了整个空间，连乔西身上的玫瑰花瓣香味儿也被湮没。"我不是这个意思，"他补充道，"不只是有些年头，兴许是永远，但你不会傻到认准这个理儿了吧？"

"你会亲眼看着我死去。"我说出就觉得后悔了。一直以来，从童年开始，我就试着让自己游离。我强迫自己那原本湿润的移民二代的身体，传递出丝丝寒意。我想到了我的父母，或许我们会死在一起。我们这个浪迹天涯、支离破碎的种族会消失殆尽。我母亲已经在长岛的一个犹太公墓里买下相邻的三块墓地，"这样我们一家就能永远在一起了。"她这么说的时候，我差点失声痛哭，她的乐观让人啼笑皆非，她关于永生的理念——她的永生到底是什么涵义呢？——正好印证了她儿子的失败。

"你会看着我消失。"我告诉乔西。

"那会让我伤心的，列尼。"他的声音带着疲惫，或者只是厌倦。

"再过三百年，你甚至不会记得我了。你的脑海中只剩下些溜须拍马的小人。"

"没有什么是能百分之百保证的，"乔西很平静，"连我都不敢确定自己能永垂不朽。"

"会的。"我说道。父亲永远不能活过子女，我想要补充，但我知道乔西原则上说什么也不会答应。

他把手搭在我的脖颈一边，轻揉起来。我稍稍靠向他一边，希望他继续。他就接着按摩起来。这在我们后人类服务部一点都不稀奇，我们会经常相互按摩。尽管如此，我还是沉浸于他手心传来的暖意，相信那只是为我一人。我想起了尤尼斯·朴,她那酸碱平衡的身体,健康而强韧。我想起了俯瞰海湾的窗台外渐渐明亮起来的初夏早晨,过往夏天里的纽约,这个曾经背负了那么多承诺和借条的城市。我想起了尤尼斯的嘴唇亲着我的鼻梁,爱意夹杂着痛苦,好比是杏仁盐汽水的前味。我想起了那些太美好而不舍得忘记的过往。

"我们才刚开始,列尼,"乔西强有力的大手用力挤着我疲乏的肉体。"从现在开始,饮食,运动。专注工作,让你的注意力集中,但不要过度,避免焦虑。我们面前还有许多 tsuris,就是'麻烦'的意思。"他进一步解释,显然他发现了我不理解他说的意第绪语。"但对于合适的人来说,还是有大把的机会呀。瞧,办公桌回来了,高兴吧。"

"根据危机网最新发布的数据,LIBOR① 汇率已经下降了五十七个基本点。"我煞有介事地说。

但他的注意力在我的手机屏幕上,一幅尤尼斯的照片。照片是她一个爱德伯德的朋友在南加州的婚礼上拍的,朋友非常年轻,尤尼斯穿着一件黑底波点的紧身裙,成熟女性的玲珑曲线一览无余。她的皮肤在午后的暖阳下泛着红晕,娇羞无限。"她叫尤尼斯,是我女朋友,你也会喜欢她的。对吗?"

"她看起来很健康。"

"谢谢,"我有点儿得意,"如果你喜欢,我可以传一张她的照片给你,她就像我们的活广告啊。"

"可以啊,"他继续盯着看了一会儿,"好小伙,列尼,干得不赖。"

第二天,我带着尤尼斯,登上了去长岛韦斯特伯雷的列车,去见艾布

---

① London Interbank Offered Rate,即"伦敦同业拆借利率"。

拉莫夫双亲。一路上,我觉得我对尤尼斯的爱好比是这样的:既有首都又有各个省,既有教区还有一个梵蒂冈,既有一颗橙色行星又有许多黯淡的卫星,总而言之一句话,自成一体,完美无缺。我知道尤尼斯还没准备好见我的父母,但她还是欣然接受了,她想让我高兴。这是她向我第一次示好,我甘之如饴。

我可爱的姑娘紧张到了发抖的地步(她已经刷了多少次唇彩,擦了多少次鼻尖上的汗珠?),这些都说明她有多么在意我。为了这次会面,她精心打扮了一番,衣着方面比平时更趋保守。一件天蓝色衬衫,彼得·潘一样的领子,白色纽扣,过膝的羊毛百褶裙,脖子上系了一根黑色缎带——从某些角度看,她就像一个误打误撞进入我世界的东正教犹太女人。典型的韩国式尊老,甚至是畏老情结,让我倍感骄傲。从尤尼斯坐立不安的样子,我已经觉察出我们的关系将会是比较持久稳固的那种,至少有那么一刻,我甚至觉得我们的举动,将会让同为移民、辛苦操劳了半辈子的父母们倍感欣慰。

当然,旅途中的感想不止于此。我第一次爱上韩国女孩,可以追溯到二十五年前长岛火车上。当时我正在纽约三角地一所以理工科盛名的高中求学。在那里上学的大多是亚裔孩子,尽管理论上你的家得在纽约才能入学,但还是有那么几个,跟我一样伪造了住址,每天在长岛和纽约之间通勤。跟一群疯子一样优秀的同学一起上学,对我而言实在是一件痛苦无比的事,因为在这样一所高中,我的平均分是 86.894,而众所周知,你要想进康奈尔或者宾夕法尼亚,91.550 只是个门槛。而这两所是常青藤联盟里相对最弱的(对于来自勤学刻苦的移民家庭的孩子来说,如果我们连个宾州大学都进不去,父母肯定会抽我们大嘴巴)。有几个跟我一起坐火车的韩裔和华裔孩子——他们的板寸头至今还出现在我的噩梦里——会围着我跳舞,一边高唱着我的平均分"86.894,86.894!"

"你这分,连个奥伯林也进不去。"

"去纽约大学混吧,艾布拉莫夫。"

"祝你在芝加哥大学混得愉快,那是教师之家!"

好在还有这么一个女孩,另一个尤尼斯——确切地说叫尤尼斯·周——高挑,安静,美丽,会帮我赶走那群男生,"列尼成绩不够好不是他的错!还记得孙牧师的话吗?我们是不同的个体。我们有不同的才能。还记得'人类的堕落'吗?我们都是堕落的家伙。"

然后她会在我身边坐下来,不容分说地给我辅导化学作业。她在草稿上那么轻描淡写地画几画,原本不平的化学式就"配平"了。坐在她身边的我却久久不能平静,她丝绸一般的肌肤在健身短裤和橙色套头衫下闪着健康的光泽,我贪婪地嗅一口她头发的香味,或者碰一下她硬硬的手肘。这是有生以来第一次,一个女孩为我打抱不平,给我这样的启发:其实我是需要被保护的;这也让我知道,我并不是一个坏小孩,我只是在生活上不如有些人那么能干。

在韦斯特伯雷,尤尼和我下了车,一辆全副武装的装甲车停在车站旁,点五〇口径的布朗枪上蹿下跳,搜查着即将出站的列车,仿佛在热切地道别。国民护卫军在检查异己人士的手机,萨尔瓦多、爱尔兰、南亚和犹太人,凡是能让长岛中部的这块区域变得富裕的人全在排查之列。士兵今天看上去特别严厉,晒得特别黑,或许他们刚刚从委内瑞拉战场回来。两名男子,一个棕色皮肤,一个不是,从人群中被拽了出来,拖进了APC。你能听到的只有手机咔嗒被下载的声音,还有刚从七年沉睡中苏醒过来的蝉不甘示弱的鸣声。再看看国人的表情吧,消极地低着头,手藏在裤兜里,好像大家都因为没有做到最好而有罪在身,没有挣到面包而垂头丧气,这种俯首帖耳的样子我从没在美国人身上看到过,即使是在经历了那么多年的经济衰退之后。这就是一个在接二连三的失败打击之后只敢相信反面的国家,这就是道德沉沦之后的最后成品。我差点想给内蒂·法恩发个消息,求她赐予我一些土生土长的美国人的自信。她真的认为一切都会好起来吗?

一个挺着大肚、留着山羊胡、戴迷彩头盔的男子检查了我的手机,他显然发现了什么不悦的情况而眦了一下牙齿,清晨的口气到了下午依旧那么强劲熏人。"恶意保存数据。"他对我没什么好语气,根据口音,我判断他应该来自阿巴拉契亚或者更南边,因为"数据"一词在他口里变成了三个音节。(他这么个伪肯塔基人怎么摇身一变成了国民护卫军了?)"怎么解释,小子?"他问道。

我立刻像只泄了气的皮球,整个世界都像缩回了壳里。比起其他,最让我害怕的是在尤尼斯面前露怯,我是她在这个世界的保护者啊。"不,"我正了正色,"不是这样的,长官,问题已经搞清楚了。那只是个误会。在我从罗马回国的飞机上,碰巧有个煽动叛乱的胖男人。我之前跟水獭说的是'某个意大利人',但它听成了'索马里人'。"

士兵举起一只手,"你在斯塔林—渥帕常工作?"他问我。复杂的公司名里他至少发错了三个音节。

"是的,长官。后人类服务部,长官。"长官这词就像砸在我脚边的武器一样。再一次,我希望父母在我身边,尽管他们离这儿只有不到两英里之遥。不知为甚,我还想到了诺亚。他真的是重建署的人,就像毗瑟弩说的那样?如果是真的,他现在能帮我一把吗?

"否认并同意?"

"什么?"

士兵叹了口气。"你否认我们之前的对话并表示同意吗?"

"是的,当然。"

"指纹,这儿。"我在他棕色的厚触摸屏上按上了自己的拇指印。

他大手一挥:"走吧。"我赶紧走,经过装甲车的时候,看到了这样一排小字"渥帕常保险设备租借/持有"。渥帕常保险是母公司旗下一个盈利惊人的子公司。到底是怎么回事?

我们叫了一辆出租车去我父母家,一路上看到许多两层楼房上镶着铝合金,纽约州的旗帜差不多隔一户就挂一面——可以看出这一带的居民都非常勤力,钱基本都花在了40英尺×100英尺的草坪上,即使是在东海岸的骄阳下依然散发着精心打造的浓浓绿意。我有点尴尬,因为我知道尤尼斯的父母生活条件远好于我父母,让我稍感欣慰的是在国民护卫军那里,事情还不算糟糕,因为我是财大气粗的斯塔林—渥帕常的员工,因此被赋予了权利和体面。很明显,斯塔林—渥帕常正在为国民护卫军提供装备。"当时士兵来检查的时候你害怕吗,尤尼?"我问道。

"我知道我的大象才不是什么变态罪犯呢。"她刮了一下我的鼻子,凑上来,我就势亲了她的眉毛,奖励一下在这么严峻的时刻还能肆意调侃的她。

几分钟之后,我们到了华盛顿大街和迈伦大街的拐角,这是我生命中最重要的拐角。我一眼望见了那间褐色的一半砖头一半灰泥建造起来的房子,金色的邮箱,旁边是仿造的十九世纪的煤油灯,水泥长廊上摆着廉价的椅子,钢造的纱门上点缀着黑色的马拉马车图案(我这么说的目的不是想诋毁父母的品位,因为这一切都跟这幢房子与生俱来),还有醒目的美国国旗和安全国家以色列国旗在旗杆顶端迎风招展。远远地就看到维达先生,我父母的邻居,我爸爸最好的朋友,隔着街道在门廊上向我们挥手,喊着什么鼓励我吃尤尼斯豆腐的荤段子。我父亲和维达先生在国内的时候都曾是工程师,后来做了工人,所以他们都有布满老茧的双手,短小精干的身体,棕色充满睿智的眼睛,一边倒的保守主义,还有他们努力争气的孩子,维达有三个,我父亲只有我一个。他儿子阿努基跟我一起上的纽约大学,这臭小子现在已经是联合废物CVS花旗信贷的资深分析师。

我挽住尤尼斯的手臂,带她走过草坪,在门口的地方我母亲出现了,穿着她典型的装束——白色内裤和文胸——这个女人自从退休以后便过起了居家生活,所以我很久没见过她体面的打扮了。

她正打算夸张地举起双臂抱住我,忽然发现了旁边的尤尼斯,忍不住用俄语嘟哝了几句,退回屋里去了,把我们晾在那里。胸部在重力作用下垂在胸口,白晃晃的圆肚皮一览无余。这回出来迎接我们的是父亲,没穿汗衫,只搭了一件褂子,穿一条污渍斑斑的浅棕色短裤,盯着尤尼斯看了半天,用手揉搓着他那肥大的乳房,或许是因为尴尬。"哦!"他终于想起了拥抱我。他的胸毛我隔着衬衫依然能感觉得到,他的灰褂子似乎很有品位,让他看起来像什么赤道国家的皇室成员。他亲吻了我的双颊,我也回亲了他,忽然一种亲密感涌上我的心头,以往相隔那么远的亲人如今却近在咫尺。以往的教条,类似于孔子语录一般的俄罗斯父子行为准则在我脑海里翻江倒海:父亲这个称呼意味着我必须敬爱他,必须听从他,不能忤逆他,更不能伤害他,对他的不当之处只能既往不咎;他已是个老人,毫无反抗之力,理应得到我的照顾。

这下我母亲又登场了,穿上了短裤,加了件背心。"Sinotchek(儿子啊),"她唤着我,用跟父亲一样意味深长的方式亲吻了我。"看看谁来了!Nash lyubimeits(我们的最爱)。"

她跟尤尼斯握了手,跟我父亲两个人快速打量了尤尼斯一番,确认她也不是犹太人,跟以前我带回家的姑娘一样。但是尤尼斯苗条、美丽,一头健康的黑发显然赢得了他们的欢心。母亲本来用一块绿色手帕把一头金发盘起,让它们免受美国骄阳的烘烤,现在她把头发散下来,和善地冲尤尼斯微笑,她的皮肤柔和洁白,只有运动剧烈的嘴角留着岁月痕迹。她开始用她那口自从退休后就久未操练的英语,述说着亲眼看到将来的儿媳是一件多么让人高兴的事(这是她一直以来的梦想——两个女人对两个男人,餐桌上显得匀称多了)。也正好一解她相思之苦,以前她总要对我在纽约的神秘行踪刨根问底,例如:"列尼能把屋子收拾干净吗?他会吸尘吗?有次,我去了他的大学宿舍,呃,太糟糕了!那味儿!像烂掉的无花果树!变质的奶酪随手扔在桌上。袜子挂在窗玻璃上。"

尤尼斯笑了,说了一堆帮衬我的好话。"他很好,艾布拉莫夫太太,他很爱干净。"我望着她,心底装满柔情。同样在这片灿烂的郊区天空下,刚才还有人端着一把点五〇口径布朗枪瞄准缓缓进站的列车,但现在,我却被爱我的人团团包围。

"我在平价药店给你买了泰胃美。"我从包里拿出五盒药。

"谢谢,malen'kii(小东西),"父亲摩挲着他心爱的药盒。"胃溃疡。"他告诉尤尼斯,脸上故意露出痛苦的表情,手指向折磨他的胃部。

母亲过来摸着我的后脑勺,用力扯着头发。"灰白了都,"她夸张地摇着头,仿佛滑稽演员一般。"他变得这么老了,才四十啊。列尼亚,出了什么事吗?压力太大?掉发也掉得厉害啊,哦,上帝啊!"

我挣脱了她。为什么大伙儿对我的衰老总是这么关心呢?

"你叫尤尼斯,"父亲问道,"你知道这名字是怎么来的吗?"

"我父母……"尤尼斯半开玩笑地说。

"这名字来自希腊语,优一尼一科,意思是'胜利的'。"他哈哈大笑,很喜欢向人展示他在来美国做看门员之前,可是莫斯科阿伯特大街上闻名的知识分子。"所以我希望,你在生活中也是个胜利者!"

"管它什么希腊语呢,鲍里斯,"母亲打断道,"看看她多漂亮!"看到我父母很欣赏尤尼斯脱俗的美貌和成功的前景,我的心情也随之亮丽起来。这么多年,我还是非常渴望得到他们的肯定,还是臣服于他们"胡萝卜加大棒"的教育方式。我曾经教自己降低情绪的热度，考虑问题的时候尽量不要头脑发热，但这么做实在迫于无奈。我搬到这个前门有门柱的家时已经十二岁了。

尤尼斯听到对她的这许多赞美，不由得羞红了脸蛋。父亲带我进客厅，去进行例行的促膝谈心，尤尼斯对此有点儿忐忑。母亲抢在我们之前，在我将要坐下的沙发位置上铺上了一个塑料袋，然后又拉着尤尼斯去了厨房，快活地与将来的儿媳妇聊着天，还在"你知道男人会有多脏"这样的问题上达成了统一战线，还炫耀起她刚做好的可以同时放好几个拖把的玩意儿。

沙发上，父亲手背搭在我的肩头——就这样，亲密地——说道："来吧，告诉我。"

我呼吸着父亲呼吸的空气，我们就这样联系在一起。我觉得他的年龄渗入了到我的年龄，仿佛他就是我道德层面的护卫军，尽管他的皮肤出人意料的好，没有皱纹，有一种健康活力的味道，还有一种不知什么的味道，事后想想应该是衰老。我用英语，偶尔夹杂几个俄语单词做点缀，这些是我在纽约大学时无意间学会的。偶尔的几个外语单词总像面包上的葡萄干一样，分外抢眼。我会有意识地记下几个较难的单词，留待家里用大部头的牛津俄英辞典一查究竟。我谈论我的工作，我的资产，二十三万九千与人民币持平的美元欠给霍华德·舒（"Svoloch kitaichonok[中国小猪]。"我父亲发表了他的意见）。还谈到了位于下东区占地七百四十平方英尺的公寓的最新市值，所有金钱方面的事物，让我们心存忧虑又休戚相关。我给他展示了一幅我的生活图景，只是省略了我不开心、有点窝囊、常常跟他一样感到孤独的部分。

他拿起我的手机："多少钱？"他打开滑盖，花花绿绿的数据就从他的茸毛大手间滑落。我解释道，这机子是免费的，他兴奋地嘟哝了一句，然后用英文说道："免费学习新技术还是很棒的。"

"你的信用如何?"我问他。

"呃,"他挥挥手,"我从不靠近那些杆子,谁在乎啊?"

我脚下的地板很干净,移民式的干净,你就知道这里头包涵了某些人的辛勤劳动。父亲有两个老式的电视屏幕,挂在被母亲擦得锃亮的壁炉台上方。一个在放福克斯自由台基本频道,讲述的是中央公园里的帐篷之城,从都会博物馆的后院,翻山越岭,一直延伸到绵羊草坪("Obeyziani [猴子]。"父亲如此称那些流离失所、无家可归的示威者们)。另一个屏幕上,福克斯自由台额外频道正不怀好意地直播中国中央银行行长抵达安德鲁斯空军基地,接受我们的全民膜拜,马里兰的倾盆大雨浇退了沥青路面的滚烫,却让我们的总统和他美貌的妻子颤颤发抖。

我问父亲他的感想,他指指自己的心脏表示痛心,叹了一口气。接着他开始谈论在福克斯台看到的新闻。有时在听他讲话的时候,我会猜测,至少在他意识里,他已经不复存在了,他把自己设想成荒谬世界的一个空白点,随波逐流。英语已经忘得差不多了,只好用复杂的俄语句子,他表扬了国防部长鲁本斯坦,他和他的两党制给这个国家带来的优越。眼下,在鲁本斯坦的庇护下,安全国度以色列应当借助核能威慑阿拉伯和波斯。"特别是大马士革,如果赶上东风的话,s bozheipomochu(在上帝的帮助下)就会借着风力,把毒云飘到德黑兰和巴格达上空。"相对于耶路撒冷和特拉维夫。

"你知道吗,我有次在罗马遇见内蒂·法恩了,"我告诉他,"在大使馆。"

"我们的美国妈妈还好吗?她还觉得我们'冷酷'吗?"他笑起来的样子竟有几分冷酷。

"她认为住在公园的人最终会起义,曾经的国民护卫军。反对两党制的革命一触即发。"

"Chush kakaia(一派胡言)!"父亲大声呵斥。但他想了一会儿,摊开了双臂。"像她这样的人,我们能奈何呢?"最后又补充了一句,"自由派。"

父亲的口气呼在我的脸颊上,足足呼了二十分钟,他在自述他复杂的政治生活。我借口走开一下,从他湿润的怀里抽出身子,然后前往楼上的卫生间。其间母亲从厨房喊话:"列尼,不要在楼上的卫生间里脱鞋,爸爸有香港脚。"

在被污染的卫生间里,我看到了母亲设计的储拖把装置,塑料粒子和木头轮辐组成。尽管父母口中没有一句"神圣俄国"的好话,但过道里挂着好几张镶边框、深棕底色的明信片,上面有红场和克里姆林宫;大雪覆盖下的里·多尔戈鲁基王子的骑士雕像,他是莫斯科的创始人(童年时代,我在父亲膝头学过一点俄罗斯历史);久负盛名的莫斯科国立大学呈现的是斯大林时期哥特式的建筑,虽然父母都没有上过。听他们隐约谈起,当时犹太人是不允许上这所大学的。我没有父母的机会,当然也不会像他们那样对俄罗斯爱恨交加。我有自己垂死的帝国需要与之斗争,所以也不希望其他的掺和进来。

我的卧室空空荡荡,我住过的痕迹,比如海报啦、旅行纪念品啦,都被母亲小心地收在做好标记的盒子里,然后束之高阁。在这样一间传统的美国海岸小屋里,拥有这样一间狭小却温馨的卧室,曾让我欢喜不已。低矮的天花板叫你不得不猫着身子,让你重回童年,温习那种天真的感觉,对一切都充满好奇,为爱奋不顾身。你的身体就像屋顶的那根烟囱,里头满是黑色烟灰。这些低矮、方正的屋子,就像是一首五十平方英尺的赞歌,献给少年时代,献给迈向成熟、是第一口也是最后一口青春的味道。我无法向你表达,买下这间房,这一间间小卧室,对我和我的家庭意味着什么。在房产律师办公室签字的场景至今历历在目,我们一家三口相视而笑,过去十五年间的恩怨在此刻达成了谅解:父亲的体罚,母亲的歇斯底里,我的闷闷不乐。值得庆幸的是门卫和他老婆最终还是做对了一件事，这下全解决了！不争的事实是我们终于在长岛中部拥有了属于自己的光荣财富，终于拥有了信箱边属于自己的精心修剪的灌木丛（我们的灌木丛，艾布拉莫夫灌木丛），拥有了建造一个羡煞旁人、加利福尼亚特有、高出地平面的后院游泳池的可能性，虽然这种可能性从未实现，因为我们财力有限，但这种可能性一直存在。还有我的这间卧室，虽然它的隐私性从来得不到我父母的尊重，但我依然可以在炎炎夏日，在我光荣的行军床上，找到一些荫凉。我十来岁的手臂，除了手淫之外唯一会做的，就是捧着一本红皮的康拉德的书，轻声朗读着一行行铅字，周围的木墙包容了我偶尔的口齿不清。

外面过道里，我又发现了一样装裱起来的纪念品。那是一篇父亲用英文写就的通讯稿，投给了他效力的长岛科学实验室（这稿子后来居然上了头版，让我们全家都觉得非常骄傲）。当然，我当时是纽约大学英语专业的学生，我负责了对那篇稿子的校对和润色。

打篮球的乐趣

有时生活很艰难，我们希望释放压力和担忧。有些人去看心理医生，还有些人跳进清凉的湖水或者周游全世界。但我觉得没什么比得上打篮球痛快。在我们实验室，有许多男人（也有许多女人！）喜欢打篮球。他们来自世界各个地方，欧洲、拉丁美洲等等。我不敢说我打得最好，因为我已不再年轻，膝盖有伤，比较矮，这些的确是短处。但我很喜欢篮球，有时生活中遇到了大麻烦，甚至有了轻生的念头，我就会想象自己在球场上，正在远距离投篮，或者正在跟一个对手周旋。我用心打球。结果就是，我经常取胜，甚至当对手是比我高、比我快的非洲人或者巴西人。但是无论输赢，真正重要的是这项美丽比赛的精神。所以如果你周二或者周四午休时间(12:30)有空的话,请和你的同事加入我们,我们一起在体育中心共度一段开心、健康的时光。到时你会觉得这棒极了,所有担忧都会"烟消云散"!(鲍里斯是大楼管理员和地勤。)

鲍里斯·艾布拉莫夫

我记得劝父亲去掉"比较矮"和"膝盖有伤"的说法,但他说他想实事求是。我告诉他美国人喜欢忽略缺点,强调他们了不起的成绩。现在回想这些,想起小时候出生在皇后大道,儿时的餐盘里经常有许多有营养的食物,正是这些让我长成了如今接近正常身高的五尺九寸,而父亲还不到五尺半,我感到很内疚。其实他这个篮球爱好者,比我这个安静内向的宅男更需要那点身高,这样能更好地与巴西大个子对抗。

妈妈熟悉的声音在楼下响起:"Lyonya, gotovo!(列尼,饭好了!)"

回到楼下的餐厅,锃亮的罗马尼亚家具,是艾布拉莫夫一家不远千里从莫斯科公寓搬来的(其实充其量也不过塞满美国的一间小屋子)。餐桌的布置体现了俄式的热情好客,四种不同口味的意式腊肠,一盘口香糖,波罗的海盛产的各种小鱼大杂烩,哦,别忘了上面还撒上了黑色鱼子酱!尤尼斯坐在餐桌的另一端,如艾丝特①女王一样,穿着她那件东正教徒般的衬衫,坐在逾越节枕头上,面对弥漫在鱼腥味空气中的爱或者不爱,微微蹙着眉头,不知如何面对。父母也坐下来,父亲用英语致了一段十分应景的祝酒词:"祝愿创始者,创造了美国,这个自由的国度,赐予我们鲁本

---

① 希伯来语中"爱神"的意思。

斯坦,他灭了阿拉伯;祝愿爱情,如今在我儿子和尤—尼—佳之间潜滋暗长,而尤尼佳[朝她挤了下眼睛]终将获胜,就像斯巴达收拾雅典人;还要祝愿夏天,这个最适合恋爱的季节,虽然有人说应该是春天⋯⋯"

他正慷慨陈词的时候,倒满廉价伏特加的玻璃杯在他手里微颤,母亲老早听不下去了,凑近我说:"Kstati, u tvoei Eunice ochen' krasivye zuby. Mozhet byt'ty zhenishsya? (顺便说一句,你的尤尼斯,牙齿长得很漂亮。也许你们会结婚?)"

我看到尤尼斯正努力弄明白父亲在讲什么(阿拉伯人——坏人;犹太人——好人;中国中央银行行长——可能还行;美国人——在他心中总是天下第一),一面还要揣摩母亲跟我用俄语交谈时脸上的表情。尤尼斯的意识在感觉和主见之间快速转变,但受惊小鸟一样的表情还是说明这一切来得太快了,超过了她的理解范围。

祝酒词告一段落,接着发了几句政治牢骚,我们就痛快地开吃了。我们都来自历史上闹过饥荒的国家,都尝过食不果腹的滋味。"尤尼斯,"母亲说,"或许你能告诉我,列尼到底是做什么工作的? 我从来搞不清楚。你上的是纽约大学商学院,这么说他应该是⋯⋯商人?"

"妈,"我沉不住气了,"求你了。"

"我在问尤尼斯,"母亲不理会,"姑娘之间的谈话。"

我从来没见过尤尼斯这么严肃,波罗的海沙丁鱼的尾巴消失在她光洁的双唇之间。我不知道她会怎么回答。"列尼做的工作很重要,"她告诉母亲,"这个有点像⋯⋯药品。他能让人长生不老。"

父亲的拳头"啪"的一声砸在餐桌上,没有砸烂罗马尼亚家具,但已经砸烂了我的颜面,我甚至觉得他会揍我一顿。"不可能的事!"父亲吼道,"这违反所有物理学和生物学法则,这是第一条。第二条,长生不老,违背上帝。我才不要这样的劳什子呢。"

"工作归工作,"母亲维护我,"如果笨蛋美国人希望自己长生不老,而我们列尼又能从中赚钱,你管他呢!"她朝父亲挥挥手,"愚蠢!"

"你说得也有道理,但是列尼懂医学吗?"父亲两眼放光,手里的叉子上挂着一块腌蘑菇,"他在高中从不认真念书,他的加权平均分才多少? 86.894。"

"纽约大学斯特恩商学院在营销学方面排名十一,这才是列尼的专业,"母亲提醒他,对于她极力维护我,我深表感谢。他们轮流一个攻击、一个维护,仿佛一人试图吸走我的爱,另一个好在刚结痂的伤口上再刺一刀。母亲转向尤尼斯:"列尼告诉我你的意大利语讲得很棒。"

尤尼斯又脸红了。"哪里,"她低下眼睑,手垂在膝盖上,"我都忘得差不多了,比如不规则动词。"

"列尼在意大利待过一年,"父亲说,"我们来看他,他啥也不会说!"他身子转来转去,模仿我走在罗马大街上,到处找本地人打听这个打听那个。

"你撒谎,鲍里斯,"母亲满不在乎,"他还在维托利奥广场给我们买了西红柿呢,价格也便宜,才三欧元。"

"西红柿简单啊!"父亲不依不饶,"俄语里叫 pomidor,意大利语里叫 pomodoro。这连我都会!他能给我们买黄瓜或者南瓜吗……"

"Zatknis' uzhe, Borya!(闭嘴,鲍里斯!)"母亲整了整衣衫,看着我的眼睛说,"列尼,邻居维达叔叔告诉我们你上了'一〇一个值得同情的人'的名单。为什么会是你?这个狗娘养的兔崽子,他竟敢取笑你。他还说你又肥又老又笨,吃得极差,没有工作,你的性吸引力非常之低。他还说 tebya ponisili(你已经被降职了)。我和爸爸听了非常难过。"

父亲羞愧得把脸转向一边,我的脚趾头在餐桌下蜷起又展开。这就是他们生我气的核心问题。我告诉过他们无数遍,不要去网上看关于我的任何信息。我是珍惜隐私的人,我有自己的天地。我住在"自然退休社区",我刚学会"晒"。为什么他们不好好珍惜他们的退休时间,却要来调查他们唯一的孩子呢?为什么他们还带着西红柿、高中加权平均分和"你干什么工作"这样的逻辑来看待我呢?

忽然,我听到尤尼斯说话了,她直截了当的美式英语响彻整个狭小的房间。"我也叫他不要去那里做事了,"她进一步说,"他以后不会去了。是吧,列尼?你人这么好,又这么聪明,根本不需要去那种地方混饭吃。"

"一点都没错,"母亲表示完全赞同,"你说得一点没错,尤尼斯。"

我没告诉他们,我已经重新获得了办公桌。我只字未提。我往后靠在椅背上,看着我生命中最重要的两个女人隔桌而坐,桌上铺着塑料桌布,二十加仑蛋黄酱和沙丁鱼罐头。她们对望着彼此,眼里有种纯净的惺惺相惜。有人说母亲跟女友会针锋相对,但这样的事从未出现在我身上。对于两个聪明女人来说,不管她们的年龄相差多少,生长背景如何悬殊,在对我的问题上很容易达成一致。这孩子,她们好像在说……

这孩子还没长大呢。

自律,仁慈,信念,希望

摘自尤尼斯·朴在全球青少年网上的邮件

六月二十五日

尤尼丝袜致格里尔婊子

亲爱的马驹:

很惊讶吧？哦,老天。或者说"哇,老天",就像我的犹太男朋友打招呼那样。最近我觉得很怪。真希望你能飞过来,我们一起去帕玛做头发。我现在的头发已经长得不像样子了,呃……或许我该弄个大妈式的冷烫,早上起来只要吹一下就好了。我还长起了大妈式的臀部！真不赖吧？我现在的样子像极了我阿姨苏文。我的臀部现在大得跟列尼的有得一拼,中年人的臀部,真不是恶心你。看,我们真是天生一对啊！以后就叫我肥妞麦克法蒂吧？

啊,我的马驹,我跟列尼到底是什么关系啊？他真的,真的,很聪明,聪明得让我觉得渺小。在罗马的时候,本长得太帅,让我一直很自卑,在床上也放不开。跟列尼在一起的时候就轻松许多啦。我能做回自己,他做的一切都那么诚实而贴心。有次我给他来了个半吞咽式的口交,他居然感动得哇哇哭了。还有谁会为这个哭啊？我猜有时他需要我,正如同我需要他。他已经提到结婚了,我可爱的小笨驴儿啊！我只想让他放松,让他不要那么贴心可人、一味讨好我,这样也好让我来猜猜他的心思。这么说,你能明白我的意思吗？

我去长岛见了他的父母,事后他为勉强让我去而内疚万分。他父亲有点儿怪,很难捉摸,但我喜欢他的母亲,她从来不接列尼或是丈夫的话茬。我们甚至还谈到了列尼该如何打扮,工作上该如何更有魄力一些,我跟她说起带列尼去采购一些像样点的衣服,她竟然赞同地亲吻了我！她很感性,这点跟列尼一模一样。嗯,还有什么？他们住的地方挺穷的,有点像我爸以前的一个墨西哥病人在洛杉矶的住处。还记得赫南德斯,那个腿上打绷带的助祭？做完礼拜,他们就会请我们上他们那间小屋子去玩。好像他女儿弗洛拉死于白血病。

让我真正抓狂的是列尼居然看书。(不,书本没味道,他在上面洒了松油精。)我指的不是像我们在《欧洲经典》课上那样随意浏览,我指的是正儿八经的阅读。他手拿一把尺子,慢慢地往下移,嘴里默念着什么,力求理解每字每句。我本来想跟妹妹聊上几句,但这一幕看得我目瞪口呆。我就傻傻地待在那里看了他足足半个小时,最后他终于合上了书本,我假装啥也没看见。我偷瞄了一眼,是一个叫"托尔斯"①的(这说得通,因为列尼的父母都来自俄罗斯)。当初看到本在罗马一家咖啡馆里看《纳尼亚传奇》,我就觉得他好厉害,但如今列尼在看的"托尔斯"是长达千页的书啊,而且他已经看到九百三十页了,快看完了。

他是个谦谦君子,无意炫耀,但有时他会谈论政治和信贷,而我呢？

---

① 应该是"托尔斯泰",俄国文学泰斗。尤尼斯对文学一无所知,匆忙之下看错所致。

我真不情愿去见他的多媒体朋友啊，他们讲话的方式，连女孩子都那样。我猜如果当初我遂了我妈的心愿，去念了什么法学院，现在出来应该会跟他们一样。但谁他妈想上法学院啊？或许我应该回到爱德伯德去做视觉图像，玛歌教授当初在《自信课》上就说我有"非凡才能"，就连那帮天主教修女都对我的"空间感"啧啧称奇。

跟列尼在一起很好，但这让我感觉很怪，很多时候我觉得孤独。我好像没什么跟他讲的，或许他背地里觉得我是白痴一个。他说我很聪明，我会讲意大利语，其实意大利语又不难学，只是记忆和模仿而已，特别是当你来自一个移民家庭。当初你去幼儿园，一点英语也不会，你就是从模仿别人开始的。我知道列尼不住地夸我聪明，想让我自信起来，我感激他的好意，但我有时就会有这样的想法，离开他，回到福特·李，那个生我养我的地方，担起家庭责任，而不是留萨莉和妈妈在那里独自面对爸爸。噢，如果列尼再提一次见我父母，我一定掰了他的屁股！他有时就是这么搞不明白，主要是他不想搞明白，这也是让我恼火的地方。他经常会说我们都来自"困难的家庭"，其实根本不是那么一回事。我见过他的家长了，根本没有可比性。

接着我跟萨莉吃了午饭，一起去逛街，现在我真有点担心她。她眼神空洞，对我讲的事情，她总是用"嗯嗯"来回应，好像她自己毫无想法。一方面她追求"萨米"无痕文胸，另一方面她又叫我去巴纳德的教堂。还有，她胖了许多，一点都不像一个十五岁的女孩子。她自己也很沮丧。我叫她注意饮食，她就这么呆呆地看着我，仿佛我根本不存在。唯一让她像打了鸡血一样的是政治，她和其他几个胖妞在搞游行，批评鲁本斯坦，控诉我们已经不是一个自由的国度。我告诫她要信仰宗教而不是政治，她却狡辩说基督教本来就是"政治积极分子的宗教"。这是谁教她的，我真想抽这孩子几巴掌。我真的很爱她，亲爱的马驹，这世上我最亲的就是她和妈妈了，我不知道该怎么帮她，大概是因为我自己也不是什么好榜样，对吗？

后来我带萨莉去了东村那边一个非常漂亮的公园,叫"汤普金斯广场",那儿都是些"低端客户",他们就那样住着帐篷,没有食物,也没有干净的水,只有几台老式的电脑基本无法开机,没有图像,也没有流量。所以送走了萨莉,我就跑回家,把我不用的手机拿出来捐给了他们,或许他们能用这个寻找工作,联系家人。他们非常高兴,却让我愈发悲哀,他们如今沦落到这步田地,而或许就在去年,他们中的一些人还是信贷公司的雇员,或者还是工程师。有这么一个男的,长得很帅,很高,像日耳曼人,但牙齿已经一颗不剩。他曾是国民护卫队的,被派去委内瑞拉,回来之后,当初承诺的退休金一个子儿也没给。他叫大卫。他人很好,拥抱了我,还说我们是一条战壕里的。当时我心想,我希望你好起来,但我们并非"一条战壕里的"。离开的时候,我看到一个废弃的喷泉,有一个四角的露台,每个角上有一个词,合起来便是"自律,仁慈,信念,希望"。不知道为什么,我当时就想起了爸爸,想起了小时候我的膝盖弄破了,他给我贴"邦迪",他的手指粗壮有力,嘴里还念着"马上就好,马上就好",就像对他的小病人一样。想到这里,我哭得像个傻瓜。接着,我想到了列尼,我们一起在动物园里看到的大象,我亲吻了他的大鼻子,还有他不可思议的表情。他那个表情啊,马驹!我不懂什么自律和信念,但仁慈和希望呢?我们不都需要吗?

呃,为什么我总对你鬼哭狼嚎的?对不起,情绪有点低落。下次见你的时候,我会给你一个大大、大大的吻,在你的小乳头之间,我的小荡妇,我无所不能的公主!

格里尔婊子致尤尼丝袜

亲爱的熊猫:

哇卡哇卡,小骚货!发生了什么?对不起,我也有点儿抑郁。我去荷娜家参加了一个派对,荷娜是个可爱的越南女孩,信天主教,刚做了缩胃手术。我们还遇见了马泰,一个冒失的来自珠江岸边的女孩,吐了自己一身。真恶心!我抑郁的原因是格佛有了别的女人。不是温迪,而是一个墨西哥婊子,被我看到在艾克公园里为他口交。是的,我跟踪他,还破解了他的账户密码(是"PORKadobo",你要是有兴趣,就去看看他的那些狗屎,哈哈!),他们在网上互传情书已经有三个星期了。他叫她"猪猪",而她会的英文只有"嗨,宝贝"。所以我也上了这个新的名叫"D基地"的青年网站,你可以上传自己穿的狗屁衣服或是同时和四个男人嘿咻的照片,于是我就把自己同时和四个男人嘿咻的照片传给了格佛。就像你说的,我得抓住他的注意力,这也是唯一能叫他重视我的办法,这样一来他就不会跟那个非法移民婊子到处鬼混了。那婊子的信用可能只有三百分。我希望早点把她遣送回国。你别说,这招真有用,没多久他就找到我爸妈家里,还跟我肛交了一次。这还真不赖,因为我们已经很久没有肛交了。那之后他有三个小时没在网上招呼那婊子,所以我现在做的就是眼睛眨也不眨地盯着手机屏幕,等待他们狼狈为奸的罪证跳出来。

我们是不是脑子进水了,亲爱的熊猫?为什么我们不能找个对的男孩来爱呢?至少你的列尼那么爱你,他不会欺骗你。我真想不通为什么你还对他那么不放心。你说他很聪明,那又怎么了???他又不是多媒体明星,或者"蓝多湖"的座上客。他真的,真的是阅读,而不是浏览。好事啊!或许你们俩可以在床上互相为对方朗读什么的,然后你就可以自己缝衣服了,哈哈哈。好了,漂亮也是一种聪明的表现啊,但我觉得你不能为他生小孩,因为你们的孩子会很丑的。

我很遗憾你在公园里看到了这些可怜的人们,我善良、敏感的熊猫啊,你说得没错,我们不跟他们在同一条战壕里。我觉得你妹妹很酷啊,是应该有人站出来指责这些蠢货当权派。大胆地去吧,萨莉!噢,妈的,我又要去解决一下了。为什么喝了酒之后得老跑厕所?这有科学道理吗?

六月二十六日

朴正苑致尤尼丝袜

尤尼：

你为啥不理妈妈呢？我都打了三次电话给你。我们跟姜叔叔一起吃饭，我做了你最喜欢的下面有锅巴的杂拌饭。我还是姑娘的时候，锅底的饭我们从来不吃，因为我们是好人家的女孩，锅巴是给乞丐吃的。因为你喜欢，我现在每次做杂拌饭都故意煮得久一点，就算你不在，我还是这么做，因为我想你！！☺我本来想画个哭脸，可没想到出来一个笑脸，或许是基督的旨意吧！心存感激，忘掉自我，因为你会受到基督的庇护。我们一家现在更开心了，因为你离我们近了，你会照顾萨莉。爸爸也很爱你，但是我心里很挣扎。那天我在超市碰到了乔·李的妈妈，我记得你告诉我你住在乔曼哈顿公寓里，但她妈妈不是这么说的。你为什么要对妈妈撒谎呢？我还是发现真相了。或许你现在正跟一个坏小子住在一间脏兮兮的公寓里？真是不敢相信，不敢相信。你回来吧，跟我们一起住。爸爸现在好多了。萨莉需要你给她做个榜样，所以离开那个坏小子。我知道我英语很差，但我想你该看得懂。

爱你。

妈妈

哦，在联合废物CVS花旗账户上"其他项目"三千两百与人民币持平的美元是什么意思？？表示在常规收费以外的吗？我给你报了这边新的高端LSAT预备课程，据李太太说让乔分数提高许多。原来只有一百五十四分，现在一百七十四分。我还问了教堂里其他的妈妈，她们都说帮助很大。

尤尼丝袜:列尼,我应该提醒你去清理浴缸了,这公寓真是太恶心了。厨房和浴室的地板我已经拖过了,门厅的地毯也吸过尘了。今天该你做了!我可不想住在猪圈里。

拉布拉莫夫:尤尼,抱歉,我今天得加班。有个必须参加的会,关于次贷危机,以及在中央公园和华盛顿特区的"低端客户"的游行。他们认为美联储今年可能就会不偿还美元债务(!),我们客户的财产没有都跟人民币挂钩。六点之前我得整理出差不多一千份记录。我觉得乔西可能会同中国央行行长会面!不管怎么说,他们委以重任,对我的职业总是好的。

尤尼丝袜:那又如何?这跟清理浴缸有什么关系?

拉布拉莫夫:或许周末的时候,我们可以来个扫除派对。

尤尼丝袜:浴缸里基本都是你的毛发,你知道的。你这个家伙一天二十四小时一周七天都在褪毛。

拉布拉莫夫:我知道。我从没打扫过浴缸,或者我们换一下工作?

尤尼丝袜:我已经示范过三回了。你很聪明,偿还美元债务或者别的你一听就会,为什么一个浴缸就清洗不了?

拉布拉莫夫:或许周末的时候,你监督我一下?

尤尼丝袜:算了,我自己做吧,到头来还是自己动手最省事。

拉布拉莫夫:别,别做!等我有空的时候我来做。真抱歉,工作太忙了。

拉布拉莫夫:喂,在吗?

拉布拉莫夫:你生我气了?

拉布拉莫夫:尤尼斯!

尤尼丝袜:嗯。

拉布拉莫夫:怎么了?

尤尼丝袜:我讨厌这样。

拉布拉莫夫：我怎么做才能让你开心起来呢？周末我会打扫一天，里里外外。

尤尼丝袜：没有，你什么也做不了。我没法改变你，所以只好自己承担一切。

拉布拉莫夫：不是这样的，尤尼斯。

拉布拉莫夫：我在改变自己。就是要点儿时间。

拉布拉莫夫：我们一会儿去那家巴西餐厅吃一顿吧，我请客。

尤尼丝袜：回来路上不要忘了买双层厕纸。

拉布拉莫夫：我不会忘记的。

尤尼丝袜：你老忘，所以你是一个猪脑袋。

拉布拉莫夫：哈哈。真高兴你终于不生我气了。

尤尼丝袜：别指望上帝保佑你，呆瓜。

拉布拉莫夫：我啥也不指望。

尤尼丝袜：我只想要个干净、整洁的住处，列尼。你难道不想要吗？你难道不想为你的公寓感到骄傲吗？这难道不是成年人该做的事吗？成天捧着大部头，读着托尔斯是不顶用的。

拉布拉莫夫：捧着什么？读着什么？

尤尼丝袜：当我没说，我得去洗衣店了。还有谁会为你拿回洗好的内衣裤？顺便说一句，你应该穿平角内裤，而不是普通的旧内裤。平角内裤更有支撑力。你不是常抱怨走一段长路之后就蛋疼吗？你觉得是什么原因呢？

拉布拉莫夫：因为内裤没穿对。

尤尼丝袜：现在知道谁疼你了吧，大象？

艾米·格林伯格的"救生圈时间"
摘自列尼·艾布拉莫夫的日记

六月三十日

亲爱的日记:

在跟我父母的见面圆满结束之后,我请尤尼斯去斯塔藤岛见我的朋友。我这么做的初衷是自我膨胀,非常浅薄。我无非是想把尤尼斯介绍给我的哥们儿,让他们见识她的年轻和美貌。我也想让她认识诺亚和他的女友艾米,因为他们是多媒体人。

第一个初衷无疑实现了,你初次见到尤尼斯很难不被她的年轻活力和酷劲十足打动。第二个初衷就是另外一码事了。

那天晚上被称作"家庭聚会",所有男孩都会携伴前去斯威克斯,通常这个时候是我最落寞的时刻,感觉自己就像四轮马车上的第五个轮子。但那天晚上不同,诺亚和他感性的女友艾米·格林伯格,毗瑟弩和格蕾丝,还有尤尼斯和我,队伍日渐庞大。

在去地铁站的路上,跟尤尼斯手牵手,我忍不住炫耀自己的女友,但那天的仰慕者似乎不多。一个白人男子当街刷牙,一个退休犹太人朝废弃垫子上扔塑料可乐杯,一对阿芝台克夫妇拿着从建筑工地捡来的黄色塑料雏菊大打出手。

　　我几乎已经快要平安无事地走到地铁站了,但是在救助站的旁边,铁丝围起来的地方,附近居民常来倒粪便垃圾的地方,我看到了一样奇怪的东西。那里竖起了一块新广告牌,还是我们公司的,斯塔林一渥帕常。一栋熟悉的格子楼,玻璃筑就,十分奢华。但这三层建筑却顷刻间破碎,就像摇饮料里的冰块一般。"东边住所",醒目的大字,旁边有阿联酋,中国国际和欧盟的旗帜。

专为美国非本土人士设计的三层公寓
斯塔林房产
七套三层生活单元,两千万北欧元/三千三百万元人民币起

　　"两千万欧元!"我惊呼,"那可是我五十年的薪水啊。外国人如今也没那么多钱了呀!"

　　"这里不就是居民拉屎拉尿的地方吗?"尤尼淡然地说,显然对我的大惊小怪已经不以为意了。我继续念:

外国居民请注意!
现在购买三层公寓就能享受

- 免除美国重建署(ARA)对您的龋齿、数据和财产的审查
- 来自渥帕常保险公司的星级保险
- 来自公司下属后人类服务部的专属长生不老服务
- 前六个月的免费泊车

信用等级1500＋

该区域属于完全减灾区域

"专属长生不老服务"？我没看错吧？你得先证明你有欺骗死神的潜力才行，说起来，我们的申请人中只有百分之十八能达到这个要求，这是乔西的初衷，也是我执行的标准。接下来是语言认知测试和一篇"比你孩子长寿"的论文。接下来——整个人生观。眼下，他们打算把长生不老拱手送给一群脑满肠肥的迪拜亿万富翁，就因为他们买了斯塔林房产的"三层居住单元"？

我正欲开始一段万事万物的健康批判（我觉得尤尼斯喜欢我教她新东西），忽然看见在海报的一角有一个熟悉的非常不起眼的涂鸦。

那是一个铅刻上去的、在世纪之交显得非常与众不同的标记，我看到的是——不，不可能是！——杰弗瑞·奥特，那只在罗马的美国大使馆质问我的水獭，仍然戴着他那条傻里傻气的红白蓝三色丝巾，上嘴唇有一个类似疮一样的污点。"噢。"我叫着，往后退了一步。

"大象？"尤尼斯问我，"出什么事了，呆瓜？"

我呼呼喘着气。"怎么吓成这样？"我举起一只手，做了一个"倒计时"的手势。我的眼睛上上下下盯着这个涂鸦看了半天，仿佛要把它置于另一度空间。水獭也毫无示弱地盯着我看：曲线饱满，姿态撩人，生机勃勃，光滑的皮毛好像一堆木炭，要是触摸起来肯定温暖绵软。这让我想起了法布里齐亚，那个被我出卖的女人。我都对她做了什么？他们都对她做了什么？这水獭是谁画的？这是想告诉我什么？我转头看向尤尼斯。她利用我这四十秒钟的停歇，埋头查手机。我跟这个迷人的数码控女孩在一起到底想干什么？自从她闯入我的生活之后，我头一次觉得这是个错误。

但这一天还没结束。

我们到达斯威克斯的时候,我的朋友格蕾丝是唯一一个持反对意见的人。

"她对你来说太年轻了。"她趁尤尼斯转过头网购"翘臀"的时候,悄悄跟我说。这么做并不违反社交礼节——男孩们在手机上观看中国央行行长李旺盛访问华盛顿,诺亚的女友艾米正在摆弄护手霜和其他赞助商品,现场录制"艾米·格林伯格的救生圈时间"。

有那么一刻,我觉得格蕾丝是嫉妒尤尼斯,我禁不住沾沾自喜,因为,老实说,我一直都还爱着格蕾丝。她长得不算特别漂亮,眼距有点儿宽,下面的牙齿有点参差不齐,还有腰部以上显得太单薄,以至于无论她干什么,看起来都有点像只细脚零丁的鸟儿。但她人真的很好——善良,坦率,受过良好教育,对生活认真踏实。当我在罗马的时候,觉得自己爱上了法布里齐亚,心里想的却是格蕾丝谈论她在威斯康星度过的坎坷而寒冷的童年,她挚爱的德国艺术家约瑟夫·博伊斯,以此告诫自己跟可怜的法布里齐亚的关系是逢场作戏罢了。

"你为什么不喜欢尤尼斯呢?"我问她,希望她结结巴巴说不出话来,最后只好承认她爱上了我。

"并不是说我不喜欢她,"格蕾丝解释道,"我只是觉得她还有很多事情没有处理好。"

"我也还有很多事情没处理好呢,"我反驳道,"所以我们可以一起来处理好。"

"列尼,"格蕾丝摸摸我的上臂,正好让我瞧见了她舌苔上的黄渍(我非常欣赏她的不完美)。"如果说你被她的身体所吸引,我觉得没问题,"她语气轻松,"这很正常,她很漂亮,尽情享受吧。但不要告诉我:'我爱上她了。'"

"我害怕死亡。"我告诉她。

"她让你觉得年轻?"格蕾丝一针见血。

"她让我觉得自己是个秃子。"我手抓着剩下的头发。

"我喜欢你的头发,"她说着轻抚了我头顶那一撮恪尽职守的毛发,"这很诚实。"

"我有这样荒唐的想法,尤尼斯会让我长生不老。请不要搬出基督教义来,格蕾丝,我实在承受不住。"

"我们都会死的,列尼,"格蕾丝柔声道,"你,我,毗瑟弩,尤尼斯,你老板,客户,每个人。"

这时男孩们开始对着手机欢呼,格蕾丝跟我也过去凑热闹。他们在看诺亚的朋友哈福特·布朗的个人秀,他评论时政,插科打诨,说说他自己的同性恋性爱。受人尊敬的李——官方说法是中国央行行长,非官方说法是当今世界最有权力的人——首次在白宫门口的草坪上与民众见面,他正与我们不靠谱的两党派领导人会谈。我父亲的偶像,国防部部长鲁本斯坦,九十度鞠躬,平时的颐指气使如今变成了卑躬屈膝,他标志性的白手帕从西装口袋里翻出来,像一面廉价的白旗。鲁本斯坦向李赠送了一种金鱼,鱼儿一跃而起,铺展成一幅中国地图,仿佛在说,美国在制造和创新方面还有点能耐。

脱光了的哈特福德登上了游艇,游艇停在荷兰安德列斯群岛附近。他戴的太阳镜能映照出彩虹的影子,两条毛茸茸的粗手臂摩挲着自个儿结实的胸膛和肩膀,他的伴侣从后面插入,所以他的影像快顶到了手机屏幕上。"插我吧,黑巧克力。"他声声唤着伴侣,嘴唇平时不留口德,此刻阳刚性感,充满生机和热力,我都有点被他们感染。

然后镜头切到白宫,李和我们年轻的领袖吉米·科尔特斯在一起,美国总统坐得非常拘束,中国央行行长倒是颇为自在,对麦克风传出的气息声也不以为意。"我真的喜欢这个中国人的穿着,"哈特福德评论道,间或呻吟一两声。通过他,我们还知道李曾在一次民间的全球票选中被评为"最佳着装奖",投票者对他"简洁大方的西服"和"黑超墨镜"赞赏有加。

"我们希望中国成为一个消费大国,而非水獭之国。"科尔特斯总统乞求行长。

等等,什么?水獭之国?我在自己的手机上重放了刚才那段,"我们希望中国成为消费大国,而非储蓄之国。"这才是总统的原话。上帝啊,我居然听岔了。"美国人民指望国际中国成为我们制造业的救世主,中国不再是一个贫穷的国家,中国人民应该是时候消费了。"李心不在焉地点头,咧大了嘴巴,但那不是笑容。科尔特斯总统接着用中文说了几句话,翻译过来就是"可以消费了!玩得开心!"。

"妈的,"毗瑟弩叫起来,手指拼命敲着手机屏幕,"出事了,黑人们!"在酒吧的声浪里,他的声音很快被湮没。年轻人开始喝高了,几个姑娘有点局促地褪去了衣服,连尤尼斯都把开衫系在了肩上,朝着空调的方向不住地摸着鼻子。"中央公园里有骚乱,这个黑人被护卫军踢了屁股,许多低端客户都被抓了起来。"

关于中央公园的杀戮新闻开始在酒吧疯传。没有人看到实况转播,但是手机上能接收到图像,酒吧的大屏幕上也有显示。一个十来岁的孩子(看起来像十来岁,因为那过分细长的双腿),他的脸别过去了,所以看不见,但是腹部有一道很深的伤口,就像某个山头的土坡上发生的命案一样。还有三具男尸和一具女尸(一个家庭?)仰面躺在那里,他们的黑色手臂胡乱交错,像是相互随意的拥抱。更有一个男子,我觉得我应该认识——我跟尤尼斯在雪松山上见到的那位失业的公交司机,叫阿齐兹什么的。我还记得他的穿着,一件白T恤,一条金色花纹,是一个巨大的人民币符号。就这样,两种视觉冲击交汇——我见过他活着时的样子,虽然只是一面之缘;如今他宽阔的额头上有一个五角硬币大小的弹孔,鲜血顺着脸颊、下巴淌下来,几已凝固。他紧咬着牙关,瞳仁早就上翻,状极痛苦。我过了好一会儿才意识到我正在看的是一个死人,那时候镜头已经转向公园上空,一架直升机振翅欲飞,机首微颔,仿佛要执行命令。后面的红烟照亮了夏夜的天空。

斯威克斯陷入死一般的寂静。我什么也听不见,只是本能地用三个已经麻木的手指拧开了阿普唑仑抗抑郁片,接着就是白色药丸沉入喉咙的烧灼感。刚才的影像已经深入我们内心,作为一个收入接近的人群,大家开始陷入人人自危的恐惧。紧接着恐惧又被同情取代,为那群跟我们同为纽约人的人们。如果你是死者中的一员,或者即将死去的一员,你会是什么感觉?被城市上空的子弹扫射?眼睁睁看着你的家人在你周围同你一起死去?最后,恐惧和同情又被另一种认知取代,这种认知就是这一切都不会发生在我们身上。我们现在看到的不是恐怖主义,我们属于好人,子弹是长眼睛的。

我马上在全球青年网上给内蒂·法恩发了邮件:"你看到了公园里发生的一切吗????"

尽管有时差(罗马现在应该已经过了凌晨四点),她马上就回了:"刚看到,别担心,列尼。很糟糕,但是他们会回击鲁本斯坦和他的同僚的。他们之所以选择中央公园,因为那里退伍的国民护卫军不多,他们是不敢动退伍军人的。真正的情况在汤普金斯广场,多媒体根本没有报道。你应该去那儿,见见我的朋友大卫·拉里。我曾在华盛顿做灾后心理咨询,他来我这儿咨询,因为他去过两次玻利瓦尔,在那里组织抵抗运动。一个聪明人。好吧,我要去 zzzzz,亲爱的,坚强一点!×××内蒂·法恩。又及:我一直在追看你朋友诺亚·温伯格的视频表演,下次回美国,一定要请他吃饭。"

读着她的邮件,我忍不住微笑,一个六十多岁的老太太,依然那么活跃,想把我们的国家导向正轨。一定还有些希望的。像是要印证我的这个想法,危机网公布了新的指数:"LIBOR上涨了三十二个基本点;美元对人民币上扬了百分之零点八,￥1 = ＄4.92。"市场对劲吗?中央公园大屠杀会是一个转折点吗?会有对鲁本斯坦及其同僚的有力回击吗?

我重读了一遍内蒂·法恩的信息,很鼓舞人心,但是语言似乎有点蹊跷。真正的情况在汤普金斯广场。我努力想象着"真正的情况"这几个字从内蒂谨慎、智慧的嘴唇滑落的样子。出了什么事?水獭。我给法布里齐亚发了消息——"收件人已被删除。"好吧,别胡思乱想了。我的面前有一场真正的大屠杀,忘了旧世界吧。内蒂或者法布里齐亚出了事情都不关我的事,我真正需要关心的只有尤尼斯而已。

与此同时,在斯威克斯,开始的死寂已经变成了如今的兴高采烈外加义愤填膺,人们纷纷抛出已经不值钱的未与人民币持平的美元,换来比利时啤酒借酒浇愁。我所能记得的就是太阳穴那里觉得很热,迫切地想靠近尤尼。自从我故态复萌、拿起书本,又正好被她撞见我在阅读而不是浏览数据文本,我们的关系就已稳如泰山。想到在我们北部几英里的地方发生的暴力事件,我真不希望有什么东西阻挡在我和我亲爱的人之间,当然也不希望这样的阻挡来自一本有两块砖头那么厚的托尔斯泰的《战争与和平》。

诺亚开始直播了,但他的女友,艾米·格林伯格已经在直播中了。她撩起衬衫,展示她完美的双腿和完美的牛仔裤上面一圈几乎看不出来的肥肉,名曰腰部"救生圈",拍打几下,然后就是她那句招牌台词:"喂,姑娘们,有救生圈吗?"

"现在是中央公园鲁本斯坦时间,"诺亚开始了,"这是减灾,抛弃了存货,大家都会觉得'如今的价格真是离谱',而鲁本斯坦在所有的黑人和异己被清理干净之前是不会善罢甘休的。他投起炸弹来就像克丽茜朝黑人吐口香糖一样。先射击,再搜捕。这个城市半数的父母都会在本周末之前在尤蒂卡的安全筛查机构集合。最好让你的手机离那些信用杆子远点儿……"他停下来看了一下向他输送过来的源数据。接着他把满脸倦容,但仍不失职业本色的脸转向我们,说不清他脸上是什么表情,只能说他难掩兴奋。"有十八人遇难,"他说着,仿佛把自己吓了一跳,"他们射杀了十八个人。"

我顺着他兴奋的声音往下想:要是诺亚暗地里为发生这样的事感到高兴?要是我们都感到高兴?要是这次的暴力事件缓解了我们的集体恐惧,把它变成了一种暂时的清晰感,即在决定性时刻我们仍然活着,以及因为关联而具有了历史价值的沾沾自喜感?我能够想象自己兴奋地与人说起我之前在中央公园见过这名来自阿齐兹的大巴司机,甚至跟他微笑着打过招呼,或者像都市人那样问一句"还好吧"。别误会我了,我也感觉到了恐怖,但我更想知道,比如说,诺亚经常提及的安全审查机构到底是什么?真的会不分青红皂白对着人的后脑勺就是一枪?一次,我跟诺亚说起《纽约生活时报》会派记者出去采访并证实此事,他的表情好像在说"老年人,别犯傻了",然后回头又冲他的麦克风喊起了西班牙俚语。但是,内蒂·法恩虔诚地追着他的直播看,所以或许是我搞错了什么。或许诺亚一直是一个好人。

"十八个人丧生!"艾米·格林伯格大叫起来。她把手搭在以假乱真的"救生圈"上,几乎看不出腰际线,往上是比较结实的胸脯。她这个举动表面上是在谴责鲁本斯坦及其政府,实际上正是这个动作,使她左侧的乳房脱颖而出,占据了绝对的中心位置。我们几个男的曾在私下里投票,一致认为她左侧乳房比较有看头。"中央公园的大型骚乱,国民护卫军对百姓大开杀戒,还摧毁他们的小屋,我真高兴我的男人诺亚·温伯格此刻正在我身边,因为我真的快撑不下去了。我的意思是,喂,请在我下次吃点心之前阻止我。诺亚,在这样的世道,有你在我身边,我何其幸运。我知道我并不完美,但是,好吧,这听起来是老掉牙,你对我而言就是整个世界,因为你善良,敏感,有男子气概,你如此多媒体,还有——"她的声音开始颤抖,她开始不住眨眼,这样做往往能起到催泪的效果——"我不知道你怎么竟会跟我这样的肥婆出双入对。"

格蕾丝和毗瑟弩互相依偎着,像一处古代废墟的两根柱子。死亡充斥着周围的空气,死者人数还在上升。我回想起第四条"关心朋友",再一次声明,朋友就是那些关心我的人。他们大概注意到我孤伶伶站在尤尼斯身旁,而她呢,还在血拼"翘臀"(如此暴力是不是把她吓坏了,所以她只好用血拼来试图遗忘?)。他们伸出手来,拉我加入他们的阵营,我因此能感受到他们手心的温度和微醺的呼吸。

诺亚和艾米割据一方,正在直播,希望自己的声音能被听见。

"鲁本斯坦想让李知道,"诺亚说,"或许我们已不是超级大国,或许我们欠你们六十五兆与人民币持平的美元,但必要时我们是不惮使用武力的,所以小心喽,如果你们敢来要债,我就让你们的黄屁股尝尝核弹的厉害。让雪球继续滚下去吧,支那。"

艾米·格林伯格:"还记得杰里米·布洛克吗,上个逾越节跟我分手的那个男人?"一个裸体手淫男子的形象就出现在她的手机屏幕上,长得跟诺亚有几分相像。她皱眉看着他硕大的阴茎,一张俏脸掩藏不了暗自的窃喜。"还记得当这世界出现了麻烦时,我一点都不能指望这头种马?还记得他不愿向我透露一丝信息,尽管他在蓝多湖公司工作?还记得他每天清晨让我过磅?还记得他……"长长的停顿,忽然绽放一个灿烂的笑容,"……不介意我的救生圈?"

危机网:鲁本斯坦声称中央公园骚乱主谋是前大巴司机阿齐兹·杰米·汤普金斯。引用:"ARA证实阿齐兹曾在黎巴嫩南部与真主党一起接受训练。"引用:"我们的对手是伊斯兰法西斯恐怖主义。"引用:"是时候消费、储蓄和团结起来了。同一个政党,同一个国家,同一个上帝。"

毗瑟弩为我们拿来了更多的啤酒,尤尼斯和格蕾丝一起在血拼"翘臀"。格蕾丝说了什么,让尤尼斯笑了,接着她们就聊起来。格蕾丝的眼睛看着尤尼斯,尤尼斯则盯着手机,偶尔,害羞地抬头看一眼。我好像听到一个韩国单词——Soon-Dooboo(好像是这么拼的)。其实是一种炖豆腐,格蕾丝在第三十二号大街经常点这个吃。我也想加入她们的谈话,但是格蕾丝轻轻把我推开了。尤尼斯跟屋里的其他三个亚洲女孩也稍有交流,她的性吸引力,让我又骄傲又担心,居然达到了七百九十五分,虽然她的个性也不过五百分(可能是她不够外向的缘故)。但是还有一个非常年轻的菲律宾多媒体妓女,上身套着一件乡村风格的毛衣,下面蹬着一双笨重的松糕鞋,洋葱皮牛仔裤,她的性吸引力稍稍超过了尤尼斯几分。"那个女孩身材真好,"我听到尤尼斯对格蕾丝说,"上帝,我讨厌才二十一岁的人。"

我泄气地看着自己的排名。今晚的男士大多穿着罗杰斯一样的V字领毛衣,他们不作评论、冷冷地打量我已算是仁慈。有人甚至还写到了我的络腮胡,"那漂亮的亚洲妞旁边的家伙,阴毛居然长到了下巴上。"在全部四十三位男士里,我排名四十。尤尼斯介意吗?我注意到当我用手挽着她的时候,我的男性魅力上升了一百多个点,排名也一下子蹿到三十。这说明了什么呢?我需要尤尼斯才能被外界所接受?但有一点是肯定的,明天我就要把络腮胡给刮掉,只有非常帅的男人才适合留这样的胡子。

艾米·格林伯格指着她腋窝和乳房之间的那片赘肉叫道:"我长翅膀啦!芳龄三十四,我像天使一样长出翅膀啦。我相信没有男人看到这片副乳后,还想要我的!看看我!看看我!"

诺亚·温伯格:"美国东部时间九点零四分,低端客户骚乱中的死亡人数已经达到了三十三人。护卫军还在开枪。但是在之前的两个月间,我们的部队光在玻利瓦尔一处的死亡人数就达到了四百人。这就是鲁本斯坦的算盘:死的人越多,关心的人越少。世风日下。开始自掘坟墓吧。"

艾米·格林伯格:"让我来解说一下今天这身打扮吧。鞋子是帕玛,衬衫是原版玛拉·哈默德,无痕文胸是'萨米'隐藏副乳文胸,妈妈在联合国零售长廊打折的时候给我买的。"

诺亚·温伯格:"我在这里不想讲 LIBOR。我想讲的是——"他停下来环顾四周,一个斯塔藤岛女子三人组合正在极其挑逗地哼唱一首歌,歌里唯一听得出来的歌词就是:"嗯……"诺亚又开腔,但实际只有一句"你们知道吗,我——我没什么可说的了"。

艾米·格林伯格:"我只想说,我妈妈实在太棒了。在我跟杰里米·布洛克分手的时候,她让我看透了这个男人的一切。我们一起看了他的排名,我们的感觉就是,谁稀罕他的大鸡鸡啊,谁稀罕它能一晚上都坚挺啊。他让我在他三十岁生日的时候给他舔肛,舔完之后就不肯再亲我了。就这一件事,真能说明很多问题。他自己被舔爽了,却不肯再亲那个让他爽的女孩。我妈妈,她真是太好了,她对我说:'你应该找到一个更好的,艾米丽亚。你的身体你自己做主,孩子!'"

格蕾丝把我拉到一边:"喂,我觉得尤尼斯遇到了点问题。"

"嗯,"我说道,"她父亲是个白痴。"

"我知道这类女孩,"格蕾丝自顾自说道,"相貌出众,却屡遭家庭暴力,这是最糟糕的情况。在南加州的中上层阶级的贫民窟中长大,周遭的人个个浅薄、势利,甚至比诺亚的女友还浅薄,艾米至少知道她究竟在做什么。"

"但我爱她,"我平静地说,"她血拼是因为我们社会要求亚洲人这么做,就像信用杆上说的那样。有次我听到有人冲尤尼斯喊:'喂,蚂蚁,不买东西就滚回中国吧!'"

"蚂蚁?"

"没错,像蚂蚁储得太多,像蚱蜢花得太多?就像重建署标志上的?中国人和拉丁美洲人?真他妈种族主义。"

"列纳德,不要再跟这些问题多多的亚裔女孩或者穷苦的白人女孩约会了,"格蕾丝苦口婆心,"你这么做对她们也没有好处。"

"你这么说真伤我心,格蕾丝,"我啜嚅着,"你怎么能这么快就评判她呢?你怎么能这么评判我们呢?"

听到这里,格蕾丝马上软化了。基督教义和友善品性开始介入。她泪眼婆娑:"真对不起,上帝啊,都是这个时代造成的,我竟然变得这么冷酷。或许我可以陪她逛逛?或许我可以做她姐姐?"我考虑过继续义愤填膺,但我忽然想到格蕾丝是谁啊,一窝五个有出息的孩子中最年长的一个,来自首尔的医生父母亲的继承人,作为移民二代,她的焦虑和疏离感也不可能轻到哪里去,但她依然像土生土长的美国人一样,回报给社会和周围的人以爱心和鼓励。她怎么能理解尤尼斯?她怎么能体会我们俩之间的感情呢?

我拥抱了格蕾丝几个心跳的时间,还亲了她一面温暖的脸颊。回头的时候,忽然看到尤尼斯正盯着我们,下半边脸带着似是而非的笑,笑却没有内容,这笑好比在我心脏最柔软的地方划了一道口子。

"好吧,今天对公众就到这里,"哈特福德在视频上说道,他年轻的伴侣帮他擦去背上的精液,"好了好了,就这样了,伙计们。"

我们回曼哈顿,一路无话。检查站基本作废,部队都被派去中央公园了。回到公寓,我流着眼泪朝尤尼斯跪下来,因为她又嚷着要回福特·李。

"你的那些朋友没一个好东西,"她控诉着,"他们心里只有自己。"

"他们对你做了什么?你一个晚上几乎没跟他们说一句话啊!"

"我是那里最小的,他们都比我大上十岁,我跟他们有什么好说的?他们都是多媒体人,风趣、成功。"

"首先,他们不见得风趣、成功。其次,你还年轻,尤尼斯!你以后也有机会为多媒体工作的,或者零售。我还以为你喜欢格蕾丝,你们聊得很投机。我看到你们一起血拼'翘臀',还谈论 Soon-Dooboo。"

"我最讨厌的就是她了,"尤尼斯气得直呼声,"她完全听从父母亲的意愿,还他妈的倍儿骄傲。噢,别再提见我父母这样的事了,你永远也别想见到他们,列尼。我怎么能信任你呢,你肯定会搞砸的。"

我一个人躺在床上,尤尼斯在客厅里玩手机,发消息,血拼。等天完全黑下来的时候,我痛苦地意识到,当你夺走我二十三万九千与人民币持平的美元时,当你夺走我对父母复杂的感情和朋友带来的慰藉时,当你夺走我散发霉味的书本时,我一无所有,只有隔壁房间的那个女孩。

我的脑海里充满了犹太式的忧心忡忡,关于此次大屠杀的,和无关此次大屠杀的。我拒绝回忆法布里齐亚、内蒂和水獭。我就想驻留在此刻,想要找出发生在中央公园低端客户身上惨案的原因。有些年轻又富有的多媒体人住在公园西侧或者第五大街,他们从自家阳台和楼顶现场直播,还有些冲破了护卫军的封锁,直接从公园里面发回报道。我的目光越过他们或愤怒或激动的脸,不去听他们喊着自己的父母亲,爱人和增加的体重,试图找出在他们身后、朝着城市的绿色心脏开火的直升机。我想起了雪松山——我与尤尼斯一吻定情的地方——但现在要面对的问题是,如今那里早已血流成河。我忽然为自己如此沉湎于多媒体而感到内疚,这么快就忘了死去的同胞。格蕾丝说得没错,时事造人。

但有一点我知道:我不会听从内蒂的建议,我才不去汤普金斯广场公园看望那些可怜的人呢。谁知道会发生什么?既然国民护卫军敢在中央公园开枪,难道他们就不敢在市中心下手吗?"安全第一"是后人类服务部的宗旨。我们的命显然要比其他人的值钱。

一队直升机呼啸着朝北边开去。整幢大楼都微微发颤,隔壁邻居厨房壁橱里的瓷器叮咚作响,孩子被吓得哭起来。这个大概也让尤尼斯害怕了,不一会儿她就爬上床,紧挨着我躺下来,努力找到一个比较舒服的姿势,因为挨得太近,我甚至觉得有点痛。我有点慌了,不是因为外面的军事行动(说到底,对像我这样有资产的人,他们不会动手),而是因为我知道我永远离不开她了。不管她怎么对我,不管她怎么伤我的心,因为在她愤怒、焦虑的眼神里,有我熟悉的影子,因而释怀。因为比起格蕾丝正直善良的中西部亲戚,我更了解容易上当的南加州移民家庭,他们渴望金钱与尊重,希望获得权利但又自我憎恨,热衷于美貌,被关注和被仰慕。当毗瑟弩告诉我格蕾丝怀孕的时候("哈哈。"他笑得有点尴尬),我意识到最后一扇门已经关闭。与圆滑市侩的艾米不同,尤尼斯并不清楚自己到底在干什么。我也不是很清楚。

抱歉,日记,我今天有点儿情绪化。晚上睡不好。最好的耳塞也隔不断外面直升机螺旋桨的声音,还有尤尼斯用韩语说着梦话,继续她永不停止的跟爸爸的对话。这个恶棍应该对她的大部分痛苦负责。但是如果没有这些愤怒的痛斥呢,我可能不会爱上她,她或许此刻也不会躺在我的怀里。

我忽然意识到我还是遗漏了一些东西,日记。让我来描述一下几个美妙的瞬间,至少是在骚乱开始之前,在车站的检查站之前。

我们去了市中心的一家韩国餐馆,品尝了辣椒酱拌饭,蒜蓉乌贼,腌鱼子,还有那一碟碟少不了的泡菜、腌萝卜、海带和美味的风干牛肉。我们按照亚洲的礼仪用餐,眼睛注视着我们的食物,啧啧喝着炖豆腐汤,还打个饱嗝,借以表示我们对这桌食物的投入。我抿一口小酒,她呢,喝一口装在精美茶杯里的大麦茶。安静的一家。不需要语言,我们深爱着对方,感受着对方。她叫我"大象",亲吻我的鼻子,我叫她 malishka,俄语里的"小东西",一个危险的词,因为在我还不到三英尺高的时候,父母这么叫过我,那时他们对我的爱单纯而炽热。

韩国餐馆总是暖意融融,无休止地上碟子,好像不把这些吃个底朝天,这餐饭就不能算完。酒足饭饱之后,一个叫叫嚷嚷,一个娇笑不止。老男人醉得不轻,小女人笑得灿烂,无不透露出家的温馨。对我而言,犹太人和韩国人会相恋是再正常不过的事,我们虽然在不同的炉子里炖起来,这是肯定的,但这样的炉子都冒着家庭的热气,以及因为过于相近而产生的舒适、热闹和神经质。

当我们在第三十二大街一处喧闹的地方吃饭的时候,尤尼斯看到一个男人独自吃饭,就着一罐可口可乐。"太糟了,"尤尼斯有点儿担心,"一个韩国男子身边没有女友或者妻子告诉他别喝这种垃圾饮料。"她举起了自己的大麦茶,想让他看到还有这么一种健康的选择。

"我觉得他不是韩国人,"我告诉尤尼斯,"我的手机告诉我他来自上海。"

"哦。"一旦证明她跟这个孤独的亚洲男人没有同胞关系,她也就不再想去追究了。

我们一路走回家，胃里净是大蒜和辣椒，外界夏天的暑热，内在辣椒的刺激，让我们身体都泛着一层可爱的红晕。我开始回味尤尼斯刚才的话。据她的观点，亚洲男人身边要是没个老婆或者女友告诉他别喝可乐，是件挺悲伤的事情。一个成年男子还是需要有人在旁监督，他需要一位女友或者老婆来控制自身固有的本能。完全视个性于不顾啊！好像我们对滴在舌尖的加了人造糖精的液体都不感兴趣一般。

但接着，我开始从尤尼斯的角度来看问题。家庭是永恒的，血永远浓于水。你在寻找你的同类，他们也在寻找你。或许真正马虎粗心的人是我，对尤尼斯关心不够，她要点炸蒜蓉香芋的时候没有及时制止，喝奶昔的时候也没有提醒她足量的维生素摄入。不就在昨天吗？我有感于我们的年龄差距，她非常严肃地说："你不能死在我前面，列尼。"过了一会儿，又说："答应我，你一定会好好照顾自己，就算我不在你身边了。"

一路走来，我们的口气里都是刚才吃喝的酒菜味道。我开始重新审视我们的关系，我开始从尤尼斯的角度来解读这段关系。现在我们对彼此都有了责任。我们自己的家庭都辜负了我们，所以我们更要建立一段强韧、持久的关系。任何坎，到了我们这里就不再是坎。如果我们都不喜新厌旧的话，终有一天我们会成功的。

抱着这样的念头，一回到家，我就急不可耐地把她压在身下，下身抵在她的耻骨上。"列尼。"她叫道，呼吸急促。我们已经厮守了一个月，却还没让我们的关系完满。我之前以为这是耐心和传统道德，现在却认为是坐失了让关系更进一步的大好时机。

"尤尼斯，"我说，"我的爱。"但这似乎听起来太小儿科了。"我的生命，"我又更正道。尤尼斯的双腿已经打开，她在等我。"你就是我的生命。"

"什么？"

"你就是——"

"嘘,"她无心理会,摩挲着我苍白的肩头,"闭嘴,列尼。安静点儿,亲爱的,亲爱的书呆子。"

我把自个儿全部推入,仿佛那里是我永远不会离开的地方。我进入的时候,她全身肌肉先紧绷后放松,她美丽的锁骨那么凸显,六月底的暮色穿越整间卧室,她在呻吟,我希望那是快感。我忽然明白了生活中至少两个真相。我存在的真相和我灭亡的真相。我的思维开始神游,它越过了我毛发稀少的头顶,看到了尤尼斯瀑布般的长发散落在三个靠垫上,看到了她强壮、充满活力的腿,半月形的腿肚,还有两腿之间,我停泊、驻留的地方。我看到了一个晒黑的、男孩气般的身体,今夏刚长出的雀斑,还有在我的爱抚下坚挺起来的乳房,闻到了她夹着大蒜的甜蜜口气——我开始用一种几乎是坚持不懈的毅力,从尤尼斯紧实的下体拔出,再插入,伴随着发自丹田的低吼。这样的事,让长我五岁的男人去干,肯定是要诱发心脏病的。尤尼斯看着我做这一切我该做的,眼眶湿润,眼里满是柔情。不像其他同龄人,她对色情浸淫较少,所以性的本能应该来自身体其他的地方;她的性是对温暖的渴求,而不是追求放纵。她扬起头,抱住我的身体,吮吸着我的下嘴唇。"别离开我,列尼,"她对着我的耳朵说,"永远别离开我。"

安静的美国人
摘自尤尼斯・朴在全球青少年网上的邮件

七月二日

朴正苑致尤尼丝袜

尤尼:

我们眼下非常担心曼哈顿的政治局面,你快点搬回福特・李跟我们团聚吧,这比备考 LSAT 还要重要。记住,我们是老人,我们见证历史。爸爸和我在韩国也经历过这样的时刻,许多人死在大街上,而且都是些学生,年轻人,像你和萨莉那样的。千万别碰政治,也别让萨莉碰,有时会听她说起这些东西。我们想下星期二来看你。苏牧师是我们的周牧师的老师,专程从韩国赶来,在麦迪逊广场做布道。我们全家都去,然后一起吃饭,见见你的这位臭小子室友。你对我撒谎说跟乔伊・李住在一起让我很失望,但是我感谢上帝你和萨莉还活着,很安全。爸爸最近都很安静,他跪在上帝面前的时候心怀感激。这是一个困难时期。我们好不容易来到了美国,但看看这儿又发生了什么? 我们很担心。为什么会这样呢?我们刚到那会儿,你还没出生,世道很太平。你不知道爸爸当时怎么帮助病人的,即使是很穷的墨西哥病人,没有医保,本该付一百美元的只让他掏出五十美元就好了。如今他还在帮病人,或许我们错了。

所以,星期二一定要留出时间给我们。打扮得漂亮一些,不要穿便宜的衣服,不过你的打扮妈妈一向都很有信心。爸爸说现在乔治·华盛顿大桥上也有检查站了,霍兰隧道也是。那从新泽西州过来应该怎么走呢?

爱你。

妈妈

尤尼丝袜:萨莉,你好吗?

萨莉星:嗯,你呢?现在真是太神经了,学校"建议"我们不要离开校园,一些中西部来的大一新生已经溜回家了。我整了一些信息给大家参考。

尤尼丝袜:我不希望你整任何跟政治相关的东西!你听到了吗?只有这一次,妈妈好像是完全正确的。萨莉,求你,答应我。

萨莉星:好。

尤尼丝袜:这事很严肃。我是你姐,萨莉。

萨莉星:我说了"好"。

萨莉星:尤尼斯,你为啥不告诉我你有男朋友了?

尤尼丝袜:因为妈妈说了,我要做你的"榜样"。

萨莉星:这一点也不好笑,你连这样的事都不告诉我,你好像根本不是我姐。

尤尼丝袜:好吧,我们的家庭不太寻常,对吧?我们是特殊家庭,哈哈。还有,他并不是我真正的BF,我们还没到要结婚的地步,所以我告诉妈妈他是我的室友。

萨莉星:他长什么样?帅吗?

尤尼丝袜:这有那么要紧吗?我的意思是,他吸引我的并非外貌。他也不是韩国人。现在你都知道了,可以对我指指点点了吧。

萨莉星:只要他对你好就够了。

尤尼丝袜:呃,我不想继续这个话题。

萨莉星:他会来参加星期二的布道吗?

尤尼丝袜:嗯,所以你到时要机灵点。你知道"经典"吗?文本的那种?

萨莉星:我刚浏览了《欧洲经典》,但一点也记不住,有那么多页。有一本是格雷厄姆·格林写的一个叫"红"的越南女子[①],就像在加迪纳越南三明治店里干活的姑娘。我们为什么要取悦他呢?

尤尼丝袜:这不是取悦他,只是告诉他我们是有品位的家庭。

萨莉星:我打赌妈妈肯定会当面客客气气,背地里骂他个狗血淋头。

尤尼丝袜:他们会坐在那里,爸爸一边喝酒,一边清嗓子。

萨莉星:咳咳咳……

尤尼丝袜:哈!你一模仿爸爸,我就想笑。想你。

萨莉星:你星期五为什么不来跟叔叔一起吃饭呢?顺便"晒"一下男朋友。

尤尼丝袜:我喜欢"晒"这个字,很幽默。我不想见叔叔,他就是一混混。

萨莉星:真刻薄。

尤尼丝袜:上个感恩节他从韩国回来,冲我大叫大嚷。我跟妈妈准备了一只超大的火鸡,他老婆在托潘加涎街的时候给爸爸买了一把老虎钳,大概就十六美元,还不是跟人民币持平的。然后就一直说:"噢,告诉你爸爸这礼物是我买的。"你知道爸爸给了她那个白痴丈夫多少钱啊,她买把钳子就当回报了?

萨莉星:他们是一家人。他们的出租车生意也不好做,心意才重要嘛。

---

① 指英国作家格雷厄姆·格林所著的《沉静的美国人》。

尤尼丝袜:他们是在韩国唯一赚不了钱的人。低能。

萨莉星:你为啥老是一副跟人有仇的样子?你BF叫什么名字?

尤尼丝袜:我天生就这样,而且我讨厌有些人利用别人。他叫列尼,我告诉过你了,他真的不是我BF。

萨莉星:他跟你同年毕业的?

尤尼丝袜:呃,他比我大十五岁。

萨莉星:噢,尤尼斯。

尤尼丝袜:无所谓啦。他很聪明,会照顾人。如果你和妈妈讨厌他的话,只会让我更喜欢他。

萨莉星:我不会讨厌他。他是基督徒还是天主教徒?

尤尼丝袜:都不是!不过他割包皮了,哈哈。

萨莉星:不明白。

尤尼丝袜:他是犹太人,我叫他大象,你见了他就知道原因了。

萨莉星:听起来很有意思。

尤尼丝袜:你现在吃什么?

萨莉星:就一些芒果啊,还有咖啡馆里有卖的新鲜希腊酸奶。

尤尼丝袜:午饭?还是点心?

萨莉星:我还吃了一个鳄梨。

尤尼丝袜:鳄梨不错,但是会胖。

萨莉星:好吧,谢谢。

尤尼丝袜:列尼也会说情话,但听了不会让人想吐。不像有些多媒体男或者信贷男,就想跟你上床,然后一脚把你踢开。列尼关心我,你随时都可以找到他。

萨莉星:我什么也没说,尤尼斯,你不必为他辩护。他到家里来的时候让他记得脱鞋。

尤尼丝袜：哈哈，知道了。白人不喜欢脱鞋，他们喜欢穿着鞋进门。

萨莉星：恶心！

尤尼丝袜：列尼说我不懂控制自己的情绪，因为爸爸就是这样的。他说我总有负面情绪。

萨莉星：你跟一个陌生人谈论爸爸？？？

尤尼丝袜：可他不是陌生人。你必须跳出这种思维模式，所谓跟一个人恋爱就是这样，你们要交流。

萨莉星：这就是我永远不恋爱的原因，我直接结婚。

尤尼丝袜：你想念加州吗？我真想念 In-N-Out 汉堡店啊。要是再给我来一个动物汉堡就好了，嗯……烤洋葱。我这么说不是鼓励你吃红肉。我只是想回到过去，回到我们小的时候。你知道吗，最糟糕的事就是你一边开心一边悲伤，还分不清什么让你开心，什么让你悲伤。

萨莉星：我猜是吧。我要去温习化学了。不要跟别人谈论太多我们的家庭，好吗，尤尼斯？他们不会明白的，也不会有人关心的。

尤尼丝袜：注意安全，萨莉。好好学习，健康饮食，我爱你。

尤尼丝袜致格里尔婊子

亲爱的马驹：

这一周够呛的啊，我真他妈晕头转向。我没住在乔伊·李公寓的事被我妈知道了，所以我只好告诉她我有个白人"室友"，还是个男的。现在她叫我去参加什么傻乎乎的教堂布道，好借机见见这个男的。呃，真是噩梦啊。列尼一直心心念念想见我爸妈，这下他会觉得既然我乖乖照做了，他就已经搞定了我，就能为所欲为了，比如不打扫房间啦，在餐馆里叫我付小费啦，其实他知道我的信用卡已经刷爆了。没错，我的等级已经低到只剩下九百分了！对于不肯花钱的"中国人"来说就这么多了，哈哈。

这下我妈就会发现我在约会一个又老又多毛的白人男子。我叫列尼不要告诉我妈我们在交往,他听了很难过,说我觉得跟他交往很没面子。他还说我在疏远他,因为我把他当成我爸的替代品,但是他不会让我的计划得逞。他这么说还蛮有种的。

我们之间真是跌宕起伏啊,虽然最后我们还是有了一次"亲密接触",真的还不错。虽然相貌稍差,但激情可嘉。我觉得他在做爱的时候快要爆炸了!还有什么?骚乱很糟糕,现在去哪儿都不方便。列尼想做护花使者,但他们应该不会朝亚洲人开枪,是吧?

哦,我见了他的朋友。这个叫诺亚的挺可爱,长得还不赖,他女朋友很漂亮,叫艾米·格林伯格,有自己的上传视频,点击量超过一百万次。她长得不错,"绣花枕头"似的个性,上传的东西就一个主题,就是一个劲嫌自己不够苗条,是有点可怜,但她天生就不是什么"小码"美女。我注意到诺亚对我特别关注,我脱下外套的时候,他就这么直勾勾地盯着我贴身穿的一件薄衫,好像他能看到里面一样,让我觉得受宠若惊。他还说我是"刀子嘴",我"哈哈"敷衍一句,但心理上忍不住有点出轨。还有那个叫"格蕾丝"的韩国女人,跟我聊了一个晚上。她很热情,不断跟我套近乎,但我觉得这些都是装的。结果呢,她把什么话都套出来了,我妈因为把豆腐做砸了被我爸暴打一顿。我也不知道为什么要跟她说这个,整个晚上我都觉得很脆弱,不知怎的,我恨他们全部人。

第二天,我去了汤普金斯公园,还带了好几袋的瓶装水,我听说那儿缺这个,重建署把公园里的喷泉和厕所都关闭了。有许多所谓的消息灵通人士在那里做骚乱的直播,但是他们并没有真正帮助这些"低端客户"。我跟大卫四处走走看看,他是一个上过委内瑞拉战场的国民护卫军士兵。他大概只剩下四颗牙齿了,因为他从不看牙医,而且还被炸伤过。但是跟他聊天很有收获,因为他讲的都是大实话(不像列尼和他的朋友)。比如他会对我说"闭嘴！"，"错了，尤尼斯"，"胡说八道"，"这是'高端人士'的看法"。我喜欢这样，直来直去。

不管怎么说，我觉得我是不会介入政治的，但我可以听大卫牢骚很久。他说有许多像他这样从委内瑞拉回来的护卫军没有拿到奖励，他们打算团结起来，必要的时候进行反击。他说现在的护卫军其实是渥帕常保险公司从南方雇来的一群乌合之众，他们才不管向谁开枪。他和他的同伴现在管自己叫"阿齐兹军"，因为那个在中央公园被残忍枪杀的大巴司机，就是我跟列尼看到的那个。我告诉他我不想介入政治，但他还是给我看了一张他们的急需物资清单，像金枪鱼罐头、青豆、湿巾，还有别的一些东西，我在想该不该帮他凑齐这些，虽然我的信用卡早已经刷爆了。或许我该找列尼帮忙，但不知为什么我不太想让他知道我跟大卫的事，虽然我们只是朋友。

一切进行得有条不紊。公园虽小，但秩序井然。曾经养狗的地方，现在一群漂亮、干净的孩子在那里踢一个篮球，我在想给他们去"帕拉冈"买个真正的足球。被扔掉的食品罐头重新回收起来，虽然有点恶心，但一般人们对食物太浪费了，据大卫说，住在东区、在信贷公司上班的有钱人一顿饭浪费的食物够这里的人吃上大概十顿了。这里有很强的组织性，让我想起了小时候的家里。每个人都有自己的职责，不管你是年幼的还是年长的，你必须完成自己的分内事，就连那些平时拿势利眼看人、如今丢了工作不得不住在公园里的多媒体人和信贷人也不例外。如果你不干好自己的工作，那么对不起了，你出局了。

这让我不免想念起在罗马的难民营救助偷渡过去的阿尔巴尼亚妇女的事来，列尼曾说很为我感到骄傲，但他管她们叫"阿尔及利亚人"或者干脆叫"非洲人"，而不是阿尔巴尼亚人，好像他这种叫法更酷一些。但是到了大卫这里，他马上就明白了我说的意思。很有意思，有些人经历了许多,脸上却依然保留着一份童真。

大卫说我不必再去参加什么"自信"课程了,而我本打算去哥伦比亚大学修这门课的。他建议我应该充实一些,多来公园帮忙。我答应了,可是我有点儿怕在这儿遇见我的妹妹,也不知道是什么缘故。大概她在她的世界里是圣人,而我只想让她把我当作现实中家庭的保卫者就行了。

要做的事情太多了,我都快晕了。他们把老鼠之类的啮齿目动物都清除了,但是医疗仍然是最棘手的问题。各处的帐篷,上头都有说明,比如"白喉"(高传染风险)、"伤寒"(胸口发疹子)、"糙皮病"(提醒自己:从列尼处拿维他命 B3)、"哮喘"(把列尼用过的吸入器带来,有些人还喝果汁)、"脱水"(尽快搞到瓶装水)、"洗衣与卫生"(下星期我打算去那里帮忙)、"营养不良"。营养不良主要是因为只有大豆和米饭,因为这两样最便宜,这儿很多都是加勒比海人,但他们也欢迎捐助。他们甚至在全球青少年网上开了一个"阿齐兹军"的账号,欢迎你来捐一些¥。

或许我应该把我爸请来帮忙,他毕竟是医师,不是吗?我上高中的时候,我曾在他办公室帮忙,但他嫌我没用,可是当时我真的很卖力,把病人的病历都输入电脑,因为他的字迹实在没人能读。我还把厕所里里外外扫了个遍,妈妈总是心不在焉的,许多犄角旮旯儿都落下了。

你知道吗,列尼对我实在太好了,所以我总是忘记设防,会把他当朋友一样心里想什么就对他说什么,当然了,你仍是我唯一最好最好的朋友,马驹。而我却这么爱他,呃,我说过了。清晨,我有时会花上半个小时看他熟睡的样子,忍不住搂住他,把他凑近了看,他看起来恬静得像个孩子,他毛茸茸的胸脯像小狗狗一样上下起伏。噢,我完了!我希望你不要以为我把你忘了,亲爱的马驹,我一直都想着你,你还是我心头很重要的一部分。噢,对了,我也看到那个跟格佛偷情的墨西哥妞的照片了,她长着一张屎盆子脸!马驹,跟她比起来,你简直美若天仙!也不要让那奸夫再害你伤心，他不过想挽留你，因为自知魅力不够。好吧，我得走了，要去打扫厕所，因为我那超级聪明的男朋友不知道怎么打扫厕所。回头聊，小汤圆。

格里尔婊子致尤尼丝袜

熊猫，我打算去一趟 Juicy，但到底啥叫"刀子嘴"，我在网上查了一下，跳出另外一个词来。还记得马戈斯教授的话吗，小心那些嘴上说得天花乱坠的人。

又及：我也看了艾米·格林伯格的视频，她可以再减去二十磅，虽然她的话也有一定道理，毕竟是上了年纪的人。

再及：你今晚打算看《美国消费》吗？还记得眼周长着麦粒肿的那个女孩吗？她肯定会出镜，据说她会得到许多信用分，因为她的三个哥哥都是债务轰炸机。如果她获胜，我一定会气得想掐死某人的。

再再及：如果局势真的变得危险起来，你还是得去加利福尼亚。我在多媒体人的报道上看到穷人住在帐篷里，但还不算太坏。我爸的生意倒是每况愈下，虽然厕所吸盘理应是"抗萧条"的东西，但当我走进妈妈的卫生间，看到她一屁股坐在地上哭，周围散落着有近二十年那么老的《高尔夫球文摘》。噢，上帝啊，或许我应该搬出去，不是吗？但这个时候或许也是他们最需要我的时候，我哥哥他们是不会管这些个事情的。到头来支撑整个家庭的总是我们女孩儿，我们就是那牺牲的羔羊。

晚点跟你聊，熊猫。

阿齐兹军信息部致尤尼丝袜

嗨，尤尼斯，我是大卫。听着，再过两天就是七月四日了，负责"士气、福利和娱乐"的卡梅伦表示我们需要一百二十个希伯来国民热狗馅儿，一百二十个热狗馒头，九十罐麦根汽水（任何牌子），五十瓶防蚊虫原味花露水，二十瓶倩碧男士脸部护理，防晒指数为二十一。你能马上搞到以上这些吗？

回想起不久前我们的一次谈话：父母和子女。这些是我在德克萨斯州大学读书时和后来参加国民护卫军，在委内瑞拉的沼泽地里，跟我的弟兄们吃着烤水豚，架着24/7高射炮轰炸玻利瓦尔时想到的：不管我们处在何种社会结构中，我们始终是一支军队。你是一支军队，你父亲也是一支军队，你们深爱对方，但你们得打上一仗才能维持一种父女关系。

实体课：我父亲死在卡拉奇以北八十公里的地方。他是一个狙击手，这些人往往是最厉害的角色。在他遭遇敌人伏击之前给我发出的最后一条消息里，他是这么说的，大卫，你是个幻想家，家族的耻辱，永远不会有什么作为，你坚信的一切我都坚决反对，但我已不能像爱你一样去爱另外一个人，所以万一我有天不测，你要继续走你原来坚持的路子。

我觉得这就是我们国家失败的地方。我们害怕打仗，因此只好糊弄两党制、重建署之类的玩意。当我们忘记了有多憎恨彼此，我们也就忘记了自己肩负着的未来的共同责任。当一切尘埃落定，两党作古，我们会变成一个个各执己见的团体，以这种方式生活下去。我不知该怎么称呼这些团体，政治党派，军事委员会，城市一州，但肯定会以这种方式进行下去，这次我们不会再搞砸。就像重新回到一七七六年。美国历史第二幕。好吧，尤尼斯，今晚就到这里了，不要忘了四号的供给。

你的大卫

原罪者的远征

摘自列尼·艾布拉莫夫的日记

七月四日

亲爱的日记：

　　我讨厌七月四日。夏天的中年时期。一切都是生机勃勃，但是注定了要走向秋的衰弱。弱些的灌木丛，在骄阳的烘烤下，就像用过氧化氢过分漂白了头发一般。白花花的热浪，夏天却还在自欺欺人，就像喝醉的酒鬼。然后你就开始恍惚——我整个六月都干了些什么？最可怜的家伙——"流浪者之家"的居民——倒是对夏天甘之如饴；他们发着牢骚、流着汗、喝生啤、做爱，矮胖的孩子们光着脚或骑着山地车围着他们打圈。但对更富竞争力的纽约人来说，甚至是对我来说，夏天是一个值得呷摸的季节。我们知道，夏天是生命的顶峰，大多数人不相信上帝，也不相信来生，所以我们必须懂得人的一生只有八十个左右的夏天，所以每一个夏天都理应比上一个过得更好。去巴德艺术中心来一场艺术之旅，在佛蒙特草屋边打一场滋润的羽毛球，划着爱斯基摩人的小艇沿着忘忧河顺流而下。要不是这样，你怎知自己没有辜负了夏天？要不是这样，你恐怕会因为些许忧郁而错过这绚烂的夏天?

老实说,这些天来,我已知道长生不老离我越发远了(二十三万九千已经不复存在,我名下只有区区的一百六十一万五千美元了),我更青睐冬天,四周一片死气沉沉,没有发芽,永恒的真相冷冰冰地呈现在事实面前。我尤其厌恶这个夏天,它已经在公园里堆积了一百具尸体。

"一个动荡不安、缺乏管理的国家是对国际协作和汇率机制最大的威胁。"这是央行李行长屁股安全着陆北京之后对我们的评价,令我们在全世界面前蒙羞。七月四日的烟火取消了,"美国消费"冠军产生后原本要举行的大游行也暂时取消了,因为百老汇靠近市政厅的一部分被热浪压垮了。剩下的一条街空空荡荡,居民谨慎地选择待在家里,每隔一个小时就听到地铁上的人大骂脏话(但我得说,这跟原来的时刻表也差不了多远)。唯一比较明显的变化是重建署新的标志挂在一些信用杆上,图上一只老虎前爪按着地球,上面的字是:"美国回来了!嗷……不要只懂得引用我们的话。我们不可阻挡!团结一致,震惊世界!"

星期二一大早,经历了一个长周末之后,后人类服务部派了一辆现代车来接我去上班。去上东城的路总是那么漫长。几乎每条开往第一大道的街区都设置了检查站。睡眼蒙眬、超负荷工作的护卫军士兵操着浓厚的阿拉巴马—密西西比口音,命令我们把车停在一边,把我们的车从引擎到行李箱一样不落地检查一遍,核对数据,羞辱我的多米尼加籍司机,命令他唱《星条旗永不落》(我自己也背不出歌词;谁背得出呢?),又命令他在信用杆前游行。"这一天马上就会来到,蚱蜢,"士兵冲我的司机喊道,"我们会叫你这骚包滚蛋回家。"

办公室里,凯莉·纳德为骚乱恸哭,永恒休闲吧里的年轻人则完全沉浸在手机世界里,牙齿磨得咯咯响,穿着球鞋的脚交错着,对铺天盖地而来的信息有点不知所措。大家都在等乔西的一句话。士兵已经将公园一角清场,专门留给多媒体。我看着诺亚发回的视频,他在雪松山附近采访,帐篷的残骸,草地上的血迹爬出歪歪扭扭的姿态,凯莉看到这里忍不住一下扑倒在摆满印尼豆豉的办公桌上,再次恸哭起来。她活得如此真实率性,我们的凯莉啊。轮到我拍着她的头,给她做人工呼吸。如果有一天,我们这个种群打算继续生存下去,就要设法把她的善良下载下来,然后安装进我们子孙的身体里。与此同时,我的情绪指示器从"温顺合作"一路攀升至"活泼/可爱/乐意学习新东西"。

乔西召集了全体会议,牛仔和印第安人都会来参加。我们徒步走到印第安人位于约克大街的礼堂,那里比我们这边要大许多。乔西领着我们经过一个个检查站,一只手举在空中,像一个老师带领学生春游。"这是无谓的丧命,"一在讲台上坐定,呷了一口热气腾腾的无糖绿茶,乔西起了这样一个很有气势的开头,我们下面这群多国部队陷在舒服的座椅里,仰视着他。"这是我们国家声誉的损失,人民币旅游收入的损失,领导层脸面的丢失殆尽,如果他们还有脸可丢的话。这一切又是为了什么啊?中央公园至今毫无进展。两党派的人什么时候才能意识到屠杀平民根本没法挽回美国的贸易赤字,也解决不了国际收支平衡的问题?"

"一针见血。"霍华德赶紧在后头拍马屁,但是其他人都沉默着,或许最近发生的一切都来得太快,连乔西也不足以安定军心。但无论如何,我还是附和地冲他微笑,朝他挥手,希望他能看到我的配合。

"对美元的管理一塌糊涂,"乔西接着讲,他平时滔滔不绝的一张脸此刻却充满怒气,这在后人类服务部是绝对禁止的,因为发火那是"前人类"的事。他下巴的一部分不由自主地抖动起来,所以从某个角度看他像三十岁,另一个角度又像六十岁。"短短几个月,重建署已经用了快一打的经济措施,私有化,去私有化,刺激储蓄,刺激消费,管理,去管理,固定货币,浮动货币,控制货币,放任货币,多征关税,减少关税。结果呢,一点用也没有。'我国经济还是没有被引入正轨。'引用我们尊敬的美联储主席的话说。我们关注的是,在伦敦汇丰银行,中国正和欧盟进行最后的合作伙伴会谈。世界经济已经不关我们什么事了,部分国家羽翼已丰,将离我们而去。我们,我们的国家,我们的城市,我们的基础设施,都在做自由落体。"

"但是,"乔西说道。他深吸一口气,面带微笑,脸部抗衰老治疗还是颇有成效的,发亮的眼睛,发亮的额头,发亮的皮肤——我们不由自主地把身子往前挪一挪,象征性地摸了摸放水杯的地方。"我们必须牢记,我们的主要职责是为我们的客户负责,我们必须清楚,那些最近几天在中央公园死去的人们,从长远来看不过是 ITP,即不可保存之人。跟我们的客户不同,他们在这个星球上的时间本身就有限。我们必须时刻提醒自己避免陷入'苟活于世'的谬误,然而,尽管我们完全可以不负责任,但是我们作为技术精英,还是能做个好榜样的。我想对在座的精英们说:最好的即将来临。

"因为我们是国家未来之最后希望。

"我们是创造性经济。

"我们必将战无不胜!"

底下传来牛仔们的低声应和,印第安人则打算回去开工。我坦白,我的心思也已在别处,尽管乔西讲的很重要,尽管作为创造性经济的一员我觉得无上荣光(那是跟爱国一样的荣光),尽管我对平民的惨死表示遗憾。那天晚上,我要去见尤尼斯的父母。

以前上教堂,我从不特意装扮,而我上次去犹太教堂的时间大概是四分之一个世纪之前,唱着赞美耶和华的歌。朋友中没有一个人遇到称心的另一半(格蕾丝和毗瑟弩除外),所以也就没有了盛装出席婚礼的必要。

唯一没有被尤尼斯抢去放鞋的壁橱里，我翻箱倒柜终于寻出一件聚亚安酯的西装，这件银色的西装我高中时穿着去参加过演讲，还参加过辩论赛，这件西装总能为我从评委那里赢来不少同情分，因为这一身让我看起来像极了去中产阶级化的布鲁克林某处入门级的皮条客。

尤尼斯睁大了眼睛上上下下打量我。我凑上去想吻她，她把我推开了。"像个室友的样子，好吗？"

见家长守则，假扮成室友，这点让我颇感沉重，但我决定不去想它。朴家父母是移民，所以我要让他们相信我的经济实力和社会价值。我要像键入我的银行口令一样干脆利落地镇住他们，我要让他们知道，在这样一个动荡不安的年代，像我这样的白人小伙才是他们女儿的最好归宿。

"能让我至少告诉你妹妹，我们不只是室友那么简单吗？"我问尤尼斯。

"她知道的。"

"她知道？"我心下窃喜。她刚穿上了一件丝质的白色上衣，我伸手去帮她扣纽扣，她低头亲吻了我的双手。

布道仪式在麦迪逊广场花园礼堂举行。因为点了不少灯火，礼堂显得亮堂不少，但改变不了阴暗的基调。可以容纳三千人的礼堂，实际只来了一半人。过多的灯火，也正好暴露了环境的糟糕，好像上次做完礼拜之后没有好好打扫过。来的大多数是韩国人，夹杂少数几个犹太和白人小伙，都是被他们的女友拖来的。几个少年，身披鲜绿的缎带，上面写着"欢迎前来参加苏牧师的布道"，向长辈鞠躬问好。穿戴一新的孩子，手机被父母没收了，只好在我们脚边安静地窜来窜去，玩个图钉和胶带的益智游戏，一个外婆模样的人负责照看他们。

我的西装样子太怪，让我也跟着看上去像个怪物一样，但是看到一群中年妇女，她们冷烫过的头发，垫肩的外套——不妨叫她们"大妈"，我从格蕾丝那里学来的,带有贬义——让我心里好受了许多。我和她们站在一起就像一群生活在一九八〇至一九八九年的人,忽然穿越来到了乏味、别扭的将来,看这里一群打扮寒碜的罪人把自己交给慈悲的上帝,上帝总是那么眼神犀利、样貌整洁,即使身处痛苦依然保持优雅姿态,从天堂无限慈爱地注视着这个世界。我有时在想,上帝之子何尝不是对长相丑陋的人心生厌恶呢,尽管他的教义还是很让人心情愉悦的。那一汪蓝眼睛看一眼就让我自惭形秽。

尤尼斯和我走向自己的位子,刻意保持"室友"的尺度,一直留着三英尺左右的间距。中年男人,一星期九十小时的工作已让他们筋疲力尽,头快缩到胸口了,脱了鞋,趁着布道还没开始,赶紧补觉。我有一种感觉,这些不是受过高等教育的韩国人,受过高等教育的韩国人在经济的天平偏向首尔时已经毅然回国了。这些人应该来自穷乡僻壤,在国内进不了好一点的大学,要么就是已经跟家族一刀两断。童年时满大街都是韩国杂货店的景象已经不再,如今周围的韩国人远未被接纳,移民的身份是他们心底永远的一处伤疤。他们远离曼哈顿和布鲁克林的富人区,做着自己的小本生意,他们努力奋斗也斤斤计较,他们督促子女上进,甚至到了剥夺他们睡眠的地步——在他们的孩子中间,没有寒酸的86.894的加权平均分,波士顿—南京冶金学院或者杜兰大学也入不了他们的法眼。

我此刻的紧张,自打童年以来绝无仅有。我上次在教堂,是在拜特·卡亨庙,在一群上了年纪、怒气冲冲的观众监视下罚唱哀悼者祷告,还是替我父母唱的。问题是他们好好地站在我身边,并没有死去,他们嘴里念着希伯来语,虽然我们中没一个懂这门语言。"愿望实现,"十年之后,我的社工在他位于上东区狭窄的办公室里这样告诉愧疚啜泣的我,"希望他们死去的罪恶感。"

我的银色西装在疲惫不堪的韩国人中间穿行,我不能再让自己出汗了,因为盐和西装材料的反应会加速我们奔向上帝的臂膀。就在这时,我看到了他们,站成一排,低着头,或许出于害羞,或许已经开始了祷告。朴的一家。一个施暴者,一个纵容犯和一个妹妹。

朴夫人比尤尼斯告诉我的年纪看上去要老二十岁——尤尼斯说她妈妈只有五十出头一点。我几乎要用另一个从格蕾丝那里学来的叫法称呼她了,"外婆",但心里很肯定这位妇人不是尤尼斯的外婆,而事实是,她的外婆已经长眠于首尔郊外的地下了。"妈咪,这位是我的室友,列尼。"尤尼斯的声音听起来如此陌生,嚷嚷出来的耳语带着哀求。

朴夫人把眉毛的间距描得不到一英寸,也是尤尼斯的风格,厚厚的嘴唇上涂了口红,她的美容计划也仅限于此了。蜘蛛网一般的失败阴影爬满她的脸颊,好像脖子以下生活着一条寄生虫,慢慢地又故意地吸干了她身上所有的满足和欣慰。她长得不错,五官端正,眼距对等,鼻梁挺拔,但是看到她让我想起了一件修复的希腊或者罗马陶器:你刻意咂摸她的美丽和优雅,但是你的眼睛却不得不停留在一道道黑缝上,要么这里少了一个把手,要么那里多了一些麻点。要想象出朴夫人在遇见朴先生之前的模样,是一个需要非凡想象力的活儿。

我弯腰致意,没有按照习俗要求那么低,但是我要让她知道我心里清楚有这么一个习俗。我还跟朴先生握手,在他面前我自叹不如。他的手掌强壮有力,跟他身体的其他部分一样。他是一个十分帅气的男子,很显然尤尼斯的美貌得自他的遗传。他穿着低调——至少跟这里的其他人比起来——穿一件阿诺德·派玛马球衫,一件外套挂在一只手臂上。他有企业家般粗壮的脖颈,皮肤还带着加州阳光的古铜色。我从未见过如此坚毅的下巴,如此阳刚,下半身像有无穷无尽的行动力。他镜片一半是黑的,另一种不协调的表现,甚至说明他有亵渎神明的倾向。他稍稍退下一点镜片,看了我一眼。虽然是黄种人,他的眼珠却跟耶稣的一样浅,它们看我的时候有一丝不屑。我坐在萨莉旁边,就是尤尼斯的妹妹,她害羞地跟我握了手。

萨莉也很漂亮,她像妈妈多些,从某种程度上讲,她打开了一扇窗,让我们窥知朴妈妈曾经的美貌。她稍显平面的脸庞,宽厚的肩膀让她不如姐姐那般风情万种,至少在我看来是如此,但是或许因为遗传了母亲的缘故,她给人一种亲切感,可眼底的阴翳,像是在诉说课业的繁重,无穷的担忧和辛苦的操劳。好在假想的寄生虫限制了母亲和姐姐的幸福,却不曾在这个小姑娘身上筑穴。尤尼斯曾跟我说过,萨莉是他们家最温和、最有爱的一个,而现在我对此更深信不疑。

但正是这个萨莉让我不淡定了。整个布道过程中,她和尤尼斯一直在用眼神交流,就像离了婚的小两口,好几年没见,如今又有死灰复燃的趋势。仅有的几次尤尼斯跟我谈到萨莉,她称呼萨莉的声音小到几乎听不见,与之相反,谈论父母时她倒是语气里满是揶揄,没有任何掩饰。在谈论妹妹的时候,她显得有点落寞,没有把握,在她口中,萨莉是叛逆的,又是虔诚的,是喜欢参政的,又是比较超脱的,正是少女怀春时,但苦于体重超标。尤其这最后一条,在尤尼斯看来是莫大的耻辱,人生最大的失败,莫过于此了。第一眼看到她,基本印证了以上的几条(除了超重),还有点别的什么。姐妹间的眼神交流——萨莉步步相逼,尤尼斯欲说还休——暴露了一切。萨莉很伤心,还很孤独。她深爱着姐姐,却没法冲破阻力,尤尼斯就像一座漂亮、坚固的城堡,屹立在一片荒原上。

我们沉默地坐在那里。整个家庭都有点尴尬,不知说点什么;没有酒精,高丽人有点怯懦。我有点自豪,才认识尤尼斯一个多月,我已经与她的至亲坐在一起。她把我变成了顾家男人,我也给她安慰,在这短短的时间内,我的生活发生了巨变!晨起眼睑上的亲吻,回家后毫无防备的亲吻,尤尼就把我变成了契诃夫笔下丑陋的拉普托夫的反面。我会穿着裤衩同送外卖的小伙打招呼,不再为露出毛茸茸的大腿而羞涩。一想到身后沙发里的女子在购物、发消息,看着昔日憎恨的同窗在"美国消费"节目里谎报信用,虽然被数字世界所包围,而现实却是实实在在地出现在我的公寓里,一想到这一点我就乐。付账的时候,递出十块与人民币持平的美元时,我昂首挺胸,脸上带着乔西那样的标准笑容,那是生活胜利者的笑容。我是一个男人,这是我的钱,这是我未来的妻子,这就是我的美好人生。

仪式开始了。一个大提琴手,两个中提琴手,几个小提琴手,一位钢琴手,还有小而精的唱诗班,里头大多是年轻女子,长裙飘飘,站满了整个舞台,表演的曲子时而神圣,时而怪诞。先是马勒小提琴协奏曲,接着是韩国的人气单曲,Alphaville 的《永远年轻》,唱歌的是一群面带倦容的孩子,留着奇怪的发型,穿着紧身牛仔裤,他们这是用动感摇滚的方式向《圣经》里的一卷《以非所书》致敬,却把下面的大人们看得云里雾里。结尾曲是《轻柔地,上帝在召唤》。这最后一首把大伙都唤醒了。舞台的兰花背景上忽然出现了一个类似 PPT 的文件,上面韩英双字幕,还有一个明显的版权标志,让我们这些遵纪守法的好公民心下坦然,于是使劲跟唱。大伙都找到了调,甚至老家伙们的英语都比我父母唱《Sh'ma Yisroel》(听着,以色列)要地道。

我被这句歌词吸引了过去,"耶稣在召唤的时候,为什么我们还在徘徊?/召唤你召唤我?"英语语言已呈现颓势,基督教一直以来都是无法叫人满足、只能给人幻想的宗教,但是这个句子的涵义让我不寒而栗——它聪明地糅合了俗气、内疚,以及让人心碎的想象,耶稣在召唤这群逆来顺受的亚洲人来关注和爱戴他。最可恶的是:表面看来,它们是多么美的句子啊!我有生以来第一次为耶稣感到悲哀,悲哀他虽然被赋予神力,其实没有任何实际作用;悲哀我们在这宇宙之间都很孤独,甚至连我们的父亲在被人教唆的情况下也会亲手把我们钉在树上,在被人逼迫的情形下也会砍断我们的脖子——看看以撒①就知道了,他是另一个不走运的犹太小子。

我转头看看尤尼斯,她正在摆弄她穿的那双传统的皮鞋,又看看萨莉,她正在热情地跟唱,嘴里念着歌词,目光盯着屏幕。屏幕上出现了更多田园诗般的画面,一头美国鹿越过了两棵美国桦树。我能感觉到她吐息的声音。

"噢,他允诺美好人生/允诺你允诺我。"

一些上了年纪的人开始抽泣,有点像大出血,喉咙底部发出的声音对哭泣者而言只意味着解脱。他们是在为自己哭泣吗,还是为孩子,为将来?还是说这样的哭泣只是一时有感而发?一会儿工夫,让大家都始料不及的是,唱诗班和音乐家们都不见了,苏牧师粉墨登场。

他衣冠楚楚,有一张伪善的脸,宽阔的肩膀正好撑起一件象征中产阶级的深蓝色西装。每次长篇大论之后,他都要报以一个无辜的微笑,像一个父亲明明夺走了孩子心爱的玩具,却还叫孩子不要记恨他。他就是韩国这个正在经历社会巨变,但严重缺乏心理安全感的民族中最佳的牧师。

苏牧师和另一些小字辈牧师轮流用英语和韩语向我们布道,我瞟了一眼朴医生,他坐在那里一言不发,合拢的双手放在膝头,摘了深色眼镜,露出一道深深的镜架的痕迹,还有一股压抑的无名之火。如果他说他恨苏牧师,或者觉得自己远比他聪明,我一点也不会觉得奇怪。尤尼斯告诉我他每天早晨四点爬起来读经文,还参阅韩语和印度语版本。他可是个聪明人啊,尤尼斯骄傲地宣称,但接着脸上的笑容凝固了,像在说,聪明对

---

① 见《圣经·创世记》第十七章,以撒是凭神恩典出生的人。希伯来语的"以撒"意为"笑"。

我来说有何用?

"为什么有这么多椅子空着?"苏牧师质问,像在控诉我们没有尽责,我们都是些失败的家伙,在他看来或者在上帝看来,"有这么多人在街上闲逛,却没有人来这里听布道!这个国家曾经是那么乐衷于讲经诵学啊!现在,那些人都哪儿去了?"

在家里,在发抖,我想这样告诉他。

"不要去关注你的思想!"牧师叫嚷着,瞳仁里闪现着事不关己的轻松。"关注基督的,而不是你自己的!必须把自己的思想统统抛弃。为什么?因为我们都是肮脏的、邪恶的!"观众坐在那里——漠然着,克制着,顺从着。但我一点都不觉得这群头发梳得一丝不乱的妇女肮脏,恰恰相反。

这时候,就连原来聒噪的孩子,就连不会说话的孩子,也意识到自己是罪人,今天是来赎罪的;他们犯下了不可估量的错,把自己陷于万劫不复之境地,并且马上就要对不起他们含辛茹苦的父母。一个小女孩禁不住大哭起来,一抽一抽像打嗝一样,涕泪四溅,看得我忍不住想上前安慰。

苏牧师势不可挡,三个词一组如弓箭在手:"心","负担"和"耻辱"。

开始文字游戏:"我的心充满负担。"

"我有这样一颗心,耶稣,帮我把它扔弃!"

"如果你发现我有天处在耻辱的境地,"——这肯定是直接从韩语翻译过来的,最后两个字的发音有点吃力——"请在我充满负担的心里注入您的仁慈!因为只有耶稣的仁慈能把我拯救。只有耶稣的仁慈才能拯救这个陨落的国家,保护人们免受阿齐兹军的迫害。因为你们都很懒惰,因为你们不懂得感恩,因为你们很骄傲,因为你们配不上基督。"

我的眼光又回到屏幕下方的版权标志,背景的鹿和兰花,以及苏牧师布道的关键词("丢掉骄傲","耶稣的仁慈拯救你","奇耻大辱")用韩语和英语交叠显示。在宗教场合还能看到版权标志,这多少是一件值得欣慰的事,这无疑印证了,从表面上看我们是一个法治国家。

我在想,操作这个PPT展示文件的年轻人相信这些教诲吗?我一直希望自己能深入了解韩国人和基督教的渊源。一个在后人类服务部的支持印第安的同事,迄今为止最好的纳米工程师之一,曾参加过两次而不是一次韩式"圣经集中营",他告诉我:"你必须知道,相比较于韩式儒家思想,基督教不过是闲庭信步罢了。相比较于之前的那些个,新教简直就是一种思想解放。"

我又想到了格蕾丝,她的智慧毫无疑问,但她的宗教狂热着实让我担心。"这一切都会过去的,"毗瑟弩这样评价他女友的信仰,"这大概就是他们与西方同化的方式,就像一个社交俱乐部。到了他们下一代手里,这一切就会结束。"我不想去思考格蕾丝的私生活,她有次给我看她写满标注的《新约》,她每个礼拜都要去满是牙买加人的圣公会教堂,而这一切都是一次同化过程。但是出于本能,我知道,她孕育的孩子不会再信仰上帝了。

"忘了你做的所有善事吧!"苏牧师大叫,"如果你以此为傲,如果你不抛弃这些善行,你将永远不可能站在上帝面前。不要在上帝面前接受善行,正如不要接受你的思想一样!"我回头看尤尼斯,她正在摆弄她棕色的性感小猫钱包的带子,这钱包跟她本人一样精致。她把带子缠在手指上,缠了取下,取下再缠,雪白的手指上留下一道道红印,直到她母亲抓住她的手,生气地冲她低吼了一声才作罢。

我想要站起来说几句。"你们没做什么耻辱的事,"我会这么说,"你们是好人,你们一直在努力,生活本就十分艰辛,如果你们心中有什么负担,在这里是得不到任何解脱的。不要抛弃你们的善行,你们应该以此为傲。你们比这个怒火乱飙的老头不知道好上几倍,你们比耶稣都要好上几倍。"

我会接着说:"我们犹太人,臆造了这一切,生造出这个大骗局,基督教、西方文明都发源于这个大骗局,因为我们也觉得耻辱,非常耻辱。被强族奴役,无休止的殉道。我们恸哭于祖先坟前,因为我们本可以为他们做得更多!我们令他们失望了!第二神庙付之一炬,朝鲜付之一炬,我们的祖父母付之一炬,耻辱啊!站起来吧,不要抛弃你的心,保护好这颗心,这颗心就是你的一切。扔掉你的耻辱!扔掉你的谦逊!扔掉你的祖先!扔掉你们的父亲,和自诩为上帝侍者的神父。真正该扔掉的是你们的羞涩和身体里的愤怒。不要迷信伪基督教谎言!接受你的思想!接受你的欲望!接受真相!如果有一个以上的真相,那么你必须学会这个有难度的活儿——选择。你足够好,足够人性,完全可以做出选择!"

我一时愤怒得难以自已,这愤怒归结起来就一句:朴医生,请不要打你妻子和女儿。我气得竟然没有意识到在坐的各位已经站起身,扯着嗓子唱《我是沙仑的玫瑰花》。事实上,这是布道仪式的最后一个环节。我的目光追随一个希伯来小伙,他迅速地离开这里,离开女友的家人,只想扑到爱人的怀里。耶稣还在或温柔或愤怒地救赎我们的灵魂,但我们已经太疲惫,太饥饿,根本不想再听他啰嗦,甚至连苏牧师出的圣经抢答问卷也懒得理睬("仅供娱乐,不打分!"),身配缎带的年轻人传递着问卷。

我们离开麦迪逊广场花园,去到附近三十五号大街上新开的一家餐馆,专做辣炒章鱼,章鱼触须配辣酱和辣椒粉,还有其他许多重口味的菜式。"或许对你来说太辣了?"尤尼斯母亲问我,经常问白人的一个问题。

"我吃过许多回了,"我回答,"很美味。"朴夫人一肚子狐疑。

我们被带到一个小包间,需脱鞋入内,盘腿围坐在桌子旁。我吓得直想上厕所,因为我的一只袜子上有一个牛眼一样的大窟窿,从这个窟窿看,我细腻洁白的肌肤一览无余。我转向尤尼斯,做了个"为什么不早告诉我"的表情,但是她自己早已陷在两个世界的冲撞中,对我的嗔怪根本无暇顾及。她甩去尖头教堂皮鞋,不自在地坐在桌子一旁。"大人们"坐在桌子的一边;萨莉和尤尼斯乖巧地坐在另一边。朴夫人开始点菜,但是被她丈夫喝止,冲着年轻得还长着青春痘、头发像个抛物线的服务生一顿训斥。一瓶烧酒,韩国的一种酒,马上就送到了他手里。我想拿过来为他倒上,在他们的文化中,年轻人就该为长辈做这种端茶倒酒的活儿(好像长辈真的有什么了不起似的,而不仅仅是更接近死亡)。但是他一双大手将我一把推开,自己倒上了。接着,他又拿过我的酒杯,放在跟前,用精准而分毫不差的力道,将它加满。用一个食指,推到我面前。"噢,谢谢,"我冲尤尼斯和萨莉亮亮手中的酒杯,"有人想喝这好东西吗?"她们赶紧把目光移开。朴医生一言不发地吞下了药丸。

"好吧,"我接着道,"我不得不说,有尤尼斯作为室友,过去的一周真是——"

"希澈!"朴医生突然冲萨莉喊,"学习搞得怎么样?"

萨莉脸红了,一块凉拌白萝卜从筷子间滑落。"我,"她一时说不出话来,"我——"

"我,我,"朴医生嘲弄着。他回头看我,好像我跟他是一伙的。我讪笑了一下,发现要不去理会他的一举一动简直不可能,但是理会了呢,又好像意味着我跟他是一条战线的,共同对付对面这两个无辜的少女。暴君大概就是这样的,我猜,他们让你不知不觉地追随他的注意力,混淆视听。"那些钱花在了爱德伯德,花在了巴纳德,还花在了哪里?"医生继续说,"她们没什么好说的,一个去游行,另一个花我的钱。"他说话的时候带英国口音,应该是在曼彻斯特居住的时候染上的。他演讲的魅力叫我震惊。他是个完美的小个子男人,不动声色地对我们居高临下。

"事实上,"我接过话题,"这不是一个适合演讲和写作的年代,年轻人用他们不同的方式表达自我。"

"对的,对的,"朴夫人冲我点头,一只娇小的手举在她同样娇小的脸蛋前,跟她的女儿们一样红着脸,另一只手不安地端着米饭。"这就是我们生活的时代,这是最后的时代。"接着头转向女儿,"爸爸想要最好,你们听他的没错。"

我不去理会吓人的引经据典,打算接着夸我心爱的姑娘。"你们可能不信,尤尼斯真的是一个演讲天才。最近我们讨论了——"

朴医生开始慢慢地,用韩语对萨莉和尤尼斯训话。他说了足有二十分钟,目光藏在深色镜片后面无法窥知,只有在倒酒和一饮而尽的时候停下来,但时间间隔不到一秒钟。两个女孩坐在那里,脸一阵红一阵白,偶尔看看彼此,看看对方是如何接受惩罚的。也没有一个人动筷子,除了我。我饿得不行,这种饥饿感前所未有,我觉得自己快要晕过去了,好像得了低血糖。这时服务生端来一大盘冒着烟腾着热气的菜式,一盘小章鱼端到了我面前,又辣又甜,还有年糕,长条的,像海绵一样把辣汁都吃进里头。嘴里一下子塞了这么多辣的东西,又听着朴医生接着在那里飙韩语,我心下那个焦虑啊。我又端来一盘泡菜和蛋黄酱,想换换口味;一时嘴里充满了各种味道,章鱼、青葱、辣椒,蘸了芝麻油、洒了橙汁的洋葱,真是五味杂陈。越吃越停不下来,我干脆伸手去拿烧酒瓶,但朴医生一下掸开了我的手,亲自给我倒上,一边不忘继续冲对面的两个丫头发泄。

我好像听到了 hananim,在韩语里是"上帝"的意思,还有一个非常侮辱人的字眼 michi-nneyun,尤尼斯长时间张着嘴,呼出的气里满是悲哀、伤心和绝望。我真担心她再也恢复不到正常的呼吸了。朴夫人的手一直端着金属饭碗,不时摸摸碗边。在我的经验里,韩国人很少这样在饭桌边,对着一桌子饭菜,却不动口。我闭上了眼,嘴里火烧火燎。我感觉自己腾空飞了起来,离开了小餐馆,飞到了城市上空。我真希望自己再强大一些,可以解救尤尼斯,至少能够替她分担一些痛苦。我真想把头埋入她的三千发丝间,那种香味,那种润泽,才是我心灵的归属。她娇弱的身躯,脆弱的神经,对家庭和家庭观念的迷信,都让她难以独自承受这样的折磨。这就是为什么她一个人跑到罗马去,学习意大利语,找一个温柔谦和的人(就算那人不漂亮)做她的男友,努力做一个不同的自己?但是决计没有人逃得脱朴医生的手掌。乔西叫我们写日记,因为我们大脑的机制一直在变化,一段时间以后我们会变成一个完全不同的自己。这就是我希望发生在尤尼斯身上的改变,对父亲反应的神经元慢慢萎缩,然后重生,转而应对那些无条件爱她的人。

有东西在拉我回来,我感觉到眉间有凉丝丝的气息。等我睁开眼,我看见尤尼斯正深情、害羞地望着我,正如我们第一次在罗马相遇时,她跟那个神经的雕塑家说话的样子。她当时的样子让我怜爱万分,现在依然如此。对一个人的爱很少会那么自然而然,又那么深沉悱恻。我们眼神的交会只有一毫秒,但对我已经足够,在这一毫秒里我向她倾诉了无限怜惜,告诉她,马上我们就到家了,在我的臂弯里,世界将呈现另一番模样,在那里你将被我的柔情包围。到了这个时候,朴大夫的独角戏终于快要告一段落,身上的那股暴戾之气好像已经散去。他又骂了会儿,然后就彻底闭嘴了,安静得像个泄了气的皮球,只剩下被他鞭笞得体无完肤的人儿,她们的生活中除了伤害就是被伤害。有人对他做了什么吗,还是神经传导素出了问题?朴大夫又喝了一口酒,然后把脸贴向那盘章鱼,开始大口嚼起来。女儿和朴夫人也跟着吃起来,不到五分钟,食物就被消灭殆尽。

"列尼,"朴夫人开口了,好像什么也没发生,"尤尼斯告诉我你的工作不错。"

朴大夫哼哼了一下。

虽然我很想在他们一家人中树立个好形象,但并不想过分渲染我在后人类服务部的职位,因为我知道,虔诚的基督徒对在地球上长生不老的概念并不热衷,这样显然会让他们上天堂的愿望站不住脚。

"我在斯塔林—渥帕常的一个部门工作,"我解释道,"你或许看到最近在纽约新建起来的一些楼房,那是斯塔林房地产公司的项目。还有一个叫渥帕常保险公司,是一家很大的保险公司。房产、保险和延寿就是我们的业务范围,这些在现在这个乱世尤其显得重要。"

朴大夫食指一指我的脚,袜子上的大窟窿正好露出我的白肉,像出滑稽戏。"依我看,"他说,"你脚趾骨底部有组织或者骨质增生,可能是脚趾囊肿的早期。你应该换一下鞋,不要穿挤脚趾头的那种。这个病灶你一定要认真对待,否则等待你的就剩下手术了。"他转头看尤尼斯,尤尼斯点头同意。

"买双新鞋。"她说。

"困难的时候我们应该互相帮助,"朴夫人说,"好室友,对吧?"

"谢谢,"我打算继续回到我的职业,讲讲我会如何帮助尤尼斯抵御各种不确定因素,但是好比票房窗口的屏幕已经关闭。"嗯。"

朴夫人掏出一只旧手机,放在桌子上刚刚上来的一道蕨类和腌牛肉旁边。"看,"她对着尤尼斯和萨莉,"明熙妈妈刚刚上传的。"又对我说,"托潘加的一个表亲。"

一个不到三岁的亚裔小女孩,向镜头冲过来,背景是加州廉价的排房,和一个碧绿的游泳池。她穿着一件泳衣,上面还镶着橡胶做的雏菊,脸上挂着无邪的笑容。"嗨,尤尼斯姐姐,嗨,萨莉姐姐,"她在那大声嚷,"我想你,尤尼斯姐姐。"小女孩咿咿呀呀叫着,让我们看到了她一口洁白的乳牙。

"看,"朴夫人兴奋地叫起来,"她眼睛上有一颗饭粒。"确实有一粒谷物一样的东西粘在她的眉毛上方。大家都笑起来,包括朴大夫,他说了几句韩语;今晚听到的第一句好听的话,下颚终于不再紧绷,战斗的号角终于停息,冲锋的士兵终于回营扎寨了。尤尼斯在摸眼睛,我意识到她并不是在笑。她从盘腿坐姿中站起来,一骨碌离开了桌子,光脚跑了出去。我也起身想去追,没想到朴夫人倒是很淡然:"她想她的表妹了,没事的。"

但我知道让尤尼斯哭泣的不只是屏幕上这个可爱的小姑娘。还有他父亲的笑声,那么慈爱,整个家庭又充满了融融爱意——冷酷的假象,历史的另一番模样。晚饭已经结束,服务生开始不声不响地前来收拾桌子。我也知道,根据习俗,我应该让朴大夫来买单,但我还是打开了我的手机,通过一个匿名账户给他转账了三百元,也是这餐饭的价格。我不想用他的钱。即使有一天,我梦想成真,如愿娶了尤尼斯,朴大夫对我而言还是一个陌生人。我已经活了三十九岁,早已谅解了我父母当年对我关爱不够,但我的谅解也仅限于此。

我会更爱他

摘自尤尼斯·朴在全球青少年网上的邮件

七月十日

尤尼丝袜致朴正苑

妈妈,你有段时间没给我写信了,你还在为列尼的事生气吗?不要再想着"神秘"了,好吗?多关心一下萨莉吧,你要看好她的体重,别再让她吃比萨了,给她多做点蔬菜。我打算去 FootsieGalore 买几双凉鞋,可以穿着去面试的那种。

我最近在忙着找一些零售的工作,恐怕没时间准备 LSAT 预备级考试,我保证下个暑假一定去考。联合废物 CVS 花旗信贷上的异常支出应该是他们最近征收的"最低总量 APR",意思是我们每个月需要偿还的费用可以少一点,但是必须立即支付这笔新的费用,否则这笔费用就会加在本金上,一旦达到最大总量,就要在下两个账单周期多支付六千美元,甚至更多。我看是时候退出"联合废物"了,"蓝多湖"这个月正在搞一些促销,当然了,你得先透支一万美元"注册"。我们得算算这笔帐,然后看怎么办。

尤尼丝袜致格里尔婊子

亲爱的马驹:

在电视王国的你好啊!唉,我觉得我最近上传了太多跟列尼在一起的东西,怪怪的。这下我妈也生我气了,跟一家子的聚餐是个彻底的失败,你有先见之明啊。到底为什么列尼一直有这个自信,觉得他可以搞定我爸妈?你看,他有时候就是这么自以为是。跟美国普通白人男孩一样,他觉得生活归根到底还是公平的,好人终有好报,一切都是顶呱呱(明白吗?),他滔滔不绝地讲着我是如何善于言辞,如何悉心照顾萨莉,听得我爸在桌子底下攥紧了拳头。相信我,列尼在讲话的时候,我跟萨莉一直担心着老爸攥紧的拳头。

我知道他是个好人,一直是个好人,但是不久以后,谁会在乎呢,对吗?他为什么就不理解我的一片苦心呢?就好比他连计算一下二加二等于几的时间也不肯多花。他答应少花点时间读书,多分点时间收拾屋子,但他的心思其实一直在书本里。我查了一下《战争与和平》,大意是一个叫皮埃尔的男子,在法国参战,遭遇了一连串灾难,但最后他凭自己的魅力赢得了心爱的姑娘,这个姑娘也爱他,虽然她曾经欺骗过他。这就是列尼的人生观,美好的事物终将胜出。

最麻烦的就是我妈。她好像跟我切断了一切联系,好比说,拜拜,你可以找到更好的,他又老又丑,皮肤粗糙,脚有囊肿,也不像你宣传的那么高,一个月只挣两万五千元。如果你真的想找老男人,有个帕利塞德的珠宝商,一年大概能赚近一百万元。你爸还说列尼工作的后人类服务部其实是个招摇撞骗的皮包公司,迟早要破产。妈妈一直给我发消息:"别吊死在一棵树上,别吊死在一棵树上。"

我努力叫自己不要伤心,但这真的很难。列尼看不到我的好,他们看不到列尼的好。对他们来说,列尼就是一个要钱没钱、要相貌没相貌的家伙,袜子上还破了个大洞(为这事我真想杀了他)。

回到家后,我收到妈妈发来的恐吓短信,忽然肯定了自己对列尼的爱。她越看不起列尼,我就越爱他。这一顿饭和之前的布道,可真把他累坏了,他靠在沙发上就睡着了,还打着从没听到过的震天响的呼噜。刚才他确实太受煎熬了,我可爱的小呆瓜,一面想着如何取悦我爸妈,一面还要处处帮着我对付我那个臭老爸,真的让他筋疲力尽了。我就想,如果有些人还不懂得他的好,那这些人对我而言还有什么意义呢?我想说的是我不再介意列尼的脆弱,就这一点我要感谢我锲而不舍的妈妈,给我带来这样的顿悟。列尼就是这样一个人,如果你肯花时间跟他相处,你就会逐渐发现他的好。这是非常韩国化的一件事,悉心体会一个人的好,懂得欣赏他的与众不同。

不好意思,我啰嗦了一大堆,但我这边情况总体良好。我们一起逛街、聊天,做很多好玩的事情。我们还去美术馆看摄影展,在布什威克的一家汉堡店里吃了味道还不赖的汉堡(为什么纽约没有 In-N-Out 汉堡店呢?),我们不做任何避孕措施地做爱,他说他看见我们有了一个自己的孩子。我的反应是:什么??? 但这主意也不赖。我想跟他有个自己的孩子,虽然这个世界叫人如此失望。我在想如果有一天他真的娶了我,我会是森林里最幸福的那个小仙女。那天去斯里兰卡餐馆吃饭,看到邻桌坐着莱西·特娃。我们还是小孩子的时候,她就是个做各种色情表演的艳女郎,那天穿着一件小号的 Parakkeet 夹克,上面镶着珠片,下身是一条"洋葱皮"牛仔裤,到了她这个年龄依然可以毫无顾忌地剥去。总的来说,一副时髦、精致的熟女打扮。她的男伴是一个比她年长、日耳曼长相的绅士。

说起来,我还去了汤普金斯广场,带去了更多的供给,在盥洗室帮帮忙,再就是跟着大卫闲逛。他真的很有趣。他一咪溜把我提起,甩在肩上,就这样带着我满公园跑,我朝每个人挥手致意。有个强有力的男人宠着你,这感觉真棒,而大卫就是这么强有力,不仅仅是因为他上过委内瑞拉战场。他把自己的小屋收拾得非常整洁(不像那个谁谁,哈哈),他说是在军队的时候养成的习惯。他说随时等着那帮刽子手来清场,这让我有点担心。如果你有不用的旧电脑或者旧手机,就寄给我吧,这里的人非常需要这些个。我想叫大卫陪我出去吃个饭什么的,可是他始终不肯离开公园一步。他对他的人民真的是尽心尽责,就像我爸对他的病人一样,这点我很欣赏。我注意他的嘴巴有一段时间了,虽然掉了几颗牙齿,但魅力丝毫未减。他是个见过世面的男人,知道什么时候该用蛮力,什么时候该用巧力。好吧,我打赌如果他有医保的话,肯定会比现在更帅。有时候听他谈论,如果有天两党派被推翻了,我们会如何如何,我就会想,嗯……听起来也不赖嘛。他讨厌做信贷的人,但觉得零售会一直存在于我们的生活中,而销售姑娘是一群很有创造力的姑娘。他有时候的想法确实有点偏激,但毕竟他有信仰,对吧?

叹口气,好吧,公主,我要去打扫阳台了,那里从早到晚都盖着鸟粪。这就是纽约,随时会有人冲你拉屎。哈哈。

七月十二日

格里尔婊子致尤尼丝袜

不好意思,没有见信即回,熊猫。我这儿最近祸不单行。一些贫民趁我爸工厂关门的时候冲进去占领了那里,要命的是上个月洛杉矶警力已经废除,国民护卫军不肯过问,那就是说我们快要失去这间工厂了。我只听到爸妈在卧室里非常小声地讨论这事,害怕极了,我不知道究竟怎么回事,也不清楚自己到底能做点什么。通常,他们是不会瞒我的,但这次,我爸脸上的表情像是在说"嘘——",他们一度甚至已经说到全家搬回韩国了。我想去帕玛,但四〇五号公路上设了路障,有些人手放在脑袋后蹲在那里。无奈,我只好拐进了附近的一个服务区,就这样开着引擎坐在那里,拼命拼命拼命地敲打方向盘。这是什么世道啊???????????他们怎么能不保护我们家的工厂呢?他们怎么能放任这些阿齐兹军杀人放火呢?他们根本就不想让我们安心过日子。我觉得你不能再跟那个叫什么大卫的出去了,听你说起来我觉得他就是那些毁了我生活的流氓。我也不想再跟格佛耗下去了,他跟我们不一样,根本不明白我的感受,他父母还藏着些老底子的钱,所以这一切对他来说只不过像个笑话。当我跟他说起我爸工厂的事情时,他的反应居然是"好啊,早就该让穷人当家作主了"。我觉得已经到了忘记我们是谁、专心与我们的家人共赴难关的时候了,其他的事不过是一些不相关的人说的一些不相关的话。没错,我周围都是些妖魔,除了此刻跟你在手机上聊聊心里话。这个国家真是蠢到了家,只有被宠坏了的白人才有本事把好端端的国家弄得这样一团糟。听你说列尼跟你家人吃的那顿糟糕的饭,我很难过,听你说比从前更爱他了,我很欣慰。但我觉得你还是得听听爸妈的意见,因为他们是看着你长大的。我并不是叫你不要再见列尼,只是平衡一下爱情和现实的关系。我爱你,亲爱的香芋。

尤尼丝袜:嗨,萨莉,你听说贫民抢了姜家工厂的事吗?

萨莉星:没啊,真糟糕。

尤尼丝袜:你就想说这个?

萨莉星:那你想叫我说什么?

尤尼丝袜:你想吃汉堡吗?你可以吃一点红肉,如果你答应一个星期之内只吃蔬菜和酸奶的话。

尤尼丝袜:在吗？萨莉快说话。

尤尼丝袜:你大概很忙吧,你还没告诉我对列尼印象如何呢。

萨莉星:大家都很关心你。

尤尼丝袜:他们关心我？噢,那真是太好了！

萨莉星:妈妈和爸爸不想让你冲动地做任何决定。

尤尼丝袜:然后你就是他们的传声筒对吗？

萨莉星:我们虽不是完美的一家,但我们毕竟是一家人,对吗？

尤尼丝袜:我不知道。你说呢？

萨莉星:家里的客厅要换地毯了,楼梯要加新扶手,你会来新泽西帮忙选购吗？

尤尼丝袜:我能带上列尼吗？

萨莉星:你想带谁就带谁,尤尼斯。

尤尼丝袜:开玩笑呢。

萨莉星:这么说你来？

尤尼丝袜:会来的,但我不会跟爸爸坐在一起,也不想跟他说话。列尼用了"好斗"这个词,爸爸就像一个好斗的小孩,最好的办法是直接忽视他。

萨莉星:给他点时间,他已经在改了。他还没完全改好,所以我们得多让着他点。

尤尼丝袜:随你便吧。

萨莉星:真的,如果你原谅他了,心里就会好受多了,尤尼斯,这样你才能专注于其他事情上。也许你还能帮我筹办一个"食物发放委员会",我们和哥伦比亚大学、纽约大学共同为帐篷里的居民发起的一个活动。汤普金斯广场上的情形真的很糟糕。

尤尼丝袜:你怎知我没在帮忙呢？

萨莉星:啥?

尤尼丝袜:没什么。我想我会在爸爸七十岁的时候原谅他,到那时,钟叔叔应该已经把他的钱都输光了,他变得无家可归,只好求助于我和列尼。我心里会想,你这样对我、妈妈和萨莉,但我还是会给你点钱,让你不至于饿肚子。

萨莉星:太可怕了,真没想到你居然会这么想。

尤尼丝袜:喂,我在开玩笑呐,你的幽默感呢?

尤尼丝袜:萨莉,还在吗?我不知道今天是怎么搞的,我特别想念明熙。上次在洛杉矶的时候,我想给她扎个小辫子,但她死活不让,大叫着"不要,尤尼斯姐姐!",一副给我走开,别碰我头发的样子!!!她真的是一只绝顶可爱的小猪,下次见她,说不定她又长高了四英寸。我不想让她长大。

尤尼丝袜:萨莉,来嘛!是不是因为我这么说爸爸让你生气了?

尤尼丝袜:好吧。我男朋友快到家了,我们打算一起做个焗鲈鱼。

尤尼丝袜:萨莉,你爱我吗?

萨莉星:你说什么?

尤尼丝袜:我是认真的,你真的爱我吗?我的意思是爱我这个人,而不是作为你姐姐。

萨莉星:我不想跟你讨论这个,我当然爱你。

尤尼丝袜:或许我做得不够。

萨莉星:你到底在烦什么啊?能不能就此闭嘴啊。我真是被你烦死了。从前,从前,从前!!!

萨莉星:喂喂,尤尼斯?

萨莉星:尤尼斯?

萨莉星:喂。

抗击炎症

摘自列尼·艾布拉莫夫的日记

七月二十日

亲爱的日记：

　　诺亚告诉我夏季中有一天太阳照射到百老汇大道上的角度很特别，你会看到整个城市仿佛沉浸在一股哀伤的二十世纪的色调中，再乏味无聊的建筑此刻也会通透明亮，金光闪闪。此情此景，既让你感伤怀旧，又让你想冲出去怀抱这即将陨落的一天。他把这幅场景描述得像都市难得一见的景象，上了年纪的脸上小心地绽放光彩，好像他自己也被这景象镀了金。我本以为他说这番话不过是在表演，但奇怪的是他的手机此刻处于待机，他并没有在直播：完全是他的真情流露。当时我们正坐在一家狭小的圣乔治咖啡馆里，心中还为有这样的咖啡馆而莫名感动。斯塔藤岛上已难觅咖啡馆的踪影了。"我真想见见，"我说，"到底什么时候能得以一见呢？"

　　"我们已经错过了，"诺亚说，"应该是在六月底。"

　　"那么等明年了。"我说。

接着，就像一个完美的多媒体戏剧皇后，诺亚告诉我他希望明年自己就死了。因为重建署，两党派，生物燃料的价格，潮汐的衰退——其实别人何尝不是如此？这些破坏了他所描述的光线投射在大道上的效果。我想让他知道他不必担心我，我喜欢他固有的样子：远在平均线以上，有点脾气但做事体面，还很聪明。我想起了在布朗克斯公园的那头大象萨米，他悲悯的神情，凛然赴死的样子。或许这就是诺亚在描述这难得一见的光鲜景象时真正要表达的意思。即将消逝的光线就是我们，有那么一刻，我们如此美丽，但那一刻如此短暂，手机屏幕上也难以记录。

说到光线，我在跟尤尼斯相处的这一周也有一个亮点。有次我发现她在观察我的"书城"，带着好奇，盯着其中一本书皮已经褪色的米兰·昆德拉的平装书——一顶礼帽飘浮在布拉格城市上空——她的食指指着书本，好像随时准备按下手机上的"立即购买"按钮，其他手指摩挲着书本背面，或许在享受它与众不同的厚度和重量，它异于流俗的安静和温顺。她看到我走近，就把书本放了回去，重新坐回沙发，闻着指间留下的书香，脸颊绯红。但我知道，她很好奇，虽然她不愿承认这一点，可以说是我取得的第二个胜利——仅次于我自认为是非常成功的与她家人的晚餐。

跟尤尼斯一起的日子苦乐参半。既兴奋，又担心。我们每天都要吵架，她从来不认输，一定会坚持到最后。一个人若是有一个不幸福的童年，大抵都会如此。这就是独立成长，这就是为自己负责，即使面对的可能只是个假想敌人。

我们争论的焦点是社会责任。她跟她那帮刚搬回纽约的爱德伯德同学相处不错。她们看上去也像好姑娘，兴奋，对自己不确定，垂涎于奢侈品和身份象征，把这两者混为一谈，但总的来说都不想长大。其中一个贪吃的姑娘在性魅力上只得了五百的低分，其他女孩就给她出谋划策，帮她减肥。她们会一拥而上，不停掐她，给她涂上乳液，直到她躺在我家客厅的沙发上哀号。她们还会拖她去过磅，好像她是一条挂在东京港口的青花鱼。另一个姑娘喜欢打扮成裸体图书管理员，衣不蔽体，却戴着一副厚厚的眼镜，那镜片就跟我的防风窗玻璃一样厚实。她的这副样子让我忍俊不禁，因为就算是像爱德伯德这样正规的大学，最近都已经关闭了它的实体图书馆，所以女孩这么做意在何为呢？她们还会在我们的（我们的！）阳台上喝点红葡萄酒，一个个粉面带红，一边长篇累牍地讲着道听途说的故事，我本来以为很有趣，偷听下来却着实叫人担心：她们谈论的是一个廉价、朝生暮死的世界，每个人都在令别人失望，并觉得理所应当；女孩当众被侮辱。我一面嫉妒着她们的豆蔻年华，一面又担心着她们的将来。简言之，我作为慈父的爱和作为男人的爱都被勾引了出来，这可不是什么好的组合。

我已经告诉了尤尼斯，出其不意、满脸堆笑地，接下去的两个星期我们在社交方面会非常忙。乔西非常想见见她，邀请我们星期六去他家做客。格蕾丝和毗瑟弩星期一在斯塔藤岛举办一个聚会，正式宣布格蕾丝怀孕的消息。"我知道，你不是特别热衷于社交。"我说。

但她已经一把别过头去，我只好伸手轻抚她瘦削的肩膀。

"你老板，"她看起来很生气，"想见我？"

"他喜欢年轻人。事实上，他自己都快返老还童了。"

"那个格蕾丝婊子叫我们过去？过去干吗？好让她再嘲笑我吗？"

"你在开玩笑吧？格蕾丝喜欢你还来不及呢！"

"或许她还想做我姐吧，不了，多谢，列。"

"她真的关心你，尤尼斯，她还想帮你在零售业找份工作呢。她说她在普林斯顿的室友可能有办法给你在帕玛安排个实习机会。"有那么三次机会，我们粗略地谈到过尤尼斯出外找份工作，帮助补贴家用，特别是考虑到飙升的空调电费账单（八千两百三十不与人民币持平的美元,仅六月份一个月）。她提到想在零售业工作,她在爱德伯德的其他朋友也是一样的想法。这一点不奇怪,男的志向从事信贷,女的则喜欢做零售。

"你不会明白,列纳德。"

这是我最讨厌的一句话,我怎么会不明白。我未必都明白,但我一定明白许多。至于不明白的,我会去了解啊,只要尤尼斯一句话,我会毫不犹豫地请假一个星期,处理家庭急事（眼下这事显然算一桩）,然后就安安静静听她讲。我会准备好一盒纸巾,一碗平复心情的豆面酱肉汤,拿出我的手机,老老实实地把听到的内容记下来,提炼出观点,根据个人经验给予合理的建议,掌握朴姑娘的所有远虑和近忧。"我完蛋了。"尤尼斯说。

"什么？"

"我没有一件像样的衣服,还有,我的屁股很大。"

"你的体重是八十三磅。格拉德大街上的每一个人都垂涎于你的翘臀,你还有三橱柜的鞋子和衣服。"

"是八十六磅。我没什么像样的夏装,列尼,你在听我说吗？"

我们又吵了几句。她转身去了客厅,开始发消息,盘着双腿,笑容凝固,长吁短叹,我的恳求逐步升级。最后,我们达成了一定的妥协,我们一起去联合国零售走廊,为两个人都添置一些新衣服。我为她的衣服出资百分之六十,剩下的百分之四十她就刷爸妈的信用卡。就像我说的,这是一次妥协。

我从没去过什么"走廊"。一见这样的零售店,我就腿软,而这家据说是最大的。当我走进这家两年前他们从联合广场辟出来的商场时,里面的每一个人看起来都比我光鲜,比我年轻。我喜欢和格蕾丝一起去淘斯塔藤岛上的那些不起眼、非主流的古董店,那里的顾客多是老者,青壮年的时候待在布鲁克林周边的绿点百货和布什威克,到老了却被赶到斯塔藤岛上来了。

我们一进商场,我就感觉到了恐慌:地下七层停车库里蜂拥出来的人潮啊,地板传递出来的信息一下子塞爆了我的手机,"债务投放者"们发现了我傲人的信用等级,开始蠢蠢欲动;还有重建署巨幅的"美国欢迎消费者"海报,海报的主角尤尼斯从高中时就奉为偶像,她刷爆了数张信用卡,买下了六个品牌的全部春季新款,还有一栋房子。

落日的光辉扫过"走廊"的玻璃屋顶,我们头顶几百英尺上方的钢架结构看起来好像一副怪兽的骨架。我觉得那里就是安理会曾经开会的地方,也有可能我搞错了。自从我在罗马休假的那段时间,美国已经学会了这一课,关闭了传统的大型购物中心。这个简约的零售走廊设计应该是效仿了北非的集市,唯一的目的就是尽快达成商品和服务买卖,跟集市相比,没有了小贩们洪亮的吆喝,也没有了摩肩接踵的汗流浃背。

尤尼斯根本不需要什么地图。她前面指路,我后面紧紧跟随,在看不到头的时尚潮流中逡巡。一家店跟着另一家店,一排排的货架,每一处都值得驻足、观察、考虑,然后果断否决。眼下这家卖的是著名的无痕"萨米"文胸,尤尼斯在"翘臀"给我看过,还有久闻大名的帕玛胸衣,就是那个波兰艳星在《性感医生》里穿过的那一款。我们停下来去看相对保守的性感小猫夏季鸡尾酒裙装。"我需要两件,"尤尼斯说,"一件见你老板的时候穿,一件见格蕾丝婊子的时候穿。"

"见我老板那次,不算真的派对,"我解释道,"我们就喝上两杯,然后简单吃点胡萝卜和蓝莓就完了。"

尤尼斯根本没把我的话放在心上,专注于她手头的工作。她先在手机上查了一下这款在全球范围内的销售情况。然后她走向一圈黑色、看起来差不多的裙子中间,开始一件件排查起来。咔嗒,咔嗒,咔嗒,衣架相撞的声音,好像在打算盘。每件单品上停留的时间不超过一秒钟,但这一秒钟的意义远大过她在"翘臀"上的一个钟头,每一秒钟都是一次实实在在的邂逅。她冷静、专注,嘴巴微微开着。还有选择的痛苦,没有活出故事的哀怨,和追求更高的心有不甘。我在这个世界面前抬不起头,它的虔诚让我敬畏,硬生生地要从一件满是线头的手工制品中寻出一些意义来。如果美能为这一切辩解,如果一只无痕文胸可以把一切问题解决,那该有多好啊。

"他们家要么没有零码,"尤尼斯排查了一遍之后得出结论,"要么褶边上有这么一圈奇怪的刺绣。他们想让自己看上去比'乖乖投降'更经典,所以在胯部开了衩。我们去看看'洋葱皮'吧。"

"那里不就是一些牛仔裤吗?"我仿佛看见尤尼斯穿上这家的牛仔裤之后,走在特别繁忙的德兰西大街,连阴唇都暴露在光天化日之下,害得送食物外卖的司机小伙惊喜万分地摇下车窗。我觉得自己有义务保护好她的私密之处,同时又有一阵性欲冲动,如果撇开此时我们身处的地方。如果其他人看到了她那里,他们一定会对我羡慕不已。

"不不,呆瓜,让我穿那种透明的牛仔裤还不如叫我去死。他们家也有普通裙子的。"

"噢。"性幻想到此结束,我很高兴身边站了个这么保守的可人儿。我们大概走了半公里,来到了"洋葱皮"专卖店。没错,那里确实有好几排的鸡尾酒会礼服,胸部有点暴露,但绝对不透明。在店的中央,围着一些女人,难掩疲劳、委屈的表情,在看他们家的招牌透明牛仔裤,挂在那里好像一个个空空的皮囊。

尤尼斯开始浏览衣服,一个零售女郎过来跟她打招呼,我的手机里一下子冒出来关于这姑娘的信息,像一朵浪花溅落在曾经平静的海滩。这个零售姑娘长得很漂亮,身材颀长,脖颈曲线优美,眼神清澈而友好,带着本地人的诚实,仿佛在说,像我这么优秀背景的姑娘,根本不需要往自己脸上贴金。我抚弄着麦凯的信息,一边打量着她身上穿的"洋葱皮"牛仔裤。裤子修身地贴在她瘦削的身上,虽然臀部稍显臃肿了一点点——她穿的是半透明的那种,对私密处做了一定的保护,但是也平添了无限的遐想空间,可以供人退一步观瞻。她毕业于塔夫特大学,获得国际关系学位,辅修零售科学。父母是退休教授,现居住在弗吉尼亚州的夏洛茨维尔。那是麦凯长大的地方(还有一张她的婴儿照,模样可爱的小麦凯抱着一罐橘子汁,完全没有觉察到对准她的照相机镜头)。她目前没有男朋友,但是很喜欢跟前男友用"倒牛仔女郎"姿势欢爱,前男友是供职于"粗脖子"的多媒体人,前途一片光明。

尤尼斯和麦凯在交谈,他们聊衣服的方式超过了我的理解范围。她们在聊一件礼服的细节,这礼服不是用天然纤维制成的。腰部拉伸的和未拉伸的。材料是——百分之七的弹力纤维,百分之二的聚酯纤维,中号,百分之五十的人造纤维丝。

"没有经过氢氧化钠处理。"

"我以前买过一件左边开衩的,好像会拉伸。"

"你在褶边的地方涂一点石油胶状物就好了。"

尤尼斯的手抓住了零售女郎白皙的手臂,这个亲密的举动我只看到她对一个爱德伯德朋友做过,就是那个丰满、性魅力不高的姑娘。我还听到了一些缩略词,像 JK,表示"开玩笑";"在广场上",表示"没在开玩笑"。还听到了熟悉的 JBF 和 TIMATOV! 当然也有 TPR! CFG! TMS!(暂时性行动障碍?)KOT! 还有最普遍的"可爱!"。这就是人们谈论问题的方式,我心想。感受此刻的惊喜,眼看着自己心爱的女孩融入周围的世界。

她买了两件鸡尾酒会礼服,花费五千两百四十与人民币持平的美元,其中我承担三千。我能感觉到我的债务负担重了一些,减了几分信用,长生不老也滑向"不可能"一边,但是再糟糕也比不上霍华德给我的二十三万九千美元的债务危机。

"你为什么不叫那姑娘帮你在'洋葱皮'找份销售的工作呢?"我们从那里出来的时候,我这样问尤尼斯。

"你在开玩笑吧?"尤尼斯说,"你知道在这儿工作需要什么样的成绩单吗?再看看人家的身材,圆圆的屁股,配上男孩般的上半身,这是如今最流行的。"

我倒是没有想这么多。"你的成绩和身材一点都不比那姑娘差,不管怎么说,你好歹要一个人家的全球青少年账号啊,她看起来是个不错的朋友。"

"谢谢啦,老爸。"尤尼斯调侃道。

"我的意思是——"

"好了,嘘……接下来该为你挑衣服了,透气的材质对我们家大象来说,效果不错。"

我们径直来到了红木装潢的性感小猫男士店。"你的下巴偏短,"尤尼斯告诉我,"所以你那些领子又大又高的衬衫正好暴露了这个缺点。这回我们试试V字领和纯色T恤。条纹全棉T恤偏宽松的那种也能掩盖你松垂的胸部,还能提升品位,懂吗?山羊绒。你值得拥有,列。"

她让我闭上眼睛,感觉各种面料。她给我挑了一条非紧身牛仔裤,还要我把一只手放在裆部,确保生殖器有足够的呼吸空间。"这就是舒适,"她强调,"这就是一个三十九岁男人该有的感受和行为,你就是这样,我保证。"我能感觉家庭给她留下的烙印——有点粗鲁,喜欢嘲弄,不够支持,但是能胜任工作,行为得体,确保有足够空间给我的生殖器,保留脸面。山峰之上——根据格蕾丝以前告诉我的一句很老的韩国谚语——是更多山峰。我们才刚刚开始。

我走进一件更衣室,一个年轻的营业员跟我说:"我会告诉您女儿您在这里的,先生。"被误认为是尤尼斯的养父,我没有半点生气,相反,我对我的女孩肃然起敬,在跟我相处的每一天,她都直接忽视了我们两人之间外貌上的差距。所以这次购物不是简单的为我或是为她,而是为作为一对情侣的我们,为我们以后厮守在一起的将来。

我们离开性感小猫的时候,手里拎着价值一万人民币的商品。我的债务负担亮起了红灯,显示"正在重新计算",吓退了一拨又一拨的债务投放者。当我经过第四十二号大街上的信用杆时,我如今的等级是一千五百一十分(降了十个点)。或许我变穷了,但你已经不能把我跟三小时之前进门时那个伪消息灵通人士相提并论了。我已经跨过了一般男人的屏障。

当然还不止这些。我看起来更健康了,透气纤维至少减少了我四岁的生理年龄。在公司,客户追问我是不是正在进行抗衰老治疗。我做了一次体检,我的数据在布告栏里非常醒目。我的促肾上腺皮质激素和考的素直线下降,我现在的绰号是"一位无忧无虑且鼓舞人心的老绅士"。甚至连霍华德·舒都下楼来找我一起吃饭。如今,乔西委派舒乘坐他的私人飞机每个星期飞华盛顿,有消息说舒这是去白宫,或者更高层。"鲁本斯坦。"人们遮着嘴巴轻声说。我们在同两党派的人谈判!谈什么,我还是不太清楚。

我不再害怕舒。在我们吃午餐的时候,我一面直视着他,一面摆弄着我条纹全棉衬衫的袖口,这件衬衫确实很好地掩盖了我下垂的男性胸部。我们坐在一家繁忙的咖啡馆里,喝着一瓶已经碱化处理的瑞士矿泉水,吃着一种不知是什么鱼做的鱼丸。

"我很抱歉,你刚从罗马回来那会儿,我们对你不太好。"舒终于承认,他那双突出的眼睛盯着手机上的数据。

"没什么大不了的。"我说。

"接下来我要说一些只有我俩知道的事。"

"不管什么,"我有点小激动,"尽管告诉我,朋友。"

舒擦了一下嘴角,好像我刚吐了他一口唾沫一样,但是马上又恢复了同志般的情谊。"很有可能马上又要来一场骚乱了,一场重新结盟,比之前的骚乱要大。还不确定什么时候。这是我们从渥帕常情报部门得到的消息。战争游戏啊。"

"安全第一,"我对此根本不感兴趣,"现在情况如何呢,舒?"

舒沉浸在手机的信息中,我也假装拿起手机,好像我在干什么正事,跟工作有关的,其实呢,我只是在追踪尤尼斯的踪影。跟平时一样,她位于格兰德大街五百七十五号,门牌号 E-607,我的家里。她专心摆弄着手机,但潜意识里被我的书和二十世纪中期设计样式的家具所感染。这让我很高兴,我的小私心就是让她乖乖待在家里,我的小妇人!她也在时不时地查我的行踪,如果我哪天没有按部就班地上班,而是心血来潮地跟诺亚或者毗瑟弩去了酒吧,或者跟格蕾丝漫步在没有血腥的中央公园另半边,她也会起疑心。就她起疑心这点,表明她在乎我,我就很开心。

"我们先不谈可能会发生的事了,"舒说道,"我只想让你知道后人类服务部很器重你。"他一下吞进了太大的一口水,结果全咳在了手心里。他跟我有相似的教育和工作背景,但我注意到他的手指上长满老茧,让人不禁怀疑他周末是不是在编织厂做志愿者。"我们希望你确保安全。"

"我很感动。"我说道,这确实是我的心里话。高中时的一段记忆忽然沉渣泛起,那时我暗恋着一位纤细的一年级女生,她脚有点跛,非常喜欢诗歌。有一天我发现她也喜欢我。

霍华德点点头。"我们已经升级了你的手机系统,如果你以后看到国民护卫军部队,就用手机对着他们,如果看到一个红点,就说明他们是渥帕常保险公司的人。你知道的"——他挤出一丝笑容——"就是好人。"

"我不明白,"我说,"真正的国民护卫军呢?"

舒并不回答我的问题。"你手机上的姑娘。"他指着屏幕上尤尼斯的照片。

"尤尼斯·朴,我的女朋友。"

"乔西吩咐你,无论什么紧急情况都要跟她在一起。"

"切。"我有点不屑,但还是很高兴乔西记得我在恋爱。

舒拿起那杯碱化水,做了一个搞笑的祝酒词,然后脖子一仰,咕噜咕噜一饮而尽,大概是他吞咽的声音太大,我们大理石镶边的桌子都开始颤抖起来。屋里的其他商务人士都转过来看着这个小个子、棕色皮肤的男人,大家都被他的无厘头逗乐了。但是大伙儿都有点怕他。

跟舒的午饭结束之后,我从艾塞克斯大街 F 站一直走到我位于河边的公寓,顿觉海阔天空。自从尤尼斯给我整出这身新行头,我开始关注起每位见到的异性:漂亮的,一般的,苗条的,骨感的,白的,棕的,黑的。一定是我自信心提升的缘故,因为我的个性一下子达到了七百多分,我的男性魅力一下窜到了六百多分——譬如说在一个像 M14 路公交车这样的密封空间,在一群七老八十的老家伙中间,有时我的容貌就能排在中等程度,比如九个或者十个男人中排行第五。我非常渴望把这个好消息跟你分享,日记,但是我又害怕太流于形式。我觉得自己好像获得了重生,好像尤尼斯用棉花和羊毛重新打造了我。

但是要叫尤尼斯陪着我去见乔西真不是一件容易的事。赴宴的前一天晚上,她失眠了。"我不知道,列,"她嘟哝着,"我不知道,不知道,不知道。"

她穿着一件二十世纪的缎面长睡袍,她妈妈送给她的,把一切都留给了想象,而不是像她平时穿的"乖乖投降"那样让人一目了然。

"我觉得你在逼我这么做。"她说道。

"我觉得自己受了逼迫。"

"我觉得事情发展得太快了。"

"或许我应该搬回福特·李去。"

"或许你应该找一个成熟的女人。"

"其实你我都知道,我正在伤害你。"

我轻轻把她抱回暗处。我的手指划着床单,发出阵阵我已获得专利的老鼠刨地的声音,还配合着发出了一声动物叫。

"别闹了,"她打断我,"动物园已经关门了。"

我好言相劝,说了一堆好听、鼓励的话。把债务和骂名都留给了自己,所以不是她的错。所以可能是我的错,可能我也像她父亲一样对她不好。那一晚,只听得她的叹息声,和我的安抚声。我们睡着的时候,太阳已经升起来了,一面满脸倦容的美国国旗在晨风中飞舞。我们醒过来的时候已经是下午五点,差点误了乔西派来接我们去上西区的专车。我们默不作声地换衣服。我在崭新的现代加长车里试图抓住她的手,她却躲开了,脸也撇向一边。"你真美,"我赞叹,"穿起这件礼服。"

她不予理睬。"求求你,跟乔西见面这事很重要,对我很重要。你做回自己就好了。"

"你不说话是什么意思?哑了。倦了。"

我们穿过中央公园。园艺工人拿着除草机开始了他们的周末之旅,下面的交通倒是比较顺畅,湿润的清风微抚常青树顶。我想起了她搬来与我同住第一天我们在绵羊草坪上接吻的样子,我把她揽在怀里,我的那颗小心脏每分钟"慢慢"搏动了一百下,还有一直以来萦绕心头、以后死了一定要长眠在这块地下的想法。

乔西的家在阿姆斯特丹和哥伦比亚中间,上西区一幢十二层高的公寓楼,要不是门口两个士兵把守,一定不会抓人眼球,他们手里的枪一定吓走了不少路人好奇的目光。街道入口有一个重建署的标志,要求我们对外否认它的存在,并表示无条件同意。乔西曾跟我说起过,这些人是来监视他的,其实我知道他们是来保护他的。我的手机上显示一个红点,同时还有一排字"渥帕常保险公司"。这些是好人。

狭小的大堂里坐着一位胖乎乎、友善的多米尼加人,穿着一件发白的灰色制服,沉重的呼吸声。"你好,列尼先生。"他跟我打起了招呼。以前我跟乔西走得很近,几乎天天能见到他,那时我们的工作还远未这么费力,在公园里分吃一个硬面包,或是在林肯中心酣畅淋漓地打一场曲棍球都不是什么了不起的事。

"这就是犹太知识分子曾经居住的地方,在很久、很久以前,"我在电梯里告诉尤尼斯,"我猜这就是乔西喜欢这里的原因。对我来说,这有点像一次怀旧旅行。"

"他们是谁?"她问。

"什么?"

"犹太知识分子啊。"

"噢,是一些心怀天下的犹太人,他们把自己的想法写进书里,比如莱昂内尔·特里林这样的人。"

"他们开创了你老板的长生不老业务?"尤尼斯问我。

我几乎要凑上去吻她冰冷的红唇。"从某种意义上来说没错,"我回答,"他们来自贫穷困顿的家庭,对死亡有很现实的认识。"

"看到了吧,这就是我不想来的原因,"尤尼斯满腹委屈,"我对这些一点都不懂。"

老式电梯门在交响乐一般的伴奏中打开了。乔西家门口站着一位健硕的青年男子,穿着T恤和牛仔裤,背对着我往外拖一只很沉的垃圾袋,屋里昏暗的上西区灯光从他的平头上方透出。应该是堂弟,如果我记得没错的话,来自新泽西的杰瑞或者赖瑞。看到他正要转身,我赶忙伸出了手,"列尼·艾布拉莫夫,"我自我介绍,"我们应该在你父亲在马马罗内克举办的光明节聚会上见过。"

"恒河猴?"男子一眼认出了我,熟悉的黑色胡须抽动了一下。他根本不是什么来自阿伯丁的堂弟。我现在看到的是一个活生生的抗衰老治疗的例子,他是乔西·古德曼本人!他的身体被改造成了一个年轻的躯体。"上帝啊,"我惊呼,"印第安人这回立大功了,难怪最近一周我都没看见你。"

但是这个返老还童的乔西的注意力显然不在我身上。他呼吸深沉而均匀,他的嘴巴慢慢张开,"嗨,你好。"嘴里冒出一句话。

"嗨,"尤尼斯说。"列尼。"她转过来向我求助。

"列尼,"乔西心不在焉地重复了一遍,"不好意思,我是——"

"尤尼斯。"

"乔西。请进,请。"当尤尼斯进门的时候,他的目光一直黏在她身上,贪婪地盯着她礼服肩带下微微晒黑的香肩,然后疑惑地望着我。青春,就是一股自由自在的能量,天然去雕饰的美丽。但是他不知道,为了来这里她有多不开心。

我们来到了客厅,据我所知跟这屋子的其他地方一样简陋。"装饰艺术"牌沙发上铺着蓝色丝绒。还有许多乔西年轻时代的海报——科幻故事片里一头浓密秀发的女主角和深邃下巴的男主角——用橡木保守地裱了起来,像是要宣告它们经受了时间的考验,最后成为了艺术品,如果还算不上名作的话。光看名字:《超世纪谍杀案》、《我不能死》,这就是乔西最初的样子。居住在美国为数不多的几个富人区、具有反乌托邦精神的孩子,《艾萨克·阿西莫夫之科幻杂志》的铁杆粉丝,十二岁男孩第一次认知死亡,因为科幻的真正主题其实是死亡,而不是生命。一切都会结束,所有一切。爱自己,不想死去,想要活下去,但不知为什么。抬头看看夜晚的天空,望着外太空的无垠黑色,出神。憎恶父母,想要他们的爱。焦虑于时间的流逝,为死去的波美拉尼亚小狗躲在厕所里嚎啕大哭。小狗是他的死忠粉丝和唯一朋友,却被癌症夺去了生命,最后只好长眠于他们常追逐嬉戏的草坪下。

尤尼斯就这样站在客厅的中央,脸上一阵阵发热。我做了一件我自己都不太能理解的事。我打破了一直努力保持的端庄形象,走过去,在她耳朵上亲了一口。出于某种原因,我希望乔西了解我有多么爱她,而且这种爱不只是因为青春,而这正是乔西唯一看中尤尼斯的地方。这两个我世界里的擎天柱都避开了我的目光,尴尬万分。"我真高兴,"乔西咕哝了一句,"真高兴见到你呀,列尼一直提到你。"

"列尼是个话痨。"尤尼斯终于开起了玩笑。

我把手放在她的肩头,感受她的呼吸。乔西直了直身子,我甚至可以看见他的腱子肉,不争的事实就是他变年轻了。小机器在他体内开足了马力,清除刚刚的失误,重新上紧发条,重新集中精力,重启每个细胞的里程计,由内而外使他容光焕发得像个早熟的孩子。在屋子里的三人中,我才是行将就木的那个。

"好吧,让我们来喝点美酒吧。"乔西提议,脸上堆满笑容,然后躲进了厨房。

"我从没见过他这个样子。"我压低声音说。

"他的样子像极了你,"尤尼斯反唇相讥,"一个大呆瓜。"我笑了,她一下就辨出了我们的相同点。我的脑子里忽然闪出这样一个想法,或许我们可以组成一个家庭,虽然我对自己从中扮演的角色不太确定。尤尼斯从我脸上拔下几根毛发,她的脸上闪着红晕,又给我嘴唇涂了点唇彩。她往下扯了扯我的短袖T恤,这样更配今天穿的浅色V领羊绒衫。"你的手臂这样甩一下,"她甩了甩自己的手做示范,"再这样扯一下袖子。"

乔西从厨房出来,递给尤尼斯一只细脚玻璃杯,倒了葡萄酒;而我只配用一只粗口杯。"但愿你不介意用这个,列尼,"他解释道,"我的保洁女佣在WB检查站被拦了下来。"

"什么WB?"我问道。

"威廉斯堡大桥,"尤尼斯帮忙回答,她跟乔西都翻了翻眼皮,对我的迟钝表示无语。"你的公寓真漂亮,"尤尼斯赞叹道,"这些海报现在大概值十亿吧,都成古董了。"

"主人也是古董。"乔西俏皮地说。

"不,"尤尼斯恭维了句,"你很年轻。"

"你更年轻。"

我只好在旁边拼命扯衣袖。"我带你走走看看吧,"乔西大献殷勤,"我最擅长花两分钟时间带领客人参观寒舍了。"

我们先去了他塞得满满当当的"创意书房"。尤尼斯已经基本喝完了手中的"比诺",不经意地擦去嘴角的紫色,顺便涂上了从一管绿色果冻里挤出的透明唇彩。"这些是我个人表演中的剧照,"乔西得意地指着一个相框,里头他穿着一件囚服一样的条纹衫,胸口挂着一个信天翁的坠子。站在我跟前的乔西,看起来比照片中年轻三十岁,而这张照片大概是十年前照的。他一下子年轻了四十岁,一半的年龄啊。

"这出戏的名字叫《母亲的原罪》,"我颇自得地说,"非常滑稽,又非常深刻。"

"曾在百老汇演出吧?"尤尼斯问。

乔西哈哈大笑。"没错儿!是不是给寒舍增光不少。但我其实他妈一点不在乎成功,创造性思维、用心创造,这才是长寿的第一要义。如果哪天你不思考、不幻想了,那么你就死了。就这么简单。"他低头去看脚,或许是意识到了自己听上去不像个领导,倒像个推销员。我看得出来,尤尼斯让他紧张。在我们后人类服务部,其实也不缺美貌女郎,但是她们一个个自以为是的样子令她们都变成了一副德性。乔西一直号称没有时间恋爱,除非长生不老已经变成一件"板上钉钉"的事。

"这幅是你自己画的吗?"尤尼斯指着一幅水彩画问道。上面画的是一个裸体老妪,被一股不知什么力量,撕成了三份,干瘪的乳房四散开去,黑漆漆的私处把这三部分连接起来。

"真美,"我惊叹,"有埃贡·席勒的遗风。"

"这幅叫《细胞分裂》,"乔西更得意了,"我做了差不多二十种变异,但每种都几乎一模一样。"

"她有点儿像你,"尤尼斯说,"我喜欢她眼睛周围的阴影。"

"是的,嗯……"乔西不好意思地干咳了一下。每次看乔西画的他母亲,我都很尴尬,这感觉就像你无意中走进洗手间,却发现自己的母亲刚好从马桶上站起身。"你画自己吗?"

这回轮到尤尼斯咳嗽了。苦恼的讪笑爬上了脸颊,一阵难为情让严阵以待的雀斑放轻松了不少。"我选过一门课,"她大气不出地说,"在爱德伯德的时候。一门绘画课,没什么意思,我后来放弃了。"

"我怎么不知道,"我疑惑了,"从没听你说起啊。"

"那是因为你从来不听我说话啊,呆瓜。"她的声音小得几乎听不见。

"我想看看你的作品,"乔西饶有兴致地说,"我很怀念画画。作画的时候能让我整个人平静下来,或许改天有机会我们可以一起坐下来画上一幅。"

"或者你可以去帕森斯上课啊。"我向尤尼斯建议。一想到他们俩,一个生机勃勃,一个长生不老,一起作画,一件以前人们常说的"艺术品",让我顿时自怜自艾起来。要是我也有这样的艺术细胞该多好啊!为什么我要像古代犹太人那样受文字的煎熬啊?

"或许我们可以一起去帕森斯上课,"乔西向尤尼斯发出了邀请,"你知道的,一起。"

"但谁有这个时间呢?"我忍不住插嘴。

我们重新回到客厅,乔西让尤尼斯跟他一起坐在一张舒适的沙发上,把我支开,让我坐在对面的皮椅上。"干杯。"乔西的粗口杯碰了一下尤尼斯的细脚玻璃杯,他们相视而笑。尤尼斯转过头看我,我只好从椅子上站起身,走过去跟他们碰杯。然后再坐回来,孤伶伶的。

"干杯,"我心不在焉,差点把乔西的杯子一口吞下,"为了我最爱的人们。"

"为了活力和青春。"乔西的祝酒词。

他们开始聊起来。乔西询问她的生活,她还是那副满不在乎的样子——"没错儿","我猜是的","有点儿","也许吧","我试过","我不够好","我搞砸了"。但是她很喜欢这种被人关注的感觉,从未有过的投入,一只手捋着肩头滑落的秀发。她并不懂该如何同异性交流,不带怒气也不调情。但她在努力过滤,尽量隐藏自己的情绪,必要时取悦对方。她不时朝我投来担忧的一瞥,表示不喜欢这样一边思考一边回答,但是这种担忧随着乔西倒酒次数的增加而消失了——我们三个都已经超过了最多两杯的上限——乔西还周到地为她拿来一盘蓝莓和胡萝卜。他还主动请缨,要在绿茶壶里煮上一些大麻,我有好多年没见他这么干了,但被尤尼斯婉言谢绝。尤尼斯表示她不抽大麻,心里隐隐有点不高兴。

"我不介意来点儿。"我不想扫他的兴,但显然这个提议已经被否决掉了。

"为什么你们叫列尼'恒河猴'?"尤尼斯问。

"因为他看起来像。"乔西毫不避讳。

尤尼斯转了一下手机,当刚提到的那种动物出现在屏幕上时,她一仰头,哈哈大笑起来,这种笑我只在她跟最要好的爱德伯德伙伴一起时看到过,爽朗,兴高采烈。"太像了,"尤尼斯表示赞同,"长手臂,还有隆起的背部,为他买衣服实在太困难了,我得教他如何……"她一时找不到合适的词语表达,只好做了一个伸展手臂的动作。

"穿衣。"我帮她说了出来。

"他学得很快。"乔西一边说一边望着她,另一只手心不在焉地去拿放在脚边的另外一瓶红酒。我赶紧把我的杯子凑过去再要了一杯。我们继续畅饮。我退回到自己潮湿的皮椅上,不禁感叹这么些年过去了,乔西家居然没多大变化,一件新家具也没有添置。这么些年,独身一人,没有孩子,没有美国式的铺张浪费,全心全意只做一件事,如今的成果就坐在他半英尺外的地方,一条腿坐在屁股下面,这是个信号,表明她已经快没有耐心了。乔西有一样事情特别在行,那就是告诉你他不会伤害你,即使是他正在伤害你的时候。

他们谈论的都是年轻人的东西:性感医生,鞭打女孩,"海蒂"胡芳,新出来的越南籍艳星。他们用这样的词:妓女,还有年轻人的专用缩略语,比如TGV、ICE,让人想到欧洲的高速列车。脸上没有皱纹、被酒熏红了脸的乔西,身上长着新肌肉,驯服的神经末梢,前倾的样子就像一枚导弹的中程弧度。他的思想或许正涌动着年轻的本能,不惜一切代价寻求爱情。从反面来讲,我在想他会不会怀念之前衰老的模样,他的身体会不会更渴望一段历史呢。

"我真的想画,但画不好。"尤尼斯在找借口。

"我敢打赌,你一定画得好,"乔西说,"你有这么一种——时尚感,简约感,我第一眼看你就感觉出来了!"

"大学里是有一位老师说我画得好,但她是个女同性恋。"

"OMFG,你为什么不现在就画点什么呢?"

"不可能。"

"完全可能,现在就画,我给你去拿纸。"他手往沙发上一撑,腾地站起身来,哧溜跑往书房。

"等等,"尤尼斯在他身后喊,"见鬼了。"她转向我,"我害怕极了,没法画,列。"但是她面含笑意。他们在玩游戏。我们都醉了。她起身去追乔西,然后我就听见一声年轻的尖叫——我分不清是谁发出的。我走到已经空了的沙发,循着刚才乔西坐的位置一屁股坐了下去,感受着房子主人留下的温存。天渐渐暗下来了。窗外,我看见水塔和高楼的后背,一直延伸到哈德逊河两岸的玻璃水泥工地,就像两面脏玻璃。我的手机不厌其烦地告诉我每栋房产的市值,并且和汇丰伦敦、汇丰上海做比较。我端起酒瓶放在嘴边,让白藜芦醇充满我的身体,希望借此能给已经倒计时的身体索要几年宽限。乔西重新回到客厅。"她不让我看。"他说。

"她真的画了?"我有点不太相信,"用手?不是在手机上吧?"

"当然他妈是真的,家常菜!你难道不了解你女朋友吗?"

"跟我在一起,她很低调,"我回答,"FYI,没人再说什么'家常菜'了,灰熊。"

乔西耸了耸肩。"年轻就是年轻,聊得年轻,活得年轻。你的酸碱值现在是多少?"

她走出来了,红着脸,带着笑,把一叠画纸护在胸前。"我不行,够傻的,还是撕了吧!"

我们恰到好处地嚷嚷着抗议,用各自的男中音互相竞赛,乔西甚至还像个联谊会的大哥哥一样用杯子在咖啡桌上敲得啪啪响。害羞地,但是带着一点调情的味道,这种调情或许是从一部讲曼哈顿女人的老连续剧中学来的,尤尼斯还是把画纸交给了乔西。

她画的是一只猴子,一只恒河猴,如果我没看错的话。一个鼓鼓的长着灰毛的胸脯,长长的心形耳朵,小小的深色爪子牢牢抓住树枝,头顶一撮毛,脸上是一副贪玩、聪慧和心满意足的表情。"画得真仔细啊,"我赞美道,"每个细节都活灵活现。看看这些叶子,你真棒,尤尼斯。我真是大感意外啊。"

"她画的是你啊,列。"乔西说。

"我?"我又重新打量了一下猴子的脸。红红的、有裂纹的嘴唇,茂盛的胡茬。夸张的鼻子,鼻尖和鼻梁处亮晶晶的,不很明显的皱纹直奔太阳穴而去;浓密的眉毛几乎可以看成是独立的器官了。如果你换个角度来看这幅画,如果你把画纸一半放在阴影里,我刚认为的心满意足的表情立即变成了欲求不满。画的确实是我,恒河猴的样子,正在恋爱中。

"哇,"乔西发表了意见,"真是太有多媒体的感觉了。"

尤尼斯说画得不好,一个十二岁的小孩都能画得更好,但我可以看出来她心里未必这么想。我们和乔西拥抱道别,他在她脸颊上亲吻了一会儿,然后快速地拍了拍我的肩膀。他送给我们一些助消化饮料和产自北部的草莓,供我们路上享用。他陪我们一起下电梯,跟门口那些佩枪的士兵沟通。他站在门口,手扶着门柱,目送我们离开。在最后那会儿,就是看我们离开那会儿,我看到他的侧脸,像拍了一张 X 光片一样,那光洁新生的皮肤下面、那炯炯有神的眼睛下面,紫色的血管纵横交错,让人觉得他一下子又老了回去。刚才那样拍拍肩膀是远远不够的,我想要抱住他,好好安慰他。如果有一天乔西毕生的心血宣告失败,我们俩中间谁会更伤心呢,父亲还是儿子?

"看,还不赖吧,"在加长车里,尤尼斯把她热乎乎、还带着酒气的头靠在我肩膀,"玩得很开心吧?他人不错的。"

我感觉到她在我脖子上的呼吸。"我爱你,列尼,"她很动情,"我很爱你。我希望自己能更好地表达对你的感情,但我会用尽我全部力气来爱你。我们结婚吧。"我们亲吻起来,唇上,嘴上,耳朵,一路上还经过了七个检查站,走完了罗斯福大道全程,好像一架直升飞机一路追随我们,它的黄色探照灯光投射到东河的白浪上。我们谈到去市政厅,举行一个非宗教仪式,或许就选在下星期。为什么不把关系确定下来呢?为什么还要单身?"你就是我想要的,大象,"她说,"你是唯一。"

老牛吃嫩草

摘自尤尼斯·朴在全球青少年网上的邮件

七月二十日

永远的古德曼:嗨,尤尼斯,我是乔西·古德曼。最近怎么样?

尤尼丝袜:乔西?

永远的古德曼:你认识的,列尼的老板。

尤尼丝袜:噢,嗨,古德曼先生,你怎么会有我的帐号?

永远的古德曼:搜索一下就知道啦。你叫"古德曼先生"干什么?那是我父亲的名字,叫我乔西好了,或者灰熊。列尼就是这么叫我的。

尤尼丝袜:哈哈。

永远的古德曼:我现在是来提醒你我们之间的约定。

尤尼丝袜:我们有约定吗?

永远的古德曼:我们说好了一起去上艺术课啊,忘了?

尤尼丝袜:说好了?抱歉啊,这星期我很忙,在申请零售工作什么的。

永远的古德曼:我有很多客户都是做零售的,你想要什么样的工种?一个在什么"臀"上班的人刚来过。我会帮你保密的。

尤尼丝袜:噢,我可不能强人所难。

永远的古德曼:别说了!谁在强人所难?哈!我想我们一定能搞到一份"超级臀部"的工作。

尤尼丝袜:好吧,谢谢了。

永远的古德曼:我顺便把帕森斯的暑期绘画班也给你报了啊。

尤尼丝袜:你真是太好了,可是暑期班应该已经开始了吧。

永远的古德曼:他们给我们开了个特例,只有我们两个人的班,不过你最好不要告诉列尼,哈哈。

尤尼丝袜:真的太谢谢了,但我恐怕没那么多钱。

永远的古德曼:WTF?! 我包了。

尤尼丝袜:你真是太好了,古德曼先生,但是这星期我得先找好工作。

永远的古德曼:你叫我什么?

尤尼丝袜:啊,对不起!!!! 乔西。

永远的古德曼:哈! 不管怎么说,你那幅"恒河猴"画得那么好,我不想你浪费才华,尤尼斯。你非常有天赋。或许听起来有点奇怪,但你让我想起了自己年轻的时候,当然你比我好看多了。那时我总是愤世嫉俗,直到有一天我意识到自己不一定非死不可。我们中的有些人是与众不同的,尤尼斯,这些人不应该只是满足于生存。或许你就是这样与众不同的人,是吧? 不管怎样,工作的事我会帮你搞定,你不必担心。我会跟你一起上课,这实在太棒了!!!! 你可以再多为列尼画几幅他的动物肖像画,等秋天他生日的时候送给他。

尤尼丝袜:事实上我正在为送他什么犯愁呢。

永远的古德曼:太好了! 好吧,你忙你的,但是上课的事早点给我个音信,他们会为我们专程从巴黎请老师过来。

尤尼丝袜致格里尔婊子

亲爱的小马驹：

真他妈的不爽啊！！！好吧，这次你一定要帮帮我，小猴精。好了，你坐下来了吗？那天我们去了列尼的老板家，一幢漂亮的老式公寓楼，就像巴黎郊外的那种。布置得也很雅致，没有那么多媒体，看得出他花了不少心思。他们甚至为他关闭了整条街。他老板本人非常……帅，他开的公司是帮人变年轻的。他本人大概七十多岁，但是看起来好像是列尼的弟弟，也比他帅得多。还记得我们在幼儿园看的那些黄片吗？里头有一个老头，在海滩猥亵未成年少女，那片叫什么来着？"老牛吃嫩草"？他长得就有点像那个老男人，也剃了平头，但是更风流、更年轻。

列尼的老板说他体内有许多"微型机器人"，帮他修复坏死的细胞，但我一点也不信。我猜他只是做了许多次整容手术，平时注重保养，一天做三次运动（不像列尼！）。后来我们一边聊天一边喝酒，我喝的酒比从罗马回来之后总共喝的还多，整个人有点晕乎乎的。这个男人，古德曼先生，一直这么深情、贪婪地看着我，那眼神分明在说他想跟我上床，但是又很温柔，好像我既是他的女儿又是他的玩偶。他有时又憨憨的（他就像做了一场个人秀，拿出了他所有滑稽的画，一个老妪长了超多阴毛——真恶心！）。我真想一下跳到他的膝头，大概是看了这些画的缘故，我下面居然有点湿。他很聪明，又随和，让人很想亲近，还那么好玩，列尼永远都望尘莫及。我开始出汗，变得很不自在，好像我的大腿一下子变得很肥，不由自主地互相摩擦起来，发出湿漉漉的声音，嚓！嚓！TIMATOV！！！！我必须马上减肥，不能找借口。我摄入太多的蛋白质和碳水化合物，尽管古德曼还提到了峰蛋白的价值。不管怎样，这个星期我打算从韩国超市买那种冰冻的低脂红豆来吃，吃饭的时候再喝五大杯水。

然后我和列尼就回家了,回到家我们就开始做爱,我们像《魔力阴户》那样换了许多姿势,但是自始至终我心里想的都是古德曼。GAH！我这是怎么了,难道是列尼不够老吗？大概我真的有"恋父情结"！哈哈！我真该问问萨莉我可不可以在她做义工的老人病房里做实习生。我猜大概是因为太内疚,我不断地告诉列尼我想嫁给他！第二天,我收到乔西的一条消息(他让我这么叫他),让我跟他一起在帕森斯学习画画,课上只有我和他,还有一位来自法国的老师。而且他叫我保密,不要告诉列尼课上只有我和他两个人。你觉得这是一个信号吗？我该怎么办呢？他是我男朋友的老板啊！

噢,他还说可以帮我找份零售工作,说不定就在"翘臀"或者别的什么店。他真的很有本事。关键是,虽然他比列尼要大上差不多四十岁,但他还像个孩子,当然是个非常成熟的孩子。他爱玩,会掌控,我打赌他一定能帮我偿还信用卡账单——哈哈哈！当然这些都是玩笑。但是从另一方面来说,似乎我跟他比跟列尼更容易交流,虽然他不知为何不玩手机,也没法对他深入了解。上帝呵,我的小妞啊,告诉我,我是一个坏女孩,在我再次犯傻之前把我叫醒吧。

第二件事情就是我又看到了我爸,很别扭,但是似乎让我心里好过了一些。已经没有病人来找他看病了,于是他就问萨莉,看他能不能在贫民帐篷那里帮点忙。萨莉带他去了汤普金斯广场,然后萨莉就"安排"了这次见面。她一直扮演着团结全家的好女儿。

突然下起了大雨,桌上的食物都被雨水冲走了,之前还有人送来了三个火腿,于是就有人懊恼地哭了起来。有个老妇人上个礼拜死于心脏病,竟然没有一辆救护车愿意过来,而且也没有一个人有医保卡。所以爸爸来的正是时候。他花了一个下午的时候,逐个帐篷地给人做检查。开始的时候大卫还会对他吩咐这吩咐那,爸爸只是平静地看着他,就像他平静地看着我一样,只是一言不发。然后大卫只好闭嘴了。爸爸把所有医疗器械都拿来了,看到个子不高的他,背着妈妈在他六十岁生日时送给他的庞大的棕色皮包,穿梭在帐篷之间,一副老实无辜的样子,我心里真是百感交集,难道这就是让我痛苦不堪的人吗?

他告诉我们,这些人中有许多都营养不良,所以我们就去了在第二大街上新开的 H-Mart 超市,买了许多不易变质的食物,有一千包大米(不是很好的那种),还有好多箱海苔饼干,我们叫了辆出租车,统统运回公园。以前上幼儿园的时候,我的午餐盒里尽是这些东西,让我觉得很难为情,现在我们却把这些食物分给贫穷的美国人,这种感觉真的难以形容。跟爸爸一起购物挺不错的,他不会再对我大吼大叫,他跟病人在一起的时候也非常亲切,甚至还跟小孩在活动帐篷里做游戏,就像我们在加州的时候他陪明熙玩一样。爸爸扮成飞机,飞往首尔,小姑娘坐在他背上,系好安全带,然后飞行餐送上来了(又是年糕!)。过了一会儿,"飞机"要降落了,爸爸会说,"欢迎乘坐此次'叔叔'航班,请带好随身物品,好吗?"他跟大卫聊经文聊了好像有十个钟头,我敢说大卫看到爸爸滔滔不绝地讲罗马人如何如何的时候一定吃惊不小,他还说帮助贫民就好像"去耶路撒冷辅佐圣人"。我喜欢这种说法,听起来好像大卫和这些贫民都变成了圣人,比那些神气活现的列尼的朋友不知道好上多少倍。他们不得不拿出所有的防雨布盖在剩下的"七月四日"牌玉米上,大卫本想叫几个帮手,但爸爸固执地拒绝了,最后硬是就他和大卫两个人把这活干了,像两个可靠的长工,虽然我有点担心爸爸会得感冒。

或许听起来很怪,但我想或许这就是我的家庭,没有妈妈,也没有萨莉。或许我本应该是个小子吧?我知道你不喜欢大卫和阿齐兹军,但等他们干完这一切,爸爸告诉我他觉得大卫人很好,这个国家对他所做的一切都是不公平的:派他们去委内瑞拉打仗,又不给他们应得的奖金和医疗保障。

不得不承认,爸爸显然跟大卫比跟列尼更有共同语言,大概因为他是在战后的韩国长大的,他知道什么叫一无所有,也懂得该如何依靠自己的智慧去生存。当然,我更怕爸爸会提到列尼,有那么一刻,我觉得他快说到了,因为只剩下我们俩了,而每次当我们单独相处的时候,他就会摘掉面具,然后指责我如何辜负了他和妈妈。但这次,他脱口而出的竟然是:"你好吗,尤尼斯?"

我几乎快要感动得哭了,他从未这么问过我。我只能支支吾吾地说:"嗯嗯,好,嗯嗯。"接着就感觉无法呼吸。我说不清到底是因为太高兴了,还是太害怕了,因为他这么说让我感觉即将跟他永别,好像我们今后再也无法相见。我在想,如果此刻我抱住他,他会有什么反应呢。每次离家到别处之前我都好害怕,因为他总在最后一刻袭击我,每次都在去机场的车上说一些让我难堪的话。但我也在想,其实私底下,他只是在寻求一些和我的联系,在我抛弃他远走高飞、找个列尼这样的男人之前。我们走出公园大门的时候,我的心里就是这么想的,所以脱口而出:"再见,爸爸,我爱你。"然后就头也不回地一路小跑回公寓,谢天谢地,列尼还不在。然后我就放声大哭了三个小时,直到列尼回家来吃饭。那天晚上,我真的一刻都不想跟他待在一起。

这些事,我真不想再提,每次提,都会让我伤感不已。对了,你那儿有什么情况,我的炸玉米饼?你爸爸把橡胶吸盘业务抢回来了吗?那些流浪汉呢?狗娘养的格佛呢?我们分开的时间越长,我就越想你。噢,我妈还是不肯给我回信,大概是对我跟列尼相好的惩罚吧。或许下次我该带上七十岁的乔西·古德曼去教堂做祷告!哈哈。

七月二十二日

格里尔婊子致尤尼丝袜

亲爱的熊猫：

我眼下真的不方便说话。我爸失踪了。他去了工厂，这是全球青少年网追踪上他的最后的踪迹。我们猜测他应该是溜进了工厂，虽然外面有护卫军把守，里面有流浪汉为所欲为。我和妈妈试图通过检查站，但他们就是不让我们进，而且妈妈还和一个士兵发生了冲突，那个士兵打了她。我们已经回到家了，我刚为她换了止血敷布，她的眼睛完全肿了，但坚决不肯去医院。我真的搞不清到底发生了什么。有个来自"利维播报"、名叫普瓦茨·斯维布拉特的多媒体人说工厂起火了，但我从来没有听说过这个人。抱歉我算不上一个好朋友，眼下不能回答你的疑惑。你应该坚强，为你的家庭全力以赴。

尤尼丝袜：萨莉，你听说了加州的情况吗？姜家到底出了什么事？
萨莉星：问你男朋友。
尤尼丝袜：什么？
萨莉星：问他渥帕常保险公司的事。
尤尼丝袜：我还是不明白。
萨莉星：别担心了。
尤尼丝袜：操！你干吗要这样？列尼对你和妈妈做了什么吗？更何况他并不是那家保险公司的员工，他工作的是后人类服务部。他的老板我也见过了，人很好。这是一家帮别人变年轻、变长寿的公司。
萨莉星：蛮能自圆其说的嘛。
尤尼丝袜：没错，因为只有你和爸爸配做圣人，配去耶路撒冷啊。

萨莉星:啥?

尤尼丝袜:查一下吧,在你的《圣经》里头。你或许曾用十二种颜色把它画出来过。你想得到吗,我也在那儿帮忙,萨莉。过去几个星期一直在那儿。我还和大卫成了朋友,他说你是个被宠坏的巴纳德女孩。

萨莉星:你还要这么动不动就生气到什么时候,尤尼斯?总有一天,你的容貌会褪色,这些白人傻小子就不会再向你献殷勤,然后你该怎么办?

尤尼丝袜:说得好,萨莉。不过你终于诚实了一回。

萨莉星:对不起,尤尼斯。

萨莉星:尤尼斯?对不起。

尤尼丝袜:我得去见大卫了,我给他们送药品补给去,万一有袭击,他们必须顶得住。

萨莉星:好的。我爱你。

尤尼丝袜:当然。

萨莉星:尤尼斯!

尤尼丝袜:我知道你爱我。

七月二十四日

阿齐兹军信息部致尤尼丝袜

嗨,尤尼斯。很高兴见到你父亲,跟他聊天。他让我想到你,你们俩都那么犟。听你说在汤普金斯公园的见面让你跟你父亲走得更近了,我真的很高兴。看到你的父亲也让我想念自己的父亲了。我们在成长过程中,父亲总是对我们过分严厉,那意味着他们的孩子一定比他们更坚强。观察所得:你经常怨天尤人,尤尼斯,那是你的短处,但你还是一个坚强的女孩,有时让人害怕。把这份坚强用在好的方面,继续努力。

今晚凄风苦雨,让人倍感冷清。大家都睡了,只有玛丽索尔的小女儿安娜还在喷泉边唱 R&B。我有点儿担心"武力保护"。保护我的军队警察说公园周边没有重建署的活动,但这样的事发生在星期五不太正常。我打算派一支小分队沿途搜索,一直到圣马可大街的自助洗衣房。或许两党派的人看到了墙上的字,或许这次我们真的能要回委内瑞拉战后的补贴。

观察所得:总的来说,你很幸运,尤尼斯,你知道吗?如果此刻你就在这儿,我们就能在这安静的帐篷里聊聊天(我本想跟你打电话,但或许你已经在梦乡了)。这种感觉就像回到了大学,只不过奥斯汀没有一个人像你这么美丽。FYI,分管营养的长喜说我们需要二十瓶驱蚊水,如果你能再从 H-Mart 采购一百个鳄梨和一些蟹肉棒的话,我们的营养将大为改善。

希望你不必受这雨水之苦,身心愉悦。这个星期不要屈从于高端客户的思维模式。完成一些有益的工作,你父亲会为你骄傲的。当然也要注意休息。不管发生什么,我永远支持你。

大卫

决　裂
摘自列尼·艾布拉莫夫的日记

七月二十九日

亲爱的日记：

　　格蕾丝和毗瑟弩宣布怀孕消息的派对在斯塔藤岛上举行。在去轮船码头的路上，我和尤尼目睹了一次示威游行，沿着达伦西大街，往已经损毁的威廉斯堡大桥方向前进。虽然被重建署当局取缔，或者说看起来像是被取缔了，但游行民众还是自由地喊着口号，挥着错字百出、要求改善住房条件的标语："人民的劲力！""住房是明权。""别把我们扫地出门。""烧光信用杆！""我不是蚱蜢，镇府！""别叫我蚂蚁！"他们用西班牙语和汉语喊口号，声音振聋发聩，分明是想把我们的本族语扫地出门。人群中有小个子的福建男人，虎背熊腰的拉丁母亲，还有些事不关己的白种多媒体人，借机来发泄一下自己的不满：高昂的房贷压力，和工作压力。"房地产束缚了我们！"一些更有文化的游行者高喊。"别再提什么遣送回国！嘘！留给年轻人的空间不是用来出售的！团结起来有力量！夺回我们的城市！没有公正！没有和平！"他们刺耳的声音让我平静了下来。如果还有这样的游行,如果人们还会为变性年轻人争取更好的住房条件而参加游行,那我们国家或许还不会灭亡。我想过要告诉内蒂·法恩这个好消息,但因为要急着赶路只好作罢。根据我手机显示的内容,在码头的护卫军不是渥帕常的人,所以我们不得不跟其他人一样要窝囊地重复一遍"否认和同意"的誓言。

格蕾丝和毗瑟弩的家在消息灵通的圣乔治社区,一幢石头建造起来的别墅,多利安式的柱子说明了该建筑悠久的历史,角楼的样子让人忍俊不禁,花纹玻璃窗略显俗气,其他方面久经考验,显得气度不凡。十九世纪建成的风格,屹立在这个小岛上,离世界上最重要国家的最重要城市仅一步之遥。

他们并不富有,我的毗瑟弩和格蕾丝——两年之前他们基本没花什么钱就买下了这个寓所。彼时,一场危机正愈演愈烈——这个地方一片狼藉,纵然在没有肚子里的这个宝宝捣乱的情况下。一套"沙克"牌家具,毗瑟弩总也没时间安装妥当,还有一批好像来自上辈子的散发着霉味的书,他也不会花工夫去读。毗瑟弩正在屋后的走廊上烤着豆腐,一边翻动着蔬菜。就是这走廊让整幢房子与众不同,从这里可以俯瞰整个曼哈顿市中心处于蒸腾的暑气中,天际线看起来疲惫不堪,需要冲个凉。毗瑟弩和我见面就要来个黑人式的击掌、拥抱。我站在毗瑟弩身旁,小心地赔着笑脸,就像年轻单身的时候在酒吧赔姑娘笑脸一样,尤尼斯呢,则拘束地站在远处,手里紧紧地握着一杯比诺酒或者别的什么酒。

危机网:信贷市场负债超过基准一百兆北欧元。

我不太确定这到底是什么意思。毗瑟弩心不在焉地看向不远处,这时一块根茎蔬菜从烧烤架上掉进了火堆,冒出一缕青烟。

走廊上渐渐站满了人。诺亚也来了,脸晒得通红,带着夏日的困倦,可是已经准备好做司仪,宣布毗瑟弩和格蕾丝的女宝宝即将出生的消息。诺亚的女友,艾米·格林伯格,那个谐星,正在上传着她的"救生圈时间",一会儿是一阵阵痉挛一样的笑声,一会儿是毫不含蓄的愤怒,因为诺亚不准备让她怀孕,因为她唯一拥有的就是这份不太讨好的职业。

我的朋友们。我亲近的人。我们聊天的方式是那种典型的即将迈入不惑之年的人那种又玩笑又伤感的样子,谈论着曾经让我们年轻的人和事。这时艾米给我们拿来一袋大麻,无核,湿润,只有多媒体人才会抽的那种。我想叫尤尼斯也加入我们,但是大多数时间她都一个人站在一旁,低头玩着手机,她穿着那件美丽的礼服,就像是从老电影里走出来似的,高傲的公主大家都敬而远之,除了一个男人。

诺亚走了过去,试图逗她开心("你好啊,女士?")。我可以看见她的嘴唇嚅动了一下,发出几个音节,带着理解和鼓励的意思,脖子上都泛起一阵红晕,像出疹子一样,让人不可救药地深陷其中。但是毕竟她的声音太轻了,湮没在烧烤蔬菜的嗞嗞声和老朋友之间爽朗的笑声中。

有更多的人出现在派对上:格蕾丝的犹太裔、印度裔同事,零售业的女律师,了不起的是她们可以在温顺友好和疾言厉色、静若处子和动如脱兔之间毫不费力地转换;毗瑟弩那些跟夏天一样可爱的前女友们,他跟她们还有联系,因为他风流不减;还有一群纽约大学的朋友,现在大多成了油滑的信贷男,其中一个开着时髦的豪客、戴着珍珠耳环,试图与诺亚一比高下。

我跟诺亚边喝伏特加边聊,他关闭了手机,跟我说起了心里话。格蕾丝的怀孕让他"感觉压力很大",不知道自己下一步应该怎么办。而他的好酒量,虽然让很多人羡慕,却让艾米有点担心。"跟着感觉走。"我这样开导他,虽然这个建议早已老掉牙,像第一架波音"梦想"飞机还挂着美国国旗的时代,翱翔在西雅图上空灰蒙蒙的天空。

"但是现在什么感觉也不对啊。"诺亚直接反驳了我,眼睛不自觉地盯着尤尼斯紧致的身材。我又给他倒了一大杯,伏特加都满了出来,把我刚才烧烤时熏黑的手指也打湿了。我很高兴,至少我们今天没有谈论政治,高兴外加惊讶。我们继续喝酒,传到我们这里的大麻又为我们不安的心神增添了一抹诱人的绿意,眼角膜在危险地搏动,但是视野变得明亮而清澈。如果朋友和尤尼斯能一直陪伴在我身边,我一定会很好的。

一把叉子敲了一下香槟酒瓶玻璃,这是这对夫妇所拥有的唯一一件非塑料玻璃制品。诺亚马上要上去做他精心准备的"即兴"演讲。毗瑟弩和格蕾丝站在人群中间,我对他们的爱慕如潮水般汹涌。穿着一件朴素的白色田园风上衣和一条非透明牛仔裤,格蕾丝看上去真美。而毗瑟弩呢,面对即将到来的责任,他深色的五官更显示出希伯来风格(事实上这两个民族也确实善于繁衍下一代),他的穿衣风格趋向保守和精致,年轻的 SUK DIK 已经被看不出年代、印有针砭时弊的"鲁本斯坦必将慢慢死去"字样的 T 恤所取代。格蕾丝和毗瑟弩,我心目中成熟的人。

诺亚开始发言,我以为我会讨厌他的夸夸其谈,肤浅的本质,永远改不了的实时播报的特征,但这次我打心眼里不讨厌他说的话。"我爱这个深肤色小子,"他指着毗瑟弩,"还有这个黑小子的媳妇,我想他们是唯一应该生孩子的一对,唯一有资格再造个小家伙的一对。"

"说得好!"下面热烈地响应着。

"信念坚定的一对,所以等孩子一出生,她就会被宠爱、被呵护、被照料,因为他们是好人。我知道人们经常说——'他们是好人'——这里的'好'是塑料的、简易的,我们都能做到;但还有一种'好'是深刻的,可能绝无仅有的。从始至终,日复一日,坚持不懈,苦心经营,从不盲目,疏导愤怒,对我们民族所经历的一切无比愤慨,但是把它们化于无形。不转嫁给孩子,这是我想说的。"

尤尼斯热切的眼神说明她也被诺亚的话所打动,停下了正在手机上拨弄"翘臀"的手指。我本以为诺亚已经讲完了,但是他还要讲几个笑话调剂一下,因为我们虽然都仰慕格蕾丝和毗瑟弩,但是心里也有点被他们和肚里的宝宝吓到了,所以艾米带头哈哈大笑,我们也跟着笑——效果不错。

大麻又回到了我这里,是一位我不认识的苗条女士递过来的,我匆匆吸了一口。我的脑海中出现了这样一幅回忆的画面,那年我十四岁,经过位于忘了是第一还是第二大道上的纽约大学宿舍楼,五颜六色的外墙,从房顶垂下鸡翅形状的装饰物,一群打扮时髦的妙龄女郎从宿舍楼里姗姗走出来,我经过的时候她们一串都笑起来——不是讥笑,因为我长得还算端正,因为那是一个明媚的夏日,因为我们都生机勃勃。我至今还记得当时心里那个雀跃(当即决定要报考纽约大学),但是才走了半个街区,我忽然意识到她们总有一天会死去,我也会死去,最后的结局——缺席,逝去,从"最长远"来看,这些都会变得毫无意义——也不会对我法外开恩,也不会让我充分享受友情的温馨,即使有一天,我交到了知心朋友,就像现在眼前的这些人,庆祝即将到来的小生命,欢笑着、畅饮着,把这种纯洁和联系传递给下一代,即使年复一年地与不可思议的事物越走越近,譬如清醒的时间在晚上九点到凌晨三点,在莫名的躁动和被蚊虫叮咬中度过。我与父母已经相去甚远,他们出生在一个建立在尸骨上的国家,所以无止境的焦虑总是伴随左右——噢,我也不过是盲目乐观罢了!我究竟又走了多远呢,一样地无力抓住此刻的幸福,不敢上去抓住格蕾丝的肩膀,说一句:"你幸福就是我幸福。"

危机网:中国投资公司退出美国财政部。

我看到毗瑟弩瞄了好几眼我们手机上最新滚动的这条消息,一些信贷男们已经开始交头接耳。毗瑟弩拉起了未婚妻的手,一边抚摸着未婚妻还不太显怀的肚子。诺亚还在调侃毗瑟弩进入纽约大学的第一年时的糗事,我们也重新加入调侃的行列——那时他是一个从穷乡僻壤来的傻小子,有次人被一辆轻型卡车撞倒,后来被送往医院,至今胸口还留有伤口。

两列直升机,像两队排成 V 形的鹅,我猜一边是在亚瑟水道上空,另一边是在弧度优美的韦拉扎诺大桥上空,我们的目光不由得都离开了正在声泪俱下地致辞的格蕾丝,抬头看向天空。格蕾丝刚讲到我们对她来说意义非凡,只要有我们在身边,她将无所畏惧。

"操!"两个信贷男互相问候起来,手里的"科罗娜"啤酒抖动着。

危机网:央行行长李旺盛发出警告:"我们已经忍耐很久了。"

"就让我们——"毗瑟弩试图挽回大家的兴致,"不要去理会,让我们开心过好这一天,朋友们! 还有一袋大麻,这就传过来!"

我们的信用等级和资产开始跳动起来,"正在进行重新评估。"开豪客的那位绅士甚至已经走向出口。

危机网:紧急通知:美国重建署已将纽约、洛杉矶、哥伦比亚特区的危险等级升至"红色++",危机迫在眉睫。

我们开始大呼小叫,叫着,相拥着,兴奋于我们一直以来担心的终于来了,夹杂着我们终于出现在电影里的现实,没办法离开电影院坐进车里仓皇逃跑。大家盯着彼此的眼睛,真的眼睛,有些是蓝色和黄色,大多数是棕色和黑色,一边在盘算着结盟的事:是一起逃生好呢,还是各自分开的好?诺亚伸长了他的脖颈,往上伸展,既像在审时度势,又像在彰显他身高的优势。"我们得团结起来。"我对艾米说,可是她有不同的立场,这个立场是经过一番计算得出的,数据和图像如七月里的绿酒。我也梳理着自己掌握的数据,一边尽力寻找尤尼斯。

危机网:纽约城内出现相当数量的小规模武装冲突,以下地区被国民护卫军隔离:中央公园,河滨公园,汤普金斯广场公园。

来自美国重建署中亚特兰大指挥部消息(东部标准时间下午6:04),全文如下:起义发生在下曼哈顿地区的"债务人—消费者—金融—居住综合社区"。居民必须在主要居住区随时听从指导/分配。阅读本信息,您已否认它的存在并表示同意。

马上,网上都是关于这个新闻的播报了。来自租住在汤普金斯公园附近的多媒体人,他们小心地把手机伸出窗台。大片的绿化湮没在滚滚浓烟中;最强壮的树木也被炮火刨光了树叶,只剩下光秃秃的树枝在直升机的龙卷风中颤栗。贫民已经被包围。他们的领袖,据多媒体透露,叫大卫·拉里(David Lorring),两个 r 一个 n,身负重伤。护卫军把他从公园里抬出来,上了一辆军属车。我看不清他的脸,只看到一块红色的凸起,从后面看起来应该是匆忙包扎了一下的伤口,身上还穿着军绿色的委内瑞拉战场制服,一只手从担架上挂了下来,好像断了之后草草接上去的。透过浓烟,我看到一段段的残骸,已经无法辨认,持枪的士兵继续挺进骚乱,到处都是塑料瓶在乱飞。忽然一块写着"白喉"的牌子出人意料地出现在镜头前。

尤尼斯快速地走到我跟前,"我想去曼哈顿!"

"我们都想回家,"我安慰道,"可是你看看这发生的一切。"

"我要去汤普金斯广场,那儿有我认识的人。"

"你疯了?他们在那儿杀人。"

"我的一个朋友遇到麻烦了。"

"许多人都遇到麻烦了。"

"说不定我妹妹也在那儿!她在公园帮忙的,我们坐船去。"

"尤尼斯!眼下我们哪儿也不去。"

一丝冷冰冰的笑容如此凛冽,我觉得她的颧骨都要裂了。"没关系。"她毫无惧色。

格蕾丝和毗瑟弩为那些没在他们家烧烤的人也准备了满满一袋食物,他们从祖先那里学到了机警和未雨绸缪,所以早就预料到了如今这个围城困境。我手机震动起来,一组糟糕的数据让我震惊。

收信人:后人类服务部全体股东及行政人员

写信人:乔西·古德曼

主题:政治局势

正文:我们正在经历一场巨变,但是我希望全体同仁保持冷静和警惕。即将垮台的鲁本斯坦/重建署/两党制,为我们提供了无限可能。我们的斯塔林—渥帕常总公司正在跟其他国家接洽,他们的主权财富基金也在寻求投资和联盟。我们预计这次的社会变化将会使所有股东和高层受益。如今的初始阶段,我们最关心的是股东和同事的安全。如果你此刻正在纽约以外的地方,请速速回来。尽管部分地区可能会发生违法和瘫痪现象,但是只有当你在自己位于曼哈顿和布朗斯顿的布鲁克林地区的三层楼房、别墅或者公寓里,你的安全才有保障。渥帕常保险公司将会保护你免受贫民骚乱和红色国民护卫军分子的袭击。如果你有任何疑问或者需要马上提供帮助,请联系"热爱生命者"外联科的霍华德·舒。你的手机一旦出现任何原因的传输中断,请查看渥帕常保险公司的应急手册,并按照上面的指示进行。我们公司和创意经济的新时期即将来临。我们都很幸运,或者从抽象意义上说,受到了庇护。继续前进!

尤尼斯背过身去,断断续续地哭着,眼泪爬过她的鼻梁,结成了珠子,变得颇具规模。"尤尼斯,"我叫她,"甜心,一切都会过去的。"我想抱住她,没料到她一下甩开我的手臂。附近的地面传来回音,我听到从格蕾丝和毗瑟弩家好久没修剪的灌木丛另一边传来不真实的声音,这是中产阶级在大叫大嚷。

危机网:不明来源:委内瑞拉海军导弹军舰"苏克雷 & 劳尔·雷耶斯"外加辅助船在距北卡罗来纳州海岸三百英里的地方被发现。圣·文森特的其他纽约区域医院处于高级警备。

我们为数不多的几个来自曼哈顿和布朗斯顿的布鲁克林,在毗瑟弩和格蕾丝面前排起了队,要求进他们的屋里躲躲;其他斯塔藤岛上的居民则拿出了折叠床,开放了他们阁楼上的小空间。汽车服务公司的名字和电话号码在手机之间传递,人们都想知道韦拉扎诺大桥到底还能不能通车。

我的手机又叫起来,毫无预警地响起了乔西的声音,急促得闻所未闻:"你在哪儿,列?全球追踪显示是在斯塔藤岛。"

"圣·乔治。"

"尤尼斯跟你在一块儿?"

"没错。"

"你得确保她一切平安。"

"她很好。我们打算在斯塔藤岛上过夜了,等最坏的情况过去。"

"过夜?你没收到我的内部通知吗?你得回曼哈顿去。"

"我收到了,但是行不通啊。我们在这儿难道不是更安全吗?"

"列尼,"那边的声音停顿了一会儿,让我的名字在我的潜意识里徘徊一会儿,就像上帝在呼唤我。"这个内部通知不是毫无来头的,而是直接来自渥帕常保险总公司。马上离开斯塔藤岛,马上回家,带上尤尼斯,确保她的安全。"

我一下子僵住了。我的灵魂之窗蒙上了一层迷雾。从相对喜悦到非常害怕之间的转变来得如此突然。忽然我想起了我"相对喜悦"的来源,便问乔西:"我的朋友,他们待在斯塔藤岛上安全吗?"

"因人而异。"乔西回答。

"根据是什么呢?"

"他们的资产情况。"

我不知道该如何作答。我只想哭。"你的朋友毗瑟弩和格蕾丝在那儿是安全的,"乔西进一步补充。他怎么知道我朋友的名字?我告诉他了吗?"你主要的精力应该放在确保尤尼斯回到曼哈顿的事情上。"

"那我的朋友诺亚和艾米呢?"

电话那头一阵沉默。"我没听过他们的名字。"乔西如实相告。

是该出发了。我亲了毗瑟弩两边的脸颊,跟其他认识的人击掌告别,还收下了格蕾丝一定要我带上的一盒泡菜加紫菜包饭,她本来是劝我们留下来的。

"列尼!"她哭了。然后小声对我说,好像怕尤尼斯听到:"我爱你,亲爱的。照顾好尤尼斯,你们俩都要小心。"

"别这么说,"我也轻声回答,"我会再来看你的,我明天就来看你。"

我看到诺亚和艾米两人都在直播,他大叫着,她大哭着,空气中满是恐慌和多媒体。我伸过手去,关了诺亚的手机。"你和艾米跟我们一起回曼哈顿。"

"你疯了?"他立即反驳,"市中心有骚乱,再说委内瑞拉人要打过来了。"

"我老板说我们必须回到那里,那里会比较安全。他的消息来源于渥帕常保险公司。"

"渥帕常保险公司?"诺亚叫了起来,"什么,你现在是两党派的人啦?"有那么一阵,我真想一巴掌把他拍死。

"我们得保住小命,蠢货,"我忍不住骂人,"大骚乱马上就要开始了,我这是在救你的命啊。"

"那毗瑟弩和格蕾丝呢? 如果这儿不安全,他们为什么不一起离开?"

"我老板说他们在这儿没事。"

"为什么,因为毗瑟弩跟他们是一伙的吗?"

我用一种前所未有的力量抓住他的手臂,他拼命挣扎,正好说明我是两个人之间的主导者。"听着,我爱你,你是我的好朋友。我们为了尤尼斯和艾米不得不这么做,我们得确保他们不受到任何伤害。"

他看着我,眼里满是忿恨。我一直不能确定他是不是真的爱艾米,现在我一点也不怀疑了。他根本不爱她。他们在一起只是出于一个目的:抱团比孤独稍微好那么一点。

危机网:不明消息来源:曼哈顿信贷区的十八根信用杆被贫民放火烧毁。国民护卫军将采取"果断"措施。

走在绿树成荫、风景如画的维多利亚圣·马可大街上,两对情侣,诺亚的手臂搂着艾米,我的手臂搂着尤尼斯。甜蜜的情侣,和旁边依依的杨柳,都是一派假象。让人窒息的恐惧,整洁漂亮的草坪,和风细雨的性爱,混杂着令人震惊的第三世界的汗流浃背,充斥着这个地区最优雅的街道。消息灵通的白人涌向渡轮码头,一群人赶往曼哈顿和布鲁克林,另一群人想回到斯塔藤岛——其实他们都不知道自己的主意是不是明智;听着手机上多媒体的喋喋不休,整个城市都被暴力所包围,不管这种暴力是真实存在的,还是主观臆想的。我们与人群擦肩而过,多媒体人一直在直播,艾米发布了她的穿着,以及她最近跟诺亚的失意,尤尼斯冷眼看着这周遭的一切,但她的性魅力却丝毫不减。一队直升机从头顶飞过,我们还以为暴风雨要来了。

我收到内蒂的消息:"列尼,你现在安全吗?我很担心!你在哪儿?"我马上回复她,诺亚、尤尼斯和我还在斯塔藤岛上,正准备赶回曼哈顿。"路上的情况请随时告诉我。"她这样写道,平息了一些我的恐惧。虽然情况很糟糕,但我的美国妈妈还在关心着我。

我们往左拐到了汉密尔顿大街,这样走能更快到达码头。我们差点被一个跑过来的人撞到,一口白牙,皮肤黝黑,穿着瓜亚贝拉衬衣。"他们在开枪射击多媒体人!"他一边对着手机喊,一边告诉身边经过的人。

"哪儿?"我们问他。

"这儿,曼哈顿,布鲁克林。贫民烧毁了信用杆!护卫军开枪反击!委内瑞拉人正往波多马克河开来!"

诺亚一把拉住了我们,紧紧抓住尤尼斯和我,他敦实的身体迸发出巨大的力量和坚定,挤得我们生疼,我开始有点恨他。"我们掉头!"他大叫,"我们冲不过汉密尔顿大街的,那儿到处都是信用杆,护卫军会开枪的。"我看到尤尼斯朝他笑了笑,为他廉价的果断。艾米在直播她对母亲的思念之情——皮肤晒得黝黑、当代多媒体妓女的典型——此刻母亲正在缅因州度假,艾米是多么想她啊,本想这个周末可以去看她,但是诺亚,他坚持要来参加格蕾丝和毗瑟弩的派对,现在可好,一切都晚了,不是吗?

"你能带我去汤普金斯公园吗?"尤尼斯问诺亚。

他笑了笑。刚刚还在歇斯底里,现在他居然笑了。"让我想想办法。"

"你们都疯了吗?"轮到我大叫了。但是诺亚已经拉起尤尼斯和艾米往胜利大道跑去。也有一些人往那条街上跑,比汉密尔顿大街上少些,但至少有几百人,惊慌失措,毫无方向感。我的手伸向尤尼斯,把她从诺亚的手里抢回来。我的身体,虽然虚胖,但是真实,两倍于尤尼斯的体重,整个把她包裹起来,护着她逆着人流前行。我的手臂挡住了人群的推搡,那群年轻、害怕的生命,他们花样的身体,他们无力活命的绝望。我们前方,两根信用杆烟雾缭绕,液晶屏幕已经损毁,里头的电子元件"啪啪"往外甩着火星。

我杀出了一条血路,俄国精神、丑陋精神、犹太精神在我体内荡涤——危急,危急,危急——同时保护着我最贵重的宝贝,不让她受到任何伤害,虽然她的帕玛化妆包撞击着我的肋骨,锋利的尖角疼得我眼睛也快睁不开。

我轻轻唤着尤尼斯:"宝贝,宝贝,马上就好。"

其实这话多余,她很好。我们手牵着手。诺亚牵着艾米,艾米牵着尤尼斯,尤尼斯牵着我,穿越喧闹人群。人群一会儿往这个方向,一会儿又往那个方向,谣言随着手机迅速传播。老天仿佛也在跟人们作对,一会儿刮东风,一会儿又刮起了西风。

老法院后面,市政府那块区域变成了国民护卫军的地盘,直升机在这里起飞,装甲车、坦克、布朗宁自动步枪严阵以待,他们还辟出了一小块地方,几个上了年纪的黑人的尸体被埋在这里。

我们在跑,但毫无意义。这一切都毫无意义。所有的标志,街道名称,路标,即使是这里,恐惧王国的中心,我心里想的只是尤尼斯不爱我了,不再尊重我了,她把诺亚看成决策者,而这个时候本该是她最需要我的时候。斯塔藤岛银行信托公司,Against Da' Grain理发店,儿童福音协会,斯塔藤岛精神健康社团,韦拉扎诺大桥,A&M美容品商店,星球乐园,生长日间护理,足疗。各种数据包围着我们,无用的等级,无用的流量,无用世界的无用公报。我闻到了尤尼斯口气中和身体上的大蒜味道,我把这误认为就是生命,脑海里忽然闪过这样一个念头,我应该还击。这个念头逐渐变成了一个咒语:"我爱你,我爱你,我爱你。"

"汤普金斯公园,"她叫道,她的固执真的让我很伤脑筋。"我妹妹在那儿。"圣·乔治再过去一点,那里未中产化的社区里出来一群黑人,跟我们这边的人流汇合在一起。我能感到消息灵通的白人正试图把自己与这群黑人分开,一种美式的生存本能,可以追溯到第一艘奴隶船登陆美洲大陆的那一天。与罪人保持距离。黑人,白人,黑人,白人。但这样也没有用。我们终是一体,我们都是罪人。一阵雨滴打在我们脸上,一阵热浪紧随而来,诺亚饱经风霜的脸转向我,责怪我的优柔寡断,艾米的直播只有一个词,"妈咪",反反复复地传向头顶的卫星,传向微风习习、她妈妈正在度假的缅因州,尤尼斯,神情镇定自若,抱着我,我整个抱着她。

诺亚和艾米已经通过一扇碎了一地玻璃的大门奔向码头,尤尼斯抓住我的手臂,拖着我也想往那里去。两艘渡轮刚刚卸下一批还惊魂未定的曼哈顿乘客。谁在开这些渡轮?为什么他们还在来回交通?持续的运作能保证安全吗?还有安全的停靠地点吗?

"列尼,"她对我发出了最后通牒,"我现在就清楚地告诉你,如果你不带我去汤普金斯的话,我这就跟着诺亚走。我必须要找到我妹妹,还要设法帮助我朋友,我确信我可以帮到他。你可以自个儿回家,在那儿安全待着。我一定会回来,我答应你。"

其中的一艘,约翰·F.肯尼迪号,拍打着水花,准备启航,我们奔向入口。诺亚和艾米早就在那儿了,两个人挤在一块写着"重建署交通——那不就是美国吗,值得一看,宝贝儿"的牌子下面。

你可以自个儿回家,在那儿安全待着。我必须要说点什么。我必须制止她,否则她会像那些贫民抗议者一样被开枪打死。她的信用已经够糟糕的了。"尤尼斯!"我咆哮了,"停下来!别再离我而去了!眼下我们必须待在一起,我们必须回家。"

但是她甩掉了我的手臂,跑向肯尼迪号,上船的斜板已经开始慢慢升起来了。我抓住了她的一个肩膀,但又生怕把她娇嫩的肩膀弄脱臼了,生怕听到"咔嚓"一声。我小心翼翼地把她领向第二艘船,船身上有传奇人物盖·V.莫利纳里①。

一架黑色直升机在头顶盘旋,火力十足的机首先是朝着我们方向,然后又转向高楼林立、近在咫尺的岛屿。"不!"尤尼斯看到肯尼迪号准备启航,她心目中的新英雄诺亚就在那艘船上。

"没关系,"我安慰道,"我们会在那头跟他们会合的。来吧,我们出发!"我们登上莫利纳里号,一路上都是摩肩接踵的年轻人和家庭,这么多家庭,刚流下的泪水,才风干的泪水,还有无力的拥抱。

"列尼,"内蒂又发来消息,"你现在在哪里?"尽管满腹狐疑,我还是很快

---

① 曾任美国国会众议院议员及斯塔藤岛行政区区长。

回复了她,我们在一艘开往曼哈顿的船上,目前还算安全。"你的朋友诺亚跟你们在一起吗?"她居然还打听这个,善良、热心的内蒂啊,要知道她根本没见过诺亚。或许她正在全球青少年网上追踪我们。我告诉她,他在另一艘船上,但也一样安全。"哪一艘?"

我说我们在盖·V.莫利纳里号上,诺亚在约翰·F.肯尼迪号上,这时零星的炮火在我们身后响起,汉密尔顿大街上隆隆声大作,伴随而来的人们的尖叫声钻进我的耳朵,一下子就什么也听不见了。一点也听不见了。死寂。尤尼斯的嘴唇动了动,但我听不到。莫利纳里号长方形的船头劈开了夏天温暖的河水,我们朝着曼哈顿方向奋勇前进。此刻我比以往任何时候都要憎恶"自由"女神像的尖顶,为着我能想到的每一个理由,但主要因为她象征神圣的主权和动物般的力量,我想要割断自己跟这个国家的一切联系,割断跟这个火冒三丈的女朋友的一切联系,还有所有一切把我跟这个世界绑在一起的联系。我渴望法律赐予我的七百四十平方英尺的空间,听着轮船的低鸣,想到我们正驶向观念中的家,我欣喜不已。

一只渡鸦飞到诺亚和艾米所乘轮船的上空。它向下倾斜了金色的喙,吐出一股橘色浓烟。两个导弹相继投下。一个爆炸了,接着是第二个。直升机志得意满地掉头,往曼哈顿方向飞回。

有那么一刻,人们停止了尖叫,手机也悄无声息,在莫利纳里号上,年长的紧紧抓住年幼的,年轻人忽然明白了灭亡的涵义,海风吹来,风干了脸上的泪痕,只觉得一阵阵刺痛。火焰从上层甲板腾空而起,肯尼迪号裂成了两半,一头扎进温暖的海水中。当我们生命的第一部分——虚幻的部分——落幕的时候,一个这么多年一直被遗忘的问题终于重新被提起,只听得一个嘶哑的嗓音在拷问,声音久久萦绕在舞台上:"这一切都是为了什么?"

安全局势正在好转
摘自列尼·艾布拉莫夫的日记

八月七日

亲爱的日记：

水獭进入我梦里,不是在罗马拷问我的那只动画水獭,也不是在格兰德大街上看到的涂鸦,而是一只真的水獭,一只高分辨率的哺乳动物,胡须,皮毛,湿漉漉的身体。他光溜溜、黑乎乎的鼻子凑到我脸上,耳朵上,亲吻着我,我可以闻到他热乎乎、熟悉的大马哈鱼口气,他带着泥巴的爪子弄脏了我干净洁白的衬衫,这是我特意为尤尼斯穿上的,因为在梦里我希望她能重新爱上我,我想重新赢得她的心。然后,他开口说话了,居然还是诺亚的声音,那个不安、不当却很熟悉的声音,一个失意学者的声音。"你知道吗,美国在外头很孤立,"他停下来看了我一眼,"一直是这样！这就是我为什么从来不离开我出生的那条小溪的原因。"他上上下下打量着我,看我有没有被他逗乐。"你在国外的时候有没有遇到什么不错的外国人啊。"不是一个问题,只是陈述事实。诺亚没有时间提问。"我还在等你告诉我那个名字呢,列纳德,或者列尼。"我觉得在梦里我的嘴再次想出卖

"法布里齐亚"这个名字,不同的是这次嘴巴无法打开。这只诺亚水獭笑了,好像我的那点心思根本逃不过他的眼睛,只见他用人形的手指擦了擦水獭的胡须,说:"你说了'德萨尔瓦'。"

诺亚。沉船之后的第三天。没有哀悼,没有悲伤,有的只是我们在华盛顿广场的砾石上分享一袋大麻的浅浅的回忆,我们早期的友谊就像年轻人的恋爱一样浅薄滑稽。嘴上聊着政治,心里想的是女人,两个来自乡下的穷小子,纽约大学一年级新生。那时诺亚已经开始写一本即将付梓的小说,我正在努力交着诺亚这样的朋友。这些记忆是真的吗?这就是我现在的生活。梦,仅仅只是梦。

最近我一直睡在沙发上。自从我把尤尼斯从汤普金斯公园拉回家,让她摆脱她自认为可以挽救的什么人什么事,她就基本没跟我说过话。她神秘的异性朋友?她妹妹?萨莉在战场上能他妈的干什么呢?

"我觉得你这样一点用也没有,"我这样告诫尤尼斯,那喋血的一天她大部分时间都躲在卧室。"如果我们现在不能互相照顾,那么有天这个世界真的完了,我们该怎么办呢?尤尼斯!你在听我说吗?我已经失去了一个最好的朋友,你难道不想,怎么说,安慰我一下吗?"毫无反应,冷冷的笑容,重新回到卧室。够了!

隆隆声,大的小的,远的近的,撞击着我的头脑,追踪着乌云笼罩的月亮,追踪着照亮秘密的闪电,这个城市不为人知的一面,整幢大楼里都是婴儿的哭闹声,还有,更可怕的是忽然间什么哭闹声也听不到了。不安。不安。不安。密不透风的窗帘也挡不住紫红色的火焰,你的皮肤都能听到它们的响声。晚上,你可以听到从河那边传来金属的摩擦声,好像两艘驳船慢慢撞在了一起。我推开窗户,礼花一般的火焰,燃尽的烟灰竟然让我碰了一鼻子灰——甜丝丝的带着泥土的气息,就像暴风雨过后的乡村。奇怪的是,居然没有汽车警报声。我倾听着救护车呼啸的声音,它们救死扶伤的使命在我听来好比"心灵鸡汤"——轮船出事的第一天每隔几分钟就能听见一次,接下来就是几个小时一次,直至完全听不见。

我的手机也连接不上去,没法上网。事实上没有一个人的手机可以。"这是 NNEMP,①"所有三十几岁的多媒体人聚在大楼的大厅里,语气里带着终结的意思。非核电磁脉动。委内瑞拉人一定用这种脉动笼罩了整个城市上空。或者是中国人干的,谁知道呢。自从多媒体瘫痪之后,"新闻"的质量还有什么差别呢。

委内瑞拉人并不只会做炸玉米饼。

管他呢,尤尼斯会这么说,前提是她还愿意理睬我的话。

我把手机伸出半开的窗户,试着接收信号。我找不到我的父母。我连不上韦斯特伯里,也连不上毗瑟弩、格蕾丝,也没有内蒂的任何消息。自从诺亚乘坐的轮船被轰炸后,无线电也一片沉寂。我手头只剩下渥帕常保险公司应急手册。"安全局势变好。待在室内。水:充足。电:间歇。如有可能,给手机充满电。等待进一步通知。"

在隔壁房间,她在哭。

我很害怕。

我没人可以倚靠。

尤尼斯,尤尼斯,尤尼斯。你为什么要一而再、再而三地伤我心呢?

沉船之后第五天,通知。

渥帕常保险公司紧急通知:下曼哈顿和中曼哈顿地区安全局势改善。请向所在区域总部报告。

---

① 即下文提到的"非核电磁脉冲"(Nonnuclear Electromagnetic Pulse)。

我穿上一件上衣，一条短裤，又怕又喜。空调已经罢工，所以我得穿着内衣内裤，短裤好像变成了盔甲，汗衫变成了裹尸布。尤尼斯坐在餐桌旁，恍惚地盯着她已经罢工的手机。我从未在她身上闻到过头皮的味道，但是现在闻到了，就像放在半死不活的冰箱里头的变质食品一样。恰恰是这样，让我的心莫名柔软了起来，想要原谅她，重新找回她，因为不管我们之间发生了什么，都与我无关。"我得去上班了。"我亲了下她的前额，一点也不介意她头上的味道。

她抬起头，在近一百个小时内第一次正眼看我，眼睛眯了起来。"去见乔西？"她问。

"是的。"我回答。她点点头。我站在那里像个日本工薪族，穿着闷热的裤子和散着臭味的衬衫，等着她继续说。但是她没再开口。"我依然爱你。"我说道。没有反应，但也不见冷冷的笑容。"我想我们都努力了，但是我俩实在有太大差距，你觉得呢？"在她还没来得及表达观点，否定我的看法之前，我先离开了。

街上空空荡荡。出租车去了它们原来的地方，因为少了这一道移动的黄色风景，曼哈顿看上去就跟星期五祷告的喀布尔一样静止和安静。格兰德大街上的信用杆被烧了个精光，看起来就像冰川退去之后露出的史前树木，彩色的灯泡像倒置的抛物线一样垂下来，顶端带有种族歧视色彩的信用标志被扯了个粉碎，像老式的抹布一样覆盖在汽车玻璃上。一辆老式的伊克诺莱恩面包车上粘着一个即时贴，上面写着"我女儿在被派往委内瑞拉的海军陆战队服役"。这辆车也被烧了——原因是它底朝天躺在路中央，样子像极了蟑螂。A-OK 比萨屋还开门营业，但是把窗户封了起来，就跟当地的阿拉伯酒窖一样。板上写了这样的字"抱歉我们只收人民币，但是所有商品半价出售"。除此之外，这一带看起来跟以前无异，基本没有打劫现象发生。一场失败的第三世界政变后一个寂静的早晨，从街道蔓延开来,连自由女神像也披上了寂寞的外衣。我为纽约感到骄傲,比以往任何时候都要骄傲,因为它承受住了其他任何一个城市都承受不起的:自身的愤怒。

F站的入口堆满了垃圾,说明地铁已经停运。我沿着格兰德大街走,一个寂寞的男人感受这八月的沉重,还有一种因为活着而感到的奇怪的饥饿感,不知道下一秒会发生什么。一方面,我需要的是真正的钱,而不是美元。

唐人街上的汇丰银行门口,一长队可怜的中产华人等在那里,等着对他们毕生储蓄的裁决。我很好奇,这群老头老太——他们在苏厄德公园里花上三元跟着教练打一次太极,头上开始谢顶——是不是还有机会偷渡回现在已经富裕许多的他们的出生国。他们回去会受到欢迎吗?尤尼斯的父母如果决定回去会受到欢迎吗?

我站了足足一个小时,听一个加勒比海来的男人唱一首打油诗。他从头到脚都穿着牛仔,皲裂的皮肤上擦着广藿香油。"所有这群渥帕常人,所有斯塔林人,卷走了钱,跑路了。他们搅黄了经济,搅黄了我们的口袋。赤裸裸的敲诈,黑手党作派。为什么要击毁那艘轮船?谁控制谁?这就是我要问你的问题。而且你知道,我们永远找不到答案,因为我们都是屁民。"

我想要给他一个答案,但是喉咙里空空的,虽然脑子里闪过无数个念头。不是现在,不是现在,还是把问题留给乔西吧。

我的银行账户还算优质,所以有一个专门的出纳接待了我,一位上了年纪的希腊女子,从被洗劫的阿斯托里亚支行调过来的。她明白地告诉我:所有跟人民币挂钩的资产基本完好无损,但是"美国早晨"投资组合——"蓝多湖",联合废物CVS花旗信贷,还有合并的水泥、钢材和服务行业,曾经的高级经济——已经不复存在了。总计四十万元,两年来省吃俭用，在餐馆付小费都非常抠门，一下子就没有了。再加上上个月尤尼斯的消费，我的身家只剩下一百十九万元了。打个跟长生不老相关的比方，我已经是躺在停尸房里的人了。从生存角度来说，所有美国人新的黄金标准，我还算不赖。我取了两千元，毛主席严肃的表情和高高的发际线从百元大钞上盯着我看，我把钱藏在袜子里。"你是整个唐人街上最富有的人了，"出纳小声叫道，"快回家找你家人去吧。"

我的家人。他们过得怎么样呢？长岛上局势如何？我还能听到那里叽叽喳喳的鸟叫声吗？在一个街角，我看到一个男人伸手拦下了一辆私家车，然后就开始讲价。我父亲曾经告诉我，他年轻的时候在莫斯科就是这么"打的"的，有一次甚至拦下了一辆警车，警长大概是想挣点卢布花花。我才一出手，一辆哥伦比亚风格的"现代"车马上在我身边停了下来，二十块钱去上东城。车里播着热力四射的萨尔萨舞曲，与此行程对比的是窗外一片寂静、空旷。司机颇具商业头脑，一路上还"卖"给我一袋大米，他答应会让他的侄子赫克托送货上门。"我以前很怕这样的事情发生，"他放低了太阳眼镜，给我看他缺少睡眠的眼睛，棕色的瞳仁流淌在满是哥伦比亚国旗第一条和第三条条纹颜色的眼眶里。"但是现在我知道政府是什么东西了，里头空空的！就像木头，你把它劈开，空的。所以我决心过自己的生活，还要挣点钱，货真价实的钱，中国人的钱。"我努力表现友好，还要装作经济很有保障的样子，说道："嗯，嗯。"这是我跟话不投机的人谈话时一贯含糊的语调。但当我到达目的地的时候，他狠踩刹车，大叫道："下车！下车！下车！"我前脚刚一迈出车门，他后脚就踩油门掉转方向而去，我连车费都没来得及付。

整条街上都是国民护卫军。

我自家里出来，还没见过部队，但是整个后人类服务部却被军队车辆和军人把守着，我的手机兴奋地显示他们是渥帕常保险公司的人。（事实上,仔细看你会发现,国旗和肩章都已经从车上、肩上撕下,所以他们现在完全是渥帕常的人。)他们把守着大门,门外是一群骚乱的年轻人,很显然是刚被炒了鱿鱼的职工,我们美丽的达腾、罗甘,还有希思,我们的阿瓦、艾登和杰登,他们都曾在永恒休闲吧尽情地羞辱我,如今却被乔西扫地出门,而这里曾是他们的身份标准,他们的自我,他们的梦想。我的冤家达里尔,就是那个 SUK DIK 男孩,看到我后就像只火烧屁股的蝗虫,"列尼!"他冲我大喊。我走到门口,护卫军扫描了我的手机,然后点头允许我进入。"告诉乔西,这不公平!告诉他给我半薪我也干。如果我曾伤害了你,我道歉。求你了,列尼!"

我从门口最高一级台阶回头打望他们,他们看起来完美、迷人、时尚、年轻。即使是在灾难面前,他们加粗的神经还是活跃异常,努力克服眼前困难,重新回来。他们本来是带着革命的观念,决心过一种与众不同的生活,可现在文明正在悄然退出,他们实在太遭霉运了!

进到里面,更多的护卫军处于战备的状态。布告栏一直发出"滴滴"的警报声,因为大多数员工都显示"火车取消"。五个屏幕不停滚动的声音听起来就像鸽群飞到我们总部来参加飞翔比赛。我站在一块画着犹太部落的彩绘玻璃前,上面有一头狮子和一顶皇冠,第一次意识到对许多人来说,这儿曾经是一座庙宇。

还有一小部分员工还在办公室上班,但他们的谈话悲伤而迟钝。再也听不到酸碱水平,"新鲜血液","贝塔治疗"。"甘油三酸酯"这个词也不在厕所里被提及,本来我们后人类服务部的男人们要在这里花上大把的时间排出有机粪便,不想残留一点点杂质。在去找乔西的路上,我在凯莉·纳德的办公桌前停留下来,空空如也,人去桌留。我本能地掏出手机想给她发消息,却忽然意识到外面所有的一切传输都已中断。一无所获,我再次为父母担忧。

乔西的办公室有两个护卫军把守,但我手机的戒备等级一定让他们知道了我的地位,因而他们非常自觉地让开,还为我开了门。他果然在,乔西,巴蒂克,爸爸猪猡。他简约的办公室被楼下年轻人的叫骂声包围着,我辨出了毫无创意、小儿科的"嘿,嘿/吼,吼/乔西·狗娘养的下台",还有更恶毒的"我们的工作丢了/我们的梦想被出卖了/但是有一天,混蛋/你也会变老"。乔西的颈部带着一个"¥"标志的金饰,想要看上去年轻一些,但他的姿势严阵以待,耳垂部位的皮肤奇怪地下垂,紫色血管像尼罗河三角洲一样分布在左侧鼻子上。我们拥抱的时候,他的手在我后背轻拍了一下。"尤尼斯好吗?"他马上问我。

"她很担心,"我如实回答,"不知为何,她觉得她妹妹可能在汤普金斯公园。她跟远在新泽西的家人也没法取得联系。在乔治·华盛顿那儿有个检查站,没有人能够通过。所以她就生我的气,我是说,我们正在冷战中。"

"好的,好的。"乔西嘟哝着,看向窗外。

"那你呢?你最近怎么样?"

"有一点小挫折。"他回答。

"小挫折?罗马帝国都塌了啊!"

"没那么夸张,金花鼠,"乔西轻描淡写地说道,"我会用优先股先稳住这群年轻人,等我们熬过这劫,我就重新雇用他们。"

他这么说的时候,能量又回来了,本来松垂的耳垂居然重新紧绷起来,又恢复了原位。"听着,恒河猴!"他冲我说,"我打赌从长远看,这对我们绝对有好处。这是这个国家故意造成的一次失败,尽在掌握中的一次破产。清偿劳动力,清偿股票,清偿一切,除了房地产。在这个节骨眼上,鲁本斯坦只是一个傀儡。国会只是用来作秀:'看,我们还有一个国会呢!'眼下,更富责任心的政党即将入驻。什么委内瑞拉和中国开来的战舰都是扯淡,没有人会来侵略我们。真正即将发生的,我得到可靠消息,是国际货币基金组织马上就将撤离华盛顿,可能搬往新加坡或者北京。接着他们会制定一个 IMF① 美国振兴计划,把这个国家划分成几个租界,把这些租界交给主权财富基金管理。挪威,中国,沙特阿拉伯,就这样。"

"没有美国了?"我问道,并非要一个回答,我只想寻求一点安全感。

"去他妈的,一个更好的美国。挪威人啊,中国人啊,都想要投资回报,他们一定会清除霸占着我们这座魅力之城的没有信用的混混和流氓,让它变成名副其实的时尚之都。那么谁将最终受益?斯塔林—渥帕常,就是它。财产,安全,然后就是我们,长生不老。这次的沉船创造了许多新的对不死的需求。我看到,挪威人开的国家石油海德鲁公司跟斯塔林走得很近。说不定又是一次合并!没错,这就是新方法。挪威人有的是欧元和人民币。"

"你什么意思,清除没有信用的混混和流氓?"

"把他们迁到别处,"他兴奋地呷了一口绿茶,"这座城市并不是属于每一个人的,你得有竞争力才能生活在此。这句话的意思是,以小博大,收支平衡。"

"我去银行的时候,一个黑人告诉我这一切都是斯塔林—渥帕常的错。"我特别强调了"一个黑人告诉我"。

"什么我们的错?"

"我不知道。我们炸毁了轮船,三百人遇难,包括我朋友诺亚。还记得你在那之前告诉我的话吗?毗瑟弩和格蕾丝会没事,但你说你不认识什么叫诺亚的人。"

"你到底想说什么?"乔西前倾了身子,肘部压着桌子,"你是在控诉我

---

① 即上文中"国际货币基金组织"(International Monetary Fund)的缩写。

什么吗?"

我一句话也不说,扮演的是受伤儿子的角色。

"听着,你朋友死了我很难过,"乔西继续道,"所有的死亡都是悲剧。轮船,公园,毫无疑问。但是,这些多媒体人又是干什么的呢,他们为我们带来了什么呢?"

我捂着嘴咳嗽起来,全身一阵激灵,好像一根冰棍插进了我的肛门。

我从未告诉过乔西,诺亚是干多媒体的。

"传播无用的谣言。穷乡僻壤的安全过滤机构。对,没错,鲁本斯坦的政府连个烧烤会都搞不起来。列尼,你是知道成绩的,你又不傻。我们现在做的事情很重要,我们已经在这儿投入了那么多,你和我。看看吧,一个真正的游戏改变者。明天不管谁执政,挪威人也好,中国人也罢,他们都需要我们的产品。我们的产品可不是什么愚蠢的手机设备,我们的产品是长生不老。这是创意经济的核心。"

"去他妈的创意经济,"我想也不想便脱口而出,"市中心都没有食物了。"

有那么一刻,他的手,我的脸。天地的坐标向左倾斜了六十度,然后"嗡——"的一声就什么也听不见了。我感到自己的手捂着脸,却不知道是怎么放上去的。

他打了我一耳光。

父亲第一次打我耳光的记忆还在心灵深处,艾布拉莫夫爸爸的手举在空中,像个拳击手一样的站位,好像他面前的不是他九岁的儿子,而是一个体重两百磅的高手。但不知为何,我脑子里闪现的念头只有一个,到十一月份我就满四十岁了。再过三个月,我就要迈入不惑之年,却刚刚被我的朋友兼老板外加第二个父亲打了耳光。

然后我就跳了起来,把他压在身下,中间隔着一张桌子,锋利的桌边抵着我的胃,黑色丝绸 T 恤的领子在我两只手里,他的脸,他潮湿、害怕的脸贴着我的脸,温柔的棕色眼珠,那张表情丰富、滑稽的脸变得有点哀怨。我们一起做的一切,所有的作战计划都是在一起吃着红花油炒出来的印度素菜饺时你一句我一句聊出来的。

一只手松开了 T 恤,捏成个拳头。我要么打,要么放手;我要么踏上一条不归路,要么放下拳头立地成佛。但问题是除了乔西,我还有谁?发生了这一切之后他还能团结下属吗?罗马灭亡了之后,不照样迎来了文艺复兴吗?

我能打这个人吗?

这个问题我考虑了太久,乔西已经温柔地帮我松开了另一只手。"我很抱歉,"他说,"我真的很抱歉。噢,上帝啊,真不敢相信我居然这么做了。都是压力的缘故,我压力太大了。我的考的素水平,上帝啊。明明害怕得要死,还要摆出一副天不怕地不怕的样子。"

我后退了几步。像个受罚的孩子被请到了门口,乔西的玻璃纤维菩萨发出的阿尔法射线击打着我。"好吧,好吧,"乔西说,"今天先回家去吧,代我问尤尼斯好。出去告诉乔·谢克特,付一半工钱我可以把他要回来,但达里尔没戏。明天再来吧,还有许多事要做,我需要你,你知道的。别这么看着我,我当然需要你。"

我在 A-OK 比萨屋停了一下,把他们剩下的东西都买空了,三个珍贵的比萨,热乎乎的寇诵饼,总共六十元。走出店来,一束光闪到了我,诺亚之光,笼罩了整座城市,把一切都包裹其中,像是一场城市的狂欢。我闭上了双眼,心里想着等我再次睁开的时候,上个星期的噩梦就会醒来。事实上,等我睁开的时候,看到的竟是一只丑八怪。该死的水獭,站在格兰德大街中央,正吞食着柏油马路上的什么东西。不过等等,这不是水獭,而是一只走丢的宠物兔,吃着街上的垃圾,一边还用一只爪子时不时地挠着耳朵,让我想起了诺亚浓密的毛发。一阵乌云飘过,诺亚的城市之光也被遮蔽。我的朋友已经死了。

一对塞满鞋子的行李箱放在门口,但是尤尼斯却不在客厅,也不在卧室。她打算要搬出去了吗？我把700英尺×740英尺的小窝整个搜索了一遍——可是一无所获。最后,浴室传来的流水声提醒了我,我从头顶直升机的螺旋桨声中辨认出了女孩子伤心柔软的哭泣声。

我打开了浴室门。她一边发抖,一边打嗝,脚边两罐喝空的总统牌啤酒,一瓶喝了一半的伏特加。不要屈服于同情心,我告诉自己,记住上个星期的愤怒,把它牢牢记在心头；从宗教羞辱中站起来,你是整条唐人街上最富有的人；她什么也没为你做,你可以做得更好；让世界一分为二吧,一个人可以获得更多,把自己从这个八十六磅重的女人手里解脱出来吧,还记得诺亚死后她是怎样不肯给你一点安慰的吧。

"我还以为你不会喝任何谷物做的饮料呢,"我说,指着喝完的啤酒,这是我见她喝得最多的一次。

我没有听到意料中的"操！"。她只是在那儿不住地发抖,像只垂死的动物,撞击着廉价的卫生间地砖。她在用英语和韩语嘟囔着什么,"Appa,为什么？"她在恳求父亲。或者只是在说她罢工的手机。我从来没有意识到统治这个世界的手机和韩语中的"父亲"发音如此接近①。她穿的那件T恤,"巴格达旅游局"标志的文化衫,其实是我的,这种奇怪的联系——尤尼斯穿着我的衣服——让我很想一把抱住她,想要跟她贴在一起。我抱起了她——尽管她很轻,可我的前列腺还是觉得生疼,但身体其他部分觉得很愉悦——把她放在我们床上,酒精的味道,夹杂着她刚洗过的发丝

---

① 本书中"手机"的原文 äppärät 前半部分与韩语中的"父亲"(appa)发音相近。

散发出来的草莓味道,刺激着我的嗅觉。她为我洗了头。"我带来了比萨,"我说,"还有菠菜寇诵饼。能买的就这些了,没有有机食品。"

她抖得如此厉害,我不禁担心她是不是病了。她的身体,柔弱无骨,不住地打着圈圈。我摸了摸她发烫的额头。

"没关系,"我自己安慰着,"我们来喝点布洛芬制剂,吃上一块比萨,喝点儿水,酒精让你脱水了。"

"我知道,"她在发抖间歇说道,我猜她大概又要发脾气了。但她只是不住地发抖,苍白的脸庞就像长着雀斑的面具,好像被人扯住一样不自觉地扭向左边。孩子,真是一个孩子。"列,"她开口了,才说一句,酒窝里就灌满了泪水。"列尼,我……"她知道错了,就跟乔西一样。一个决定慢慢在脑海里生成,最后的决定。我撅起了嘴唇,打算说一句至关重要的话,话到嘴边又停住。我想我可以告诉她,她应该如何改变才能使我们相亲相爱,但是这可能毫无意义。我要么接受这个躺在我臂弯中的女孩现在的样子,要么用下半辈子的时间再去寻找一个合适的人。

她抖得越发厉害了,在我怀里翻了个身,我的胸口可以感觉到她脊柱沉重的跳动。我可以辨出我的 T 恤下她的骨骼,发抖的时候感觉到骨骼的强韧。她哭泣得如此深沉,我只能想象大概悲伤来自海底,来自于我们国家还未建立之前的遥远年代。自从我们认识以来第一次,我意识到尤尼斯跟她同时代的人不一样,她是非历史的。我圈住了她柔软的臀部,她女性特征的显现。我张开的掌心抚摸着她,让她的情绪稳定了一些。我的手指下滑,脱去了她的"乖乖投降"。那股味道还是跟从前一样——并不是像都市音乐家所说的那样,甜如蜂蜜,而是像麝香,比较浓,隐约带点骚臭味。我把嘴放在上面,就这么放着没有动,等着她悸动投降,等着睡意袭来,让我忘却比萨的饥饿感。我心里想的是"真相"。不管其他还有什么词来形容尤尼斯,有一点是肯定的,她很真实。

约 会 贴 士

摘自尤尼斯·朴在全球青少年网上的邮件

八月四日

尤尼斯致阿齐兹军信息部

大卫,你在吗?噢,上帝啊!我看到最后的直播了,你在流血,你的脸庞,你的胳膊,我可怜的大卫。我快要晕过去了。我想办法来汤普金斯广场,我发誓我真的想办法了,但就是没成功。他们不让我过。你还好吗?我妹妹跟你一起在公园吗???我知道她有时周末过来的。请尽快给我回复啊。我仍然相信你,我还记得你教我的关于生活、关于父亲,你的客体课程和你的观察所得。你说得都很有道理,我是不会屈从于"高端"思维模式的。我想让你为我自豪。我是个战士,永远不会停止战斗。大卫,快回复我!

爱你的尤尼斯

全球青少年网自动错误信息 0111211

非常抱歉,我们给您带来了不便。我们在以下地址的连接上出现了问题:美国纽约州纽约市。请务必保持耐心,问题会自动解决,跟往常一样。

免费全球青少年网约会贴士:男孩喜欢你被他们的笑话逗笑,但是不要笑过了头,过了就不性感了!他开玩笑,你应该微笑,让他看到你的牙齿,让他知道你有多么"需要"他,然后说一句:"你真有趣!"然后你很快就能舔蛋了,婊子。

尤尼丝袜致格里尔婊子

马驹,你在吗?出了什么事?我想给你打电话都有一个星期了,但我手机的"通话"和"直播"功能失灵,我只能收到些错误信息,真叫我抓狂。给我回信吧,我想你,担心你,真担心你啊。你那边情况如何?埃尔莫萨也有开枪事件吗?你爸爸的工厂呢?马上就给我写信!我真担心,詹妮·姜。跟我聊天吧,亲爱的宝贝马驹。我现在只能一直哭,我不知道我的家人怎么样了,也不知道大卫怎么样了。我猜列尼已经不要我了,我们可能已经彻底玩完了,只是因为局势紧张,他不好意思让我卷铺盖走人而已。快给我回信或者回电吧,我不想一个人孤伶伶的,我害怕极了。你是我最好的朋友。

全球青少年网自动错误信息0111211

非常抱歉,我们给您带来了不便。我们在以下地址的连接上出现了问题:美国加利福尼亚州埃尔莫萨海滩。请务必保持耐心,问题会自动解决,跟往常一样。

免费全球青少年网约会贴士:约会时千万不要双手交叉放在胸前,这个姿势的涵义是你并不完全同意他的观点,或者你对他不感兴趣。伸开双手,打开掌心,就像你准备好摩挲他的蛋蛋一样!学好身体语,女孩,你会受益匪浅。

尤尼丝袜致朴正苑

妈妈！你好,妈妈,我很担心。我想给你和萨莉打电话,但是打不通。我只想让你知道我很好,他们没有朝我们的大楼开枪,这是犹太人的大楼。我现在需要你,妈妈,我知道你还在为列尼的事生我的气,但我需要知道你一切都好,告诉我,你、爸爸和萨莉一切都好。

全球青少年网自动错误信息 0111211

非常抱歉,我们给您带来了不便。我们在以下地址的连接上出现了问题:美国新泽西州福特·李。请务必保持耐心,问题会自动解决,跟往常一样。

八月八日

尤尼丝袜致格里尔婊子

嗨,詹妮,我知道发完这封信肯定会收到一条错误信息,但我还是想给你写,说不定你会收到,就算不是现在,也可能是将来某天。我不相信你跟列尼的朋友诺亚一样,就此消失了。我不能,我不愿,因为你对我来说如此重要,所以就让我告诉你我的生活发生了什么。

虽然很难,但是我想我已经原谅了列尼,我得接受这个现实,那就是公园里的其他人都不在了,即使我知道,我就是知道,萨莉不在那儿。我必须接受这个现实,那就是我救不了大卫和他的人民,这一切都不是列尼的错,他只是想确保我们的安全。噢,亲爱的宝贝马驹,我觉得我爱大卫,难以用语言表达。当然,我们根本就不般配,但我和列尼也不配啊。我爸看到我和大卫在公园之后,对我的态度好了很多,因为我们三人在一起做着有意义的事,就像我爸终于看到,虽然我没什么出息,但我本质上还是好的,所以不应该恨我。这听起来很"基督",但是萨莉做的事,我也做了。大概这就是帮助别人的本能吧。

我不知道,我不知道,因为就在昨天,列尼和我做爱的时候,我无法正视他的眼睛。他肥嘟嘟的肚子顶着我,我脑子里想的是我失去了这么多,还要失去这么多。还觉得自己很对不起大卫,好像我背叛了他一样。这个念头让我有点想背叛列尼。

其实也不是列尼做错了什么。他在银行里有人民币,所以买来了比萨和寇诵饼,我的屁股越来越肥了。我们活了下来,多亏了列尼。我希望,亲爱的马驹,有人正在像他照顾我一样照顾着你。大楼里住着的都是些老人,大多数是犹太人,没有人照顾他们,这星期好像有一百度①,没那么多电空调也打不起来,所以我们就挨家挨户给他们送水。我想叫列尼帮我把杂货店的瓶装水全买下来,因为现在都是定量供给。我猜他也想帮忙,只是太懦弱了。白人真的一点也不敬老,除了大卫,他谁都帮。所以他们就像打狗一样把他开枪打死了。

全球青少年网自动错误信息

渥帕常保险公司急电

发信人:乔西·古德曼,后人类服务部行政总监
收信人:尤尼斯·朴

尤尼斯,这封信我要以急电形式发给你,我们盗用了列尼的手机网络。这封信只有你知我知,好吗? 连列尼也不要告诉,他已经够烦

---

① 此处为华氏一百度,约等于三十七点七八摄氏度。

了。此刻我要确认你收到了这封信,确认你很安全。有任何需要,请务必告诉我。

XO 乔西

八月二十日

尤尼丝袜致格里尔姨子

抱歉有段时间没给你写信了,我大概有点抑郁。我和列尼之间好多了,但我觉得局面已经被扭转了,一想到他差点甩了我,我就想要发狂,就像我一丝不挂,没有任何武装。我担心他会惩罚我,因为我没有全心全意爱他。要么我先来惩罚他?他的老板乔西一直用渥帕常保险公司的账号给我发急电,我不知道该如何应对。而且,我觉得乔西成熟,有男人味,我猜我的身体被他的强势个性所吸引,有点像大卫,一旦喜欢的人受到威胁就会挺身而出。我等乔西的邮件已经等了半天时间,这样是不是不对?我真不是一个好女友。

最近我也一直在思考。或许到最后,大卫的想法是错的?或许美国到最后也不会有像他说的《法案二》。也许你说的是对的,他就是一个梦想家,帮不了我和我的家人。但问题是,如果他不能,那谁能呢?列尼?

有时我觉得很内疚,我这么没出息,否则我就能帮助妹妹和妈妈了。也许我可以问问乔西我该怎么做,他也许可以帮我找一下家人。呃,我是不是太混账了?告诉我吧,给我回信或者回电,任何时候,白天或晚上,等你看完这封信,等你觉得安全的时候。我真的需要听到你的声音,我的宝贝马驹,告诉我,我不是独自一人。

全球青少年网自动错误信息

八月二十二日

尤尼丝袜致朴正苑

嗨,妈咪,我猜写完这封信我还是会收到一个错误信息,但我还是想写。如果有一天你看到这封信,我只想让你知道,我很抱歉。你们离我这么近,可我就是不能帮你、萨莉和爸爸。我知道你从小不是这么教育我的,要是在韩国,你肯定会想法帮助你的父母,不管自己的牺牲有多大。我不是个好女儿。我没有毅力,没有专长,也很后悔上次 LSAT 没有考好。我真希望找到自己的路,就像周牧师说的那样。如果萨莉在旁边,告诉她我很抱歉,我没有当好一个姐姐的角色。

不孝女尤尼斯

全球青少年网自动错误信息

渥帕常保险公司急电

发信人:乔西·古德曼,后人类服务部行政总监
收信人:尤尼斯·朴

嗨,尤尼斯,好吗?听着,我知道市中心出现了食品短缺,所以我给你送来了一大袋爱心包裹。明天下午四点,在格兰德大街五百七十五号会有一辆黑色斯塔林—渥帕常服务公司的吉普车停在那里。有什么特别需要吗?我知道女孩子喜欢有机花生酱、豆奶、麦片,对吗?

听着,局势马上就会好起来,我保证。整个局面都会明朗起来。提示:学好挪威语和汉语。JBF。猜猜还有什么?那个美术老师马上就要从巴黎过来了,所以我们很快就能在我家学习画画了!帕森斯已经关门。我等不及要见你,我们在一起肯定会很开心,尤尼斯。当然跟以前一样,把这个作为我们俩的小秘密。恒河猴敏感着呢,他可能会误会我们的,你懂我的意思吗?哈哈。

八月二十三日

渥帕常保险公司急电

发信人:尤尼斯·朴

收信人:乔西·古德曼,后人类服务部,行政总监

嗨,乔西,收到你贴心的消息了。一想到爱心包裹我就激动。最近一个星期,我们吃的净是些碳水化合物和脂肪。自来水很糟糕,家附近的杂货店里瓶装水最近又断货。我住的大楼里有些老人缺水少粮,天气又这么热,等冬天一来要是暖气不足的话也很伤脑筋。非常感谢!是的,麦片是我的大爱(尤其是"一日之计"牌的),还有有机花生酱。我很抱歉给你添麻烦,但是你能不能帮我查一下我爸妈是不是都好?自从全球青少年网不能用了之后,我再没有他们的消息,非常担心。萨姆·朴医生和正苑·朴夫人,新泽西州福特·李哈罗德大街一百二十四号,邮编:07024。我也很久没有我最要好的朋友詹妮弗·姜的消息了,她的地址是加利福尼亚州埃尔莫萨海滩默特尔大街二百一十号,不知道邮编。还有,我的朋友大卫·拉里在惨剧发生的时候应该在汤普金斯广场,或许你也能查到他的下落。再次,我为给你增添的麻烦表示歉意,但我已经害怕得六神无主了。

我想跟你一起学画画是很不错,但我不知道该不该让列尼知道。他的确是只敏感的恒河猴,就像你说的,但是一旦被他发现了我们背着他,他会非常生气的。而且他是我的男朋友。谢谢你的理解。

你的朋友尤尼斯

渥帕常保险公司急电

发信人:乔西·古德曼,后人类服务部行政总监
收信人:尤尼斯·朴

一日之计!哇,这也正是我最喜欢的牌子!我真高兴,我们彼此这么有默契。你真的关心自己了,那么你就会看起来既年轻又漂亮。我们的人生观有许多交集,比如说保持年轻、呵护自己,这些我们也努力向列尼灌输过,但是他好像对此免疫。我想叫他重视健康,但他只关心他的父母,担心他们有天会死,根本不明白"活得充分、活得新鲜,活得年轻"是什么意思。从某种意义上说,我和你才是一个时代的,而列尼好像是从另外一个世界来的,那里只有死亡没有生命,充满恐惧没有乐观。我会派几辆吉普车来,装满食物,这样你和大楼里的那些老人就有吃有喝了。

我不知道列尼有没有向你提起过,我负责的后人类服务部跟渥帕常保险公司同属于一家母公司,所以我跟保险公司的人一说,他们就帮我去打听你父母的情况了。据我所知,福特·李现在千钧一发,基本上没有人非常了解那里的情况,但是比这个国家的其他许多地方要好些,因为那儿毕竟与我们隔水相望。换言之,我确定他们应该没事。关于加州的埃尔莫萨沙滩,我一点消息也没有,只是知道那儿在沉船中和沉船后有非常严重的小型枪械格斗,我很抱歉,尤尼斯,我不清楚交火的时候你的朋友是不是在那儿。我只能做最坏的

打算。

　　写这封信，我觉得有点傻，但我只想诚实，我真的对你很有好感，尤尼斯。我们初次见面，我惶恐不安，整个脑子里一片空白。开一瓶白藜芦醇花了我十分钟时间，因为我的手抖得太厉害！和你见面的时候，我记起了生命中最灰暗的时刻，一些在这封急电里不应该提及的事情。这么说吧，生命中有一些非常困难的时刻，需要好几辈子才能释怀（这就是我不能死的原因）。当我见到你的那一刻，等我重新呼吸（哈哈），我感到肩头忽然轻松了许多。我觉得我知道自己需要什么，不只是长生不老，还有此刻。最近发生的一切，只有想到你才让我继续前进。你对人的影响竟然如此之大！这从何而来呢？你的笑容如何能让北半球最有权力的人之一变成一个情窦初开的毛头小伙呢？好像跟你在一起，我们就能直面一切惨淡的现实，一切淋漓的鲜血，像孩子一样。

　　我觉得这样向你敞开心扉实在尴尬，因为我关心你和你在福特·李的家人，这份关心如此强烈，毫无保留，我怕会把你吓跑。如果是这样，我表示抱歉。如果没有，请让我知道，我们一起画画，比在糟糕的格兰德大街五百七十五号瞎逛强些，对吧？哈哈哈。

爱你的乔西

五 角 党

摘自列尼·艾布拉莫夫的日记

九月五日

亲爱的日记：

我的手机没法联网。我没法联网。

距我上篇日记已有一个月时间了。我很抱歉。但我无法用有效方式与任何人沟通，甚至是你。我们大楼里有四个年轻人自杀了，其中两个在遗书里写道，没有手机他们看不到未来。其中一个满怀深情地写他"伸出手去"，但是只看到"墙壁，思想和面孔"，仅仅这些是不够的。他需要被排名，需要知道自己在这个世界上的位置。这听起来很荒唐，但我能理解他。我们都被自己的思想弄得无聊透顶。我的手在发痒，我想要联系上我的父母，联系上毗瑟弩和格蕾丝，我想要跟他们一起悼念诺亚。但眼下我所拥有的只剩下尤尼斯和我的"书城"，所以只好庆幸我所拥有的，这是我的指令之一。

工作还不错，一片模糊，但模糊总好过现实的混乱。大多数时候，我一个人在办公桌前工作，旁边放着一碗味噌汤。自从那个巴掌之后，我基本没和乔西一起待过,他去外地了,跟国际货币基金组织,要么就是挪威人,要么就是中国人,反正和有权势的人谈判去了。霍华德这个笨蛋,俨然成了我们少数几个被留下来的员工的头儿。他走来走去,手里拿个老式的笔记本,指挥我们干这干那。在沉船事件之前,我们从未如此等级森严,但现在有人给个指令还是好的,尽管指令就是冲我们大喊大叫。我眼下的工作就是给我们的客户发送渥帕常急电,确保他们安全,同时偷偷调查他们的业务、婚姻、子女和财产。确保我们的安全和每月的会费准时到账。

做到这点不容易,现在没人上班。老师们也拿不到钱,我听说。学校没有上课。孩子们解放了,融入这个陌生的新城市。我看到一个"流浪者之家"的小孩,大概十到十二岁的样子,坐在阿拉伯杂货店门口,正在舔一包已经空了的Clük,包装上说"灵感来源于脆黄鸡肉"!我在他身旁坐下,他眼睛都懒得抬起来看我一眼。出于本能,我掏出手机,对准这个孩子,好像这样能让他好起来。然后我拿出一张棕色的二十元钞票,轻轻放在他的脚边。说时迟,那时快,他的手马上伸了过去,把钱捏在手心,攥成一个小拳头,藏到身后去了。他慢慢转过脸来看我。他棕色的瞳仁没有感激,而像是在说:别碰我的钱,离我远点,否则我会用最后一点力气把你打翻。我识趣地走了,他的拳头还藏在身后,眼睛目送着我离去的脚步。

我不知道发生了什么。这个城市要么已经完蛋了,要么在期待救赎。新的标记鳞次栉比。"纽约旅游:你准备好沉船了吗?""纽约城市边缘:你准备好生存必需品了吗?"

据我所知,曼哈顿周边最给力的岗位就是"斯塔林—渥帕常工程"工地,开出的条件是"一个小时诚实劳动=五角硬币一枚。另提供营养午餐"。一群群的工人挖开柏油马路,挖出一条条沟渠,然后浇上水泥。这群五角党在城市里游荡,手插在裤带里,耳朵里还塞着没用的耳塞,就像一头无声的狮子。他们大多是中年人,或者再年轻一点,稀疏的头发被太阳漂白了,脸上脖子上都被晒伤了,身上穿的还是幸福日子买下的昂贵T恤,崭新的"南极洲"T恤一直湿到了肚子上。铲子,铁镐,粗重的喘息声,连牢骚也没有了,还是省着些力气吧。我看到了诺亚的老朋友哈特福德·布朗,几个月前还在安德列斯群岛上和小男朋友搞基,如今却在普林斯大街上沦为五角党一员。他看上去像散了架,一半晒成了古铜色,另一半蜕了皮,圆胖的脸上看不出纹理,就像厚厚的一片意大利熏火腿。如果他们能叫一个男同性恋干这样的苦力,那他们又会如何对付我们呢?

我走近他的时候,他正挥着铁镐干得热火朝天,一股浓重的汗味直刺鼻孔。"哈特福德,"我先自我介绍,"我是列尼·艾布拉莫夫,诺亚的朋友。"他呼地叹了一口气,"哈特福德!"转身走开。一个拿着扩音器的人喊道,"好好干活,布朗尼!"我给了他一张百元大钞,他接了,同样没有一句谢谢,又重新开工。"哈特福德,"我忍不住又叫他,"嗨!你现在不必干活,一百元等于两百个小时的工钱。慢慢来,休息一会儿,乘会儿凉吧。"但他只是机械地挥舞着铁镐,又回到了自己的世界,铁镐落在肩头又铲入土里,完全无视我的存在。

回到家,尤尼斯正在组织给老人分配救济物资,我不知道她是怎么了,基督教背景发挥了作用?还是悔恨于没能帮助他的父母?我不想去细究。

她一层一层地去敲门,我们这幢大楼有四个单元,总共有八十层。挨家挨户地问,如果这家有老人,她就记下他们的食物和饮水需要,等下星期乔西的斯塔林一渥帕常服务专车一送来,她就给人家送去。他为什么要帮助我们呢？我猜他因为诺亚和轮船的事感到愧疚，或者是因为那记耳光。无论如何，我们需要他的接济。

她亲自送水——我偶尔帮忙——每间公寓，还要确保每扇窗户和门都敞开着，保持通风。她坐在那里，听老人哭诉自己的孩子、孩子的孩子四散在这个国家的各个角落，很担心他们的近况。她有时让我翻译几个意第绪语（"蹩脚[farkakteh]鲁本斯坦"，"蠢货[shlemiel]鲁本斯坦"，"小毛孩[pisher]鲁本斯坦"），大多数时候她只是陪他们坐着，拥抱他们，老人的眼泪一滴滴渗进积满灰尘的上世纪的地毯里。更老一些的妇人（大多数上了年纪的都是寡妇）有时闻起来味道很重，她会先清理一下她们的浴缸，然后把颤巍巍的老太太扶进去，给她们洗澡。这是我最排斥的一项工作——我真害怕有天我也要这么服侍我的父母，俄罗斯的传统是这么要求的——但是尤尼斯，要知道平时家里冰箱里的一点异味、我忘剪几次脚趾甲都让她无法忍受，此刻却没有退缩，对握在手里坑坑洼洼、斑斑点点的皮肉没有半点怨言。

我们还目睹了一个老妇人的死去，或者说尤尼斯目睹了。可能是死于中风。她一下子讲不出话来，干萎的身体坐在一张咖啡桌旁，桌子上摆着许多没用的遥控板。身后的相框里是一位创立犹太教意识派的老师，留着美丽的络腮胡。"Aican，"她不停地叫，唾沫星子飞过尤尼斯的肩膀，接着，加重了语气，"Aican, aican, aican！"

她是想说"我可以"吗？我离开了公寓，不觉勾起祖母最后一次中风的回忆，在轮椅上，用她自己的披肩把已经死去的身体包裹起来，害怕让这个世界看到她孤立无助的样子。

我害怕这些老人，害怕他们的死去，但我越害怕，就越爱尤尼斯，不可救药、彻彻底底地，就跟在罗马的时候一样，虽然那时我误会她是另外一种更坚强的人。我的问题是我无法帮她找到父母和妹妹，即使动用上了我在斯塔林的关系,还是无从知道他们一家在福特·李的下落。有一天尤尼斯告诉我,她能感觉到他们还活着,过得很好——这种近乎宗教似的虔诚让我差点落泪,但也让我希望自己也能这么祝愿艾布拉莫夫一家。

Aican, aican, aican。

自从上一篇日记至今,发生了这么多事情,有些糟糕,有些平淡。我觉得重点就是我跟尤尼斯的关系得到了改善,我们虽一起沮丧于发生在这座城市里,我们的朋友身上和我们的生活中的悲情,但这些也让我们的心贴得更近。无法寄情于手机,我们学着寄情彼此。

一次,经过一个给老人擦洗、送水的漫长周末,她甚至叫我为她朗读。

我来到我的"书城"跟前,挑了一本昆德拉的《生命不能承受之轻》,这本书的封面曾引起了她的兴趣,用手指追随那顶飘在布拉格上空的礼帽。书的第一页上满是对该书和该书作者的溢美之词,来自《纽约客》、《华盛顿邮报》、《纽约时报》(真正的时报,不是生活时报),甚至还有叫《公益》的。这些刊物都怎么样了?我记得在地铁里读《纽约时报》的情景:身子倚在门上,手里拿着报纸,沉浸在文字里,一边还担心着自己忽然倒地,或者被穿着清凉的美女绊倒(地铁里总能碰到那么一个),更担心的是错过了手里这篇文章的线索。脊柱随着车厢这个庞然大物不住地晃动,"咔嗒咔嗒"的声音包围着我,而我呢,沉浸在文字里,超脱孤立。

朗读着昆德拉的书,内心涌起一阵阵焦虑,泛黄、起皱的书页上一个个文字从我嘴唇滑落。我觉得自己快不能呼吸。这本书我在青年的时候读过好几遍,每次被昆德拉饱含哲理的句子扣动心扉,便要把这页折起一角。但是此刻,我连自己都没法理解文意,还指望尤尼斯明白什么呢。《生命不能承受之轻》取材的故事发生在一个她完全陌生的国家,完全陌生的时代——一九六八年苏联入侵捷克——那时尤尼斯可能还没出生。她虽然学会了去爱意大利,可意大利是一个更易亲近、更新潮的国家,一个图像王国。

在最开始的几页里,昆德拉讨论了几位抽象的历史人物:罗伯斯庇尔,尼采,希特勒。为了便于尤尼斯理解,我直接切入故事情节,介绍起几位主人公——我记得这是一个爱情故事——意识的世界就暂时放一边吧。就这儿了,两个人躺在床上,尤尼斯略显不安的脑袋靠在我的锁骨上,我想这样会让我们的思想靠得更近。我想让这些拗口的语言,迸发闪光的思想,统统化作爱情。一个世纪之前,情人间读着情诗,不就是这样的吗?

在第八页上,当我还是个少不更事、为赋新词强说愁的毛头小伙时,画出了这样一些句子。"一次之事……未必是真。生命若只一次,就如同没来这世间走一遭一样。"旁边我的批注是:"欧洲的犬儒主义,又或者,令人毛骨悚然的真相???"我念着这几行,慢慢地,加了重读,朝着尤尼斯精致、无垢的耳朵。这么做的时候我不禁想,莫非就是这本书把我引向了追逐永生这条道?乔西有次会见一位重量级的客户,说了这么一番话:"永恒的生命是唯一有意义的生命,其他的,不过飞蛾扑火。"他并没有留意站在门口的我,我跑回自己的办公桌,泪流满面,觉得自己被遗弃,如飞蛾,一面也惊讶于乔西的文学才情。我指的是,飞蛾那个比喻。他从未这么与我谈话。他总是强调我浅薄经历的正面因素,譬如,我有朋友,可以付得起昂贵的餐厅,从来不会空窗很久。

我接着往下念,感觉到胸口尤尼斯的鼻息。书里的主角托马斯和好几个捷克女子都有性爱关系。有一段,他的情人站在他面前,只穿着内裤、文胸,戴着一顶黑礼帽,我念了好几遍。我指了一下封面上的那顶礼帽,尤尼斯点点头,但我还是觉得昆德拉有点恋物,对于尤尼斯这代人来说实质就是:激情迸发之时,权当今朝有酒今朝醉吧。

第六十四页,托马斯的女友特蕾莎和情人萨宾娜,彼此为对方拍着裸照,只戴那顶一再出现的黑礼帽。"她完全处于情人的支配下,"我往下念了两页,朝尤尼斯眨了眨眼。"这美妙的屈服让特蕾莎上了瘾。"我重复了一遍"美妙的屈服"。尤尼斯被唤起了。她指间轻弹,瞬间脱去了"乖乖投降",然后爬上来,在我脸上分开了两腿。一只手还拿着打开的书,我的另一只手托住了她的臀部,舌尖驾轻就熟地在她敞开的地方游弋。她身子微微往后一倾,我正好可以看到她的脸。我错以为她的脸上带着微笑,其实是别的什么,嘴巴微微张着,下嘴唇往右撇着。这是震惊的表情:震惊于如此被一个男人深深爱着。未被打击的奇迹。她回到了女在上的体位,发出了一阵阵夹杂着高音和颤音的呻吟,这样的呻吟我从未听过。就好像她在说一门外语,一门并未随着历史进化的外语,还停留在初始的"啊"声中。我把她举起来,不太确定她是不是正享受这种亲昵。"要不要停下?"我问,"弄疼你了吗?"她一屁股重新坐回我脸上,身子摇得更快。

平静下来之后,她回到我身上,抵着我的锁骨,仔细嗅着刚才自己留在我脸颊上的味道。我大声地念着这个虚构的托马斯和他许多情人之间的床笫之欢,一边翻看着,寻找香艳的情节来喂饱尤尼斯的好奇心。故事从布拉格转战苏黎世后又回到布拉格,捷克这个小国被当时的帝国主义苏联弄得支离破碎(作者在写这本小说的时候无从知道,二十三年之后,苏联同样难逃支离破碎的命运)。庸俗这个概念被无情地抨击。昆德拉逼着我重新审视自己关于长生不老的理想。

尤尼斯的目光开始变得黯淡,眼睛不再放光,瞳仁里原本那一种不可抑制的愤怒与渴望不见了。

"你还在听吗?"我问她,"我们就到这儿吧。"

"我在听。"她呓语道。

"能听进去吗?"我又问。

"我其实一直不懂该怎么阅读,"她说了老实话,"我只会浏览获取信息。"

我居然傻乎乎地小声笑了起来。

她哭了起来。

"噢,宝贝,"我赶紧说,"对不起,我不是故意嘲笑的。噢,宝贝。"

"列尼。"

"其实我读这些也有点吃力,所以不光是你一个人的问题。阅读本来就是一件难事。现代人已经不再需要阅读了,我们处在一个'后阅读'时代,你知道的,一个视觉时代。罗马帝国陨落之后过了多少年才出现一个但丁?许多,许多年。"

我这样喋喋不休地讲了好几分钟。她去了客厅。一个人了,我把《生命不能承受之轻》扔到角落里,我想把书撕个粉碎。下巴上,还湿漉漉地留着她的味道。我想要冲出公寓大楼,冲进穷困的曼哈顿的夜里。我想念我的父母,非常时期,弱者自然就想投靠强者。

客厅里,尤尼斯已经打开了手机,目光停留在一个购物页面,这是网络瘫痪之前存储在记忆卡里的。我看到她已经本能地打开了"蓝多湖"信用卡支付系统,但每次想输入账户信息,脑袋就像被刺了一样往后一仰。"我什么也买不了。"她很沮丧。

"尤尼斯,"我说,"你不必买什么,睡觉去吧。我们不必往下读了,我们以后甚至也不必再读了,我保证。人们需要我们,我们却在阅读,这简直太奢侈了。愚蠢的奢侈。"

当东方已经完全亮起来的时候,尤尼斯终于挨着我睡了下来,身上都是汗,垂头丧气。我们不去理会清晨,也不去理会白天。接下来的一天,也照样没去理睬。等我第三天醒来的时候,热浪从打开的窗户里透进来,她已经不在了。我疯一样冲进客厅,没有。又冲到楼下大厅,向在那里纳凉的老人打听她的下落。我感到心脏快停止跳动,手脚冰凉。

等她再出现的时候,已是二十个小时之后了。("我去散步了,我要出去透透气。没那么危险,列尼。如果让你担心了,我很抱歉。")我发现自己又情不自禁地跪了下来,乞求她原谅我,历数了自己名不副实的几项罪状,祈祷能重见她的笑容,能永远陪伴在她身边,求她再也不要离开我。

Aican, aican, aican。

噢,上帝,我真是个坏女友

摘自尤尼斯·朴在全球青少年网上的邮件

九月十日

渥帕常保险公司急电

发信人:乔西·古德曼,后人类服务部行政总监
收信人:尤尼斯·朴

你好啊,我亲爱的尤尼斯女士,小把戏怎么样?好吧,我得承认,我一直在想我们上周共度的短暂光阴,我完全被你迷住了。在这二十四小时里,我们一起跟着科恩先生画画(吼吼吼,色彩理论,学了这个!)。在巴尼斯所剩的精品中徜徉,在斯塔林餐厅享用生蚝,在床上,呃,一点小情趣,然后一起画画,天呐,这真是一次完美的约会。你走进我公寓的样子实在太可爱了,我简直不敢相信你的手在发抖,我到现在还没清理干净地板上的玻璃渣渣(你怎么能一下子打破两个玻璃杯呢?)。不过没关系,这说明你有多真。谢谢你,尤尼斯,让我感觉神清气爽,身轻如燕,已经准备好拔足狂奔了。谢谢你为我选了那些衣服,你说得对,我之前的穿着稍显嬉皮,我的小胡子也应该刮掉。已经刮

掉了。唯一的问题是我已经开始想你了。我们什么时候能再见面呢？我们能永远这样下去吗？我没法想象，没有你的小脚跷在我的床头，我的生活该如何继续下去？而我注定还有很长的生活要过下去啊,哈哈。

还有,真高兴知道你父母和妹妹还活着,而且跟许多人一样,过得还不错。我已经把转移申请发往总部了,但问题是,即使他们允许你的家人搬出福特·李,我们又该把他们安置在哪里呢？我们正在同货币基金组织洽谈,初步构想是把纽约重建成"生活之都",让富人享乐、消费、永生,等等,等等。所以每寸土地都要精打细算,价格自然也会不菲。剩下的国土就被几个外国主权财富基金瓜分,渥帕常保险公司接管余下的国民护卫军和军队,负责安全保障(对,保障我们!)。我不确定中国人是不是会"掌管"新泽西,或者它会归挪威或沙特阿拉伯货币中介管,但不管怎样,都会比现在好得多,也安全得多,虽然你妹妹最好要适应穿上长袍。纯属玩笑,不会这样的,他们只想要投资回报。

叹息。我想你,想你的味道,想你甜甜的微笑和紧紧的拥抱。上帝啊,听我说,不管怎样,周末我可能会把列尼送去长岛看望他的父母(先不要告诉他,但根据渥帕常保险公司掌握的情况,他们幸存了),这样一来,我们又有许多独处的时间了!!! 哇,你会这么欢呼吧。哇,亲爱的,我亲爱的尤尼斯,我勇敢、年轻的爱人。如今能活着是不是一件很令人兴奋的事情呢？

九月十二日

渥帕常保险公司急电

发信人：尤尼斯·朴

收信人：乔西·古德曼,后人类服务部行政总监乔舒亚：

我收到了你的来信。谢谢。没错，科恩先生非常有意思，他是同性恋吗，还是因为他是法国人？我很抱歉，我让我们的课程进度放慢了，我是个完美主义者，又觉得自己不够好。如果我做得像你或者科恩先生那么好的话，也只是侥幸为之，很快就会原形毕露，你可以用人民币打赌。我爸一直说我的手没力道，当不了画家。

我知道我们度过了一些美妙时光，我会记住这些的，但我觉得对列尼而言，我真是个坏女友。而这才是我，列尼的女友，我爱他，眼下我真的不能再答应你除了友谊之外的什么了。

谢谢你帮我打听到我爸妈和妹妹的消息，我非常想他们，希望能把他们接到曼哈顿来，或者干脆送回韩国。这就是我现在最关注的事情。我又看了一遍我的朋友詹妮·姜之前给我发来的一些邮件，就是在埃尔莫萨海滩失踪的那个，你也打听不到她的下落。她最后在给我写的信里说："抱歉我算不上一个好朋友，眼下不能回答你的疑惑。你应该坚强，为你的家庭全力以赴。"看到了吗，你没有家庭，而且根据我的观察，你也根本不想拥有。但是经过这次沉船事件，我猜我明白了一件事情，那就是我的家人对我而言是第一位的，而且永远都是第一位的。

你的尤尼斯

渥帕常保险公司急电

发信人：乔西·古德曼，后人类服务部行政总监
收信人：尤尼斯·朴

我得说，你的上封邮件叫我有点伤心。如果你不想跟我发展一段关系，为什么要跟我回家呢？我觉得你没有完全明白我对你的感

情,尤尼斯。我仔细梳理了一下头绪,然后得到了这么一些结论。你真的很美,但从长远看,这对我并不重要。你很完美,很能干(你穿衣的品位,你话不多却能表达自我),但这也不重要。关键的一条是我知道你能够去爱,你没法永远隐藏自我,你就是一个完全感性的人,需要爱,需要有一个人能理解你和你的国家,尊重你、照顾你。这就是我想要做的,尤尼斯,照顾你,永永远远。我想帮你成为一名出色的画家,即使这意味着你有时要离开我,到伦敦的"汇丰—古德史密斯"学院去学习艺术与金融。我会为你找一份零售工,只要你喜欢,等纽约成为一个完全的"生活之都",我们的生活恢复到往昔。是的,我会帮你的家人在这个城市安定下来,但给我点时间,让我想想怎么做。局势还不稳定。

你说列尼是你的男友。我认识他的时候,他还是个像你一样的小年轻。他人不坏,但是矛盾、无能、抑郁。一个真正的伴侣不应该具有这些特点,特别是现在,如今的局势下。我想你应该重新好好想想这一切,尤尼斯,并且记住,不管你的决定是什么,我永远爱你。

乔西(不要叫我"乔舒亚")·G

又及:一个注意事项,接下来的一个月里,你那边的"流浪者之家"会有一些活动,重建署的人管这叫"降低危害"。相信我,我也无能为力,但可能会有暴力事件。我想确保你和列尼的安全,或许我会在那时送列尼去长岛看望家人,到时我们就能在床上开个派对了。

聋孩区域

摘自列尼·艾布拉莫夫的日记

十月十二日

亲爱的日记:

　　请原谅我又消失了一个月。今天我要记录一个惊天大消息,我的父母还活着。我是五天前发现的,东部标准时间下午五点五十四分,挪威电信公司,行业龙头老大,恢复了我们的网络,手机又开始工作,数据、价格、图像和诽谤挑战我们的眼球;东部标准时间下午五点五十四分,这个时间我们这代人将永远铭记。父母的声音一下子灌满了我的耳朵,爸爸欢乐的男中音,妈妈叽叽喳喳的叫声和笑声:"小家伙,小家伙!活着啊?活着啊!"我咆哮着:"没错!"尤尼斯被我吓了一跳。她转移到了卫生间,我可以听到她在那里打电话,兴奋地英语夹杂着韩语,电话那头应该是她母亲:"对,对,妈妈,对(Neh, neh, umma, neh)。"我们两个与各自的父母庆祝着重"聚"的喜悦,当尤尼斯走进卧室、我们面对面的时候,竟然一时找不到共同语言。突如其来的安静让我们笑得前仰后合,我擦着眼泪,她的手一直放在胸口。

艾布拉莫夫家族。当世界陷入混乱,他们存活下来,搜寻食物,和维达先生及其他邻居一起自己动手设起了路障,身为坚强的工人阶级移民,应对愤怒的上帝专门为他们设计的灾难。我怎么能怀疑他们的求生能力呢?根据我们结束最后一次通话后他们在全球青少年网上给我发来的焦虑的留言,韦斯特伯里的治安情况相对而言还算正常,唯一闹心的是药房被洗劫一空,重兵把守的超市里泰胃美已经断货,这药是父亲用来治疗心绞痛和慢性消化道溃疡的。所以等看到一张乔西手写的便条,我真是喜出望外:

恒河猴!做个好儿子,回去看看你的父母。我下周一派几个训练有素的渥帕常保安护送你去长岛。别碰那些煮烂的俄罗斯红肉!也不要太激动,好吗?我会像老鹰一样时刻关注你的肾上腺素。

我在后人类服务部门口上车,有两辆装甲现代吉普,上面有许多盖起来的武器,或许是从倒霉的委内瑞拉战场上退休下来的。此行的领队看起来好像也是从委内瑞拉来的,来自渥帕常保险公司的 J. M. 帕拉提诺少校,小个子但非常紧凑,涂着戎马味的中产阶级的古龙香水。他用职业的眼光观察了我一番,很快就看出来我是个软柿子,需要保护。他军人式地打一个响指,介绍了随行的两个年轻的士兵,都是内布拉斯加国民护卫军,其中一个少了大半只手。

"我们的计划是这样的,"帕拉提诺说,"我们沿着主干道行进,希望一路上不会遇到火拼。我们走四百九十五号州际公路,老的长岛高速,这一程应该问题不大。接着我们向北,取道旺托林荫大道。这一程可能就要艰难一些,取决于谁是统领。"

"我猜应该是我们。"我说。

"过了'小颈'地区之后,间歇还是会有敌人的反扑。拿骚地主正在打萨福克地主。出于道德因素的考虑。萨尔瓦多人、危地马拉人、尼日利亚人。我们得轻点。不过我们已经全副武装,所以也不用担心。打头车上配有重型点五〇口径 M2 布朗宁机枪,两辆车上都有 AT4 反装甲。没有人能靠近我们,只是我们到韦斯特伯里恐怕要花上一千四百个小时啦。"

"三小时行驶三十英里?"

"这世界又不是我创造的,先生,"帕拉提诺冷笑,"我只是负责护送。我们在后面给你准备了'奥斯陆开心三明治',你喜欢越橘果酱吧,慢慢享用。"

高速公路入口,渥帕常军队在搜查武器和禁运品,不走运的五角党全被赶下了车,用枪支戳着他们,这一切居然很安静,有条不紊,让人觉得跟前不久的场景相差无几。"这跟重建署有什么区别,"我很气愤地对少校说,"什么也没变,除了制服。"

"你不可能在一夜之间完全解散一支部队,"帕拉提诺一副见怪不怪的样子,"到密苏里州我们可能会遇到点情况。"

"密苏里州发生了什么?"我有点着急。

他朝我摆了摆手,像是在说:你还是不要知道的好。我们离开了曼哈顿,穿过巨大、丑陋的勒弗拉克城,那里全是这样的建筑,两边都有阳台,像尘封的手风琴。这里蜗居着许多俄罗斯移民,父母一直说,我们的经济状况再差一点,就要搬来这里住了。我母亲还说,我们会在这里被杀死。她像个预言家,高娅·艾布拉莫夫。

建筑工地上到处是自制的帐篷,人们躺在人行横道的垫子上,还传来一阵阵变质肉烧烤之后发出的酸味。我们穿过了勒弗拉克城("活得好一点"是这个城市二十世纪中叶诚挚的口号)。长岛高速公路靠近曼哈顿的一端,车辆在人流中缓慢前行,男人、女人、孩子,各种宗教信仰,他们顺从地把家当装在行李箱或者购物车里。"许多人都去了西边，"帕拉提诺说，指着一辆破落的中产汽车，微型三星圣塔·莫妮卡，后排座上挤着孩子和母亲。"越靠近城市，情况越好，即使你只能打份五角的零工。工作毕竟是工作。"

"你住哪儿？"我问。

"莱克星顿六十八号。"

"好地方啊，"我感叹道，"靠近公园。"

"孩子们喜欢动物园，渥帕常打算给我们一只熊猫。"

这件事我听说过。

三小时之后，我们驱车行驶在老乡村公路上，韦斯特伯里的香榭丽舍大街，途经门窗封起来的零售店、廉价鞋店、派特克、星巴克。一群潜在的消费者还聚集在九十九美分天堂商店旁。一股垃圾的恶臭混杂着棕色烟雾透过窗户渗透进来，但我也听到了尖尖的笑声，还有人们在大街上互相吵吵嚷嚷，友好的那种。对我而言，像韦斯特伯里这样的乡下地方，住的是劳动人民和中产阶级，萨尔瓦多人和东南亚移民，诸如此类，或许才是纽约从前的模样，那时的纽约才是一个真实的地方。今天的老乡村公路分外可爱，当地人成群结队，交易货物，嚼着馅饼，小男孩小女孩光着身子，坐在一起谈情说爱。"这儿的治安不错啊，"帕拉提诺赞许道，"好人拿到了所有的武器，然后把自己的家当精心分散在多处。"我压根不明白他在说什么。

我们离开了商业街，直接开往华盛顿大街上安静的小区。尽管我父母居住的街道安静优美，可我还是被一个指示牌吸引了过去，上面写着"聋孩区域"。我试着从记忆里搜寻邻居中的耳聋小孩，但是一个也没有想出来。谁是聋孩，在现在的情况下她又会有什么样的未来呢？

车子开近了父母的房子，巨大的美国国旗和以色列国旗依然迎风招展。纱门后面,我看到了挤在一起的艾布拉莫夫夫妇。有那么一刻,看起来好像只有一个艾布拉莫夫,母亲精致小巧,父亲则不然,但是眼下两个人的身型好像趋同了,一个成了另一个的影子。过去的几个月间究竟发生了什么,眼下还不得而知。他们变老了,头发也花白了许多,而且两人身上的某种不确定因素好像被拿掉了,剩下的是一片模糊的透明。我向他们走去,伸开了双手,拿着一袋泰胃美治溃疡的药,还有其他一些必需品,我看到透明的那一部分填满了;我看到他们满是褶子的脸上因为我的平安无事绽开了笑容,我的到来,我们的血肉联系,让他们倍感欣慰。他们对我的到来显然吃惊不小,另一方面又深感愧疚,无法帮我,却每次都要我来接济他们。

我们被彼此的气味所包围:母亲的洁净清香,父亲的麝香,还有我自己褪去的青春气息和附带的一点书卷气。我记不清我们在门厅那儿的短聚是守口如瓶呢,还是掏心掏肺。母亲仪式一般在客厅的沙发上铺好塑料袋子,这样我就不会让从曼哈顿带来的秽物弄脏了它,父亲也跟了过来,还是像以前那样,诚恳地问了一句:"好吧,说来听听。"

我尽可能详细地告诉了他们过去两个月间发生的事情,绕过了诺亚的死(我妈曾在纽约大学的毕业典礼上非常开心地见到了"这么帅的一个犹太小伙"),强调了我和尤尼斯的幸运,我至今仍有一百十九万元存在银行。母亲认真听着,叹息着,然后转身去准备甜菜色拉。我问父亲他们这两个月来的情况,他打开了福克斯自由台的基本频道,上面正在播放以色列议会的商议内容,还有鲁本斯坦,至今名义上仍是我们这个面目全非的国家的国防部长,正在对全是天主教徒的国会做着攻打伊斯兰法西斯的报告,下面穿黑西装的人中有些不住地点头,有些看向一边,玩着手里的矿泉水瓶。福克斯自由台额外频道,不知从哪里搞来的素材:画面上三个难看的白人男子围着一个俊俏的黑人男子叫嚷,下面的标题是"同性恋将在纽约获准结婚"①。

指着画面,父亲问我:"纽约真的允许同性恋结婚了?"

母亲听到了赶紧从厨房里冲出来,手上还端着那盘甜菜色拉。"什么?你说什么?他们批准同性恋结婚了?"

"回厨房去,高娅!"父亲语气里充满了失望的力道,"我在跟儿子说话!"我老实说了,我也不知道自己家乡婚姻法的这码子事,我们还有其他事情更值得担心,但是母亲显然还想在这个问题上发表观点。"维达先生,"父亲指了指隔壁的印度邻居,"他认为,同性恋是这个世界上最恶心的人,应该被脱去阉割,然后再枪毙。我可说不准。他们说,比如俄国著名的作曲家柴可夫斯基就是一个同性恋,他猥亵男童,甚至猥亵到了沙皇儿子的头上!他的死其实是沙皇授意的。或许这是真的,或许不是。"父亲叹了口气,一只手托着脸,满是倦意的棕色眼睛里透着一种伤心,这种伤心我之前只见过一次,那是在我祖母的葬礼上。当时他发出了一声莫名的、类似于动物的嚎叫,我们都以为那动物来自毗邻犹太公墓的森林。"但对我而言,"他呼吸沉重,"没有什么。你看,像柴可夫斯基这样的天才,我可以原谅他的一切,一切!"

父亲的手臂挽着我,我几乎无法动弹,让我只属于他。我已经听不懂他在讲些什么。身体里有一个声音想说:"爸爸,一辆装甲吉普守护在老乡村公路上的九十九美分商店门口,你却在这里谈论什么同性恋?"但我忍住了什么也没说。我说了又怎么样呢?我觉得一股悲凉在整个屋子里荡漾,为他,为他们,为我们仨——妈妈,爸爸,列尼。"柴可夫斯基,"父亲一字一顿地说,低沉的男中音发出的每一个重读音节都透露着无限的悲

---

① 作者在写作本书时,美国纽约州还未通过同性婚姻法案,当时只是一种设想,然而在二〇一一年六月二十四日晚,此法案已被正式通过。

哀。他的手默默地举在空中,做了一个手势,那或许是来自压抑的第六交响曲。"彼得·伊里奇·柴可夫斯基,"父亲仿佛沉浸在对这位同性恋作曲家的缅怀之中,"给我带来如此多的喜悦。"

母亲叫我下来吃饭,这种久违的温情让我差点感动得落泪。之前我在楼上小憩了一会儿,看到墙上本来贴的那篇名为《打篮球的乐趣》的散文已经换成了一幅闪闪发光的以色列要塞马察达的画。以往餐桌上会一字排开各种肉和鱼,但今天桌上几乎是空的,只有甜菜色拉,从园子里摘来的西红柿和辣椒,一盘腌蘑菇和几片白得可疑的面包。

母亲看出了我的失望。"我们在沃尔堡沃尔堡赊了账,我们看见信用杆就害怕,"她解释道,"要是这些信用杆没被人烧掉,我们该怎么办?他们会不会把我们遣送回国啊?有时维达先生会把我们捎带在货车上,要不然几乎找不到食物。"

一个不同以往的真相摆在了我面前,提醒我自己有多自私,告诉我自己其实一直在生父母的气,而他们的生活有多艰辛。我早先看到的父母身上的透明,他们合二为一的样子,其实是关注他们身体和举止的结果。

父母在挨饿。

我走进厨房,发现橱柜里几乎空空如也——后院摘的土豆,罐装的甜椒,腌蘑菇,四片白面包,生锈罐头里装的保加利亚鳕鱼。"太糟糕了,"我责备他们,"门口有吉普,我带你们去沃尔堡超市。"

"不,不。"他们异口同声地叫起来。

"坐下,"父亲发话了,"有甜菜色拉,有面包和蘑菇,你还带来了泰胃美。我们还缺什么呢?像我们这样的老家伙,不久就要死了,马上就被人遗忘了。"

他们的话字字击中我的心门。我的胃部好像被人踢了一脚,我现在好比抓着鼓囊囊的胃,各种担心在我的消化系统里穿肠而过。

"我们这就去沃尔堡,"我语气坚定,举起了一只手,解散了他们无力的抗议。果断的儿子说话了。"我们不讨论这个,你们需要食物。"

我们坐进了一辆吉普,另外一辆作为开道车。从前是"友好饭店"的地方现在变成了歹徒聚居之地,帕拉提诺的人毫不客气地向他们亮了亮手中的家伙。苏联解体后是不是也是这个样子呢?我试着不以父亲的眼光,而是以历史的眼光来看待这个世界,但没有成功。我想成为他有意义的圈子的一部分,而不仅仅只是生与死的圈子。

母亲在一旁小心地写下了家里需要的物资,父亲则跟我说起了他最近的一个梦。他曾经工作过的实验室有几个"中国猪头",指控他在早上巡逻的时候把放射性物质泄露到空气中,他因此差点被捕,最后关头两个来自符拉迪沃斯托克的女门房出现了,指认泄露事件其实是几个印度人所为,才证明了父亲的清白。"等我醒来的时候,嘴唇在流血,害怕极了。"父亲说道,花白的头还在微微发抖。

"据说梦都有隐含的意义。"我话里有话。

"我知道,我知道,"他不耐烦地挥挥手,"心理学。"

我拍拍他的膝盖,想叫他不必多虑。他穿着牛仔裤,一双我穿剩下的旧锐步鞋,一件太平洋牌T恤,上面有已经褪色的图案,是几个年轻的南加州冲浪者拿着他们的冲浪板(也是列尼·艾布拉莫夫小时候穿的衣服),戴着一副溅着许多油渍的太阳镜。他以自己的方式与众不同。最后一个美国人。

我们开进了卖场,沃尔堡超市挤在一家门窗封起来的美甲沙龙旁边,另外还有一家之前的寿司店,现在在出售"来自干净水源的饮用水,一加仑=四元,请自备容器"。吉普车直接停在了超市门口,父母看我的眼里充满了自豪——我在照顾他们,让他们享受了荣耀,最后我终于成了一个了不起的儿子。我差点想冲上去跟他们拥抱在一起。看看这幸福的一家!

在以棕色和米色为基调的超市里面,灯光被调暗了,营造出比以往更为惨淡的一种购物环境,喇叭里播放的是恩雅的曲子,咏叹着奥利诺科河,诉说着要坐帆船出走的绝情话。更让我吃惊的是墙上居然还挂着一排好几年前斜眼秃顶的熟食柜台经理的照片,这是有韦斯特伯里特色的东南亚和西班牙移民的综合体,上面还贴着一条法西斯主义的标语:"您的福利,便是我们的福利。"

父亲领我去看原来摆放泰胃美的货架。"太遗憾了,"他摇了摇头,"没有人再关心老人和病人了。"

母亲则站在面包架子前,旁边是一位意大利老妇人。她好像在诅咒混搭牌的黄油夹蛋糕,和天使牌三明治套餐,要价居然高达十八元。"我们买点蛋糕吧,妈妈,"我这么说是因为知道母亲喜欢甜食,"我来付钱。"

"不,里奥尼契卡,"她斩钉截铁地说,"你得为将来存点钱,你还有尤尼斯要照顾,别忘了。我们就来看看特价的'小红点'面包吧。"

"我们买点新鲜的食物吧,"我坚持,"你需要吃得健康一点,不要添加剂,不要香料。否则,再多的泰胃美也帮不了爸爸。"

但是新鲜食品供不应求,大多数的好东西都运到纽约去了。我们的购物车里装满了二十八盎司的芝士球(特价的小红点,再打八折),够喝一辈子的赛尔脱兹矿泉水,实际比外头寿司店旁边那家"来自干净水源的饮用水"还要便宜。我们徜徉在每排货架前。龙虾缸前写着"再新鲜一点,它们就活过来了!"。只是笼子已经空了,不仅空了,还少了一边的玻璃。母亲在日用品区域买了更多的扫帚和拖把,我则在烘培食品区买了全麦面包,还为父亲买了火鸡的胸肌肉。"摘点园子里的番茄,这样就能用胸肌肉和全麦面包做三明治了,"我指导她,"用芥末酱,不要放蛋黄酱,这样胆固醇低点。"

"谢谢,好孩子。"父亲说道。

"你在照顾我们。"母亲说着眼泪就下来了,一边还敲了敲一个拖把头。

我脸红了,不敢正视他们,一方面想要他们的爱,另一方面又不敢跟他们靠得太近,生怕再次受到伤害。因为在父母出生的国度,情感外露意味着软弱,会为自己招来伤害。躺在他们的怀抱里,你就永远没有出头之日。

在唯一的一个收银柜台前,我付了三百多元,然后帮父亲把东西搬上吉普。正当我们要离去的时候,忽听得北边传来一阵爆炸的巨响。帕拉提诺的手下马上举枪对准头顶的蓝天,父亲很爷们地一把抱住母亲。"尼日利亚人,"他指向萨福克县的方向,"别担心,高娅。我在篮球场上打败过他们,我能用两只手弄死他们。"他扬了扬不大却结实的手,这双手曾经在某些星期二和星期四把球灌入过篮筐。

"为什么大家都把脏水泼到尼日利亚人身上呢?"我脱口而出,"在大西洋的这一边,究竟能有几个尼日利亚人啊?"

父亲哈哈大笑,还伸过手来要扯我的头发。"听听我们的小自由派,"他语气里满是福克斯额外频道式的夸夸其谈,"说不定他还是个'世俗的激进分子'呢?"母亲也加入进来,对我的傻里傻气摇了摇头。父亲走过来,双手抱住我的头,在我前额上湿吻了一口。"你是吗?"他故作严肃地说,"你是'世俗的激进分子'吗,里奥尼卡?"

"你们为什么不问问内蒂·法恩呢?"我大声地用英语说,"我有段时间没有她的消息了,自从手机恢复正常工作之后。你们为什么不问问你们的鲁本斯坦?他为你们做了那么多,你们所有的储蓄、养老金全变成了一堆废纸,你们甚至不敢经过一个信用卡。当他说'船只已满'的时候,其实是在说你们,你们知道吗?"

父亲疑惑地看着我,笑了笑。母亲一句话也不说。我平复了一下自己的情绪。这样的争论有什么意义呢？归根结底，我父母很害怕，我为他们担心。简单对付了一顿晚餐，吃了胸肌肉、甜菜色拉和芝士酥。晚上我就在楼下干净的卧室里凑合睡了一觉，无心睡眠，也没有性爱，虽然床单散发着香香的苹果味道，像妈妈的爱笼罩着我。我觉得很孤独，就试着给尤尼斯发消息、打电话，但是她毫无反应，实在有点奇怪。于是我就用全球青少年网追踪了一下，发现我前脚出门，她后脚就去了联合广场零售长廊，然后又马不停蹄地去了上东城，接着信号就消失了。她去上东城干吗？她不会疯狂到试图穿越乔治·华盛顿大桥跑去福特·李看望她的家人吧？我一下子非常担心她，甚至动了把帕拉提诺叫醒、马上回去的念头。

　　但是我毕竟不能这么匆匆地说走就走。早上他们站在楼梯边，带点忧虑又非常温顺地冲我笑着，这样的笑容成了他们来美国之后的半辈子里最常见的一种表情，他们盯着我看的样子仿佛他们的世界只剩下了我一个。艾布拉莫夫夫妇，累了，老了，并非青梅竹马，充满舶来的和本土的仇恨，热爱着一个已经消失的国家，喜好清洁和节俭，勉强抚养了一个孩子，还落下了一身的病（双手被工业清洁剂腐蚀，手腕上长着淋巴结节），焦虑的君王，残酷王国的王子，妈妈和爸爸，爸爸和妈妈，永永远远。不，我并没有丧失关心别人的能力——我会不停地、病态地、本能地、达不到预期目的地——关心那些把我一手打造成如今这个失败的列尼·艾布拉莫夫的人。

　　我以前是谁？庸俗的进化论者？也许吧。一个自由主义者，管他什么意思呢。但是基本上——在破碎彩虹的另一端，在一天将尽之时，在帝国没落之际——不过是父母的孩子罢了。

我们该如何告诉列尼

摘自尤尼斯·朴在全球青少年网上的邮件

十月十三日

永远的古德曼致尤尼丝袜

早上好,我的甜心,我的甜心姑娘,我的爱,我的命。昨天过得太开心了,真不敢相信上个周末是属于我们的,我把你交给了我们的小朋友。我计算着下次与你见面之前还有五十二点三个小时,我完全不知道该怎么打发这段时间!没有你,我犹如一只失去了利爪的豹子。你建议的地方我都在努力改进,其中我的手臂最需要锻炼,从某个角度说,它们最难搞定,肌肉柔韧性不够,等等。如果说我们做得还不够,我表示遗憾,可是我们只能顺着心的节奏,因为从基因角度讲,那儿的确是我的软肋。公司的印度工程师告诉我,接下来的两年间,我会彻底更换一个新的心脏。没用的肌肉,白痴的设计。这是今年后人类服务部的大项目,我们会指导血液怎么个流法,往哪儿流,流得多快,然后再全身循环。叫我"无心人"吧,哈哈哈。

霍华德·舒(他让我向你问好)在这方面做了许多研究,我想他已经有点眉目了。我想你父母需要有更好的信用记录,而不是信用不佳的普通美国移民。要搞到挪威的签证不太容易,但是中国的"老外"护照也能让你享受许多特权,你要是想一年之中有半年不在纽约也没问题。他还在努力为你爸申请成为"杰出人才",因为这儿的足科医生配额还没满。国际货币基金组织关于职业的规定非常明确,如今的问题是他还必须具备一个纽约的地址,要么在曼哈顿,要么在布鲁克林的布朗斯通。在"卡罗尔花园"房产中介最便宜的非三层小楼售价七十五万元,所以我打算买一套房子供你的家人居住,等你父亲赚到钱了再还我。我们可以给萨莉弄个学生签证,我可以做你的祖父,哈哈。这是笔不错的投资,我很想做成它,因为我爱你。我知道你不喜欢列尼给你念书,我也不喜欢看书,但是诗人沃尔特·惠特曼有句话说得好:"你是那个被吸引到我身边来的新人吗?"从前漫步曼哈顿街头,我经常会想起这句话,但现在不再去想了,因为有了你。

我想要提醒你一句,可能不太中听。我知道你想要你的家人安全,但是从某种意义上说,把你父亲接来这边,跟你和你妹妹朝夕相处,你觉得是个好主意吗?或许我是老古董,但听你说,萨莉还在浴室里时你父亲就会大摇大摆地闯进去,还有你亲眼看到他拉着你母亲的头发把她拽下床,好吧,我觉得这就是生理和心理虐待。我知道这中间有文化差异的因素,但我不想让你和你妹妹被一个无法控制自己行为的人欺负,他应该受到监管,还要接受药物治疗。越界是一回事,但这样的暴力行为甚至违反了中国基本法,更别提挪威人的那一套斯堪的纳维亚法律了。我希望你尽早搬进我的住所(或者我们也可以换间大点的屋子,如果你有幽闭恐惧症的话),这样我就能保证没人敢动你一根手指,更别说伤害你了。

好吧,我的小小帝企鹅,这周末看来得加班了,一些公司内部的事情。但每隔七分钟,我抬头看天花板,低头看地板,就能看见你开朗、诚实的脸庞,内心立刻充满了宁静和爱意。

尤尼丝袜致尤尼丝袜

这封信写给自己。有一天我回看今天,希望能冷静面对接下来的一切。

我的生活里曾经充满了疑问,但是现在没有了。我知道我太年轻,做不了这样的决定,但世事难料。

我有时会怀念意大利的那段日子,做一个完完全全的外国人,跟谁都没有交集。美国可能马上就要消失了,但我从来都不是一个美国人。都是装的。我只是一个韩国姑娘,来自一个韩国家庭,做事的方式也是韩国那一套,为此我感到骄傲。换言之,跟许多周围的人不同,我知道我是谁。

玛尔戈教授曾说:"你理应开心一点,尤尼斯。"美国人的想法多蠢。每次在寝室我想自杀的时候,一想到这句话,我就会破涕为笑。你理应开心一点。哈!列尼经常引用一个叫弗洛伊德的精神病理学家的话,我们的痛苦来自父母的影响,这是我们最大的不幸。真是说到点子上了。

当我醒来发现乔西在身旁,心里就是这种感觉。当然还有点儿兴奋。我们跟着 M.科恩老师一起学绘画,乔西脸上专注的神情真叫人难忘。他的下嘴唇就这么抿着,就像个小男孩一样,屏气敛声,仿佛这世间只剩下了画笔。要放下一切,专心于一件事情上,是非常了不起的。我觉得乔西是个很有才华的人,他知道该如何运用它们。

然后,他注意到我在盯着他看,朝我笑了,松开了抿着的下嘴唇,想要恢复到老成的样子,可惜已经不能了。然后我就想,好吧,我要离开列尼,下半辈子我都要在他身边醒来,慢慢变老,他则一天天变年轻。这样听起来很合理,这就是对我的惩罚。上午,下午,傍晚,性爱,大餐,血拼,不管我们一起做什么,我没觉得被乔西嫌弃,也没觉得不被他嫌弃。我只想跟他一起画画,听着那均匀、均匀的呼吸。他的床头摆放着一种老式的拖鞋,每天一早起来就能穿上,只是有点大。穿上这种拖鞋走来走去,他就是个十足的老人。这是我能搞定的,我能帮他搞定。真高兴他能听得进建议,我要做的第一件事就是为他买一双新拖鞋。我觉得跟乔西在一起,我就变成了妈妈一样的主妇,只是比她幸运。就像弗洛伊德说的,平常的不幸。

列尼,他会原谅我吗?

我有时觉得自己像个垃圾筒,那么多东西在我这里中转,爱、恨、诱惑、吸引、反感,所有这一切。我希望变得再强大一点,更有安全感一点,这样就能跟列尼这样的平凡男子共度一生,他有不同于乔西的另一种力量。他温暖的金枪鱼手臂,鼻子埋进我的发丝,说那儿才是他的家。我在他两腿间蹲下来的时候,他会放声大哭。这些就是他的力量。列尼到底是谁?谁才会这么做?谁会像他那样对我毫无保留?没有人。这样做太危险,列尼就是一个危险分子。乔西更有能力,但列尼更危险。

我做这些就是想让爸妈知道,他们的女儿这么混账,都是他们一手造成的。我想叫他们认识到他们错了。但这些已经与我无关了。

平常的不幸,正如那位医生说的,也是平常的责任。

我不能再做一个被摧残的小姑娘了,我要变得比我爸更强大,比萨莉更强大,比妈妈更强大。

对不起,列尼。

我爱你。

尤尼丝袜致永远的古德曼

亲爱的,听起来你好像变成一只勤劳的小蜜蜂了。看到你工作这么辛苦,我有点儿受刺激,乔西。工作起来的男人最性感,我从小被这样教育,这一点是唯一不让我感到羞耻的地方。我现在真是百感交集,不仅仅因为你为我的家人所做的一切,还有深深的、深深的爱。我就是那个被你吸引的新人吗?是的,我是,乔西。大街上来来往往的红男绿女,他们的美只局限于外表,你才是真正的美。别担心性,我不是一个性爱狂。抱着你,一起鸳鸯浴,用丝瓜筋给你擦身,为你拿换洗衣服,依偎在沙发里,一起做无脂蓝莓馅饼,这些是最让我有满足感的事。跟你独处一室,我已神魂颠倒。你比列尼更有力,你的唇温润如软玉。我唯一想让你做的就是保护好你的脖子,因为你得经常低头了,哈哈哈!

　　回复:关于我的父母,我觉得我说得太多了。是我不好,对每一个我爱的人我都要喋喋不休一番。回忆我的生活成了唯一的选择,否则我一整天都能在冰箱里找吃的,让我的肥臀更肥。我不知道我这样对你诉说家人的遭遇,对你、对家人是不是公平。当然也有开心的时候,你知道。就在沉船发生之前,在汤普金斯公园,爸爸问我最近好吗。我知道他本质上是个好人,只是他受了太多的苦,想到这里我就伤心。有时我想你的时候,也是这种伤心,好像我所有的生活都是为了与你相遇,然后迫不及待想跟你厮守。

　　呃,我刚看了这样一段视频,一个牙买加男人要被遣送回国,他哭,家人也哭,他告诉女儿他会回来,他们要好好待在这里,平平安安的。我觉得我也要掉眼泪了。我有没有告诉你在罗马的时候我做志愿者帮助偷渡来的阿尔巴尼亚妇女?真希望我们不要遣送任何人回去。你说他们打算遣散我和列尼住的公寓楼里的人,要知道列尼在这间公寓上花了多少钱,还有他那么多的藏书。这里的老人怎么办呢?要把他们转移到什么地方去呢?他们会死的。你能做点什么吗,亲爱的?好吧,列尼马上就要回来了,我能听到他的呼吸声了。我得快点了,周末愉快,乔西。你是我心里想的,梦里见的,我信任你,需要你。没有人像你这样对我好。

十月二十一日

朴正苑致尤尼丝袜

尤尼:

我们今天申请老外护照了,谢谢你哈!舒先生还特意打电话来说这只是形式上的申请,我们一定能搬来纽约的。爸爸和我都为你骄傲,乖女儿啊!我们一直都知道。你在天主教学校里成绩好,考上了爱德伯德。还记得美术老师说你有空间方面的才能,我们以为是空军方面的才能,还在想到底是个什么东西?:)我们见到了你的新朋友乔西·古德曼,上了年纪的人里面算帅了,看起来也比你那个室友列尼要年轻许多。列尼帮不了你什么,他只是个俄国人,说不定还是共产主义者呢?旧时候所有的俄国人都是。如果你喜欢成熟点的男人,我们认识周太太在多伦多的儿子,三十一岁,很高,很帅,工作又好,是做医疗器械的。谢谢你,尤尼斯,为我们考虑的这一切。原谅我,如果你看不懂我的英语。上帝保佑你。

爱你。

妈咪

十月二十二日

萨莉星:我获得了学生签证。不知道说什么好了,尤尼斯,我爱你。我知道你会一直支持我,不光因为你是我姐。你不爱听,但我还是会每天为你祈祷,祈祷你开心,祈祷内心平和。还记得小时候做完礼拜,在H-Mart卖场买了年糕和饭团开心的样子吗?还记得你满面愁容,还要哭鼻子,就因为你觉得自己胖了?

尤尼丝袜:不必谢我,萨莉,只要你平安我就很高兴。真不敢相信你在地下室躲了一个星期,真不敢相信这样的事发生在金家女儿身上,那姑娘叫什么来着?

萨莉星:我眼下不想谈这事。

尤尼丝袜:我只是很内疚,没有跟你们在一起。

萨莉星:你净想着这些。现在我知道为什么我还活着,为了你,为了妈妈和爸爸。我打算平静地生活,不想再掺和到政治中去,也不想发生在莎拉·金身上的事发生在我们一家人身上。你真是一个"榜样"啊,尤尼斯,就像妈妈说的那样。

尤尼丝袜:你还回巴纳德吗?

萨莉星:他们要关停学校一年,不过没关系。这一年我要多学点汉语和挪威语。

尤尼丝袜:你会学得很棒的,萨莉,只要你下定决心做的事情,没有做不好的。

萨莉星:你呢?

尤尼丝袜:嗯?

萨莉星:你生活的下一步是什么呢?

尤尼丝袜:不知道。乔西会给我找一份零售工,但也有可能我会去伦敦学艺术与金融。

萨莉星:这么说来,他是认真的喽?你告诉列尼了吗?

尤尼丝袜:没。

萨莉星:别再欺骗他了,尤尼斯,我从来没跟你说过,但是列尼是一个好人,虽然我只见过他一次。他是真的想让爸妈接受他。

尤尼丝袜:你不说我也知道。但他不够完美,我冲他发脾气的时候,他还是迁就着我。不管怎么说,我觉得他一定能找到另一个韩国姑娘的,正如他已经约会过的姑娘一样。一个真正的好姑娘,不像我这样。噢,我看到过几张他前女友的照片,惨不忍睹,列尼就是那种辨不清亚裔女孩什么样好看、什么样难看的白人。对他们而言,我们看着都差不多。

萨莉星:这不关你的事,但我还是认为你应该对他好点,即使跟他分手。你要对他公平点。

尤尼丝袜:知道了,萨莉,我会对他诚实的。说实话我不知道能不能狠心跟他分手,我还爱他。他太笨了,我可怜的列纳德·德布拉莫芬奇。他正坐在我身边,剪着他的脚趾甲,冲我没由来地傻笑。不知道为什么,看到他这样的笑容,我一阵阵心酸。还有点生气,他居然还这么喜欢我。

十月二十四日

永远的古德曼致尤尼丝袜

尤尼斯,我们得谈谈。我知道你爱我,但有时你对我不太好。有时候你跟我说我是"最好的男朋友",第二天你又不太确定,叫我们分开一段时间,想想清楚。这个时候我就会觉得自己像个可怜的混蛋,逼你把我们的事告诉列尼,逼你搬来和我同住,逼你认真对待这段感情,就像我认真对待它一样。你让我困惑了,我还是那个高调无比、想要改变世界、人人仰望的乔西·古德曼吗?跟你在一起我像变了个人,一个恋爱中的男人,仅此而已。

你让我觉得自己像个罪人,要把列尼那栋公寓里的老人全部赶出去,这种感觉我不喜欢。那可不是我的公寓,尤尼斯,我能帮你照顾你的父母和妹妹,但我没义务把一百个没用的老东西留在纽约。国际货币基金组织已经下令了,我想过去的几个月里我给他们送吃的送喝的,已经仁至义尽。

你看,我知道我逼你做一个非常艰难的决定,我也知道列尼代表了一种"情感上"的安全感,这也是你依赖他的原因。但是别忘了,只有我才能确保你的安全。我还知道列尼为了追求你,什么低三下四的法子也用了,我可不想像他那样犯傻。或许我看起来不像,但请不要忘了,我已经七十岁,我的经验告诉你一件事,尤尼斯,那就是你只有一次青春。所以你要找一个对得起自己青春的男人,能让你幸福,能照顾你、爱护你,从长远看还不能比你早死很久,列尼就会这样(理论上来讲,他是个男的,又是俄罗斯人,你是个亚裔女性,他大概要比你早去二十年)。

我们进展得如此之快,我是不是有点恍惚了?你最好相信它!有时候我看着镜子里的我们,真不敢相信我到底是谁。我们的感情与日俱增,每个星期你总会做一些事情,让我觉得自己配不上你。你把我推开,为什么?你的本性就是对男人如此残忍吗?这样的话你最好改一改,趁现在还来得及。

我一直在想你,尤尼斯,有时你就是这世上唯一一样还对我有吸引力的东西。从现在起你得开始想我了。现在我身处上西区,拍着胸脯,发出猿类的嚎叫,梦想着你好好爱我的那一天。我们还有很多路要一起走,我亲爱的大黄蜂,不要再浪费这宝贵的时间了。金色梦乡,你喜欢这么说,祝你好梦。

永 远 年 轻

摘自列尼·艾布拉莫夫的日记

十一月十日

亲爱的日记:

今天我做了一个重要决定:我打算去死。

我的人格将不复存在,生命之灯将被熄灭,我的生命,我的一切,都将消失。我会变为一个零。还有什么剩下?飘荡在苍穹之间,轻叩宇宙的腹心,盘旋在开普敦的农场上空,幻化成挪威哈默菲斯特上空的一道北极光——我的数据,我上传到全球青少年账户上的虚拟存在。文字,文字,文字。

你,亲爱的日记。

这将是最后一篇。

一个月前,十月中旬,一阵秋风吹过格兰德大街。同楼的一位妇女,上了岁数,面带倦容,犹太人,胸口挂着一块假的玉石,望着呼啸而过的北风说了一句:"大风起兮。"只一句,不过是说"这段时间多刮大风",却让我瞬间愣在那里,让我想起以前我们是如何使用语言的,精确,凝练,能引起无限遐想。不说冷,也不说刺骨,而是说大风起兮。一百个大风起兮的日子浮现在眼前:年轻的母亲穿着一件人造皮大衣,站在我们的雪佛兰前,她的手捂住我的耳朵,因为我头上戴的那顶滑雪帽遮不住耳朵,父亲则站在车头,一边掏钥匙,一边嘴里骂骂咧咧。母亲关切的气息呼在我脸上,刺骨的寒风叫人直打激灵,被保护的感觉又让我觉得融融暖意,心里充满了被爱的感觉。

"的确是大风起兮,夫人,"我对老妇人说,"我的骨头感觉到了。"她冲我笑了,脸上的皱纹舒展得像朵菊花一样。我们在用语言交流。

我从韦斯特伯里回来,发现尤尼斯完好无损,但"流浪者之家"已经面目全非,橘红色的外墙被烧成了黑色。我这个还没丢工作的多媒体人站在大楼前,脚蹬昂贵的球鞋,看着歪歪扭扭的窗户,河边吹来的一阵阵冷风,让唯一的一台三星空调的室外机在安装架上诗意地风雨飘摇。里头的住户呢?那些乐天的拉丁人曾说"这里是市中心最后一处多国部队社区",让我们每个人都如此开心,他们如今去了哪里呢?

一辆斯塔林卡车装满五角党,开了进来。这群人爬下车,每人手里分到一根工具带。他们马上迫不及待地、几乎是欢天喜地地套在已经很苗条的腰间。又一辆伐木车停在了第一辆卡车旁边,但是车上装的并不是五个一捆的木头,而是信用杆,又圆又钝,甚至没有了之前的装饰。它们一天之内就竖了起来,一条标语迎风招展,轮廓就像帕特农神庙造型的国际基金组织位于新加坡的新总部,还有一排字:

"生活更富裕,生活更美好!谢谢你,国际货币基金组织!"

我跟格蕾丝在公园里相约野餐。她坐在绵羊草坪上一块突出的岩石上,就像一张冰河世纪的法式躺椅。不到半年之前,一百个人的鲜血留在了这片草坪上。一件宽松的白色纯棉连衣裙,漂亮的刘海垂在额头,虽已大腹便便但依然优雅不减,远远地看,她与这里竟有说不出的和谐。我慢慢朝格蕾丝走去,一边思绪万千。我得适应眼下这个新情况,那就是我们的友谊里有了另外一个人,比他妈妈更娇小、更无辜。

我已经可以看到孩子了。不管母亲的特征如何遗传给他(之前已经告诉我是个男孩),他一定会带有毗瑟弩的特点,比如多毛,笨手笨脚,热心肠,带点天真。孩子是两个人的结晶,这种说法对我而言有点奇怪。我的父母,虽然有许多个性上的差异,但有时表现如此相似,让我觉得他们就像一个人,意第绪神灵赐予了他们一个孩子。如果我和尤尼斯有了一个孩子,会怎样呢?这会让她开心吗?最近几天,她对我若即若离。有时就算她在"翘臀"上浏览平日里最爱的那些瘦得像得了厌食症一样的模特时,她的目光还是会仿佛越过了模特,伸向另一个非臀部和骨头的新空间。

格蕾丝和我喝着西瓜汁,吃着从第三十二大街买来的新鲜的紫菜包饭,腌过的萝卜嚼起来咯吱咯吱生脆,我们嘴里塞满了米饭和海带。常态,这才是我们追求的。几个玩笑过后,她一本正经地跟我说:"列尼,有件伤心的事要告诉你。"

"噢,不。"我似乎马上意识到了什么。

"毗瑟弩和我已经取得了加拿大的永久居住权,我们三星期之后将移民温哥华。"

米饭堵住了我的喉咙,我把它咳在手心里。我重新在心里玩味了一遍刚听到的话。格蕾丝,最爱我的女人。过去的十五年间一直倾听着我的心声,悲伤的,郁闷的。温哥华,一个北方城市,很远。

格蕾丝抱住了我,我闻着她头上护发素的味道,和身上散发出来的母性味道。她要抛弃我了,她还爱我吗?即使是契诃夫笔下丑陋的拉普托夫也还有一个仰慕者,一个叫宝琳娜的女子,"很瘦,姿色平平,鼻子很长"。拉普托夫娶了那位年轻又漂亮的茱莉亚之后,宝琳娜告诉他:

"你虽然结婚了……可千万不要觉得过意不去;我不会为你消得人憔悴。我会把你从我的心上拿走。我痛苦,我懊恼,只为发现原来你同其他人一样可鄙;你需要的不是一个女人的头脑或智慧,而只是一个躯体,美貌和青春……青春!"

我希望格蕾丝也对我说出这么一番话来,斥责我爱一个如此年轻、幼稚的姑娘,并让我三思,娶尤尼斯不如娶她。但是当然啦,她并没有这么做。

这一点让我很生气。

"那么你们是怎么获得加拿大居住权的?"我问她,语气里尽是刻薄,"我还以为这是不可能的事呢,前面还排着两千三百万人呢。"

"只能说我们走运,"她一点不生气,"另外我有计量经济学学位,这也帮了很大忙。"

"格蕾丝,"我忍不住了,"诺亚早先告诉我,毗瑟弩勾结重建署和两党派的人。"

她什么也不说,只是嚼着紫菜包饭。一对男女讲着卷舌的外语,遛着一条脏兮兮的圣伯纳德狗,舌头伸得老长,好像被印度夏天的大太阳烤的。一排树后面,一群五角党在开挖一条水渠,其中一个肯定干了什么错事,领班手里拿着一根发光的长棍走了过来。那个男人赶忙跪了下来,手扣在杂草丛生的金发上。我用装西瓜汁的塑料杯挡住格蕾丝的视线,一边祈祷着不要发生暴力事件。"我想这一定不是真的,"我继续道,一边掸走沾在裤子上的草,一边自说自话,"我知道毗瑟弩是一个好人。"

"我不想谈这个,"格蕾丝打断了我,"你知道吗,你们三个真的很怪,像大男孩,就跟书里头的一样。自命不凡,又有同志之爱。但是这样下去不行,你们分开了,才能真正成熟起来,在一起的时候,就像活在卡通里。"

我叹了口气,把头埋进手里。

"对不起,"格蕾丝说,"我知道你爱诺亚,对死人说三道四也不好。我不知道什么重建署,也不知道他们是干什么的,我只知道在这儿我们没有前途。你在这儿也没有前途,你仔细想想吧。所以跟我们一起去加拿大吧。"

"我可没有你们那样的关系。"我的语气又粗鲁了回去。

"你有商业方面的学位啊,"她还是不动怒,"这能让你脱颖而出。你应该去魁北克边境,坐一辆装甲的风华大巴。如果你是合法入境,加拿大人会给你一个特殊的类别,好像是叫什么'落地移民',我们可以在那边帮你找个律师,为你办这些事。"

"可他们不会让尤尼斯入境的,"我说,"她的教育背景会被视为无用。她主修视觉,辅修自信学。"

"列尼,"她凑近我的脸,她的气流跟风吹树叶的声音合拍。手摸着我的脸颊,把所有生活的忧虑都捧在手心。树后面发出一声闷响,还有金属焊接的声音,没有哭泣,只是远远地,海市蜃楼一般,一个男人躺倒了。"有时候,"她低语,"我觉得你不会跟她在一起。"

十月底。跟格蕾丝野餐之后的某天,尤尼斯打电话给正在上班的我,让我马上回来。"他们要赶我们出去,"她说,"老人,所有的人。那帮孙子。"我没来得及确认孙子是谁,就"劫持"了一辆公司的面包车,飞速赶往市中心。我发现我们住的那栋红色大楼被一群年轻人围着,屁股扁平,穿黄卡其布衫,还有三辆渥帕常保险公司装甲坦克,里头的人休闲地躺在一棵榆树下面,枪放在脚边。那些上了年纪的住户们站满了停车场一样的空地,还有他们可怜的那一点家当,旧的黑色皮沙发,还有相框里胖乎乎的儿子和孙子抱着一条鳟鱼。

我发现其中一个年轻人穿着"标准事件"制服,还有个身份标志上写着"斯塔林财产搬迁服务公司"。"嗨,"我打招呼,"我在后人类服务部工作,这到底是怎么回事? 我也住在这儿,我老板是乔西·古德曼。"

"减害。"他说着,向我撅起了红彤彤的嘴唇。

"什么?"

"你们太靠近哈德逊河了,明天斯塔林就要把这房子给拆了,为了预防洪水,全球变暖。而且,后人类在上城区给员工提供了住宿。"

"胡说什么啊,"我毫不客气地说,"你们只是想在这儿建三层小楼,为什么要撒谎,伙计?"

他掉头走开,我跟着他穿过人群。几个老妇人在助步器的帮助下,艰难地从大厅挪出来,一些腿脚稍灵活的,自己推着轮椅,集体低声吟唱,与其说是愤怒不如说是沮丧,组合成这样一幅放逐图。住在这儿的年轻人,此刻应该都在工作,这也是他们大中午赶人的原因。

我已经准备好一把抓住这个年轻的斯塔林小子,拿他的头去撞我心爱的公寓墙壁,要知道这可是我的避难所,我简单温馨的家啊。我能感觉到父亲的怒火已经找到了合适的出口,脑子里嗡嗡地有一个艾布拉莫夫的声音在回响,在攻击者和受害者之间摇摆。"打篮球的乐趣。"马察达。我抓住这个年轻人一只瘦弱的肩膀,告诉他:"等一下,伙计,这儿可不是你的地盘,这是私人财产。"

"你在开玩笑吧,老头?"轻松甩掉了我已经长了近四十年的手掌,"你再敢碰我一下,我就菊暴你。"

"好吧,"我说,"那就让我们心平气和地谈谈。"

"我是跟你心平气和地谈,是你在发牢骚啊。你最好改改你那发牢骚的脾气,否则总有一天会像这栋楼一样。"

"我家里有许多书。"

"什么?"

"印刷、装订起来的老古董媒体,有些对我很重要。"

"我快要吐了。"

"好吧,那他们怎么办?"我指了指那些老人,在太阳下慢慢挪动,戴着草帽和穿着背心裙的孀居老妇,她们的日子可能掰着手指都能数出来了。

"她们会被送到新罗谢尔的一处废弃的老房子里。"

"新罗谢尔?废弃的老房子?为什么不直接把他们送去屠宰场呢?你明明知道他们都撑不到出纽约城。"

年轻人转了转眼珠:"我不和你讨论这个。"

我走进熟悉的大厅,锃亮的地板上嵌着一对迎客松,老人们坐在打好的包裹上,等候指令,等候放逐。电梯里,两个穿制服的渥帕常工作人员护送一个老妇人走出来,犹太装扮,坐在她一直坐着的那个轮椅里,她双眼红肿、抽泣的样子让我不忍目睹。"先生,先生,"她的几个朋友认出我来了,干枯的手臂伸向我。他们是沉船事件之后认识我的,尤尼斯过来给他们擦身,握着他们的手,给他们希望。"你难道不能做点什么吗,先生?难道你没有认识的人吗?"

我帮不了他们,帮不了我的父母,帮不了尤尼斯,连自己也帮不了。我放弃了电梯,一口气跑上了六楼,气喘如牛,只剩下半条命,冲进了我那沐浴在正午阳光里的七百四十平方英尺,"尤尼斯,尤尼斯!"我大叫起来。

她穿着一条热裤和爱德伯德T恤,热得直冒汗。地板上全是纸箱,有些已经装了一半书。我们拥抱在一起,我本想给她一个长吻,但她把我推开了,指了指我客厅的"书城"。我明白了她的意思,她去弄纸箱来,我则负责把书装进去。我走进客厅,面对着沙发,就是在这儿,我和尤尼斯做了第二和第三次爱(卧室有幸见证了第一次)。我走上去,拿了一批下来,一些菲茨杰拉德和海明威的书,这是我读大学的时候看的,就着想象中的法国绿茵香酒;已经发霉、发脆的苏联时期书本(平均售价一卢布四十九戈比),这些书是父亲送给我的,试图消除我们之间的隔阂;还有一些拉康和女权主义的作品,这些书是在女朋友面前装门面用的(好像我上大学那会儿还有人在乎书本似的)。

我把书一股脑儿放进纸箱,尤尼斯马上把箱子推到一边,重新整理一遍,因为我放得不够好,在实际操作和尽可能利用有限资源方面我总是比较外行。在三个小时里,大多数时间我们都一言不发,除了尤尼斯指导我,我做得不好的时候还要批评我,直到"书城"变空了,纸箱发出了不堪重负的呻吟,那里毕竟装了我三十年的阅读内容,那是我作为一个思考者的全部。

尤尼斯。她瘦弱但有力的手臂,她因为劳动泛起红晕的脸颊。我难以表达对她的感激之情,所以想要给她制造一点小小的麻烦,然后乞求她的原谅。我想要在她面前犯错,因为她也需要得到一种"道义上正确"的肯定。过去几个月间跟她的小龃龉早已烟消云散。随着一捧捧的书在纸箱里找到了它们安息的场所,我找到了一个新目标。我发觉眼前这些书的弱点,它们无济于事,它们无法改变世界,我不想再让它们继续玷污我的名声。我要把我的精力投入到更有收获、更有产出的生活中去。

这回我没有去"书城"取书,而是走进了尤尼斯的更衣室。我翻着她的内衣,看着它们的牌子,小声念着,好像它们是一首琅琅上口的小诗:32A,XS,性感小猫,乖乖投降,天蓝色丝绒。在鞋柜里,我找出了两双亮闪闪的鞋,和一双类似于皮鞋与球鞋的综合体,尤尼斯去公园散步的时候喜欢穿。我把它们拿到了厨房,微笑着塞给尤尼斯。"我们的箱子不够了。"我说。

她摇了摇头。"只能装书,"她说,"纸箱只够装书了。他们会把我们带到上城区,因为你替乔西打工。"她放下手中的粘胶带,给我从法式压力壶倒了杯咖啡,从冰箱里拿出些豆奶加在里面。冰箱马上就要不属于我了。

"那么至少带上你梅森·皮尔逊牌的梳子吧。"我说完,啜了一口咖啡,然后给她喝。她下意识地用手梳了梳浓密的头发。我们接吻了,两张嘴,咖啡味儿。她闭上了眼睛,我偷偷睁开了;"不许耍赖!"以前被她发现了她保准会叫起来。我的鼻子抵着她的雀斑,有些橘色,有些棕色,有些像行星,还有些就是飘浮在宇宙间的小颗粒。"我怎么能让你走掉呢?"我情不自禁地说。

她抽回了嘴唇。"什么意思啊?"

"没什么。"我什么意思啊?我的太阳穴快要冒火了,脚底却是冰冰凉。电梯里挤满了老人和他们的东西,可我们好歹还是把纸箱运到了楼下。尤尼斯帮老人们打点好他们的药品、衣物,还有烫金边的家庭影集,老老少少的犹太人开心地在一起。我用脚把箱子推出了大厅,来到门口的草坪上,准备搬上现代面包车。

十一月初,或者前后。我们搬到了上东城的两居室里,方方正正,二十世纪五十年代风格,位于约克大街,就像被扔在雨里的七巧板。我们跟其他搬到这里的斯塔林—渥帕常的年轻人共用一条走廊,但是等他们看到我们两间屋子里堆满的书籍,马上像避瘟神一样避开我们,就连对跟他们年纪相仿的尤尼斯也不例外。

那天多媒体直播了格兰德大街上的那栋老楼,那个晒黑的砖头美人,在一声轰然巨响中倒地,只剩下一地的碎砖和漫天的灰尘。看到这里我忍不住放声大哭,尤尼斯没有劝我,反而生起气来。她说看到我失控的样子就会让她想到她父亲,一有不顺心的事,就大发雷霆。只是她父亲是变得暴力,而不像我这么悲伤。我抬起已经哭肿的眼睛望着她,"难道你分不出暴力和悲伤的区别吗?"

她的嘴角泛起一丝僵硬的笑容。"我觉得我有时一点也不了解你。"她耳语了一句,可语气一点也不轻柔。

"尤尼斯,"我说,"那可是我的公寓,我的家,我的投资啊。再过两个星期我就四十了,我现在啥也没有。"

我希望她说:"可你有我。"但是她没有。我抱着头坐了一个小时,心里知道她对我的恨最终会变成一丝怜惜。"好啦,金枪鱼脑瓜,"她像哄小孩一样,"我们去公园走走吧,我离上班还有一个小时。"

我们手牵着手,走进温暖、明媚的阳光里。我饶有趣味地看着她迈步的样子,南加州出生的人,走起路来就是这么有趣。我看到自己映在她太阳镜里的样子,脸上浮现着笑容。过去半年间,我经历的可能是许多人一辈子都不可能经历的,不光是一个美丽姑娘的爱,还有她的成长历程。

中央公园里人头攒动,有两类人,游客和本地人,都在享受当下。树木挺拔,但城市风光却一直在变动。公园下端的摩天大楼疲态尽显,没有了商业,上层的行政只能看着空荡荡的大厅和购物中心,而以前,这里到处都是烤羊肉串和希腊鹰嘴豆泥的诱人香味,是这里无数大大小小白领觅食解馋的地方。马上这里就要变成简约的公寓了,供阿拉伯人、亚洲人和挪威人居住。

"你还记得吗,"我问尤尼斯,"你从罗马回来的那一天?那天是六月十七号,你的飞机一点二十分降落,我们回来的第一件事就是在公园里散步。那应该是六点左右。天黑下来了,我们看到了第一个贫民帐篷,一个大巴司机,后来死了。阿齐兹军。到底发生了什么？上帝啊。一切都来得太快了。我们还坐地铁去了上城区,我买了商务票,我想讨好你,还记得吗？"

"记得,列尼,"她乐了,"我怎么会忘记呢,金枪鱼？"我们从一个打扮成十九世纪狂欢节模样的小贩那里买了一个冰淇淋,还没打开就已经化了。因为不想浪费五元钱,我们就吸干了留在包装纸里的雪水,还舔干净了彼此脸上的巧克力和香草。

"记得吗,"我继续,"我们去的公园第一个地方？"我拉着她的手穿过了人潮拥挤的贝塞斯达喷泉,"水之天使"雕塑,天使手里握着一株百合花,保佑着下面的河流。等熟悉的雪松山映入眼帘,她掉头就走,速度之快,我的手臂差点脱臼。"怎么了？"我完全摸不着头脑,她却拉我走开,去缅怀别处风景。

"怎么了,亲爱的？"我还不死心。

"别,列尼,"她的语气竟有几分哀求,"别再逼我了。"

"我们可以离开这里!"我差不多在吼了,"我们可以去温哥华,我们可以搞到那里的居住权。"

"为什么,那样你就能和格蕾丝一起了,是吗？"

"不！因为这儿……"我一只手臂比划了一个两百的数字,想要说明我们这座城市曾经经历过的一切。"在这儿,我们都活不下去,尤尼斯,没有人可以。每个人的手上都沾着鲜血。"

"太夸张了吧。"尤尼斯说道,她说话的语气没有一丝同情,还很决绝,让我很害怕。她好像被我不知道的什么事情左右了情绪,或者是我知道得太多了。

我们沿着一条水泥路往南走,故意回避绵羊草坪,我们在纽约第一次深情拥吻的地方,还有其他整洁、充满绿意和回忆的地方。在公园的南面,在那排重新建造起来的三层楼房前面,堆满了马粪,把这里的草和树同这个困难重重的城市分割开来。三层楼房的地方原来是复式屋顶的广场酒店。

"我得走了。"她说。

"我送你去吧,"我站在那儿,一刻也不想离开她,隐隐觉得快要结束了。"看,出租车!哈利路亚!我们叫一辆吧,我请客!"

到了伊丽莎白大街我才放她走,她在那儿的零售店工作,当然是通过乔西的关系介绍进去的。尤尼斯在那里卖可降解的腕带,上面有非常先锋的斩首的菩萨像图案,还刻着"沉船NYC"字样,每件售价两千元。我躲在一棵无精打采的树后面,默默看着。她和另外一个姑娘一起工作。那姑娘黑发,性感,是散居在波士顿的爱尔兰犹太人。还有商店经理,一个老女人,时不时出来把手伸进下属的胸部,还用带阿根廷口音的英语对她们大呼小叫。我看着尤尼斯干活——勤劳地拿着一把可爱的泰国产稻草扫帚扫地,随时回答爱冒险的中国和法国游客的问题,还要冲他们点头微笑。结束一天营业的时候,用一台老式手机计算当天的营业额,算清了最后一块人民币和欧元之后,等着打烊,这样她就可以收起笑脸,换上她原来的模样,一副郁郁寡欢的样子。

一辆面包车停在了路边,夸张地占了两个泊位,一个男人从后排跃身而出,健壮的大腿往店里走去。是他?头发修得很短,后脑勺饱满、圆润。一件羊毛运动开衫,稍显正式和昂贵。那步态?稍显不稳,却让我一见倾心?我不敢确定,但又如何?如果他是来看她,那又如何?毕竟是他帮忙找的工作,他不过是来验收一下成果。店里,她在跟他说话,仰视着他。那眼神。当它们接收到重要信息时,它们会眯起来,一眨也不眨。尖尖的下巴,充满了敬意。

我去了旁边的一家酒吧,白痴的法式主题,跟几个混蛋一起喝酒,其中一个的父母也来自前苏联,名字在俄语里也叫里奥尼亚,英语里叫列尼。他是个宝石学家,具有比利时和神圣佩特罗俄国双重护照,个子很高,手指却很纤细,身上有我所不具备的幽默感和亲近感。这晚结束的时候,我的"第二个自己"冲我的腹部打了两拳,就像我从来不曾有过的哥哥那般——碰巧,我们为家庭在我们生活中的地位这个话题吵了起来——他后来很有风度地给我叫来了一辆出租车。下了车,我直接来到了上东城的一处前护士公寓的灌木丛旁,那公寓是我们现在栖身的地方。就在那里,在十一月初的昏黄月光里,我昏死了过去,好几个星期以来头一回睡得那么香。

秋天来了,印第安纳的夏天终于结束了,这座千疮百孔的城市开始恢复一些往日的荣耀。我的雇主将为迎接中国人民资本党政治局常委会委员的到来,举行一场舞会,舞会的地点就选在斯塔林董事局所在的三层楼房里。届时,也是一次艺术节的开幕式。

派对那天,尤尼斯和我醒得很迟,她一骨碌爬到我身上,把肋排贴向我的脸,越贴越近。已经有段时间我们没有这样了。过去的一周,我情绪低落,甚至忘记了肉体之爱,还有我们房间的灰色基调也叫人抑郁。"尤尼,"我轻声呼唤,"宝贝。"我想把她翻过来,想要滑到下面去,因为那才是我最擅长的,因为我不确定自己看到她清晨醒来的脸会是什么反应,眼周围睡眠不足带来的黑眼圈,未经修饰的私人版本,我的尤尼斯。只见她在我肿胀的躯体上分开了双腿,我们马上合二为一了,一对恋人,狭小的床,周围的书堆,广场上的灯光透过窗户打在我们身上,照在水乳交融的一对躯体上。

"我做不到。"几分钟之后我记得自己对着镜子这样说。此时,尤尼斯正在里面冲澡。她抓住我的一只手,把我拉进去,在我的胸口和胸毛处搽上香皂,我也想为她搓澡,但她有自己的方式,手法轻柔,用的是一条丝瓜筋。接着,大概是我搽肥皂,用"丝塔芙"洗面奶的手法不对,她重新给我洗了一遍。她在我所剩不多的头发上倒了许多护发素,搞得头发根根竖起。她的身体在水的冲刷下显得多么娇弱,多么清澈。"我做不到。"我又重复了一遍。

"没关系,列尼,"她说着,目光离开了我。她走出了浴室,"呼吸,"一边嘱咐我,"呼吸,为了我。"

艺术节暨中国代表团欢迎派对比我想象的要正式。我应该好好看看请柬,穿得更嬉皮一些,而不只是随便套了一件衬衫和一条便裤,这是我二十岁刚做小白领那会儿的打扮。我不记得当晚艺术家的名字了(约翰·麻木看?阿斯特罗·偏躲避?),但我被他的作品打动。他用卫星拍了一组美国中部和南部一片死寂的照片,底布是那种滑滑的银色材质,用两三个钩子从一百英尺高的天花板挂下来,像一块块风干肉片。有人走过,带起的风会令布微微抖动,所以它们看起来就像你的某个有着一些小秘密的朋友。

死了就是死了,我们知道该去哪儿提交一个人的死亡,但艺术家的高明之处在于人为地放大了生者,更确切地说,苟活者和将死者。把人利用人的状态放大到颗粒毕现,而这些人利用同类的方式是我从来不敢想象的,不是说谋杀的念头不会出现在我的血管里,而是我成长的那个年代,有些道德底线是不可以触碰的。一个来自威奇托的老人失去了双眼,被人为地挖去了双眼,一个年轻人扒开了他空洞的眼眶,还在一边没心没肺地大笑着。一位妇女站在桥上,全身赤裸,卷曲头发,脚边的一只NPR①

---

① NPR(National Public Radio),美国国家公共电台,成立于一九七〇年。

标志的手提包泄露了时代。鼻子被打歪了,嘴巴流着血,双手被迫举过头顶,有什么东西正在挠她的腋窝。旁边站着一队穿着临时制服的男人,这制服之前是披萨外卖员穿的,上头还留着标记。他们围着女子,看着女子的裸体,淫笑着,胡子拉碴的脸上竟带着波西米亚式的愉悦。所有的作品都有一个波澜不惊的名字,例如《圣·克劳德,明尼苏达州,上午七点》,但这样的名字让作品更尖锐、更惊悚。还有一副叫《生日派对,凤凰城》,五个花样少女,算了,我不想回忆画面,但这些照片真的很令人震撼——真实的艺术,带有纪录片的味道。

这三层楼其实是一层叠着一层再叠着一层,每一层都扭转四十五度角,就像三堆小心砌起来的砖头——本质上,还是一座小摩天大楼——悬在东河上。正因为这样的结构,到访的人民解放军海军驱逐舰在你的视平面,你几乎伸手就可以摸到它朝天的导弹电池,在升高的甲板上亮闪闪的,好似薄荷糖。三层楼的一半用作生活空间,主要在中层和三层,像一个露天广场,袒露在天际线下。我听说,这大小差不多跟格兰德中央车站大厅一样。这里不见一处家具(也有可能本来就是这个样子),除了这些叫人生畏的作品徜徉在你肩头,还有一些小的透明立方体,你一旦坐上去,就会发出红色或黄色的光,这是向中国国旗和我们的客人致敬。这个地方自然采光充足,所以室内、室外的界限已经模糊,有时我甚至觉得自己是站在一座玻璃的天主教堂里,只是教堂的屋顶被风吹走了。

我想要向这位艺术家表达祝贺之情,我确实被他的作品触动,另一方面邀请他去我父母所在的韦斯特伯里走一趟,让他看一个不同的、更有希望的后沉船时期的美国。只是他们安排了这样一种小玩意,一旦有艺术家不认识或者觉得不面善的人上前,地板上就会弹出刺来,那你就得自动后退。事实上,他看起来很友好,下巴有点方,眼里闪烁着中西部人的柔和光芒,穿着一件美洲狮图案的衬衫,一件老式的阿玛尼细条纹夹克,上面用化妆带做出的一些随机的数字。他正在跟一位感性的老妇人交谈,老妇人穿着非常"后美国化",一件旗袍上绣着龙凤。我一凑近,刺就弹了出来,几个穿着"洋葱皮"的女侍应生朝我投来熟悉的一瞥,那样子好像我简直不是人一样。噢,好吧,我心想。毕竟这些艺术品还不错。

许多年轻的多媒体人三三两两围在一起,男孩居多,也有女孩,穿着得体的西装和晚礼服,想要给上层留下一个好印象,但很显然已经被这里巨大的空间弄得找不着北了。无论如何,能来这里他们已经很开心了,有美味佳肴品尝,有朗姆酒和青岛啤酒可以畅饮,成为社会的一员,又可以逃过沦为五角党一员的厄运。我在想,他们听说过诺亚这个人吗?知道他是怎么死的吗?跟所有还留在这个城市的多媒体人一样,他们戴着斯塔林—渥帕常发放的蓝色徽章,上面写着"我们履行职责"。

斯塔林—渥帕常的大佬们穿得像小年轻一样,许多都穿着品质优良的"约克动物园基本黑客"毛衫,还有数以吨计的抗衰老剂,让我不禁觉得他们好比是自己的孩子,但是我的手机告诉我他们大多数已经五十多、六十多,甚至七十多了。有时我看到一个有点像以前的客户的人,上前跟他打招呼,但是他们好像在这样的高端背景下看不见我一样。

我还注意到我们的客户也好,经理也好,都不带手机,只有服务生和多媒体人才带。霍华德不止一次告诉过我:真正重量级人物是不需要排名的。我忽然意识到自己挂在脖子上闪亮、振动的手机。我经过一群二十多岁的多媒体人,他们正在互拍,还听到一些他们的谈话,让我有点沮丧。"知道吗,十一月是自行车周?""她没什么不好,除了是个混蛋。""他们说下午十二点,究竟是中午还是午夜?"

在一群红润高大的挪威人和同样高大的上层阶级印度人旁边,我看到了尤尼斯和她的妹妹萨莉,在跟乔西聊天。我想走到他们那边去,却无意间看到了这样一幅照片,一个死去的男人坐在家里的沙发上,他家在奥马哈。这个男人年纪跟我相仿,看他的长相应该有一半美国血统,脸已经瘫下来,眼神空白,叫人害怕,好像刚有人把眼球攫走了("有趣的描写手法。"有人评论)。这张照片跟其他照片一样叫人伤心,这个男人死得还算有尊严,但是不知为何,我看一眼便觉得焦躁不安,舌头发干,不停地舔着上颚。于是我做了每个人都会做的事:扭头不去看。

  我想要说一下他们的穿着,这对我来说很重要。乔西穿着羊毛运动衫,全棉衬衫,戴着羊毛领带,都是"男士版性感小猫"——跟尤尼斯为我选的大同小异,不过更正式一些。尤尼斯穿着一身两件套法式蓝的香奈儿仿羔皮呢套装,戴着一串假珍珠项链,脚上穿着及膝的皮靴,她身上包裹得严严实实,除了膝盖。她看起来不像一个女人,更像一件礼物。萨莉也穿得太过隆重,一件细条纹套裙,脖颈里挂着一个金十字架。我在她脸上看到了难得一展的笑颜,一边脸颊上还有一个醉人的酒窝。我走近他们,姐妹俩都不说话了,手捂着嘴。就在那时,我忽然明白了那幅照片让我害怕的原因。在照片一角,除了一些弦乐器和几台笔记本电脑,还躺着一条母狗,确切地说是一条德国牧羊犬,头部中枪,鲜血汩汩地流了客厅的地板一地。一条才几个星期大的幼崽,或许才几天大,前爪趴在死去母亲的肚子上,扒拉着母亲还胀满奶水的奶头。你看不到幼崽的脸,只能看见它耳朵竖起,尾巴夹在双腿间,要么是悲伤,要么是恐惧。为什么,这么多悲惨画面中,唯独这张让我不寒而栗?

  有那么一会儿,我头脑中一片空白,勉强听到乔西讲的只言片语。"我是在滑冰的时候遇到他的……""我来自一个不同的喜欢做预算的文化背景……""你想想看,资本主义制度在美国比在任何地方都要根深蒂固……"

  下一秒,他的手臂挽住我,拉着我离姑娘们而去。我已经想不起他跟我讲下面这番话的确切场景了,只觉得我们好像在一个负空间里,我能抓住的唯一东西就是跟前的他。他讲到七十年来,他不懂爱,这对他是多么不公平,他其实有多少爱能够付出;而我,从某种意义上说,正好成了他这种无处发泄的爱的承载体。但是现在他需要的是不一样的东西了:肌肤之亲,心灵相通,年轻美貌。当尤尼斯第一次走进他的公寓,他就知道了。他拿起我的手机,给我演示了一下这段"五月到十二月"间的恋情如何提高了他们两个人的寿命天花板。他也提到了一些现实问题,比如我在韦斯特伯里的父母。他可以把他们送到一个更安全、更外围的地方,比如说澳大利亚昆士兰州的阿斯托里亚。他还说到我们需要分开一段时间,最后我们三人可以和平共处。"有天我们说不定能成为一家人。"他说。但是当他提到家人的时候,我想到的只有父亲,我真正的父亲,长岛上的门卫,浓重的口音,充满生活气息。我的思绪已经离开了乔西的信口开河,开始回顾起父亲屈辱的一生。在苏联长大却生为一个犹太人,为了在美国生存下去而不得不每天擦洗溅满便渍的马桶,崇拜着一个国家,却不想它有天也会不光彩地分崩瓦解,一如他当初抛弃的祖国。

我已经搞不清自己身在何处了,直到乔西把我再次带到尤尼斯和萨莉跟前,她们手拉着手,盯着头顶的蔚蓝天窗,等待我宣布重获自由。"或许你和列尼需要单独待一会儿。"他对尤尼斯说,但她坚决不肯离开妹妹,也不愿看我的眼睛。她们站在我对面,沉默,挺着小小的胸脯,眼神平静而空洞,她们看似无止境的生命绵延不绝地伸向这三层楼的三维空间。

道别的话从我口中滑落。很傻的告别词,我能想到的最糟糕的告别词,但还是告别词。"傻妞,"我冲尤尼斯说,"你干吗穿这么厚,才秋天,你不热吗?你不热吗,尤尼斯?"

从前厅方向传来尖叫声,离我们这儿不远,霍华德就像一条看门狗一样,冲着挡道的人们叫嚷着。

中国代表团到了。两面巨大的国旗迎风招展,被一股看不见的力量托起,阿尔法村的《永远年轻》开场节奏响起("让我们优雅地跳舞,让我们跳上一会儿")。

欢迎来到美国 2.0:全球伙伴关系

这里是纽约:生活中心,荣誉城市

响起一阵气球破裂的声音,让我想起沉船时发出的求救信号弹。烟花从露天剧场中央发射,飞上头顶的天空。第一批结束的时候,我看到萨莉害怕了,双手抱在胸前。接着人群一阵骚动,大家都想到前排一睹中国人的尊容。我任凭人群推搡着,这群年轻的耄耋老人,穿着约翰·迪尔的T恤衫,火车司机的棒球帽几乎装不下他们新长出的丝质柔发。被迫与心爱的人分手,又被人群挤出了玻璃房,我发现自己站在凛冽的寒风里,旁边是带有中国资本主义政党标志的车队,一直延伸到罗斯福路和东河。那里曾经建造过住宅楼,曾经有一条路叫 D 大街。多媒体人从我身边飞奔而过,好像哪里起了火,而且是高楼起火。我朝南看。此刻我理应想着尤尼斯,哀悼着尤尼斯,但是此刻我没有。

我想回家,回到我那个七百四十平方英尺的曾经的家。我想回到那个曾经的纽约。我想回去看看壮观的哈德逊河,愤怒的东河,还有那个从华尔街延伸出来的海湾,让我们成为前方世界的一部分。

我回到了我们在护士宿舍的房间里,一屁股坐在硬板床上,手抓着床罩,拿起枕头,抱在胸前。不知什么缘故,中央空调还开着,房间里好似冰窖。冰冷的水珠沿着脸颊滑下来,书本摸起来也冰冰凉。这水珠让我困惑,我赶紧抹了一把眼睛,确保自己没有在哭。我想着刚才的烟花,想象着它们尖锐刺耳的声音。我看到萨莉双手抱住身体,生怕被举起的拳头砸中。她脸上带着恳求的表情,但充满爱,始终相信这次会不一样,最后一刻终有人会让步,举起的拳头终会放下,他们还是一家人。

　　卫生间里,尤尼斯的抗过敏药,经期用的卫生棉,各种昂贵的护肤品都不见了——乔西一定是派人来拿过东西了——除了一瓶丝塔芙柔肤洗面奶还摆在浴缸的角落里。我打开了莲蓬,爬进去,将丝塔芙倒了自己一身。我用力搓着肩膀、胸部、手臂和脸。站在热得发烫的水流下,我的皮肤最终像瓶子上许诺的那样,变得干净柔滑了。

欢迎回来,伙计
《列尼·艾布拉莫夫日记》之
人民文学出版社(北京)二〇一二年版后记

一

我年轻的时候,非常爱我的父母,可以说到了溺爱的程度。每次看到妈妈吸着"大气中的美国化学品"而咳嗽不止,爸爸捂着肝区痛得不行时,我的眼泪就下来了。如果他们死了,我也不活了。而他们的死亡好像总是近在眼前,又好像是个既成事实。每次我想象他们的灵魂时,我总会联想起书上读到的二战期间俄国洁白晶莹的雪堆,许多箭头指向俄国的心脏,旁边还有德国装甲部队的名字。我就是这雪堆上的污点,在我还没出生前,我就拖着我的父母离开莫斯科,本来做工程师的爸爸不用以倒垃圾为生。我拖他们离开,这样一来还在母亲体内的胎儿和以后的列尼,就能过上更好的生活。所以总有一天,上帝会来惩罚我,让我的父母死去。

父亲以九十英里每小时的速度,开着他那辆船形的雪佛兰,随着他的心情任意变换着车道,看着中间的隔离带直乐。有次他甚至翻过了隔离带,隔离带被撞飞到旁边的树上,而他自己的左手骨头也断了,因此病休了一个月("让中国人被垃圾熏死吧!")。有一年冬天,做秘书的妈妈下班,过了很久爸爸也没来接她,我就知道他肯定又撞到树上去了。他们在那儿:脸冻僵了,厚厚的犹太嘴唇发紫,额头上满是玻璃碎渣,死在了长岛某个阴沟里。死了之后他们会去哪里呢?我试着为这个童年听来的谣言绘出一幅天堂的模样。据一些大一点的孩子说,那儿就跟我们玩的有巫师、宝剑和裸体女仆的电脑游戏里的童话城堡一样。它的样子,就像我们住的廉价花园公寓,只是多了一层角楼。

一个小时过去了,又一个小时过去了。边哭边打着嗝,我的思绪飞到了父母的丧礼上。犹太教堂里没有钟,但是丧钟还是鸣响了,深沉,圆润,完全的俄式风格。一群穿着黑西装、看不清脸孔的美国人抬着两口棺材,走过一条蜿蜒的走道,走道两边都覆盖着莫斯科的白雪。我的父母就只剩下了这些,葬礼通道两边都覆盖着厚厚的积雪,这些积雪对于我那双已经被宠坏的美国脚来说太厚太冷了,因为它们一般都踩在客厅的厚地毯上,是一个叫阿尔的白痴美国人心不在焉的时候铺的。

钥匙在锁孔里转动,我一下子跳起来,像羚羊一样,奔到门口,大叫着:"妈妈!爸爸!"可惜,不是他们,是内蒂·法恩。一个非常可靠、非常友好、非常高贵的妇人,所以不可能是艾布拉莫夫家的,不管她如何努力学习俄语表达——"我请你上餐桌"——配料丰富、口感细腻的私房罗宋汤,菜谱是从她戈梅尔出生的曾曾曾祖母那儿继承的(到底土生土长的犹太人是如何保存他们无止境的族谱的呢?)。

不,她也不行。事实是她亲过我的脸颊后,一点也不疼,也没有大蒜味。所以好心当成了驴肝肺,我父母会这么说。她是个异类,一个入侵者,一个我无法报答的女人。看到她出现在门口,我挥出了有生以来第一记也是最后一记拳头,打在她很窄的腹部,那儿正孕育着她三个儿子中最小的一个。我为什么要对她挥拳?因为她还活着,而我父母却已经死了。因为现在她就是我的一切了。

我不可思议地攻击她,可她没有退缩。她坐下来,把我放在膝头,握着我九岁大的手掌,让我靠在她晒黑、散发着好闻香味的脖子上尽情哭泣。"对不起,内蒂夫人,"我用浓重的俄语口音忏悔,尽管我出生在美国,但我说话的对象只有父母,所以他们的发音就是我可怕却唯一的模仿对象。"我猜他们死在了车里!"

"谁死在了车里?"内蒂问。她向我解释父亲刚给他打电话,让她来照看我一会儿,因为母亲办公室里有事情耽搁了。虽然知道他们没死,我还是止不住地掉眼泪。

"我们都会死,"内蒂安慰我,之前她给我吃了一种粉状的可可水果混合物,她管它叫"巧克力香蕉",里面的配料和冲泡的方法我至今仍想不明白。"但是有一天,你也会有孩子,列尼。等你到了那一天,你就不会这么害怕父母去世了。"

"为什么呢,内蒂夫人?"

"因为你的孩子们会变成你的生命。"至少有那么一会儿,这句话对我起了作用。我能感觉到另一个人的存在,比我年轻,长得像尤尼斯,随之而来的生怕父母死去的恐惧也转嫁到了她肩上。

根据圣·乔瓦尼医院的记录,内蒂·法恩与我在大使馆匆匆一面后的第三天死于"肺炎"并发症,那次我们还在过道里大声谈论了我们国家的将来。我看到她的时候,她精神抖擞,而医院的诊治记录少得可怜。我不知道是谁,在全球青少年网上从一个"安全"地址给我发来信息,还问我诺亚上的是哪一艘船,在船毁人亡的几秒钟前。法布里齐亚在沉船之前一周死于一场车祸。我一生也没有孩子。

二

自从我日记的第一版和尤尼斯的邮件及聊天记录两年前在北京和纽约发表以来,我被指责写这些东西的时候就怀揣着有一天能发表的理想,还有些人更不怀好意地说我模仿最后一代美国"文学"作家。我有必要对读者的这种观点澄清一下。当我那么多年以前写下这些日记的时候,从来没有想过这些文字有天会找到新时代的读者。我也从未想到一些不认识的个人和团体会侵犯我和尤尼斯的隐私,剽窃了我们的全球青少年账号,然后拼凑成如今你们电脑上看到的文本。更不要说,我是在完全真空的情况下写的。在很多情况下,我的拙作起到了抛砖引玉的作用,之后的几年间日记体在中美作家中大行其道——譬如,强尼·魏的《男孩,我的屁股累了吗》(清华—哥伦比亚),克里斯特尔·温伯格一查的《孩子的动物园已关门》(勇气出版社,汇丰—伦敦)——这些出现在四年前人民资本主义党发表了"五十一个代表"之后,其中最后一条告诉老百姓:"写作光荣!"

尽管在曾经的祖国,我饱受非议,但在人民共和国收到的评价让我又信心满满。《农民日报》上记者蔡小包评论我的日记是"对书籍的一种贡献;实际上是对文学的一种贡献"。说得很到位。我不是一个作家,但我写的东西,正如小包说的,"实际上是对文学的一种贡献"。

但是在美国这边的评论家异口同声地表示,精华部分是尤尼斯·朴在全球青少年网上的记录。这些记录"让人从列尼无休止地盯看肚脐眼中解脱出来",杰弗瑞·司考特一刘在《寻花问柳》上写道:"她并非生来就是一个作家,那一代的孩子都是'图片和零售'喂大的,但是她的文字是我在那么一个毫无文化可言的时代里读到的最生动有趣的东西了。她有时刻薄,这点毫无疑问,她身上也有中上层阶级特有的优越感,但是自始至终我们能感受到一种对周围世界的好奇——用自己的方式走出家庭的阴影,形成自己对爱情、美貌、商业和友谊的看法,而周围大环境的险恶已经反应在了她的童年时光。"我还要加上一句,不管你如何评价我的爱人,不管她曾经如何写我的坏话,她从来都不是自命不凡,这点跟她的朋友,乔西,我,还有我们国家崩溃时许许多多的美国人,很不一样。

三

我离开纽约之后,搬到了多伦多,稳定的加拿大,在那儿住了五年多,把没用的美国护照换成了加拿大的,把名字也从"列尼·艾布拉莫夫"换成了"拉里·艾布拉罕",听起来更北美一些,就像一件休闲外套,又带点《旧约》的味道。无论如何,自从父母去世以后,我觉得再不能留用他们给我取的名,也不能再用他们漂洋过海带过来的姓。但是最终我自己漂洋过海,变卖了斯塔林的所有优先股,拿出了所有的人民币,去了托斯卡纳自由邦的维尔达诺山谷。我想要去一个地方,没有数据,没有年轻,像我这样的老人不会因为岁数大而受歧视。在这儿,长了岁数的人反而被认为是美的。

移民之后若干年,我听说乔西·古德曼也要来这个断裂的意大利半岛。一些博洛尼亚的马屁精就做了一个关于后人类服务部鼎盛时期的纪录片,医学院的学生都涌来一睹庐山真面目。

"我们都会死,"格蕾丝对我说,跟内蒂的话正好呼应,"你,我,毗瑟弩,尤尼斯,你的老板,客户,每一个人。"如果说我的日记里还有那么一点东西接近真相的话,那就是格蕾丝的谶言了。(或者那根本不是谶言。)

在台上,我那第二个爸爸的脸,开始还拗成一副严肃的学术表情,但很快就坚持不住了,因为最近查出的卡帕森抖动症而抽搐起来,大概是抗衰老治疗带来的后遗症。头歪向一边的翻译告诉我们,没有铺垫,也没有歉意:"我们错了。抗氧化剂是一条不归路。事实上,面对衰老带来的各种并发症,我们没有任何技术能够应付。"

"我们对自由基底的种族灭绝政策事实证明不但毫无帮助,反而具有摧毁性,破坏了细胞的新陈代谢,使身体丧失了本来的控制力。最后,自然是决不会屈服的。"

接着,我就像一个白痴一样,开始同情他了。等客户死去,肌肉开始发抖,器官衰竭,斯塔林—渥帕常的董事会就毫不留情地炒了乔西。霍华德·舒执掌了后人类服务部,然后按照他一直以来的梦想,把它改造成一个巨型生活馆,做SPA,做丰唇手术。尤尼斯在衰老还未开始前就离开了他。对她后来交的男朋友,我了解较少,但是根据有限的一点信息,我知道他是一个性情温和、野心不大的苏格兰人。据我所知,他们至少曾经定居阿伯丁郡,在汇丰—伦敦的北边。他们的恋情是尤尼斯在伦敦古德史密斯学院学习的一个学期里唯一的收获,她本来在乔西的资助下在那里学习艺术与金融。

好不容易等乔西讲完,我冲出了报告厅,我不想问他知道自己即将死去是什么心情。尽管到了现在,尽管他那样背叛了我,我俩之间谜一样的关系还是让我不忍心拿这样的问题去诘难他。

四

去年冬天,我去罗马的朋友乔凡娜和保罗家玩,奥维多方向的十四世纪石头房屋。第一天晚上,在重修过的客厅的宽梁天花板下,我喝着萨克拉蒂诺·蒙特法克葡萄酒,出神地打量着新造的壁龛和木架,粗面的简单设计和这个房子的历史很相配。再看看我年轻的朋友,和他们漂亮的五岁孩子,他们收养的一个俄国孤儿,汉语和粤语已经讲得非常好了,只是他金色的头发和父母俩的深色头发说明了一切。屋子里充满了木头好闻的香味。我们一边喝着酒,一边平静地讨论着全球变暖,和地球上生命的结束。意大利人把我们在地球上扮演的角色比喻成讨厌的马蝇,地球自救的生态系统好像是一把巨大的苍蝇拍。我想不通,作为父母,我的朋友们怎么能想象他们儿子的世界即将灭亡。或许是意识到了这个话题让我难过,想到我可能只有一、二十年好活,父母俩赶紧起身去给一只生病的山羊打抗生素了。

到了傍晚,更多客人到访,其中有两个女演员,刚从罗马过来。她们不认识我,但是我很快从她们口中得知,其中一个美丽的姑娘在一部根据我的日记改编的电影里扮演尤尼斯。一帮文化商人在浙江横店国际影棚里已经制造了一起名为《列尼♥尤尼爱在长生不老时》的艺术灾难,现在轮到意大利人了。

"我脸上的妆得这么化!"那个扮演尤尼斯的女演员说,一边扯她的眼皮,一边故意突出她的门牙,就这样她比较传神地塑造了一个被宠坏的沉船之前的加州女孩,而她的朋友显然不太愿意扮演那个不走运的艾布拉莫夫。"我的金枪鱼脑袋!我的呆瓜!我的呆瓜!"第一个女演员喊着,她的同事扮演艾布拉莫夫,一下子跪倒在她石榴裙下,哭得歇斯底里。这让朋友的五岁孩子兴奋得上蹿下跳,想要模仿他们滑稽的英语。

我的朋友小心地赔着笑脸,一边向那两个演员使眼色,示意他们别演了。无论如何,我还是表现出了一副满不在乎的样子。我的嘴巴绷成了尤尼斯式的僵硬的笑容,然后干笑了几声,就像冻水管里冒出的第一股水流。听说那个扮演尤尼斯的女演员把这次演出当作一个跳板,博取了美国演艺圈一篇冗长的评论,文章一直追溯到里根时代,那时候甚至连她的父母也还没出生。知道了这个,我的笑容更机械了。

噢,放弃吧,我心想。美国已经消失了。这么多年了,我对这个国家还是充满仇恨,为它毁灭得如此突然,如此壮观,一去不复返。它什么时候才能结束呢？我们还要忍受多久这样恶意的提醒呢？接着，在收住思绪之前，我意识到究竟发生了什么。我开始悲伤了，为我们大家。为乔西和尤尼斯，她的父母和妹妹，为格里尔婊子（又名詹妮·姜），为那片至今还在颤抖的曼哈顿和埃尔莫萨海滩之间的土地。

只有一种办法能让女演员停下来。"他们已经死了。"我撒谎。

"什么？"

"他们没能活下来。"接着我信口胡编了一番列尼和尤尼斯最后几天的场景，比隔壁天主教徒墙壁上的地狱之火还要可怕百倍。年轻的意大利人为这变故而感到恼火，怒气冲冲地盯着我，接着面面相觑，又低头看着美丽的地板一直延伸到凉亭下，再前面是橄榄树和稻田，禁锢在冬天里，梦想着来年的新生。至少有那么一会儿，没有人说话，因此我也被馈赠了我最需要的，他们的安静，黑色的，彻底的。

拉里·艾布拉罕
托斯卡纳自由城邦多尼尼

致　　谢

写书很辛苦、很孤独，但我心存感激，因为我有这样一个读者群，他们握紧了手里的红笔，逼得我不得不更用功。

大卫·艾伯晓夫帮我几易其稿，精神可嘉。他是一个严谨的编辑，同时又是一个出色的作家，具备很高的情商，对我们的老朋友——文句——怀着真挚的热爱。丹尼斯·莎伦十年来，一直是我了不起的代理，也是我的忠实读者，无论是早前的移民焦虑和肥胖的流氓儿子的故事，还是如今这本书。格兰塔出版社的萨拉·霍洛维通过越洋的鸿雁传书，给这本书提供了非常有益的建议。而且，任何一个兰登书屋的作者，有幸"撞"在简·马丁手里都是何其幸运啊。

我要感谢我的研究助理阿莱克斯·加瓦里帮我理解科学原理。（很显然，我们都是细胞构成的。）他帮我啃下了对本书影响较大的两位思想家的作品：雷·库兹威尔，他的许多作品，特别是《接近奇异点：当人类超越生物》和《奇妙的旅行：长寿直至永生》；另一位是奥布里·德·格里，他的《结束衰老：在我们有生之年可以逆转岁月的突破》。

位于柏林的美国学院，位于意大利翁布里亚的奇维特拉基金会中心和雅多公司，给我提供了绝佳的创作场所和让人垂涎的丰厚报酬。

这本书的手稿曾得到了无数人的指点,我知道在此我至少未能感谢其中一半的功臣,那是我的记忆力饱受沧桑的结果。任何一个给我提供无私帮助的人,请接受我诚挚的谢意,其中包括:爱丽莎·阿尔伯特,崔镐,艾德里安·戴,乔舒华·费里斯,丽贝卡·戈弗雷,大卫·格兰德,凯西·朴·红,盖布·哈德森,克里斯汀·李,保罗·拉法奇,简·马丁,丹尼尔·默内克,安拉娜·纽豪斯,爱德·朴,希尔帕·帕拉赛,阿希尔·沙玛和约翰·雷。

关于作者

加里·施特恩加特于一九七二年出生于列宁格勒（现彼得堡），七岁移居美国。第一部小说《俄罗斯社交新丁手册》，获得史蒂芬·克莱恩图书奖和美国犹太图书奖。第二本小说《荒谬斯坦》，被《纽约时报书评》评为年度十佳图书，也被《时代周刊》、《华盛顿邮报》、《旧金山纪事报》、《芝加哥论坛报》及其他许多出版物评为最佳图书。施特恩加特本人还被英国《格兰塔》杂志评为"美国最杰出的青年小说家"。他的作品常见诸《纽约客》、《绅士》、《GQ》和《旅游及休闲》等杂志，作品被翻译成二十多种文字。现定居纽约。

关 于 字 体

  本书(指兰登书屋 2010 年版)的字体采用萨本体,该字体由著名的德国设计师扬·奇霍尔德(1902—1974)设计发明。萨本体从原来的克劳德·加拉蒙体发展而来,主要用于三种用途:文章的铸造体、莱诺铸排机和单字自动铸排机。奇霍尔德以著名的法兰克福铸字工人雅克·萨本为该字体命名,萨本死于一五八〇年。